La trace du passé

L'ombre de la vérité

CARROL ERICSON

La trace du passé

Traduction française de
CHRISTINE BOYER

BLACK ROSE

HARLEQUIN

Collection : BLACK ROSE

Titre original :
SINGLE FATHER SHERIFF

Ce roman a déjà été publié en 2017

HARPERCOLLINS FRANCE
83-85, boulevard Vincent-Auriol, 75646 PARIS CEDEX 13
Service Lectrices — Tél. : 01 45 82 47 47 - www.harlequin.fr
ISBN 978-2-2804-8798-6 — ISSN 1950-2753

Composé et édité par HarperCollins France.
Imprimé en février 2023 par CPI Black Print (Barcelone)
en utilisant 100% d'électricité renouvelable.
Dépôt légal : mars 2023.

FSC
www.fsc.org
MIXTE
Papier issu de sources responsables
FSC® C159065

Pour limiter l'empreinte environnementale de ses livres, HarperCollins France s'engage à n'utiliser que du papier fabriqué à partir de bois provenant de forêts gérées durablement et de manière responsable.

1

— Lâchez ma sœur !

Les poings serrés, Kendall se jeta sur l'intrus au visage masqué. D'un geste brusque, l'homme essaya de l'écarter mais la fillette repartit aussitôt à l'attaque. Elle n'avait que cinq ans, pourtant, courageusement, elle le frappa pour tenter de l'arrêter.

Furieux, l'inconnu la repoussa avec violence et l'envoya valser contre le mur.

— Vas-tu cesser ? rugit-il.

À moitié assommée, l'enfant tomba sur le sol.

Pensant l'avoir neutralisée, l'homme se dirigea vers la porte, la jumelle de Kendall endormie sur son épaule. Mais la petite se redressa et courut vers lui. Déterminée à le retenir, elle le tira par la manche.

— Laissez-la tranquille !

Fou de rage, l'intrus la saisit par ses nattes pour la soulever avant de la balancer par terre. Dans le mouvement, il lui arracha une mèche de cheveux et le ruban rose qui nouait l'une de ses tresses.

Kendall se releva en se frottant le crâne. Elle devait à tout prix empêcher cet homme d'emporter Kayla. Malgré son jeune âge, elle devinait que, s'il franchissait le seuil de la maison avec sa sœur, elle ne la reverrait jamais.

Comme elle s'efforçait une nouvelle fois de le stopper, il se tourna vers elle et jura.

— Tes parents vont regretter que je ne t'aie pas enlevée, toi, à la place de ta sœur !

Sur ces mots, il lui asséna une gifle en pleine figure, et elle perdit connaissance.

Accablée par les souvenirs de cette tragédie, Kendall tomba à genoux sur le plancher, la tête entre ses mains.

— Je suis désolée, Kayla, murmura-t-elle. Je regrette tellement de ne pas avoir réussi à l'arrêter, à te sauver.

Sa psychothérapeute lui avait mille fois répété qu'une petite fille de cinq ans n'était pas de taille à lutter contre un homme adulte et qu'elle n'avait rien à se reprocher. Mais, contre tout bon sens, Kendall culpabilisait depuis vingt-cinq ans pour n'avoir pu empêcher le rapt de sa sœur jumelle.

Elle avait enfoui les images de cette terrible soirée au fond de sa mémoire, dans un coin sombre où elle ne s'aventurait jamais. Cette histoire appartenait au passé, elle ne voulait plus y songer. Malheureusement, elle y était forcée à présent.

Quelqu'un avait en effet décidé de jouer un remake de ce drame. Vingt-cinq ans après, d'autres gamins de Timberline s'étaient fait enlever. Le shérif de la ville espérait, paraît-il, que Kendall accepterait de témoigner et de l'aider ainsi à enquêter sur cette nouvelle vague de kidnappings.

À quoi bon? se disait-elle. Vingt-cinq ans plus tôt, elle n'avait pas été capable de retrouver sa propre sœur, d'être utile à quoi que ce soit. Alors à quoi pourrait-elle bien servir aujourd'hui ? Le cœur serré, elle pensa à ces deux familles brisées, comme l'avait été la sienne autrefois, par le rapt d'un enfant. Mais elle ne pouvait rien faire pour ces malheureux, et ce shérif devrait chercher ailleurs de l'aide pour résoudre cette affaire.

Kendall n'était revenue à Timberline que pour une seule et unique raison : vendre la propriété de sa tante, une demeure où elle avait souvent séjourné avec Kayla quand elles étaient petites. Le hasard avait voulu que cette maison soit le lieu du drame qui l'avait anéantie. C'est ici qu'un homme avait enlevé sa jumelle et l'avait assommée, elle, avant de disparaître.

Elle revoyait toute la scène comme si les faits s'étaient déroulés la veille : l'intrus au visage cagoulé s'éloignant dans l'obscurité, sa sœur jumelle jetée sur son épaule. Elle n'avait pas oublié non plus l'hystérie de ses parents, la voix douce des inspecteurs de police chargés de l'interroger. Ni, par la suite, les longues nuits d'insomnies et les cauchemars.

Ces derniers la tourmentaient toujours.

Quelqu'un frappa à la porte, et Kendall se figea. Les mains crispées sur le plancher, elle se tendit, prête à bondir comme un coureur dans les starting-blocks.

— Qui est là ?

— Wyatt, Wyatt Carson.

En reconnaissant sa voix, elle se calma un peu. Pourtant, Wyatt était la dernière personne à pouvoir la sortir des affres du passé.

Elle se releva.

— Un instant.

Rapidement, elle tapota son jean pour en retirer la poussière, repoussa ses cheveux en arrière et redressa les épaules. Elle plaqua alors un sourire poli sur ses lèvres pour accueillir un homme qu'elle n'avait aucune envie de voir pour le moment.

— Salut, Wyatt. Comment savais-tu que j'étais revenue ?

— Kendall, répondit-il en la prenant dans ses bras pour l'embrasser avec effusion. Tu connais Timberline. Les nouvelles vont vite.

— À la vitesse de l'éclair, c'est vrai.

Il l'étreignait toujours avec force et elle se raidit, s'efforçant de s'écarter. Il finit par la lâcher.

Les mains dans ses poches, elle lui sourit.

— Je suis arrivée hier et je ne suis descendue en ville que pour faire quelques courses à la supérette.

Il claqua des doigts.

— Inutile de chercher plus loin. J'ai entendu parler de ton retour quand je me suis arrêté pour prendre un café aux Common Gounds, ce matin.

Elle recula pour le laisser passer.

— Entre, Wyatt. Comment vas-tu ? Es-tu toujours le meilleur plombier de Timberline ?

— Je n'ai pas beaucoup de mérite, les concurrents sont peu nombreux.

Pourtant, il bomba le torse, incapable de dissimuler sa fierté.

— Aimerais-tu boire quelque chose ? reprit-elle.

Elle espérait qu'il refuserait, mais il opina du chef.

— Avec plaisir, merci. Un soda, si tu en as.

Elle se dirigea vers la cuisine.

— J'en ai, répondit-elle. Veux-tu un verre ?

Comme elle sortait une canette du réfrigérateur, elle pencha la tête, guettant une réponse de la pièce voisine.

— Wyatt ?

— Oui ?

Surprise de le voir surgir brusquement derrière elle, elle sursauta. La canette qu'elle tenait lui échappa des mains et tomba sur le lino.

— Excuse-moi si je t'ai fait peur, dit-il en se penchant pour la ramasser. Tu me sembles un peu nerveuse, non ? Te retrouver dans cette maison ne doit pas être facile pour toi.

Elle planta son regard dans les prunelles marron de Wyatt, mises en valeur par l'extrême pâleur de sa peau… Des caractéristiques typiques des natifs de Timberline.

— Tu m'as simplement surprise, Wyatt. Me retrouver dans cette maison ne me fait ni chaud ni froid, ajouta-t-elle en s'agitant dans l'espoir de dissimuler son mensonge.

— Je dois dire que cela me surprend, Kendall, répondit-il en ouvrant la boîte métallique. Comme tu es psychiatre, j'imaginais que tu aurais une autre vision des choses.

— Je suis psychologue, pas psychiatre. Les psychiatres sont médecins.

— Quoi qu'il en soit, ton travail te pousse à t'intéresser aux gens, à les analyser pour découvrir comment ils fonctionnent et ce qui les motive dans la vie, non ?

— Pas tout à fait, Wyatt. Mes patients entreprennent une thérapie pour devenir conscients. Ils fouillent eux-mêmes leur mémoire pour comprendre leur comportement actuel et se libérer de leurs névroses. Je ne suis là que pour les accompagner et les guider dans ce cheminement intérieur.

— Je regrette que le métier de plombier ne soit pas aussi simple, dit-il en avalant une gorgée de soda. Plus sérieusement, Kendall, si un jour tu as envie de te confier par rapport à ce qui s'est passé il y a vingt-cinq ans, n'hésite pas à venir me trouver.

— Nous en avons déjà beaucoup parlé, non ? Que pourrions-nous dire de plus ?

— Nous en avons beaucoup parlé, oui, mais toujours à des tiers. Jamais entre nous. Ni au moment du drame, quand nous étions gosses, ni depuis que nous sommes devenus adultes.

Les bras croisés, Kendall s'adossa au mur de la cuisine.

— Si je comprends bien, tu ressens le besoin de revenir sur cette histoire. As-tu consulté un psychologue à ce sujet ?

— Rassure-toi, je ne te demandais pas une consultation gratuite !

Les joues de Kendall s'empourprèrent, et elle passa un coup d'éponge sur l'évier pour se donner une contenance.

— Ce n'est pas ce que je voulais dire mais si tu éprouves le besoin de te faire aider par un professionnel je peux te trouver quelqu'un dans la région.

— Inutile, merci. Tout va très bien pour moi, assura-t-il avec un haussement d'épaules. Mais je me disais… toi et moi, nous avons vécu la même tragédie. Tu as perdu ta sœur et moi, mon frère. Ils ont tous les deux été enlevés par la même personne, or nous n'avons jamais eu l'occasion d'échanger sur cette histoire.

Des années plus tôt, Kendall avait longuement parlé du

kidnapping et de ses conséquences à sa psychothérapeute. Elle n'avait aucune envie de ressasser ces terribles souvenirs avec Wyatt Carson ni avec qui que ce soit d'autre, d'ailleurs.

— À l'époque, nous avons subi un horrible drame qui nous a plongés dans une profonde douleur et dans une infinie tristesse. Mais, depuis, nous nous sommes efforcés de surmonter cette épreuve, de tourner la page, reprit-elle. Pour continuer à vivre. Cela dit, si tu t'y intéresses de nouveau, mon offre tient toujours. Je peux te trouver quelqu'un.

Wyatt vida sa canette et l'écrasa entre ses doigts.

— Si je repense à cette tragédie, ce n'est pas tout à fait par hasard. Tu es au courant des événements qui bouleversent Timberline actuellement, non ?

Kendall hocha la tête et prit une profonde inspiration.

— Deux enfants ont été kidnappés…

— Moi aussi, j'avais tourné la page, poursuivit Wyatt en jouant avec sa boîte métallique écrabouillée. Et je ne pensais plus à ces drames… Jusqu'à ce que tout recommence. Je croyais d'ailleurs que ces enlèvements étaient la raison de ton retour.

— Non, non. À sa mort, Tante Cass m'a légué sa maison. Je suis donc revenue quelques jours pour la vider et la mettre en vente, voilà tout.

— Ta tante est morte il y a plus de dix mois !

— C'est vrai, mais il a fallu passer par le notaire, faire homologuer le testament, etc. De plus, des obligations professionnelles m'ont retenue quelque temps.

— Si tu le dis… Où est la poubelle ? ajouta-t-il en levant la canette broyée.

— Là, sous l'évier, répondit-elle.

Il y jeta la petite boîte métallique avant d'enfoncer les mains dans ses poches.

— À mon avis, tu ne pourras pas quitter Timberline quand bon te semblera.

— Pourquoi ? Que veux-tu dire ?

— Il y a un nouveau shérif en ville. Enfin, il est nouveau

pour toi, même s'il occupe ce poste depuis cinq ans, répondit Wyatt. Il a absolument tenu à m'interroger, et je suis certain que, dès qu'il apprendra ton retour, il voudra également te poser des questions.

Kendall sentit son cœur se serrer.

— En effet, j'avais entendu dire qu'il désirait me parler.

— Timberline est toujours une petite ville, même si le groupe Evergreen Software s'y est installé. Coop doit déjà être au courant de ton arrivée.

— Coop ?

— Le shérif Cooper Sloane.

— Le FBI n'est-il donc pas impliqué dans cette affaire ? N'est-il pas chargé de l'enquête ?

— Si, si. Des agents du FBI ont mené des opérations à la périphérie de la ville. Ils ont également interrogé les habitants de Timberline et ils ont mis sur écoute les familles des enfants enlevés, dans l'espoir que les ravisseurs les contacteraient pour demander une rançon.

Kendall s'efforça de réprimer le frisson qui lui parcourut l'échine. Vingt-cinq ans auparavant, il n'y avait eu aucune demande de rançon. Il y en aurait-il une maintenant ?

— Et cela a donné quelque chose ?

— Rien pour le moment et les rapts remontent à presque trois semaines, répondit Wyatt. Voilà pourquoi Coop a tellement envie de s'entretenir avec les protagonistes des kidnappings d'autrefois. Il voit des similitudes entre ces affaires alors que le FBI ne semble pas s'y intéresser.

— En tout cas, je crains de ne pouvoir être très utile à l'enquête. Maintenant, excuse-moi mais je dois me remettre au travail si je veux réussir à vider cette maison.

— Ne t'en fais pas, je m'en vais.

Wyatt sortit de la cuisine pour gagner le salon. Les mains sur les hanches, il promena le regard autour de lui comme s'il voyait les fantômes qui hantaient encore les lieux.

— Mais, si un jour tu veux reparler de tout ça, tu sais où me trouver, répéta-t-il.

— Merci, Wyatt.

Consciente de son manque d'enthousiasme, Kendall l'embrassa sur la joue pour tenter d'apaiser la culpabilité qui l'envahissait. Avait-il senti qu'elle n'avait aucune envie de se confier à lui ?

— Prends soin de toi, Wyatt. Peut-être arriverons-nous à déjeuner ensemble un de ces jours.

— Avec plaisir, répondit-il en s'écartant. À présent, je te laisse. Je dois me rendre au bureau du shérif.

Kendall, qui avait pourtant l'habitude de n'exprimer aucune émotion face à ses patients et qui s'efforçait de garder toujours un visage impénétrable pendant les séances de psychothérapie, ne parvint pas à masquer sa surprise ni son malaise.

Wyatt perçut son inquiétude et sourit.

— Rassure-toi, je n'y vais pas pour y subir un interrogatoire sur les événements présents ou passés mais simplement pour y effectuer un travail de plomberie.

— Tu n'as pas de comptes à me rendre, Wyatt. Ce que tu fais ne me regarde pas. Et, pour ma part, j'ai tiré un trait sur le passé.

— Bon, alors à bientôt.

Elle referma la porte derrière lui avec un gros soupir. Wyatt n'avait pas besoin d'être fin psychologue pour avoir compris que, en dépit de ses dénégations, la tragédie passée l'affectait toujours.

Lorsqu'elle quitterait cette ville pluvieuse pour retourner à Phoenix, elle demanderait à sa propre thérapeute une séance exceptionnelle. Elle en avait besoin.

Il était temps de se remettre au travail, et elle décida de s'attaquer aux étagères couvertes des bibelots que sa tante collectionnait autrefois. Elle les emballa dans des feuilles de journaux avant de les ranger avec soin dans un carton. Une fois la maison vide, elle organiserait une brocante de garage. Elle proposerait aussi des objets et des meubles à un site spécialisé dans la vente sur Internet. En tout cas, elle espérait bien ne rien rapporter chez elle.

Comme elle s'emparait d'une petite sirène en bois sculpté, elle sentit des larmes brûler ses paupières.

Kayla adorait jouer avec ces sirènes et, pour lui faire plaisir, Kendall participait à ses jeux, renonçant pour cela à ses activités préférées : chasse aux grenouilles près de la rivière ou balades à bicyclette dans les forêts alentour.

Véritable garçon manqué, c'était elle la jumelle la plus forte des deux, celle qui avait survécu.

Une demi-heure plus tard, elle passa un coup d'éponge sur les étagères pour les nettoyer. À présent, elle allait vider la commode en acajou.

Avec un soupir, elle tira sur les poignées de cuivre. Le premier tiroir était rempli de feuillets, de chemises cartonnées et de vieux dossiers. Elle en prit plusieurs pour les examiner à la lumière. Il s'agissait pour l'essentiel d'anciennes factures. Désormais, elles n'avaient plus d'intérêt pour personne.

Elle alla chercher le sac-poubelle dans lequel elle avait déjà jeté le contenu du placard et y balança les papiers sans même les lire.

Mais soudain, une tache de couleur attira son regard. Elle s'interrompit pour récupérer l'objet et l'examiner.

À la vue du ruban rose, elle se tétanisa. Incapable de crier sa terreur, elle resta un instant pétrifiée. Elle ne parvenait même plus à respirer.

Elle finit par se précipiter à l'extérieur.

2

À bord de sa voiture de patrouille, le shérif Cooper Sloane remonta l'allée caillouteuse qui menait à la maison où avait longtemps vécu Cass Teagan. Il pleuvait à verse. À Timberline, la pluie ne s'arrêtait jamais.

Grâce à Wyatt Carson, il avait appris que Kendall Rush se trouvait actuellement chez sa tante. Le plombier ne lui avait d'ailleurs pas donné sciemment ce renseignement. Il l'avait laissé échapper par inadvertance.

Coop se gara et sortit de son véhicule. Les graviers crissaient sous ses bottes. Tout en marchant, il enfonça son chapeau sur son crâne et ajusta sa ceinture.

Alors qu'il approchait de la maison, la porte principale s'ouvrit à toute volée et une petite brune apparut. Elle dévala les marches du perron, cheveux au vent, et se précipita vers lui.

Il écarta les bras.

— Oh là ! Que se passe-t-il ? demanda-t-il.

Emportée par son élan, la jeune femme faillit s'étaler de tout son long sur le sol, et il la saisit par la taille pour la stabiliser.

Il sentait son cœur battre à grands coups contre son torse. Le regard affolé, agrippée à sa veste, elle avait les lèvres entrouvertes comme si elle cherchait de l'air.

— Qu'y a-t-il, madame ? Qu'est-ce qui ne va pas ?

Elle se tourna finalement vers lui et regarda tour à tour son visage, son chapeau, son insigne.

Affalée contre lui, elle paraissait sur le point de perdre connaissance. Il la prit par les épaules.

— Ça va ? insista-t-il.

Après quelques instants de flottement, elle se redressa et enfonça les mains dans les poches de son jean. Un sourire tremblant sur les lèvres, elle balbutia :

— Pardonnez-moi. Je suis vraiment désolée.

— Vous n'avez aucune raison de l'être, assura-t-il en la lâchant. Que s'est-il passé dans cette maison qui vous ait poussée à en sortir comme si vous aviez le diable à vos trousses ?

Elle émit un rire incertain et se frotta les tempes.

— Si je vous le disais, vous ne me croiriez pas.

Les sourcils levés, il pencha la tête.

— Essayez pour voir…

— Une araignée, répondit-elle. Depuis toujours, j'éprouve une peur irrationnelle des araignées. C'est ridicule, je sais, mais je ne peux pas m'en empêcher. Et je me suis brusquement rendu compte qu'une énorme araignée se promenait sur mon épaule. J'ai tellement paniqué que je suis sortie de la maison en courant. J'aurais mieux fait de la tuer. Maintenant, elle a dû se cacher quelque part et elle est susceptible de resurgir à tout moment.

Il l'écouta débiter son mensonge, les yeux mi-clos.

Finalement, elle se racla la gorge.

— Ma réaction était idiote, j'en suis tout à fait consciente.

— Chacun ses phobies, répliqua-t-il avant de lui tendre la main. En tout cas, laissez-moi me présenter correctement, maintenant. Je suis le shérif Sloane.

— Et moi, Kendall Rush. Ravie de faire votre connaissance, shérif. Je suis la nièce de Cass Teagan et je suis revenue à Timberline pour mettre sa maison en vente.

— Je suis au courant et c'est pourquoi j'ai voulu vous rendre visite. Puis-je vous parler à l'intérieur ? ajouta-t-il en désignant la porte restée grande ouverte.

— Bien sûr.

Kendall se frotta les bras comme si elle ressentait soudain la fraîcheur et l'humidité ambiantes.

Comme elle ne bougeait pas, il finit par lui montrer le chemin.

— Après vous.

Elle se mit enfin en mouvement en traînant les pieds. Manifestement, elle n'avait aucune envie de retourner à l'intérieur, et Coop devina que ce manque d'enthousiasme n'avait rien à voir avec les araignées.

Il la suivit, remarquant comme son jean mettait en valeur ses fesses rebondies. Menteuse ou pas, elle avait un corps de rêve.

Au moment de franchir le seuil de la maison, elle s'immobilisa et se retourna vers lui, les yeux écarquillés. Qu'avait-elle ? Il ne savait même pas si elle avait un mari qui l'attendait à l'intérieur. Les bons citoyens de Timberline auraient sans doute pu le renseigner sur ce point mais il n'avait pas jugé utile de leur poser la question.

D'un geste, elle l'invita à passer devant elle.

— Entrez d'abord, s'il vous plaît.

— Avez-vous peur qu'une araignée vous saute dessus ?

Elle serra les mâchoires.

— Si cela ne vous ennuie pas, je préfère que vous soyez en première ligne.

Quelque chose l'avait terrifiée et elle n'avait toujours pas surmonté sa frayeur, constata-t-il.

Il tapota l'arme qu'il portait à la hanche.

— Ne vous inquiétez pas, je vous couvre.

— Pour neutraliser une araignée, un revolver est peut-être exagéré…

Coop entra le premier dans la maison. La poussière le prit aussitôt à la gorge. Il avait la curieuse impression — ridicule au demeurant — que Kendall Rush l'attirait dans un piège comme une mouche dans une toile d'araignée.

L'air confiné contrastait avec la bonne odeur de pin à l'extérieur, et il éternua.

Elle lui tendit une boîte de mouchoirs.

— Désolée, dit-elle. Je n'ai pas encore eu le temps de faire le ménage et de retirer toute la poussière accumulée depuis dix mois.

— Pourquoi ne pas commencer par ouvrir les fenêtres ? demanda-t-il.

Il regarda autour de lui. Des cartons de toutes tailles encombraient la pièce, et il remarqua une commode en acajou dont l'un des tiroirs, retourné, gisait à terre.

Kendall s'en empara et le remit en place, le fermant d'un coup de hanche.

— Le vent soufflait ce matin, et je me suis dit qu'ouvrir les fenêtres risquait d'aggraver la situation.

— Espérez-vous la piéger à l'intérieur ?

Le visage de Kendall s'empourpra.

— Pardon ?

Il désigna le meuble qu'elle tentait de dissimuler derrière sa mince silhouette.

— L'araignée. Apparemment, vous étiez en train de vider cette commode lorsqu'une araignée vous a attaquée.

Elle serra les mâchoires.

— En fait, je me suis rendu compte que cette bestiole se promenait sur moi alors que je portais l'un de ces cartons.

Coop regarda les cartons éparpillés dans le salon. Aucun ne semblait avoir été abandonné à la hâte. Mais il finit par hausser les épaules, refusant de creuser le sujet. Si Kendall tenait à continuer à mentir sur ce qui lui avait fait si peur, il s'en moquait.

— Si je la vois, elle ou l'une de ses copines, je l'écraserai d'un coup de talon, comptez sur moi, dit-il.

Il retira son chapeau et passa la main dans ses cheveux avant d'ajouter.

— À présent, puis-je vous interroger ?

— Bien sûr, mais je crains de ne vous être d'aucune utilité.

— Comment pouvez-vous l'affirmer sans même avoir

entendu mes questions ? répliqua-t-il en posant son Stetson sur un carton. Y a-t-il un endroit où nous pourrions parler sans éternuer à tout instant ?

— J'ai nettoyé la cuisine à fond. Allons-y. Aimeriez-vous boire quelque chose ?

— Juste de l'eau, merci.

Il la suivit jusqu'à la cuisine, s'efforçant, cette fois, de garder les yeux fixés sur sa tête. Cela dit, ses cheveux bruns qui tombaient en boucles souples sur ses épaules étaient tout aussi sexy que les charmantes courbes de son corps.

Elle actionna le robinet.

— L'eau est la seule chose de Timberline qui me manque, dit-elle. Elle est délicieuse, bien meilleure que toutes les eaux minérales vendues dans le commerce.

— C'est vrai.

Il souleva le verre qu'elle lui tendait pour admirer le breuvage à la lumière avant de le goûter comme s'il s'agissait d'un grand vin.

Kendall tira alors une chaise et s'assit devant la table pour lui faire comprendre qu'elle était disposée à répondre à ses questions.

— Asseyez-vous, dit-elle.

Il s'installa en face d'elle et sortit un calepin de sa poche.

— Manifestement, vous saviez que j'avais envie de vous interroger sur le rapt de votre sœur.

Elle pianota la table du bout des doigts.

— Est-ce Wyatt Carson qui vous a annoncé mon retour ?

— Non, je l'ai appris… par la rumeur publique.

Elle leva les yeux au ciel. Visiblement, elle ne croyait pas plus à son mensonge que lui au sien.

— D'accord, répondit-elle. Allez-y, posez-moi vos questions mais n'oubliez pas que vous m'interrogez sur des événements qui remontent à plus de vingt ans.

— Et qui ont été particulièrement traumatisants.

— Exactement. Voilà pourquoi je m'efforce depuis des

années d'enfouir ces pénibles souvenirs au plus profond de ma mémoire. Et j'avoue que je n'ai pas très envie de m'y replonger.

— Même s'ils peuvent aider les familles Keaton et Douglas aujourd'hui ?

— Je ne pense pas qu'ils le puissent, répliqua-t-elle en posant les mains bien à plat sur la table. Vous ne croyez pas sérieusement que les kidnappings actuels ont quoi que ce soit à voir avec les enlèvements du Trio de Timberline, n'est-ce pas ? Imaginez-vous vraiment un ravisseur qui, après s'être tenu à carreau pendant vingt-cinq ans, déciderait de repasser à l'action et de commettre de nouveaux rapts ?

— Il y a d'indéniables similitudes entre ces deux affaires, rétorqua-t-il. Et il est arrivé qu'un tueur en série reste inactif pendant des années parce que, par exemple, il purgeait une longue peine de prison pour un autre crime, mais qu'une fois libéré il se remette à tuer.

— Vous pensez donc que le type qui a enlevé ma sœur a été récemment remis en liberté et a décidé de reprendre ses activités là où il les avait laissées il y a plus de vingt ans ?

Il remarqua qu'elle se tordait les mains en parlant et lui saisit doucement le bras.

— Je suis désolé, je ne voulais pas être si brutal.

— Je préfère que vous soyez sincère avec moi, shérif Sloane.

— Appelez-moi Coop. Tout le monde m'appelle ainsi. Et j'aimerais que vous soyez également honnête avec moi, mademoiselle Rush, ajouta-t-il en retirant sa main.

Elle battit des paupières.

— Kendall, je suis Kendall. D'accord, je m'efforcerai d'être sincère avec vous. Que voulez-vous savoir ?

Pour ne plus être tenté de la toucher, il ouvrit son calepin et le tapota du bout de son crayon.

— Que vous souvenez-vous de la nuit du drame ?

— C'est une question ouverte…

— D'accord. Pourquoi votre sœur et vous passiez-vous la nuit chez votre tante et non chez vos parents ?

— Si vous avez lu le dossier, vous connaissez la réponse à cette question.

— Vous avez décidé de tout faire pour me compliquer la tâche, n'est-ce pas ?

Elle repoussa ses cheveux en arrière et s'humecta les lèvres.

— Au contraire, j'essaie de vous faire gagner du temps. Je ne vois pas l'intérêt de revenir sur des détails sur lesquels je me suis déjà exprimée.

— Vous êtes thérapeute et vous comprenez donc à quel point il est important pour moi que vous me donniez votre version des événements, celle que vous avez gardée en mémoire. N'est-ce pas le B.A-BA. de votre métier ?

Il s'efforçait de parler de ses activités de thérapeute d'un ton neutre mais il n'y parvenait pas complètement.

— Seriez-vous en train de tenter de me psychanalyser ? demanda Kendall.

— J'essaie simplement de voir si vous avez quelque chose à dire qui n'aurait pas été inscrit dans le dossier, il y a vingt-cinq ans. À l'époque, votre témoignage avait été rédigé par d'autres, ne l'oubliez pas. Et des souvenirs ont pu remonter à votre mémoire, par la suite. À moins que vous vouliez m'expliquer que les psychothérapies ne sont, en réalité, fondées sur rien. Est-ce le cas ?

Elle l'observa un moment en silence, et il se demanda si elle devinait le profond mépris qu'il éprouvait pour son travail. Il n'y avait fait allusion que dans l'espoir de la mettre à l'aise.

De nouveau, elle pianota la table du bout des doigts.

— Lorsque j'interroge quelqu'un dans le cadre d'une thérapie, je cherche à l'aider à prendre conscience de ce qui l'emprisonne intérieurement pour l'en libérer. Mais, vous, vous me demandez de faire appel à mes souvenirs pour vous permettre d'avancer dans votre enquête. Vous m'interrogez pour vous. Pas pour m'aider, moi, en quoi que ce soit.

Il ferma un instant les paupières et pinça le haut de son

nez. Il regrettait de ne pas être en train d'interroger Wyatt plutôt que cette femme compliquée.

Son geste dut susciter sa pitié parce qu'elle se décida à répondre.

— Kayla et moi étions chez tante Cass cette nuit-là parce que, une fois de plus, mes parents se disputaient. Tante Cass, la sœur de ma mère, avait senti qu'ils avaient besoin de s'expliquer en tête à tête, loin des enfants.

— Pendant un temps, la police a soupçonné votre père d'être l'instigateur de ce rapt, voire le ravisseur, justement à cause de ce conflit conjugal.

— À l'époque, je l'ignorais, bien sûr, mais cette hypothèse était absurde. J'avais donné aux inspecteurs une description du bandit et, même s'il avait le visage masqué, j'aurais évidemment reconnu mon père. La police avait sans doute estimé que je le protégeais peut-être ou que j'étais trop jeune ou trop traumatisée pour faire un portrait exact de l'intrus.

— Comme le type était masqué, quelle description de lui aviez-vous donnée ?

— Il portait une cagoule de ski, des gants et il était plus grand et plus costaud que mon père. Voilà ce que je leur avais dit. Et j'avais également signalé qu'il avait une voix rocailleuse.

— Il n'a prononcé que peu de mots, n'est-ce pas ? « Lâche-moi », par exemple.

— Je m'accrochais à sa manche pour essayer de le retenir.

— Courageuse petite fille !

— Cela n'a servi à rien. Je n'ai pas réussi à l'arrêter.

Il posa sur elle un regard perplexe. Se sentait-elle coupable de ne pas avoir pu empêcher un homme de kidnapper sa sœur ?

— Cela n'a rien d'étonnant. Vous n'aviez que cinq ans !

Les yeux sombres de Kendall brillèrent, et elle haussa les épaules sans répondre.

Coop poursuivit.

— Il vous a pris quelque chose, n'est-ce pas ?

— Il m'a pris beaucoup de choses. Ma sœur jumelle. Mon

innocence. Mon sentiment de vivre en sécurité. La santé mentale de ma mère. Ma famille…

De nouveau, il eut envie de poser sa main sur son bras, de tenter d'apaiser la douleur dont elle était la proie. Mais il se l'interdit et préféra se gratter le menton.

— Même si cela n'a rien de comparable, il vous a aussi arraché un ruban rose, non ?

Le sang se retira du visage de Kendall.

Coop fronça les sourcils.

— Vous ne vous sentez pas bien ? demanda-t-il en se levant. Aimeriez-vous un peu d'eau ? Vous êtes toute pâle.

— Ça va, ça va.

Elle prit une profonde inspiration.

— J'avais complètement oublié ce détail. Le rose était la couleur préférée de Kayla, le vert la mienne. Mais ce soir-là, quand notre tante nous a natté les cheveux, ma sœur a voulu que nous échangions nos rubans, que je mette le rose et elle le vert. À l'époque, j'étais contente que le ravisseur ait pris ce ruban rose.

— Pourquoi ?

Il retint son souffle tandis que les yeux de Kendall se perdaient dans le lointain.

— J'ai toujours pensé que, quand Kayla reprendrait conscience en face d'un inconnu, elle se sentirait mieux si elle portait un ruban rose. Mais maintenant…

— Oui ? demanda-t-il, la gorge serrée.

— Maintenant, je suis sûre qu'il l'a tuée avant qu'elle ne se réveille, et qu'elle n'a jamais vu le ruban.

Sa voix se brisa et Coop se leva pour venir s'accroupir à côté d'elle. Il prit sa main entre les siennes comme pour la réchauffer.

— Je suis désolé de vous avoir forcée à vous replonger dans ces souvenirs.

Un pauvre sourire naquit sur les lèvres de Kendall.

— C'est exactement ce que je fais avec mes patients, vous savez.

— Et vous leur venez ainsi en aide. Pour vous, l'effet a-t-il été le même ? Vous remémorer le drame a-t-il servi à quelque chose ?

Elle se moucha avant de répondre.

— Je ne suis pas en territoire inconnu, loin de là. J'ai souvent évoqué le kidnapping de ma sœur avec ma thérapeute.

Coop ne put dissimuler sa surprise.

— Vous voyez une thérapeute ?

— Tous les psychologues suivent une thérapie, au moins au début, et la plupart continuent parce que cela les aide dans leur travail.

— Alors je dois être un piètre substitut, dit-il, même s'il estimait qu'il valait mieux que la plupart des charlatans qui exerçaient ce métier.

— Elle ne m'a jamais réconfortée en posant la main sur la mienne alors vous vous en sortez mieux qu'elle.

Il serra sa main un peu plus avant de la lâcher et de se lever.

— Au cours de votre thérapie, des souvenirs que vous aviez oubliés quand vous étiez enfant sont-ils remontés à votre mémoire ? L'accent de cet homme, un détail physique, par exemple ? Quelque chose auquel vous pourriez l'associer ?

— Rien du tout. Je n'ai eu aucun souvenir refoulé, si c'était là que vous vouliez en venir, docteur Sloane.

— Vous savez, parfois, je me sens plus psychothérapeute que shérif quand j'interroge quelqu'un.

— Alors expliquez-moi ce qui vous fait penser que les rapts de ces deux enfants sont liés aux kidnappings du Trio de Timberline, perpétrés il y a vingt-cinq ans. Wyatt m'a dit que le FBI ne partageait pas vos théories.

Coop serra les mâchoires en se remémorant les agents arrogants qui semblaient plus soucieux de se faire mousser que d'enquêter sur le terrain.

— Je préfère garder ça pour moi pour le moment.

Kendall prit le verre vide et le porta dans l'évier pour le rincer.

— Vous voulez que je vous aide mais vous refusez de partager ce que vous savez avec moi…

— Êtes-vous capable de garder un secret ?

Il la regarda remplir à nouveau le verre d'eau. Elle le plongeait dans une intimité confortable, et il avait presque oublié son mensonge à propos de l'araignée. De toute façon, elle savait certainement garder un secret parce qu'elle en avait elle-même beaucoup.

Elle sourit.

— À qui pourrais-je le répéter ? Je ne suis revenue à Timberline que pour vider cette maison et la mettre en vente. Je m'en irai ensuite, et pour toujours.

— Le mois dernier, lorsque le ravisseur a enlevé ces deux enfants — chacun dans un endroit différent et à différentes occasions —, il a laissé quelque chose derrière lui.

— Et de quoi s'agit-il ? demanda-t-elle d'un ton neutre en essuyant ses mains sur un torchon.

— Quand il a kidnappé Harrison, le petit garçon, il a laissé sur place une figurine de dinosaure et quand il a pris Cheri, la fillette, il a laissé… un ruban rose.

3

La pièce se mit à tanguer, et le visage du shérif Sloane se brouilla. Le ruban rose que Kendall avait trouvé dans le tiroir de la commode brûlait le fond de la poche où elle l'avait enfoui.

Quel était le sens de toute cette histoire ? Qui avait mis ce ruban dans ce meuble ? Que signifiait la présence d'un ruban similaire sur la scène du kidnapping ?

Elle déglutit avec difficulté.

— Un dinosaure ?

— Vous l'ignoriez sans doute mais quand Stevie Carson a été enlevé, il y a vingt-cinq ans, ses parents avaient signalé aux enquêteurs que l'une des figurines de dinosaures de leur fils avait également disparu. Or, lorsque Harrison Keaton a été kidnappé chez lui, dans sa chambre, le mois dernier, un petit dinosaure en plastique a été retrouvé sur sa descente de lit.

Kendall se remit à se tordre les mains.

— Les parents du petit Harrison ont-ils confirmé que cette figurine n'appartenait pas à leur fils ?

Coop avala une gorgée d'eau.

— Non. Et c'est la raison pour laquelle le FBI refuse de mener l'enquête sous cet angle. Les parents de Harrison sont incapables de dire si ce dinosaure était à lui ou pas.

— Et le ruban rose ?

— Pareil. Un ruban rose a été découvert sur la commode de Cheri Douglas. La fillette en porte et elle aime le rose, mais ses parents ne savent pas si celui-ci était ou non dans sa chambre, la veille.

Kendall poussa un léger soupir. Peut-être s'agissait-il tout simplement de coïncidences. Beaucoup de petits garçons jouaient avec des dinosaures en plastique, et de nombreuses petites filles attachaient leurs cheveux avec des rubans, des roses en particulier. Le shérif Sloane semblait se raccrocher désespérément à tout et à n'importe quoi. Il avait peut-être été vexé que le dossier lui soit retiré. Sans doute essayait-il de se prouver qu'il valait bien un agent du FBI.

Kendall enfonça plus profondément la main dans sa poche.

— Votre théorie, l'hypothèse d'un ravisseur réitérant ses forfaits à vingt-cinq ans d'intervalle, me paraît un peu tirée par les cheveux, dit-elle.

— C'est possible, maugréa Coop. Cela dit, je vous laisse à vos cartons. Si quelque chose vous revenait pendant que vous êtes ici, n'hésitez pas à me passer un coup de fil.

Il tira une carte de visite de la poche de sa chemise kaki et la lui tendit.

Kendall la parcourut des yeux et hocha la tête.

— D'accord, comptez sur moi.

— J'apprécierais que vous ne parliez à personne du ruban ou du dinosaure... Au cas où ils signifieraient quelque chose.

— Bien sûr. Ne vous inquiétez pas. Les psychothérapeutes ont l'habitude de garder des secrets. C'est même une qualité essentielle pour exercer ce métier.

— Je ne vous en aurais pas soufflé mot si je n'avais pas été certain de pouvoir compter sur votre discrétion. Je m'en vais, maintenant, ajouta-t-il en se levant.

Elle le raccompagna à la porte.

— J'ai été ravie de faire votre connaissance, shérif Sloane... Euh... Coop. J'espère que vous parviendrez à aider ces familles et je regrette de ne pouvoir en faire davantage.

— Merci de m'avoir consacré un peu de votre temps,

Kendall. Nous nous reverrons sans doute avant que vous ne repartiez.

Il s'arrêta brusquement pour se tourner vers elle.

— Faites attention à… ces araignées.

Sans répondre, elle le regarda s'éloigner et rejoindre sa voiture de patrouille.

Il n'avait pas cru un mot de cette histoire d'araignée. Fallait-il s'en étonner ? Certes, elle détestait viscéralement ces bestioles, mais elle ne se serait jamais précipitée comme une folle hors de la maison à cause de l'une d'elles, elle le savait bien.

Après avoir refermé la porte, elle tira le ruban de sa poche et l'agita devant ses yeux pour l'examiner.

Il était d'un rose éclatant. Il ne s'agissait certainement pas du ruban que le ravisseur lui avait arraché en tirant sur ses nattes, vingt-cinq ans plus tôt. Avec les années, la couleur se serait forcément ternie, le tissu se serait effiloché et elle n'aurait pas pu le faire ainsi danser au bout de ses doigts.

Elle le laissa tomber dans le tiroir où elle l'avait trouvé.

La vue de ce ruban l'avait terrifiée mais il y avait sans doute une bonne raison pour expliquer sa présence dans cette commode, même si elle n'imaginait pas laquelle dans l'immédiat.

Elle s'empara d'une autre pile de feuillets qu'elle jeta dans le sac-poubelle. Plus vite elle aurait vidé cette maison, plus vite elle pourrait quitter ce patelin pluvieux.

Et plus vite elle pourrait fuir les tragédies qui frappaient les jeunes Harrison et Cheri. Pourquoi le shérif s'était-il cru obligé de lui préciser le nom des enfants kidnappés ? Maintenant, ils n'étaient plus des ombres pour elle. Harrison était un petit garçon qui jouait avec des figurines de dinosaures, et Cheri une petite fille qui aimait les rubans roses.

Kendall en voulait surtout à Coop d'avoir réussi si facilement à la démasquer. Il lui avait donné une raison supplémentaire de rentrer au plus vite à Phoenix.

Ce shérif ne lui causerait que des ennuis, elle en était certaine.

Quelques heures plus tard, Kendall se glissa avec délice sous le jet d'eau chaude de la douche, soulagée de pouvoir enfin se débarrasser de toute la poussière et des toiles d'araignée dont elle était couverte. Elle n'avait pas encore pu se doucher depuis son arrivée à Timberline parce qu'elle avait oublié de signaler son retour à la compagnie de gaz. Si elle avait su qu'elle allait rencontrer le séduisant shérif de la ville, elle s'en serait occupée plus tôt.

Elle avait redouté la soirée à venir. L'idée de voir du monde l'inquiétait un peu dans le contexte actuel. Mais, après avoir trouvé le ruban et répondu aux questions indiscrètes de Coop Sloane, elle se réjouissait de pouvoir se changer les idées.

Melissa Rhodes, une amie qu'elle avait connue au lycée, l'avait invitée à dîner. Même si Kendall n'avait pas l'intention de prolonger son séjour à Timberline plus longtemps que nécessaire, elle était contente d'en profiter pour passer un peu de temps avec ses vieux amis.

Par contre, elle espérait qu'au cours du repas personne n'aborderait le sujet des récents kidnappings. Dans le cas contraire, elle abrégerait la soirée.

Elle enfila un jean, un pull confortable et des bottes, la tenue décontractée selon les codes vestimentaires en usage dans l'État de Washington. Bien sûr, elle aurait préféré s'habiller d'une robe d'été et de sandales mais, connaissant le climat de Timberline, elle n'en avait même pas emporté dans sa valise.

Elle natta ses longs cheveux, se maquilla légèrement et s'enveloppa dans un grand châle.

Enfin prête, elle promena son regard dans le salon, soulagée de pouvoir enfin y respirer normalement. Après le départ du shérif, elle avait astiqué les meubles et passé l'aspirateur. Elle avait même pris le temps de dépoussiérer les rideaux.

Elle avait bien avancé. Rebecca, son agent immobilier, serait contente.

Après avoir verrouillé sa porte, elle grimpa au volant du vieux pick-up de sa tante et quitta la propriété. La route coupait la forêt, et de grosses gouttes de pluie tombaient du feuillage des arbres.

Les freins du véhicule avaient connu des jours meilleurs, et Kendall ajouta mentalement la vente du pick-up à la longue liste des choses à faire. Des adolescents un peu bricoleurs seraient sans doute ravis d'acheter ce tacot pour un prix modique et de le rafistoler.

Elle roula quelques kilomètres sur les routes glissantes et finit par se garer non loin de la maison de Melissa — ou plutôt de la maison de Melissa et de Daryl.

Deux ans plus tôt, Daryl s'était installé à Timberline pour travailler à Evergreen Software et il était tombé amoureux d'une fille du coin. Melissa n'avait jamais quitté Timberline parce qu'elle devait prendre soin de sa mère, atteinte de la maladie de Parkinson. Pourtant, elle avait trouvé son prince charmant sous les traits d'un ingénieur informatique.

Comme Kendall s'apprêtait à couper le contact, elle comprit aux craquements inquiétants de la boîte de vitesses qu'il vaudrait mieux que l'acquéreur du pick-up soit bon mécanicien.

Elle descendit du véhicule et rabattit les pans de son châle contre elle tout en marchant vers la maison. Les fenêtres étaient éclairées, de la fumée sortait de la cheminée.

Elle frappa à la porte, sa bouteille sous le bras.

Un homme — Daryl, sans doute — ouvrit et l'accueillit d'un grand sourire.

— Bonsoir ! Vous êtes certainement Kendall.

— Exactement ! Et vous, Daryl ?

— Oui ! Entrez, soyez la bienvenue.

Ils s'embrassèrent rapidement, et Daryl lança par-dessus son épaule.

— Chérie, Kendall est là !

Comme Kendall entrait à sa suite dans le salon, elle se figea à la vue de tous ces yeux rivés sur elle. Au téléphone, Melissa lui avait dit qu'elle avait convié « quelques » amis mais Kendall eut l'impression qu'une foule l'attendait. Et, apparemment, elle tombait en pleine conversation.

Elle redressa les épaules. Elle avait toujours aimé les sorties, les fêtes, les discussions animées... Même si elle préférait certains sujets à d'autres.

— J'ai apporté de quoi boire, annonça-t-elle en brandissant sa bouteille.

Melissa se leva pour l'embrasser.

— Formidable ! L'alcool va couler à flots ! Je suis heureuse de te revoir, Kendall, assura-t-elle.

— Moi aussi. Tu as l'air en forme.

— Et, toi, tu es toute bronzée. J'ai l'impression d'être livide à côté de toi.

— Il faut dire que le soleil ne brille pas souvent par ici...

Melissa se tourna vers l'assemblée.

— Vous entendez ? Kendall critique notre temps gris, pluvieux et déprimant que le monde entier nous envie ! Par contre, elle ne snobe pas nos vins, ajouta-t-elle à la vue de l'étiquette sur la bouteille.

Comme Melissa repartait en cuisine, Kendall entra dans le salon. Elle salua d'un mouvement de tête plusieurs visages familiers.

Melissa revint, un verre à la main.

— C'est du Merlot. Ça te va ?

— Parfait. La bouteille que j'ai apportée est pour toi et ton mari.

— Merci. Donne-moi ton châle.

Daryl les rejoignit, et Melissa lui caressa tendrement le bras.

— Daryl est originaire de Los Angeles et, depuis deux ans qu'il vit ici, il ne s'est toujours pas acclimaté au froid et à la pluie.

— Mon écervelée de femme a-t-elle pensé à te présenter tout le monde, Kendall ? demanda-t-il.

Il désigna chaque convive par son nom — des noms qu'elle oublia instantanément — pendant que Melissa posait une pile d'assiettes sur la table.

Kendall se leva pour lui donner un coup de main, un bon prétexte pour lui parler en aparté. Les autres invités semblaient gênés en sa présence, et elle était prête à parier qu'avant son arrivée ils discutaient des kidnappings.

Suivant Melissa jusqu'à la cuisine, elle montra du doigt la grande cocotte où mijotait un chili con carne.

— Préfères-tu la mettre à table ou la laisser ici ?

— Tu peux l'apporter, merci. Pose-la à côté des oignons hachés et du parmesan

Tout en soulevant la marmite, Kendall huma avec délice les effluves qui s'en échappaient.

— Cela sent bon ! Je suis sûre que tu as suivi la recette de ta maman.

— C'est vrai. Allons-y.

Kendall lui emboîta le pas.

— Daryl me semble très sympa, poursuivit-elle.

— Nous nous complétons à la perfection. Il est rationnel, il a la tête sur les épaules. Il a une influence très positive sur l'artiste un peu fofolle que je suis.

— Les contraires s'attirent, c'est bien connu.

— Et toi ? Tu as fait des rencontres intéressantes à Phoenix ?

— Beaucoup, mais aucune qui compte en particulier. Tes copines célibataires ont dû être contentes de voir débarquer une ribambelle d'ingénieurs et de cadres dynamiques quand l'entreprise Evergreen Software s'est installée à Timberline, non ?

— Toutes ont été ravies de croiser de nouvelles têtes mais,

il faut bien le dire, beaucoup d'hommes étaient accompagnés de leurs épouses et de leurs familles. Ils se réjouissaient tous de quitter la ville pour profiter du bon air de la campagne… Enfin, jusqu'à…

— J'ai entendu parler des kidnappings, dit Kendall. Wyatt Carson est passé me voir tout à l'heure. Ainsi que le shérif Sloane.

— Coop t'a déjà interrogée ? demanda Melissa.

— Oui, il est venu cet après-midi.

— Il est plutôt pas mal, tu ne trouves pas ?

— Indéniablement, répondit Kendall avec un clin d'œil complice. J'aimerais beaucoup découvrir ce qu'il cache sous son uniforme…

— Avez-vous besoin d'aide, mesdames ?

En reconnaissant cette voix grave et profonde, Kendall sentit son visage s'empourprer. Sans avoir à se retourner, elle savait qui venait d'entrer.

— Salut Coop ! s'exclama Melissa. Je suis heureuse que tu aies finalement réussi à te libérer. Il me semble que tu as déjà rencontré Kendall Rush…

Kendall essuya avec soin les bols pour se donner le temps se forger une contenance puis elle se tourna vers le nouveau venu. Elle le salua, s'efforçant de ne pas le fixer trop ouvertement.

— Oui, oui, nous avons fait connaissance cet après-midi, dit-elle. Re-bonjour, shérif Sloane.

— Nous avions décidé de nous appeler par nos prénoms, non ? Vous pouvez m'appeler Coop. As-tu besoin d'aide, Melissa ? répéta-t-il.

— Non, merci. Tout est sous contrôle, dit Melissa. Kendall, j'ai les mains occupées. Peux-tu sortir une bière du frigo pour Coop, s'il te plaît ?

— Bien sûr, répondit Kendall en ouvrant le réfrigérateur.

Elle se tourna vers le shérif et demanda :

— Avez-vous une préférence ?

— Qu'importe mais en bouteille et non en canette, merci.

Elle examina rapidement les bières alignées, heureuse de sentir l'air frais sur ses joues brûlantes. Coop les avait-il entendues plaisanter comme des collégiennes à son sujet ?

Elle brandit une petite bouteille.

— Celle-ci ?

Il s'approcha, ses yeux bleus pétillants de malice.

— Très bien.

— Parfait, dit Melissa. Nous allons pouvoir passer à table, à présent. L'un de vous pourrait-il apporter les bols et la sauce ?

Coop contourna Kendall, et son souffle caressa sa joue au passage.

— Je m'en charge, répondit-il.

— Le dîner est servi ! annonça Melissa à la cantonade. Servez-vous et asseyez-vous où bon vous semble.

Kendall ouvrit la marmite et y plongea la louche. Comme elle tendait une assiette à Coop, elle demanda :

— Avez-vous déjà eu l'occasion de goûter le chili de Melissa ? C'est sa spécialité.

— Pas encore mais j'en ai l'eau à la bouche.

— N'oubliez pas d'y ajouter des oignons, une pincée de parmesan et quelques gouttes de Tabasco.

Son assiette à la main, elle se dirigea vers l'une des tables de bridge que Melissa avait dressées pour ses hôtes.

Coop la rejoignit.

— Vous avez laissé votre verre dans la cuisine. Aimeriez-vous un peu plus de vin ?

— Merci, mais comme il faudra que je conduise pour rentrer, je préfère ne pas abuser de l'alcool et continuer au thé glacé. Il y en a dans le frigo.

— Je vois que j'ai affaire à une conductrice responsable. En tant que shérif, j'en suis évidemment ravi.

Quand Coop revint avec leurs verres, Melissa et Daryl avaient pris place à leur table. Mais, au cours du repas, ils durent se lever à plusieurs reprises pour servir leurs hôtes ou bavarder avec eux… laissant Coop et Kendall en tête à tête, ce qui convenait parfaitement à cette dernière.

— Alors ? Que pensez-vous du chili ? lança-t-elle.

— Succulent ! Je vais demander sa recette à Melissa.

Discrètement, Kendall glissa un œil sur la main gauche de Coop. Il ne portait pas d'alliance. Elle avait du mal à l'imaginer en fée du logis. Peut-être plaisantait-il à propos de la recette.

Sans se départir de son air sérieux, il avala une gorgée de bière et coupa un morceau de viande.

— Avez-vous eu d'autres frayeurs chez votre tante après mon départ ?

À ces mots, le ventre de Kendall se noua mais elle ignorait si cette réaction provenait du souvenir du ruban rose ou du fait que Coop l'avait cataloguée comme une menteuse.

— Si vous ne comptez pas les montagnes de poussière que j'ai dû affronter, tout s'est bien passé. Cela dit, j'ai décidé d'engager une équipe de professionnels pour finir le ménage afin de pouvoir me focaliser sur la vente des affaires de ma tante.

— Vous ne voulez rien rapporter chez vous ?

— Les goûts de Tante Cass en matière de décoration sont à des années-lumière des miens.

— À ce que j'ai entendu dire, elle accumulait des collections d'objets en tous genres, non ?

— Oui, un hobby très curieux. J'ai retrouvé, par exemple, une ribambelle de petites sirènes sculptées datant de l'époque où l'économie de Timberline reposait sur l'industrie du bois.

— Et vous n'avez pas envie de les garder ? Un jour, vos enfants seront peut-être contents de les avoir…

Ses enfants ? Kendall n'avait pas l'intention d'avoir des enfants.

Elle toussota derrière sa serviette.

— Peut-être.

Coop tendit soudain la main vers elle, si brusquement qu'elle bondit en arrière. Mais il se contenta de caresser son visage.

— Vous aviez des miettes de pain à la commissure des lèvres.

Gênée, elle s'essuya la bouche.

— Quelle horreur ! Et ai-je aussi du chili dans les cheveux ?

Il lui prit le menton entre ses doigts pour l'examiner avec attention.

— Non, je n'en vois pas.

Un éclat de rire jaillit de l'autre côté de la pièce et, surpris, tous deux sursautèrent. Coop laissa tomber sa main.

— As-tu entendu parler de cette histoire, Coop ? lança une femme assise devant une table fleurie.

Il vida son verre.

— Laquelle, Jen ?

— Davis Unger, un petit garçon de la classe de Mlle Maynard, a annoncé à tout le monde que sa maman sortait avec le facteur.

Coop s'esclaffa.

— La vérité sort de la bouche des enfants ! M. Unger est-il au courant ?

— À mon avis, le gosse a mal compris.

— Je le pense aussi.

— Ta fille te répète-t-elle chaque soir les ragots qui circulent à l'école, Coop ?

Sa fille ? De nouveau, Kendall regarda l'annulaire nu du shérif.

— Steffi est dans son petit monde, répondit-il. Quand je l'interroge sur sa journée, elle me raconte des histoires de licornes et de fées. Dois-je m'en inquiéter ?

Jen et d'autres femmes se mirent à rire.

— Elle a simplement beaucoup d'imagination et elle est comme tous les autres enfants. Actuellement, ils ne parlent que du dessin animé sorti il y a peu au cinéma… Et dont les fées sont les héroïnes.

Coop se leva pour emporter son assiette à la cuisine.

— Avez-vous terminé, Kendall ? demanda-t-il.

— Je m'en occupe, dit-elle en se levant. Après avoir si bien dîné, j'ai besoin de bouger un peu. Et vous pourrez ainsi discuter de la maternelle avec les mamans.

Il parut surpris mais il se rassit.

— D'accord, merci.

— Aimeriez-vous que je vous rapporte une bière ?

— Un shérif se doit de donner le bon exemple, vous ne trouvez pas ?

— Mais non ! s'exclama Kendall.

Tout en regagnant la cuisine, elle échangea quelques mots avec d'autres convives de Melissa.

Elle vida les restes des assiettes dans la poubelle avant de les ranger dans le lave-vaisselle. Peut-être Coop était-il divorcé et avait-il décidé avec son ex-épouse d'une garde alternée pour leur fille. Melissa le savait certainement. Elle savait toujours tout.

Mais il fallait attendre pour l'interroger. Melissa prenait ses devoirs d'hôtesse très au sérieux, et Kendall ne réussit pas à lui parler seule à seule.

Elle bavarda avec quelques femmes mais, après un moment, elle consulta sa montre et décida de rentrer se coucher. Elle avait rendez-vous avec Rebecca à la première heure, le lendemain matin. De plus, elle avait envie de mettre en ligne des photos de meubles et de bibelots de sa tante.

Du coin de l'œil, elle observa Coop qui discutait football avec deux invités. Par chance, elle n'avait pas gaffé et elle ne lui avait pas révélé qu'elle ne voulait pas d'enfants. Vu qu'il avait une fille, il l'aurait sans doute mal pris.

Cela dit, elle se moquait de la progéniture de Coop, de son statut marital, comme de sa vie personnelle. D'ailleurs, elle n'avait pas l'intention de rester longtemps en ville.

Elle alla chercher son châle pour prendre congé.

Discrètement, elle se pencha vers Melissa, assise sur le canapé.

— Ne bouge pas, je file à l'anglaise, chuchota-t-elle. Ne m'en veux pas, je suis épuisée.

— Déjà ? Et le dessert ?

— Si j'avale une bouchée supplémentaire, je vais exploser. Mais, si tu veux, nous pourrions déjeuner toutes les deux un de ces jours.

— Avec plaisir. Attends, je te raccompagne à ta voiture.

Kendall se tourna vers Daryl et l'embrassa rapidement sur la joue.

— J'ai été ravie de faire ta connaissance. Mel et toi serez toujours les bienvenus si vous passez un jour par Phoenix.

Melissa prit son bras pour l'entraîner vers la porte.

— Daryl va m'emmener à Seattle pour quelques jours en amoureux mais nous serons rentrés avant ton départ. En attendant, si tu as besoin d'aide pour faire le grand ménage chez ta tante, passe-moi un coup de fil.

— Ne me dis pas que tu es prête à nettoyer cette maison !

— Non, mais je connais des femmes de ménage efficaces.

Coop surgit alors.

— Je les connais aussi. Laissez-moi vous escorter jusqu'à votre pick-up.

Melissa envoya un clin d'œil à Kendall avant de se tourner vers Coop.

— Très bien, je vous laisse.

Kendall embrassa son amie puis elle sortit, Coop sur les talons. Il inspira profondément.

— J'aime l'air frais de la nuit.

— Êtes-vous originaire de l'État de Washington ?

— Non, je viens de Californie. Voilà cinq ans que je me suis installé dans la région.

— Vous devez regretter le climat.

— Mais non !

Quand il lui prit la main, elle crut qu'il voulait lui dire au revoir mais il la garda dans la sienne.

— Cela m'a fait plaisir de vous voir dans des circonstances moins convenues et de pouvoir vous parler… d'autre chose.

— C'est toujours agréable de se changer les idées, répondit-elle en se libérant de son emprise.

Elle grimpa dans le pick-up et s'installa au volant. Mais comme elle démarrait en adressant un geste amical à Coop, elle entendit quelque chose frapper le hayon, à l'arrière. La rue était en pente mais elle n'avait rien laissé à l'intérieur du véhicule.

Bizarre.

Perplexe, elle préféra manœuvrer pour revenir à son point de départ et en avoir le cœur net. Après avoir serré le frein à main, elle descendit inspecter l'arrière du pick-up. Se hissant sur la pointe des pieds, elle promena le faisceau de la lampe de son téléphone portable sur le plateau arrière. Elle repéra une forme allongée, enveloppée dans une bâche.

De quoi s'agissait-il ? se demanda-t-elle.

Et soudain, elle aperçut une main, une petite main d'enfant qui sortait de la toile plastifiée.

Terrifiée, Kendall se mit à hurler comme si elle ne devait jamais s'arrêter.

4

Le cri de Kendall déchira la nuit et glaça le sang de Coop. En l'entendant faire marche arrière, il était déjà revenu sur ses pas. Mais son hurlement l'incita à courir vers le pick-up, au risque de glisser sur le trottoir tapissé de feuilles mortes.

Quand il parvint à sa hauteur, il lança d'un ton essoufflé.

— Que se passe-t-il ? Qu'est-ce qui ne va pas ?

Kendall était à moitié affalée contre le pick-up. Livide, elle agitait son téléphone portable en lui montrant la plate-forme. Elle essaya de dire quelque chose mais elle ne parvint pas à énoncer un mot cohérent.

Il lui prit l'appareil des mains pour balayer à son tour le plateau du pick-up avec le faisceau lumineux. Il découvrit à son tour la forme allongée enveloppée dans une bâche.

Près de lui, Kendall murmura.

— C'est un cadavre, un cadavre d'enfant.

Le cœur de Coop se mit à battre à coups redoublés à la vue de la petite main inerte.

Il se pencha vers ce qui ressemblait effectivement à un corps d'enfant. Une odeur de térébenthine chatouilla alors ses narines.

Les sourcils froncés, il se rendit compte que la main était en plastique dur. Il souleva la bâche du bout des doigts pour s'en assurer.

Il se redressa et poussa un soupir de soulagement.

— Ce n'est pas un cadavre, Kendall. C'est un mannequin, un mannequin comme il y en a dans les vitrines des magasins.

Elle écarquilla les yeux.

— Un mannequin ?

— Voulez-vous vérifier par vous-même ?

Rabattant les pans de son châle contre elle, Kendall secoua la tête.

— Non. Mais que fait ce mannequin dans mon pick-up ? Ce n'est pas moi qui l'y ai mis. Et pourquoi est-il enveloppé dans cette bâche ?

— Cela me dépasse un peu, je l'avoue, mais je vais appeler mes gars à la rescousse pour chercher des indices. Et je ferais sans doute mieux de prévenir le FBI.

— Le FBI ? répéta-t-elle d'une voix tremblante. Pourquoi voulez-vous prévenir le FBI ?

— Les agents chargés d'enquêter sur les kidnappings seront sûrement intéressés par cette histoire. En tout cas, ils devraient l'être.

— Pourquoi ? insista-t-elle.

— Parce qu'il s'agit d'un mannequin d'enfant.

Avec un cri étranglé, Kendall vacilla sur ses jambes.

Coop bondit pour la rattraper avant qu'elle ne s'étale de tout son long sur le sol. Il la prit dans ses bras. Elle tremblait de tous ses membres. Des perles de pluie brillaient dans ses longs cheveux, et il les balaya doucement de la main.

— Retournons à l'intérieur, dit-il. Ainsi, vous vous réchaufferez et je pourrai passer ces coups de fil.

— Sommes-nous obligés de rentrer chez Daryl et Melissa ? demanda Kendall d'une voix hésitante. Pourquoi ne passez-vous pas ces appels de votre téléphone portable ?

— Pendant que vous resterez dans l'humidité et le froid ? Il n'en est pas question.

Kendall posa ses mains sur le torse de Coop et planta son regard dans le sien.

— Je n'ai pas envie de retourner chez eux et de me donner

en spectacle. Je suis même surprise qu'ils ne soient pas tous sortis en m'entendant crier.

— Ils ne vous ont pas entendue. Ils sont nombreux et le niveau sonore des conversations s'est élevé avec la consommation d'alcool. En plus, quelqu'un a allumé la sono.

— Tant mieux. Mais, s'ils me voient, tout va changer. Quand je suis arrivée, ils me regardaient déjà comme une bête curieuse.

Coop joua avec les franges de son châle.

— Il s'agissait juste d'un mannequin, Kendall. Pas d'un cadavre. Quelqu'un d'un peu dérangé vous a fait une sale blague, c'est tout.

— Si vous le croyez vraiment, pourquoi voulez-vous appeler le FBI et je ne sais qui d'autre ?

— Parce que deux kidnappings ont eu lieu dernièrement dans cette ville et que ce mannequin a été déposé dans votre véhicule. Si l'auteur de cette mauvaise plaisanterie a laissé des empreintes ou d'autres indices, je tiens à les récupérer.

Kendall finit par céder.

— D'accord. Dans ce cas, dépêchons-nous.

Coop l'entraîna dans la maison. Par chance, la plupart des invités étaient trop occupés à boire ou à discuter pour remarquer leur présence.

Lorsque l'un des collègues de Daryl passa un tube des années quatre-vingt et que tous l'entonnèrent en chœur, Coop envoya un clin d'œil à Kendall.

— Vous voyez, vous êtes le cadet de leurs soucis.

Elle lui sourit.

Melissa surgit alors, les poings sur les hanches.

— Vous êtes revenus ? Je vous comprends, remarquez, vous ne pouviez pas résister à l'envie de chanter avec nous ! lança-t-elle sur le ton de la plaisanterie.

Mais à la vue des mines défaites de Kendall et de Coop, sa bonne humeur s'envola et elle fronça les sourcils.

— Qu'y a-t-il ? Que s'est-il passé ?

Coop se pencha vers Melissa pour lui murmurer à l'oreille.

— On a voulu faire une mauvaise farce à Kendall en laissant un mannequin sous une bâche dans son pick-up.

— Pourquoi quelqu'un aurait-il fait ça ?

Elle les dévisagea tour à tour, avant d'écarquiller les yeux. Livide, elle jeta un regard inquiet par-dessus son épaule, vers le salon où ses invités s'amusaient bruyamment.

— Vous croyez que cela a quelque chose à voir avec… les kidnappings ?

— Peut-être ou peut-être pas. S'il s'agit d'un échantillon de l'humour d'un adolescent du coin, disons que j'aimerais lui remettre les idées en place.

— Je suis sûre qu'il s'agit d'un gamin, oui.

Elle lui désigna un téléphone sur une commode.

— N'hésite pas à te servir de notre ligne directe, Coop. La couverture réseau n'est pas très bonne dans le quartier, et il n'est pas toujours simple d'utiliser un téléphone portable.

Coop appela d'abord le bureau du shérif et demanda à l'officier de garde d'apporter de quoi relever des empreintes. Puis il tira de son portefeuille la carte de visite de Dennis Maxfield du FBI pour composer son numéro.

En attendant que son correspondant réponde, il s'empara d'une bouteille de vin posée sur la table de la cuisine.

— En voulez-vous un verre, Kendall ? Ne vous inquiétez pas pour votre degré d'alcoolémie. Quand nous aurons fini ici, je vous reconduirai chez vous.

La voix de l'agent du FBI se fit entendre à l'autre bout de la ligne.

— Agent Maxfield.

— Shérif Sloane à l'appareil. Il s'est produit un incident ce soir, et j'ai pensé que vous aimeriez être mis au courant. Quelqu'un a laissé un mannequin d'enfant dans une bâche à l'arrière d'un pick-up en s'arrangeant pour qu'il ressemble à un cadavre.

— L'œuvre d'un détraqué, sans aucun doute. Quel rapport avec les kidnappings ?

Coop tourna le dos à Kendall et à Melissa qui bavardaient, un verre à la main.

— Le véhicule appartient à Kendall Rush.

Il y eut un silence, puis l'agent du FBI marmonna :

— À qui ?

— Kendall Rush. Sa sœur, Kayla Rush, faisait partie du Trio de Timberline.

— Ah oui, les fameux gosses enlevés il y a vingt-cinq ans !

Coop serra les mâchoires.

— Si je comprends bien, vous estimez qu'il s'agit d'une simple coïncidence ? demanda-t-il. Mais dites-vous bien que, si ce mannequin avait été découvert à l'arrière du camion d'une personne quelconque, je ne vous aurais pas contacté.

— Vos hommes sont-ils déjà en train d'enquêter, Sloane ?

— Ils sont en route.

— Alors je vous laisse faire, vous avez carte blanche. Mais si vous trouvez quelque chose en rapport avec notre affaire, rappelez-moi.

Coop étreignit plus fort le combiné mais il ferma les paupières.

— Très bien, Maxfield.

Il raccrocha et se tourna vers Melissa.

— Merci.

— Est-ce que des voitures de patrouille vont débouler, sirènes hurlantes, gyrophares en action et tout le tremblement ? demanda Kendall en faisant tourner le vin dans son verre.

— Deux de mes gars arrivent pour relever d'éventuelles empreintes, des fibres, etc. Ils emporteront ensuite le mannequin, et nous essaierons d'identifier l'origine de la bâche.

Melissa fronça les sourcils.

— Mes invités vont se rendre compte qu'il y a un problème, non ?

Coop poussa un gros soupir.

— À mon avis, ils sont trop ivres pour remarquer quoi que ce soit. J'espère d'ailleurs que l'un d'entre eux a prévu de rester sobre pour les raccompagner.

Dix minutes plus tard, le sergent Payton l'appela pour lui dire qu'il était dans la rue en compagnie d'un officier.

Coop prit une tartelette au citron sur un plateau et sortit de la maison.

— Attendez-moi, dit Kendall. Je vous accompagne.

— Êtes-vous sûre que ce soit une bonne idée ?

— Cette musique me rend folle. Je préfère encore les yeux morts d'un mannequin.

Hochant la tête, Coop lui ouvrit la porte. Elle inspira l'air frais de la nuit. Le vin l'avait détendue. Et elle était rassurée que personne n'ait prêté attention à eux.

Les policiers avaient garé leurs voitures de patrouille en double file, n'ayant pas trouvé de place à proximité. Ils interrompirent leur conversation lorsque Coop et Kendall sortirent de la cour.

Le sergent Payton les rejoignit devant le camion.

— Nous avons déjà jeté un œil sur la plate-forme du pick-up. C'est vrai que c'est terrifiant.

Il avait allumé un projecteur qui éclairait violemment les alentours.

— Nous avons cherché des traces de pas, mais soit la personne qui a laissé le mannequin les a effacées avant de quitter les lieux, soit la pluie et le vent s'en sont chargés.

Coop s'accroupit près de l'arrière du véhicule et examina le sol. Le fait que Kendall ait roulé quelques mètres ne facilitait pas l'enquête. La rue était boueuse mais seules leurs propres semelles se dessinaient dans le sol.

Le jeune officier les rejoignit, une petite valise à la main. Il s'appelait Quentin Stevens.

— J'ai de quoi relever les empreintes. J'essaie ?

— Saupoudrez d'abord le hayon.

— Est-ce que les propriétaires ont des caméras de surveillance pour protéger leur maison ? demanda le sergent.

— Pas que je sache. Comme je vous l'ai expliqué au téléphone, madame Rush et moi dînions ici, chez des amis communs. Je pense que, s'ils avaient fait installer des caméras, ils me l'auraient dit, mais je vais leur poser la question.

La porte de Melissa s'ouvrit, et un couple descendit les marches du perron. En les reconnaissant, ils s'arrêtèrent.

— Que se passe-t-il ?

Kendall s'éclaircit la gorge.

— Quelqu'un a laissé quelque chose dans mon pick-up. Une mauvaise blague, certainement.

Le couple, qui avait deux enfants, s'approcha. La femme lança.

— De quoi s'agissait-il ?

— D'un mannequin.

L'homme enlaça son épouse et se força à rire.

— Des adolescents ont dû trouver ça drôle, dit-il avant de l'entraîner à sa suite.

Coop jeta un œil à ses gars pour leur faire comprendre qu'il ne tenait pas à ce qu'ils répandent le bruit que le mannequin était celui d'un enfant ni qu'il était enveloppé de façon à ressembler à un cadavre.

Melissa et Daryl avaient sans doute décidé de mettre un terme à la soirée parce que d'autres invités sortirent de la maison. Tous s'approchèrent du camion comme des moustiques attirés par la lumière.

Le sergent Payton et Stevens se remirent au travail tandis que Coop et Kendall répondaient aux questions en s'efforçant d'en dire le moins possible.

Finalement, tout le monde s'en alla. Melissa et Daryl vinrent les rejoindre sur le trottoir.

Melissa s'approcha de Kendall.

— Ont-ils trouvé quelque chose ?

— Pas encore mais ils vont sortir ce mannequin du pick-up.

— Mettez-le sur la banquette arrière, ordonna Coop à ses hommes en ouvrant la portière de l'une des voitures de patrouille.

Il se tourna vers Daryl et demanda :

— La maison est-elle équipée de caméras de surveillance ?

— Non, mais après cette histoire, nous avons l'intention d'en faire installer. Sais-tu ce qui conviendrait le mieux ? Donne-nous la marque du meilleur modèle.

— Je vous le dirai, dit-il.

— Tu veux retourner un moment dans la maison ? proposa Melissa à Kendall. Tu as l'air gelée. Je te promets de ne pas te demander de nous aider à ranger.

— Merci, mais j'ai juste envie de rentrer chez moi.

Coop leva la main.

— Je vais ramener Kendall chez elle.

— Inutile, je suis capable de conduire. Les effets de l'alcool sont dissipés maintenant.

— Je vous préviens que, si vous prenez le volant, vous risquez d'être en infraction, répliqua-t-il, ne plaisantant manifestement qu'à moitié.

Melissa serra l'épaule de Kendall.

— Laisse tes clés à Daryl. Il déposera ton pick-up chez toi demain dans la matinée.

— Si cela ne l'ennuie pas, c'est sans doute la meilleure solution, en effet, répondit Kendall.

— Pas de problème. Vas-y. Avec le shérif Sloane, tu es entre de bonnes mains.

Pour la deuxième fois de la soirée, elles se dirent au revoir puis Coop invita Kendall à prendre place dans son camion d'un modèle plus récent que le vieux tacot de Tante Cass.

Tout en s'installant lui-même au volant, il lui glissa un regard de biais.

— Ça va ?

— Ça va, merci, murmura Kendall.

— Il y a de grandes chances pour qu'il s'agisse d'une

mauvaise blague. Le sens de l'humour des adolescents est souvent douteux.

— Vous avez raison. Et, d'ailleurs, pourquoi le ravisseur aurait-il eu envie d'attirer l'attention sur lui avec cette mise en scène alors qu'il n'a même pas encore touché la rançon ?

Coop serra plus fort le volant. Elle savait certainement que, si le kidnappeur n'avait pas encore réclamé de rançon, il y avait fort à parier qu'il ne le ferait jamais. D'ailleurs, vingt-cinq ans auparavant, aucune rançon n'avait été demandée pour sa sœur jumelle.

Comme il s'engageait dans l'allée qui menait à la maison de la tante de Kendall, de grosses gouttes frappèrent son pare-brise. Il se remettait à pleuvoir, et il songea à Steffi qui détestait la pluie. Une nouvelle vague de culpabilité le souleva. Une fois de plus, il se reprocha d'obliger sa fille à vivre dans un endroit qu'elle n'aimait pas, dans une maison qu'elle n'avait jamais considérée comme son foyer, même si elle y était née. À une époque, il avait cru qu'il valait mieux pour elle rester ici, mais à présent il n'en était plus aussi sûr.

Il se gara et coupa le moteur. Il tenait à raccompagner Kendall jusqu'à sa porte, même s'il ne se sentait pas à l'aise à l'idée de la laisser seule ici après sa mésaventure.

Elle se tourna vers lui.

— Voulez-vous entrer un instant ? Je déteste la pluie.

— D'accord, merci. J'étais censé me détendre ce soir, la soirée devait me donner un avant-goût des vacances et, finalement, j'ai passé la moitié du temps à travailler.

— Je suis désolée.

— Je ne vous reproche rien… Vous n'y êtes pas pour grand-chose.

Un petit sourire se dessina sur les lèvres de Kendall tandis qu'elle ouvrait la portière.

Il sauta du camion et la suivit jusqu'au porche. Au passage, il inspecta les fenêtres. Elle aussi aurait intérêt à faire installer un système de vidéo surveillance.

Tout en déverrouillant la porte, elle le regarda par-dessus son épaule.

— J'ai passé l'aspirateur après votre départ. Je pense que vous respirerez plus facilement que cet après-midi.

Il franchit le seuil de la maison le premier et prit une profonde inspiration. Non seulement, elle avait fait le ménage mais elle avait dû également aérer les pièces parce qu'une bonne odeur de pin flottait à l'intérieur.

— En effet, c'est beaucoup mieux.

— J'avoue ne pas avoir encore nettoyé l'étage mais le rez-de-chaussée au moins est vivable. Et je vais faire appel à une entreprise spécialisée pour finir le grand ménage.

— C'est sans doute une bonne idée… Quand allez-vous organiser la brocante de garage ?

— Ce week-end, j'espère. Aimeriez-vous boire quelque chose ?

Coop promena les yeux autour de lui pour les poser finalement sur la commode où s'était soi-disant cachée l'araignée fantôme.

— Je veux bien un café si cela ne vous dérange pas.

— Pas du tout, mais vous ne préférez pas rentrer chez vous vous occuper de votre fille ?

Il s'attendait à cette question.

— Elle était invitée à une soirée pyjama chez une amie qui se trouve être la fille de la réceptionniste du bureau du shérif.

— Elle a cinq ans, si j'ai bien compris, poursuivit Kendall en se dirigeant vers la cuisine.

Il lui emboîta le pas et s'adossa au mur, les bras croisés.

— Oui, Steffi a cinq ans, cinq ans et demi exactement — elle tient beaucoup à cette précision — et elle est à l'école maternelle.

Kendall versa de l'eau dans la cafetière et demanda d'une voix hésitante :

— Êtes-vous… marié ?

Il avait également anticipé cette question et il leva la main pour lui montrer qu'il ne portait pas d'alliance.

— Non.

— Divorcé ?

Même s'il l'avait fait pour des raisons professionnelles, il l'avait interrogée sur sa vie personnelle et, à présent, elle se sentait sans doute autorisée à se renseigner à son tour. Sans doute réagirait-elle différemment si l'un de ses patients se mettait à lui poser des questions intimes.

Elle sentit qu'il hésitait à répondre et reprit :

— Pardonnez-moi, je suis indiscrète. Une déformation professionnelle sans doute. Ne vous sentez pas obligé de me le dire si cela vous gêne. Voulez-vous du lait dans votre café ? ajouta-t-elle en ouvrant le réfrigérateur. Je n'ai pas de crème, malheureusement.

— Je le prends noir, merci. Et les questions personnelles ne me gênent pas.

— C'est faux, répliqua-t-elle avec un sourire. Votre visage s'est fermé et vos lèvres se sont serrées quand je vous ai demandé si vous étiez marié.

— Vous êtes observatrice, vous feriez un bon inspecteur de police.

Il prit une profonde inspiration puis lâcha.

— Ma femme est morte.

Surprise, Kendall sursauta, et un peu de lait se répandit sur la table.

— Pardon ?

— Ma femme. Elle est morte.

— Je suis sincèrement désolée.

Elle prit une éponge et se mit en devoir d'essuyer la petite flaque.

Il montra la cafetière du doigt.

— Le café est prêt.

— Allons le boire dans le salon, dit-elle en sortant des tasses. Il y fait plus chaud.

Ils prirent place sur des chaises, l'un en face de l'autre, en se servant d'un carton comme table basse.

— Vous plaisez-vous à Timberline ? demanda-t-elle.

Elle le dévisageait par-dessus sa tasse. Sans doute regardait-elle ses patients de la même façon lorsqu'elle était en séance avec eux.

— Oui, plutôt, dit Coop. J'aime travailler au grand air et pratiquer l'escalade, la randonnée, le rafting...

— Alors Timberline est l'endroit idéal pour vous, dit Kendall en caressant le bord de sa tasse du bout de ses doigts. Evergreen Software a redonné un peu de vie à la région. Quand j'ai fini mes études, l'entreprise de menuiserie qui faisait travailler la moitié de la population locale avait déjà fait faillite et Timberline menaçait de se transformer en ville fantôme.

— À mon arrivée, Evergreen était déjà implantée, et je ne peux donc pas établir de comparaison, mais j'ai entendu les gens du coin se réjouir du changement, sans parler du maire, M. Young, qui estime qu'Evergreen a sauvé la région.

— Ah ? Jordan Young est donc devenu maire...

— En fait, il a démissionné, il y a peu.

— En tout cas, Timberline a connu beaucoup de rebondissements au cours de son histoire. Elle a été bâtie lors de la découverte de minerais d'argent dans ses sous-sols et, lorsque les gisements se sont taris, les forêts alentour ont permis le développement de la menuiserie. Maintenant, la ville se reconvertit dans le high-tech. Il faut croire que Timberline ne se résigne pas à disparaître et trouve toujours de nouvelles ressources, de nouvelles activités pour rebondir.

Ils restèrent un instant silencieux puis elle reprit.

— Que pensez-vous vraiment de ce mannequin ?

Il avala une gorgée de café avant de répondre.

— Il n'a pas été déposé dans votre pick-up par hasard, même s'il s'agit d'une mauvaise blague. Tout le monde connaît vos liens avec les anciens kidnappings.

— Je me demande si Wyatt a été, lui aussi, victime d'une plaisanterie de ce genre ce soir. Je ne suis pas la seule à être liée au Trio de Timberline. Cela dit, la famille de Heather Brice a préféré s'en aller.

— J'interrogerai Wyatt demain. Il effectue des travaux de plomberie au bureau en ce moment, je n'aurai pas à le chercher bien loin.

— J'ai du mal à imaginer le ravisseur laissant ce mannequin dans mon pick-up. Quel serait l'intérêt pour lui de faire une chose pareille ?

— Il a kidnappé des enfants. Il faut avoir l'esprit dérangé pour s'en prendre à des gosses.

— Vous avez raison. Il doit être gravement atteint.

— Ces deux rapts ont peut-être un objectif précis.

— Croyez-vous que le ravisseur aurait voulu reproduire le crime d'il y a vingt-cinq ans ? Cette éventualité m'est insupportable.

— Étant donné que je suis moi-même père d'une petite fille, une telle hypothèse n'est pas simple à accepter pour moi non plus.

— Pourquoi déposer ce mannequin dans un pick-up ? Cela n'a aucun sens.

— Nous ne savons pas encore de quoi il retourne mais je suis certain que ce mannequin est lié aux kidnappings, que ce soit une mauvaise blague ou pas.

Kendall hocha la tête avant d'étouffer un bâillement.

— Excusez-moi. Après la journée que j'ai eue, je suis épuisée.

— Je vais vous laisser. Je n'avais pas l'intention de vous faire veiller toute la nuit.

Il songea brusquement à une autre manière de la garder éveillée et, lorsqu'il la vit le regarder d'un drôle d'air, il se demanda si elle n'avait pas deviné les images qui venaient de traverser son esprit. Avec une psychologue, le pire était toujours à craindre.

— Ne vous reprochez rien, dit-elle. J'étais contente d'avoir un peu de compagnie. Votre présence a chassé mes peurs.

Ils se levèrent.

— Puis-je utiliser vos toilettes avant de partir ? demanda-t-il en lui tendant sa tasse vide.

— Première porte à droite, répondit-elle en lui montrant le couloir.

En revenant, Coop entendit Kendall rincer les tasses dans l'évier. De nouveau, il regarda la commode du salon.

Cet après-midi, quelque chose l'avait terrifiée et, ce soir, le mannequin avait eu le même effet sur elle. Se pouvait-il que quelqu'un cherche à lui faire peur ? Et, si c'était le cas, n'avait-il pas le devoir de le découvrir ? se demanda-t-il en se rapprochant du meuble en acajou.

Il ouvrit le tiroir et en inspecta le contenu du regard.

— Vous êtes sûr que vous n'avez pas besoin d'un mandat pour fouiller mes affaires ?

La voix de Kendall arrêta Coop dans son élan. Mais il sortit alors le ruban rose du tiroir et l'agita devant lui.

— Elle a vraiment une drôle de tête, cette araignée…

5

Kendall sentit ses joues s'empourprer et elle dut faire appel à toute sa volonté pour ne pas se jeter sur Coop afin de lui arracher le ruban des mains.

— Pourquoi farfouillez-vous dans les affaires de ma tante ? Je mettrai bientôt ses bibelots en vente dans une brocante de garage. S'ils vous intéressent, vous n'aurez qu'à les acheter, à ce moment-là.

— Ne vous fatiguez pas, Kendall. C'est ce ruban qui vous a terrifiée, cet après-midi. C'est à cause de lui que vous vous êtes précipitée dehors comme si vous aviez le diable à vos trousses.

— Et alors ? rétorqua-t-elle en levant le menton. Vous êtes le shérif, pas mon thérapeute. Rien ne m'oblige à vous raconter tout ce qui se passe dans la tête.

— J'aurais apprécié que vous me disiez au moins ce qui peut m'aider dans mon enquête, répliqua-t-il en remettant le ruban dans le tiroir.

— J'ignorais que cet accessoire pouvait vous être utile.

— Arrêtez votre baratin, Kendall. Ce ruban est le même que celui que le ravisseur vous a arraché des cheveux cette nuit-là. C'est lui qui vous a terrorisée, non ?

Elle baissa la tête.

— Je ne vous connaissais pas. Je me sentais idiote de réagir ainsi. Je n'allais pas en plus me ridiculiser en m'épanchant sur mes petites angoisses.

— Je comprends mais pourquoi ne pas m'en avoir parlé ce soir, après avoir trouvé ce mannequin dans votre pick-up ?

Elle croisa les bras sur sa poitrine.

— Je ne sais pas très bien. Vous le dire à ce moment-là aurait été reconnaître que je vous avais menti…

Il poussa un soupir.

— Ecoutez, Kendall. Vous avez raison, vous ne me devez rien. Ni à moi ni aux deux familles qui sont dans le malheur.

— J'aimerais les aider. J'aimerais vraiment faire quelque chose pour elles. Mais pas au détriment de mon équilibre mental, d'autant que rien de ce que je pourrais vous dire ne servirait à retrouver ces enfants.

— Nous n'en savons rien. Jouons cartes sur table, d'accord ? reprit-il en la prenant par les épaules. Faites-moi confiance. Avez-vous peur de moi ? Pensez-vous que je vous juge ? J'espère bien que non.

Elle pencha la tête en arrière pour affronter son regard. Était-il donc important pour lui qu'elle lui accorde sa confiance ?

— Non, pas du tout, c'est vrai, répondit-elle. Je vous ai menti cet après-midi parce que je ne voulais pas que vous mesuriez à quel point je suis encore affectée par cette histoire. De plus, je ne pensais pas que ce ruban pouvait être d'une quelconque utilité pour résoudre les affaires sur lesquelles vous enquêtez à présent. Et je ne vous ai pas parlé du ruban après la découverte du mannequin parce que je n'avais pas envie d'avouer que je vous avais raconté des histoires. Voilà.

— Pourquoi chercher à dissimuler que cette tragédie vous bouleverse encore ? N'importe qui, à votre place, en aurait été traumatisé.

Kendall grimaça un sourire.

— Seuls les forts survivent.

À ses mots, les yeux de Coop s'assombrirent de chagrin. Qui ne faisait pas confiance à l'autre, maintenant ?

— Vous avez trouvé le ruban dans le tiroir de cette commode. Cela ne peut pas être le même. Il est évident qu'il est neuf.

Elle recula. Comment parvenait-il à lui tirer si facilement les vers du nez ? Qui était psychologue ici ?

— J'y ai réfléchi toute la journée. Il pourrait s'agir de l'original, de celui qui retenait ma deuxième natte, cette nuit-là, ou d'un autre appartenant à Kayla et que ma tante aurait gardé. Si ce ruban a passé toutes ces années à l'abri de l'air et de la lumière, il est peut-être normal qu'il ne soit pas délavé. À moins que ma tante en ait acheté d'autres par la suite, pour une raison qui m'échappe, et qu'elle ait choisi par hasard des rubans roses.

— À moins que la personne qui a déposé un mannequin d'enfant à l'arrière de votre pick-up ait laissé un ruban dans ce tiroir en sachant quels effets l'un et l'autre produiraient sur vous.

— Ce qui nous ramène à ma question de tout à l'heure, dit-elle en se massant les tempes. Pourquoi le ravisseur ou qui que ce soit, d'ailleurs, voudrait-il me torturer ?

— Je n'en sais rien mais j'ai bien l'intention de le découvrir, répondit-il. Bon, il est tard. Je me sauve.

Elle écarta le rideau pour regarder au dehors.

— La pluie a cessé. Pour le moment.

Coop lui posa une main dans le dos.

— Ça va aller ?

Elle se tourna vers lui et plia les bras pour faire gonfler ses biceps.

— Je suis plus forte que je n'en ai l'air, dit-elle en riant. Vous savez, je vous aurais sans doute parlé du ruban… Un de ces jours. Surtout après avoir vu ce mannequin.

— J'en suis heureux.

Il se dirigea vers la porte mais s'arrêta pour lui faire face.

— Vous n'êtes pas obligée de jouer les dures avec moi, Kendall. Laissez-moi vous aider à porter votre fardeau.

Puis il sortit, et elle le suivit des yeux jusqu'à ce que la nuit l'engloutisse.

Si elle devait décharger une partie de ses tourments sur les épaules de Coop, il serait juste qu'il en fasse autant.

Parce que, de toute évidence, le shérif Cooper Sloane était la proie de profondes souffrances, lui aussi.

— Cessez de vous donner tant de mal. Vous allez finir par vous tuer à la tâche ! s'exclama Rebecca Geist, l'agent immobilier de Kendall, en lui tendant une carte de visite. Je vous recommande cette société de nettoyage. J'ai déjà travaillé avec eux. Ils sont très professionnels et leurs tarifs sont raisonnables.

— Merci. J'aurais dû vous en parler plus tôt, reconnut Kendall. En tout cas, j'ai déjà réussi à emballer toutes les collections de ma tante. J'espère en vendre une bonne partie lors de ma brocante de garage et, si cela ne suffit pas, je confierai le reste à une entreprise qui s'occupera de les proposer sur Internet. J'ai trouvé une adresse à Port-Angeles.

— Excellente idée. Bon, maintenant, si vous en êtes d'accord, je vais prendre quelques photos de la maison pour mettre une annonce en ligne sans tarder. Je pensais fixer le prix à trois cent mille dollars.

— Trois cent mille dollars pour cette baraque sinistre ? s'exclama Kendall, stupéfaite.

— Ne dites pas ça, répliqua Rebecca en regardant autour d'elle comme si elle craignait qu'un acheteur éventuel ne les entende. Nous offrons un charmant petit cottage niché au fond des bois. N'oubliez pas que vous avez un grand terrain et que, depuis qu'Evergreen s'est installé à Timberline, le marché immobilier est au beau fixe… Contrairement au climat.

— D'accord, d'accord, je propose un petit coin de paradis en pleine nature, un nid d'amour bucolique.

Kendall parvenait même à imaginer la maison une fois la moquette retirée… Un plancher de bois, un tapis indien, un feu crépitant dans la cheminée et Coop Sloane, torse nu, étendu devant.

Elle ne put réprimer un sourire.

— Voilà l'idée, reprit Rebecca. Bien sûr, nous serons obligées de révéler l'histoire de la maison à l'acquéreur éventuel… Mais sans trop insister.

Kendall sortit brutalement de son rêve.

— Son histoire ? Que voulez-vous dire ? En quelle année elle a été construite, ce genre de choses ?

— Mais non, ma chère ! Je parlais du kidnapping.

Le rêve éveillé de Kendall était très loin maintenant.

— Vraiment ? Pourquoi évoquer un événement qui a eu lieu il y a vingt-cinq ans ? Ce n'est pas comme si la maison était hantée.

Ses yeux se posèrent alors sur la commode dans laquelle elle avait découvert le ruban. Elle détourna la tête.

— Cette maison a été le théâtre d'un crime, il serait déloyal de le passer sous silence. Cela dit, l'impact ne sera sans doute pas énorme, poursuivit Rebecca en se mordillant les lèvres. À moins que…

— À moins que quoi ?

Rebecca rougit sous son épais maquillage.

— À moins que le FBI ne parvienne pas à résoudre les deux affaires en cours, les deux derniers kidnappings ou, pire encore, à moins qu'il n'y en ait un troisième. Dans cette hypothèse, non seulement la valeur de cette maison en pâtirait mais l'immobilier de toute la région s'effondrerait, je le crains. Bien sûr, le prix de l'immobilier n'est rien comparé à la douleur des familles.

— C'est évident. Vous n'avez pas à vous justifier, Rebecca. Espérons que le FBI et le shérif Sloane parviendront à retrouver les enfants et à arrêter le ravisseur.

— Je parie plutôt sur Sloane. L'avez-vous déjà rencontré ?

Kendall enfonça les mains dans ses poches, tentant de paraître décontractée.

— Oui, nous étions tous les deux invités à la soirée chez les Rhodes, hier soir.

— Sloane est beau gosse. Il a l'air d'un dur à cuire mais il a un côté sensible qui n'est pas si fréquent chez les hommes. Et, puisque vous abordez le sujet, qu'est-il arrivé à votre pick-up là-bas ? Lorsque j'ai pris un café aux Common Grounds, ce matin, quelqu'un disait que les flics avaient travaillé sur votre camion une bonne partie de la soirée.

— Des adolescents m'ont joué un sale tour.

— Ah, les gosses ! Noah veut en avoir, mais je n'accepterai d'en mettre au monde qu'à une condition : qu'il m'en débarrasse avant qu'ils atteignent l'âge de la puberté.

— Noah est votre mari ? demanda Kendall, tentant de dissimuler sa joie d'apprendre que Rebecca n'avait aucune vue sur Coop.

— Pas encore mais cela ne saurait tarder. Il me passera la bague au doigt dès que nous aurons réglé les derniers détails.

Kendall leva un sourcil étonné.

— À vous entendre, j'ai l'impression que vous discutez d'une transaction immobilière et non d'un mariage.

— Noah tient en effet à ce que nous signions un contrat de mariage. Il a déjà été marié, et la pension alimentaire qu'il doit verser à son ex-épouse le ruine. Le pauvre chéri n'a pas envie qu'une autre exige un jour le peu qu'il lui reste.

— Cela peut se comprendre.

— Bon, revenons à nos moutons. Je vais prendre quelques clichés de la cuisine, de la chambre principale et de la salle de bains. Puis nous irons dehors.

Kendall considéra les talons aiguilles de Rebecca.

— Vous n'allez pas sortir dans le jardin boueux avec vos escarpins ! Je vais vous trouver une paire de bottes. Ou mieux : pourquoi ne pas me confier votre appareil pour que je me charge des photos extérieures ?

Rebecca fronça le nez.

— Si cela ne vous dérange pas, ce serait en effet la meilleure solution.

Tandis que Rebecca se rendait dans la cuisine, Kendall sortit des bottes du placard et les enfila.

— Je peux aller dans la chambre ? s'enquit Rebecca.

— Oui, oui, faites comme chez vous.

Kendall passa devant Rebecca pour prendre une veste au portemanteau de l'entrée. Depuis son retour, elle n'avait pas encore jeté un œil sur la propriété. Le jardin donnait sur une petite rivière, mais sa tante n'avait jamais beaucoup profité des charmes de la campagne.

Rebecca revint vers elle.

— J'ai ce qu'il me faut. De vous à moi, si un Californien plein aux as achète votre propriété et s'il a de l'argent à dépenser, il rasera sans doute cette baraque pour en construire une autre à la place. J'espère que vous n'êtes pas trop sentimentale et que vous ne vous en formaliserez pas.

Cette maison jouait un rôle majeur dans les cauchemars de Kendall. Comment aurait-elle pu y être attachée ?

— Pas du tout.

— Tant mieux. Regardez, mon appareil est très simple. Il suffit de zoomer et d'appuyer sur le bouton.

Tout en enfilant sa veste, Kendall l'entraîna vers la cuisine où se trouvait une porte qui donnait sur l'arrière.

Elles firent quelques pas sur la terrasse entourée d'arbres et de buissons. Kendall rabattit la capuche de sa veste.

— Il se remet à pleuvoir.

— Pour changer ! Tenez, je vous laisse l'appareil. Prenez quelques clichés du cours d'eau. Une propriété au bord de la rivière va se vendre en un clin d'œil. Cela vous ennuie-t-il que je retourne à l'intérieur ? Je vais en profiter pour me réchauffer.

— Servez-vous. Il y a des sodas, du café et du thé dans la cuisine.

— Merci.

— De combien de photos avez-vous besoin ?

— Cinq ou six, à vous de voir.

Rebecca rentra à l'intérieur, laissant la porte ouverte.

L'appareil en main, Kendall descendit de la terrasse et s'éloigna. Parvenue à la lisière du bois, elle se retourna pour photographier l'arrière de la maison.

Quand le ravisseur avait emporté Kayla, il était sorti par la porte principale, ce qui avait poussé la police à conclure qu'il n'était pas du coin, qu'il ne savait pas où menait le terrain situé à l'arrière.

Une goutte de pluie se glissa sous son col et coula le long de son dos. Avec un frisson, elle rabattit contre elle les pans de sa veste.

Les arbres et les fourrés ressemblaient à une muraille végétale mais, autrefois, son père avait tracé un chemin pour permettre à sa tante de traverser la forêt jusqu'à la rivière. Kendall connaissait les lieux et n'eut pas de mal à le retrouver.

Elle savait où regarder.

Chaque fois que ses parents les laissaient ici, sa sœur et elle, Kendall en profitait pour partir à la découverte de la propriété. Elle s'imaginait en exploratrice, à la recherche d'un trésor, ou en aventurière affrontant mille dangers. Elle tentait toujours d'entraîner sa jumelle avec elle mais Kayla rechignait à la suivre.

Kendall se mordit les lèvres, en proie à un regain de culpabilité. Pour avoir toujours sa sœur à ses côtés, elle aurait accepté de jouer à la Barbie tous les jours, de renoncer à la forêt et à ses mystères.

Le vent soulevait les feuilles mortes, et Kendall eut l'impression d'entendre Kayla rire de son vœu puéril.

— Tu as tort, Kayla, murmura-t-elle. Si j'avais pu te faire revenir, j'aurais été heureuse de jouer à la poupée à longueur de journée.

Sa voix résonna étrangement dans le silence de la forêt. Kendall progressait difficilement sur le sentier boueux mais elle se dirigea d'un pas déterminé vers la rivière.

Se remémorant pourquoi elle était venue jusqu'ici, elle colla l'appareil-photo à son œil pour prendre des clichés du cours d'eau et des grands arbres qui le longeaient.

L'endroit serait parfait pour y accrocher un hamac, songea-t-elle, mais qui aurait envie de se prélasser sous un ciel perpétuellement gris ?

Elle mitrailla le coin avant de remarquer quelque chose d'étrange sur l'une des rives. Comme elle zoomait dans cette direction, elle sentit son cœur battre à grands coups dans sa poitrine, et un frisson glacé la parcourut.

De frayeur, elle lâcha l'appareil.

Dans un état second, elle s'approcha de la rivière, trébuchant sur les rochers

Lorsqu'elle atteignit enfin la rive, elle tomba à genoux.

Deux croix y étaient plantées.

Deux petites croix… Qui semblaient érigées sur des tombes d'enfants.

6

— Depuis combien de temps est-elle partie ? demanda Coop en écartant le rideau à carreaux rouges et blancs de la cuisine pour regarder au dehors.

— Depuis un bon moment, répondit Rebecca Geist. J'ai eu le temps de me faire un café, d'en boire deux tasses tranquillement…

— Et il recommence à pleuvoir.

— Les averses se sont succédé sans interruption depuis mon arrivée, mais je ne pense pas que l'eau soit montée au point de lui faire courir le moindre risque, si c'est ce que vous craignez.

— Non, bien sûr que non, marmonna Coop, mais le sentier qui mène à la rivière doit être boueux, glissant. Kendall a pu buter sur une racine ou un rocher. Bon, conclut-il, je vais la chercher.

Il ouvrit la porte de la cuisine qui donnait sur l'arrière de la maison. Il remarqua quelques meubles de jardin installés sous le feuillage d'un arbre dans un coin de la terrasse comme pour les protéger de la pluie.

Avec la forêt en arrière-plan, l'endroit serait idéal pour faire un barbecue, se dit-il. À condition que le soleil daigne être de la partie, bien sûr.

Coop avançait péniblement, il pataugeait dans la boue. Ses bottes s'enfonçaient dans le sol détrempé. De ses mains gantées, il écarta les branches pour retrouver le chemin qui menait à la rivière.

Il ne tarda pas à repérer des traces de Kendall, des brindilles cassées, des empreintes de pas, prouvant qu'elle était bien passée par là. Il n'eut qu'à les suivre. Le silence de la forêt l'enveloppait comme un cocon. Il avait l'impression d'être le dernier homme sur terre.

— Kendall !

Il ne cria son nom que pour rompre cette atmosphère qui devenait oppressante.

Mais elle ne répondit pas.

En proie à une sourde angoisse, il allongea le pas. Une souche d'arbre enfouie sous la végétation le surprit. Il trébucha dessus et s'étala de tout son long sur le sol.

Il se redressa et brossa de la main son pantalon pour en retirer la boue avant de se remettre en marche. Lorsqu'il sortit du bois et parvint à proximité de la rivière, ce qu'il découvrit le laissa un instant sans voix.

— Kendall ! lança-t-il enfin.

Agenouillée sur les bords du cours d'eau, Kendall ne leva même pas le nez, tant elle était focalisée sur sa tâche. Elle creusait frénétiquement la terre à mains nues.

Sans se soucier des racines d'arbres et des grosses pierres qui jonchaient le sentier, Coop s'élança vers elle.

— Kendall !

Cette fois, elle tourna son visage vers lui. À la vue de ses grands yeux noirs perdus dans le vide, il sentit son cœur se serrer dans sa poitrine. Elle ne semblait pas le voir.

Sans dire un mot, elle se remit à creuser.

Il se jeta à ses côtés et faillit la renverser en découvrant à son tour les deux croix de bois dressées.

— Arrêtez ! cria-t-il.

Il prit ses mains pleines de terre entre les siennes pour l'obliger à cesser de s'activer.

Livide, elle balbutia.

— Ils sont là. Les enfants. Ils sont certainement enterrés ici.

Sa voix se brisa, et elle poussa un long gémissement.

Coop l'attira à lui et la serra dans ses bras.

— Kendall, calmez-vous. Venez, rentrons à la maison. Vous êtes glacée, il faut vous réchauffer.

Il se redressa et l'aida à se mettre debout.

— Je vais appeler le FBI pour leur demander de venir jeter un œil sur ces croix, poursuivit-il. Vous ne devez pas rester là, vous polluez une scène de crime.

Elle battit des paupières. Quand il vit ses joues ruisselantes, il se demanda s'il s'agissait de ses larmes ou de la pluie qui s'était remise à tomber.

Un bras autour de sa taille, Coop fouilla dans ses poches pour en tirer son téléphone portable mais, dès qu'ils atteignirent l'épais feuillage des arbres, il perdit le réseau.

— Je leur passerai un coup de fil quand nous arriverons. Ça va ? Vous tenez le coup ?

Sans répondre, elle demanda :

— Croyez-vous qu'il les a enterrés là-bas, près de la rivière ? Pourquoi ? Pourquoi a-t-il choisi mes terres ?

— Nous ne savons rien encore, Kendall, répliqua-t-il en lui caressant les cheveux. En tout cas, si le FBI n'a pas voulu s'intéresser au mannequin hier soir, je suis certain que l'agent Maxfield va rappliquer dès qu'il entendra parler de ces croix.

Ils avançaient péniblement à travers les bois sombres qui semblaient plus lugubres et menaçants que jamais. Quand la sœur de Kendall avait été enlevée, le FBI avait passé la zone au peigne fin, mais ils n'avaient pas trouvé la moindre trace de Kayla, de Stevie ou de Heather. Comment des enfants avaient-ils pu disparaître ainsi de la surface de la terre ?

Il n'y avait pas pire cauchemar pour des parents.

Comme la maison apparaissait au loin, Coop écarta les feuillages afin de dégager un chemin pour Kendall. Il ne la lâchait pas, craignant qu'elle ne s'effondre s'il cessait de la soutenir. Elle ne tenait manifestement plus sur ses jambes.

Au moment où ils sortaient du sous-bois, Rebecca, qui les guettait, cria du seuil de la cuisine.

— Tout va bien ?

— Rebecca, pourriez-vous faire couler un bain chaud pour Kendall ? lança Coop.

— Non ! hurla Kendall qui s'agrippa plus fort à son bras. Je veux savoir ce qu'il y a là-bas.

Rebecca pâlit et porta les mains à sa gorge.

— Que s'est-il passé ? Que vous est-il arrivé, Kendall ?

— Il y a deux croix sur les bords de la rivière, deux petites croix.

— Et vous croyez que…

Visiblement au bord du malaise, Rebecca se laissa tomber sur une chaise. Elle tremblait de tous ses membres.

— Nous ne savons pas encore ce qu'il faut en penser, répliqua Coop. Avez-vous remarqué des croix la dernière fois que vous avez visité la propriété, Rebecca ?

— Je n'avais jamais vu le parc auparavant et je m'étais encore moins aventurée près du cours d'eau. Je me contentais de regarder la maison de la route ou sur des photos.

Elle se tourna vers Kendall.

— Pourquoi êtes-vous couverte de boue ? demanda-t-elle.

Coop atteignit le combiné de téléphone et composa le numéro de Maxfield. Quand il l'eut en ligne, il lui résuma la situation.

Après avoir raccroché, il rejoignit les deux femmes. Kendall était en train de répondre à Rebecca.

— J'ai vu ces croix et j'ai commencé à creuser.

— Mon Dieu ! s'exclama Rebecca. Ecoutez, je vais vous préparer une bonne tasse de thé. Il faut vous réchauffer. Même si vous ne voulez pas prendre une douche, pourquoi ne pas monter faire un brin de toilette ?

Kendall regarda ses mains comme si elles appartenaient à quelqu'un d'autre.

— L'agent Maxfield va-t-il venir ?

— Il se met tout de suite en route avec ses hommes. Allez vous laver le visage et les mains. Puis vous prendrez une tasse de thé. Vous en avez besoin.

Kendall retira ses bottes et les laissa devant la porte, puis elle ôta l'appareil-photo qui pendait à son cou et le tendit à Rebecca.

— J'espère qu'il n'a pas été abîmé.

— Nous nous en inquiéterons plus tard, répondit Rebecca qui remplissait la bouilloire.

Quand Kendall quitta la cuisine, Rebecca se tourna vers Coop.

— Qu'en pensez-vous ? Elle semble complètement sonnée, sous le choc… Cela dit, à sa place, je le serais, moi aussi.

— Lorsque je l'ai aperçue, elle était à genoux au pied des croix en train de creuser à mains nues. J'ai eu l'impression qu'elle était devenue folle.

— Après tout ce qu'elle a traversé, cela n'aurait rien de surprenant. En tout cas, si ces gamins sont enterrés là, nous pouvons oublier la vente de la propriété. Personne ne voudra l'acheter.

Les bras croisés, Coop pencha la tête sur le côté.

— Vraiment ?

— Bien sûr, ce n'est pas ma seule préoccupation, se hâta-t-elle de préciser en glissant un sachet de thé dans une tasse.

Kendall revint dans la cuisine en chaussettes. Elle avait les mains propres mais son visage était encore maculé de terre.

— Vous reprenez figure humaine, assura pourtant Rebecca. Mais vous devriez vous changer. Vous allez attraper la mort dans ces vêtements mouillés.

Kendall s'empara de la tasse que lui tendait Rebecca.

— Je portais une veste. Je suis moins trempée que je n'en ai l'air.

— Asseyez-vous, Kendall, dit Coop. L'agent Maxfield et ses hommes ne vont plus tarder. Ils n'étaient pas loin quand je les ai appelés.

Elle regarda par la fenêtre tandis que ses doigts serraient plus fort sa tasse.

— Je veux être là quand ils creuseront.

Il se pinça le haut du nez.

— Votre présence ne me semble pas indispensable.

— Il s'agit de ma propriété, de ma vie. Je tiens à assister à cette opération.

— Cela vous ennuie-t-il que, moi, je m'en aille ? demanda Rebecca. Je vais mettre ces photos sur mon site Internet… avant qu'autre chose ne se produise.

— Avec Photoshop, il vous sera facile de les retoucher, dit Kendall.

— Pourquoi voudrais-je les retoucher ?

— J'ai remarqué la présence de ces croix à travers l'objectif…

Rebecca poussa un petit gémissement.

— C'est terrifiant. Merci de m'avoir prévenue.

Coop s'éclaircit la gorge.

— Pourrez-vous me les envoyer quand vous les chargerez sur votre ordinateur, Rebecca ? demanda-t-il. J'aimerais y jeter un coup d'œil. Venez, je vous raccompagne à votre voiture.

Il s'empara d'un parapluie rangé avec plusieurs autres dans un haut panier en osier avant d'inviter Rebecca à sortir. Il l'escorta jusqu'à sa petite voiture de sport. Galamment, il lui ouvrit la portière.

Elle s'installa au volant et se tourna vers lui.

— Vous me direz ce qu'ils trouveront, n'est-ce pas ?

— Bien sûr. Mais, si les enfants sont enterrés là, je n'aurai pas besoin de le faire. La nouvelle se répandra comme une traînée de poudre.

— J'espère de tout mon cœur qu'ils n'y sont pas. Pour Kendall et pour les malheureuses familles. Mon Dieu, faites qu'ils n'y soient pas, répéta-t-elle d'une voix tremblante.

Cette fois, le marché immobilier n'était sans doute pas ce qui l'inquiétait.

Coop claqua la portière et retourna vers la maison.

Kendall sirotait toujours son thé, les yeux tournés vers la fenêtre. Elle n'avait plus ce regard vide, mais il y vit briller la peur et la tristesse.

— Ça va ? Je vais appeler le bureau du shérif.

— Allez-y. Tout va bien, ajouta-t-elle avec un soupir. Je ne vais pas m'effondrer ni piquer une crise de nerfs, même si mon comportement de tout à l'heure a pu semer le doute dans votre esprit.

— Il y a plusieurs façons de craquer, Kendall.

— Je le sais. Permettez-moi de vous rappeler que vous parlez à une psychothérapeute.

Coop brandit son téléphone portable.

— Je préfère prévenir mes hommes, même si je ne pense pas que nous aurons la possibilité d'aider le FBI.

— Je croyais que vous aviez l'intention de prendre des congés. À partir d'aujourd'hui.

— Il me reste plusieurs jours à prendre, c'est vrai, mais j'avais prévu de travailler aujourd'hui. Dans ce contexte, je m'en félicite.

— Je sais que vous n'êtes pas nombreux au bureau du shérif, mais aviez-vous fouillé cette partie de la forêt quand le premier enfant a disparu ?

— Bien sûr. Nous avons effectué des recherches minutieuses le long de tous les cours d'eau.

— Ces croix sont donc apparues depuis peu dans le paysage ?

— Apparemment.

Il posa son portable pour appeler le bureau via la ligne fixe. Le sergent décrocha à la première sonnerie. Coop lui exposa rapidement la situation.

— Avez-vous quelqu'un de disponible pour venir ici, Sarge ?

— Non, désolé, Coop. Depuis les kidnappings, la présence de la police rassure la population et tous les hommes sont en patrouille actuellement.

— D'accord, tant pis. Mais mettez tout le monde au courant. Je reste ici pour attendre l'équipe du FBI.

Il abrégea la conversation pour contacter deux autres personnes. Lorsqu'il raccrocha, Kendall avait fini son thé et arpentait le salon.

Elle se tourna vers lui.

— Je crois que le FBI arrive.

Coop regarda par la fenêtre. En effet, une berline noire remontait l'allée pour se garer près du pick-up de Kendall. Une fourgonnette blanche la suivait de près.

Comme Maxfield s'avançait vers la maison, il lui cria :

— Retrouvons-nous à l'arrière. Un chemin sur votre droite permet de contourner le bâtiment.

Il referma la porte et revint dans le salon.

— Êtes-vous sûre de vouloir nous accompagner ? demanda-t-il à Kendall.

Pour toute réponse, elle décrocha sa veste du portemanteau et enfila ses bottes.

Tous deux sortirent sur la terrasse.

L'agent Maxfield, accompagné d'un collègue en costume sombre, précédait deux hommes armés de pelles. À la vue de leurs chaussures bien cirées, Coop secoua la tête et leva les yeux au ciel. Visiblement, il avait affaire à des gens de la ville qui n'avaient pas l'habitude de travailler sur le terrain.

— Allons-y, shérif, dit Maxfield. Montrez-nous le chemin.

Après les présentations d'usage, Kendall prit la tête de la petite procession.

Ils s'enfoncèrent dans les bois, dissipant l'aura mystérieuse et sinistre que Coop avait sentie tout à l'heure. Lorsqu'ils arrivèrent près de la rivière, Kendall pointa l'endroit du doigt.

— C'est là.

Comme ils approchaient des croix, Maxfield jura.

— Pourquoi la terre est-elle retournée ?

— C'est ma faute, répondit Kendall, un peu gênée. En découvrant ces croix, mon premier réflexe a été de creuser.

— Vraiment ? Et avez-vous remarqué quelque chose sur ces tomb… Près de ces croix ?

— Je n'ai rien vu de particulier.

— Ce qui ne signifie pas qu'il n'y avait rien à voir. Vous avez pollué une scène de crime.

— Arrêtez, intervint Coop. Kendall était sous le choc. Elle a réagi comme elle a pu. Maintenant mettons-nous au travail pour tenter de gérer au mieux cette horreur.

Maxfield serra les mâchoires.

— Hendricks, Wong, commencez à creuser… En faisant attention. Chaffee, arrachez-moi ces croix du sol et emballez-les dans les housses en plastique.

Les hommes se mirent au travail. À chaque pelletée, Kendall se rapprochait un peu plus de Coop.

Jusqu'au moment où leurs épaules se touchèrent.

La pluie avait cessé, mais le sol boueux était meuble et les agents avançaient vite.

Comme l'un d'eux enfonçait un peu brutalement sa pelle dans la terre, Kendall sursauta.

— Faites attention… Au cas où.

— Ne vous inquiétez pas, mademoiselle Rush, répondit Maxfield. Mes gars font aussi doucement que possible et ils examinent chaque pelletée avec soin.

Plus le temps passait, plus Kendall se recroquevillait contre Coop en tremblant. Il finit par lui enlacer les épaules pour la soutenir.

— Il n'y a peut-être rien du tout, Kendall. Quelqu'un a peut-être voulu planter des croix près de la rivière pour faire joli. Ou pour enterrer un chien ou un chat.

— J'ai quelque chose ! cria soudain Wong en levant sa main gantée.

Kendall s'écarta de Coop pour se précipiter vers lui.

L'estomac noué, il la suivit en formulant une petite prière.

Maxfield leur barra le chemin, les bras écartés.

— N'approchez pas !

— De quoi s'agit-il ? demanda Kendall qui se hissa sur la pointe des pieds pour tenter d'apercevoir la scène.

Plus grand qu'eux, Coop vit Wong s'accroupir pour tirer quelque chose de la terre.

— C'est une boîte, une boîte en métal, hurla Wong en la brandissant vers le ciel.

Kendall laissa échapper un sanglot et chancela. Elle ne tenait plus sur ses jambes.

Coop la prit contre lui et murmura à son oreille.

— Ce n'est qu'une boîte, une petite boîte.

Bien trop petite pour contenir le corps d'un enfant.

Maxfield tendit la main.

— Donnez-la-moi et continuez à creuser.

Mais les deux agents avaient cessé de s'activer. Lorsque Maxfield souleva le couvercle, ils retinrent leur souffle.

Un rectangle blanc apparut au fond de la boîte.

— Une feuille de papier ? demanda Kendall d'une petite voix.

Ils étaient hypnotisés. Coop s'éclaircit la gorge.

— Je crois qu'il s'agit d'une photo, non ?

— Vous avez raison, répondit Maxfield.

Il prit une trousse en cuir dans sa veste et en sortit une pince à épiler dont il se servit pour s'emparer du cliché et le retourner.

Quand il y parvint, tous reculèrent d'un pas, et Kendall gémit avant de mettre sa main devant sa bouche pour s'empêcher de crier.

— C'est une photo de Cheri, la petite fille kidnappée, dit Maxfield. Elle tient un journal à la main. La preuve qu'elle est vivante, sans doute.

— Non, murmura Kendall en passant ses doigts dans ses cheveux mouillés. Ce n'est pas ça. Le journal qu'elle tient date d'il y a vingt-cinq ans. Il s'agit de la une d'un quotidien annonçant les enlèvements du Trio de Timberline.

7

Si Coop n'avait pas été derrière elle, Kendall se serait étalée de tout son long sur le sol boueux.

Hendricks, l'autre agent, avait fait une découverte similaire sous la deuxième croix. La photo représentait Harrison, le petit garçon enlevé, un autre journal datant d'il y a vingt-cinq ans à la main et titrant, lui aussi, sur les kidnappings du Trio de Timberline.

Après avoir renvoyé ses hommes, Maxfield rejoignit Coop et Kendall dans la cuisine. Il passa quelques coups de fil.

— Les parents des deux gamins vont nous retrouver dans la suite de notre hôtel pour voir ces photos, dit-il. Ce rebondissement inattendu leur redonne un peu d'espoir.

La gorge serrée, Kendall échangea un regard avec Coop. La découverte de photos des petits kidnappés dans des simili-tombes ne lui semblait pas porteuse d'espoir. Mais elle comprenait le soulagement des parents. Ils avaient au moins la preuve que leurs enfants n'avaient pas été immédiatement assassinés par les ravisseurs.

Un frisson glacé lui parcourut l'échine.

Coop mit fin à sa conversation téléphonique avec un de ses collègues et demanda.

— Les indices, y compris les photos, vont-ils tous être envoyés au labo pour y être analysés ?

— Nous savons ce que nous avons à faire, Sloane, répliqua Maxfield avec hauteur.

Coop serra les mâchoires.

— Le gars s'est servi d'un appareil Polaroid pour ne pas avoir à utiliser son téléphone portable ou une imprimante qui pourraient être tracés. Mais ce détail en lui-même peut nous mettre sur une piste. Qui possède encore un Polaroid de nos jours ?

Maxfield haussa les épaules.

— Bonne question. Pour ma part, voilà des années que je n'en ai pas vu.

— Et maintenant, croyez-vous que le mannequin enveloppé dans une bâche retrouvée dans le pick-up de Kendall soit lié aux kidnappings ? Si ces photos ont été enterrées sur son terrain, il ne s'agit sans doute pas d'une coïncidence.

— On ne peut pas l'affirmer, shérif. Le ravisseur a peut-être choisi cet endroit parce que la terre était détrempée près de la rivière et donc facile à creuser, ou parce que la propriété est isolée et que personne n'y vit depuis des mois.

Coop ouvrit la bouche pour répondre mais se contenta finalement de hocher la tête.

— Oui, peut-être.

— Merci pour le thé, mademoiselle. Je sais que découvrir ces croix a été un choc pour vous, mais pour nous il s'agit d'une réelle avancée dans l'enquête.

— J'espère que ces photos sont bien la preuve que les enfants sont en vie et que cette découverte réconfortera un peu les malheureux parents.

Mais, puisqu'aucune rançon n'avait été demandée, quel était le sens de cette mise en scène ? se demandait-elle.

Maxfield lui tendit la main.

— À présent, je vous laisse pour aller faire mon rapport à mes supérieurs et rencontrer les parents. Merci de votre aide, shérif, ajouta-t-il en se tournant vers Sloane.

Kendall raccompagna l'agent Maxfield à la porte et la referma derrière lui. Elle s'y adossa alors et elle ferma les yeux.

Entendant Coop s'approcher, elle battit des paupières.

Il lui prit les mains.

— Êtes-vous prête à prendre une douche, à présent ?

Elle considéra ses vêtements tachés de boue.

— Oui, oui. Quant à vous, vous feriez mieux de retourner au bureau. Vous avez campé ici toute la journée.

— J'avais une bonne raison de le faire. Vous avez entendu l'agent du FBI. Cette découverte représente une avancée dans l'enquête, la seule, en vérité, depuis les rapts. Mes hommes savent où je suis et comment me joindre. Sans parler du fait que je suis théoriquement en vacances.

— J'espère surtout que ces découvertes signifient que Cheri et Harrison sont sains et saufs… quelque part.

Jusqu'alors, elle avait évité de les appeler par leurs noms mais ils méritaient d'être traités en êtres humains. Sa lèvre inférieure se mit à trembler, et elle la mordit pour s'interdire de fondre en larmes.

— Quoi qu'il en soit, merci pour votre aide, Coop.

— Je suis en congé maintenant. Enfin, je ne le suis jamais complètement mais personne ne m'attend au bureau aujourd'hui. Montez vous laver. J'en profiterai pour nettoyer la boue que ces types ont laissée dans votre cuisine.

— Ne vous croyez pas obligé de rester, Coop. Je vais bien.

Peut-être aurait-elle été plus convaincante si sa voix ne s'était pas brisée sur ce dernier mot. Mais elle se ressaisit.

— La vue de ces croix a dû vous remuer, vous aussi, et j'imagine que vous avez hâte d'aller embrasser Steffi.

— Il n'est pas possible d'être père et de rester insensible au drame que vivent ces parents, c'est évident. Mais ma fille n'apprécierait sans doute pas que je surgisse dans sa classe à l'improviste pour la couvrir de baisers. Et, après l'école, elle est invitée à un goûter d'anniversaire.

— Bon. Mais, si vous avez mieux à faire, ne vous souciez pas de moi. Je vais très bien, répéta-t-elle.

— Je le sais mais j'avoue avoir besoin de décompresser

un peu avant de revoir Steffi, et rien ne me change les idées comme de faire la vaisselle.

— D'accord.

Kendall aurait pu insister, discuter, mais elle comprit à la façon dont Coop serrait les mâchoires qu'il n'avait pas l'intention de partir tout de suite.

Et, au fond, elle n'avait pas envie qu'il s'en aille.

— Occupez-vous de la vaisselle si vous y tenez, mais c'est moi qui préparerai le déjeuner.

Il hocha la tête et se dirigea vers la cuisine… Comme un homme en mission.

Elle prit des vêtements propres dans sa chambre avant de s'enfermer dans la salle de bains.

Rapidement, elle se déshabilla, se glissa dans la cabine de douche et actionna le jet d'eau chaude. Elle se savonna le corps avec vigueur comme si elle voulait s'arracher la peau. De quoi tentait-elle de se débarrasser ? De la terreur qui l'avait saisie à la vue de ces croix ou des vieux souvenirs qui la hantaient encore ?

À l'aide d'une petite brosse, elle se mit en devoir de retirer la terre sous ses ongles. Elle ne comprenait pas pourquoi elle s'était soudain mise à creuser le sol à mains nues, sous une pluie battante. Elle s'était comportée de manière totalement absurde, irrationnelle.

Des coups répétés sur la porte de la salle de bains la firent sursauter. La brosse lui échappa des mains pour tomber sur le carrelage.

— Tout va bien ?

Coop s'inquiétait vraiment à son sujet.

— Oui, oui. J'essaie de nettoyer mes ongles, répondit-elle.

— Dépêchez-vous. Le déjeuner refroidit.

Elle coupa l'eau.

— Le déjeuner ? Mais j'avais dit que je m'en chargerais.

— J'avais trop faim pour attendre.

Elle attrapa une serviette-éponge et se frictionna le corps.

Manifestement, cet homme aimait prendre les choses en main, mais dans l'immédiat elle n'allait pas s'en plaindre.

Il lui fallut dix minutes supplémentaires pour se sécher et enfiler un jean propre et une ample chemise rouge. Elle descendit à la cuisine tout en se frottant les cheveux à l'aide d'une serviette.

Coop, qui s'activait aux fourneaux, se retourna.

— Vous voilà enfin ! Je finissais par craindre que vous n'ayez été emportée avec l'eau du bain.

Il s'exprimait d'un ton léger, teinté pourtant d'une pointe d'inquiétude. Couvait-il sa petite fille de la même manière ?

— Qu'avez-vous préparé pour le déjeuner ? demanda-t-elle en nouant sa serviette en turban. Cela sent bon, en tout cas.

— J'ai fait simple : une soupe de tomate avec des toasts au fromage grillé et du bacon. J'ai trouvé plusieurs briques de potage dans les placards. J'en ai déduit que vous les aimiez.

— Beaucoup, oui. Et ce fromage grillé me semble délicieux. J'ai l'impression d'être retombée en enfance et d'être rentrée à la maison pour le déjeuner. Confectionnez-vous ce genre de repas pour votre fille ?

— Elle n'aime pas tellement les soupes à la tomate. Elle préfère celles au poulet et aux nouilles…

— Elle m'a l'air de savoir ce qu'elle veut.

— Je vous le confirme, répondit-il avec un soupir en s'asseyant en face d'elle. Je dirais même qu'elle est têtue.

Coop avait coupé les toasts en deux, et Kendall en croqua un morceau avec appétit. Les saveurs mêlées du fromage grillé et du pain lui rappelèrent sa tante Cass qui s'efforçait toujours de la réconforter avec de bons petits plats.

Le ravisseur n'avait pas seulement enlevé Kayla. Il avait détruit toute sa famille. Son père était mort trop jeune, sa mère avait plongé dans la dépression. Sa tante Cass était alors venue s'occuper d'elle, sans doute parce qu'elle culpabilisait du fait que la jumelle de Kendall avait été kidnappée alors qu'elle était sous sa responsabilité.

— Le pain est-il brûlé ? demanda Coop avec inquiétude. Vous avez arrêté de mâcher.

— Il est parfait, tout est parfait. Le fromage est un peu chaud, voilà tout, répondit-elle.

— Comme vous aviez manifestement envie de vous prélasser sous la douche, j'ai dû tout mettre au four à micro-ondes. Avez-vous encore froid ? J'ai hésité à allumer un feu dans la cheminée mais je n'étais pas sûr de pouvoir le faire en toute sécurité. A-t-elle été régulièrement ramonée ?

— Je suis incapable de vous répondre. Mais ne vous inquiétez pas. Je suis réchauffée à présent.

Elle plongea sa cuillère dans son bol.

— Pensez-vous que le ravisseur actuel soit le même que celui qui avait enlevé ma sœur et les deux autres enfants, il y a vingt-cinq ans ?

Coop prit le temps de répondre.

— C'est possible mais le laps de temps entre les deux affaires me semble très — peut-être trop — important.

— Au moins, vous ne rejetez pas directement cette hypothèse, comme le fait le FBI.

— S'il ne s'agit pas du même type, le kidnappeur actuel connaît manifestement l'histoire du Trio de Timberline et il en joue. Trois personnes sont peut-être impliquées. Le ravisseur d'alors, le ravisseur actuel et quelqu'un qui joue avec nos nerfs mais qui n'est peut-être même pas l'auteur des rapts.

— Comment pourrait-il ne pas l'être alors qu'il a fait des photos de Cheri et de Harrison ?

— Ces clichés laissent à penser qu'il s'agit de la même personne, c'est vrai, mais je ne comprends pas pourquoi le kidnappeur prendrait tant de risques. Qu'a-t-il à y gagner ?

— Ne m'avez-vous pas dit hier soir qu'il fallait avoir l'esprit tordu pour s'attaquer à des enfants et qu'il nous était donc impossible de deviner ses mobiles ?

— J'ai dit ça ? Malgré tout, je ne peux pas m'expliquer

pourquoi ce type s'acharne à nous laisser des indices qui multiplient ses chances de se faire pincer.

Il avala une autre gorgée de potage avant de s'excuser.

— Désolé de me nourrir si bruyamment. La soupe est brûlante. Une chance que Steffi ne soit pas témoin de mes mauvaises manières. Je m'efforce de lui apprendre à se tenir bien à table et, là, j'aurais perdu toute crédibilité.

— Visiblement, vous êtes un excellent père. Vous lui confectionnez de bons petits plats et vous veillez à lui donner une bonne éducation.

— J'essaie…

— Quel âge avait-elle à la mort de sa maman ?

Coop posa sa cuillère et avala une gorgée d'eau.

Allait-il refuser de répondre ? se demanda Kendall. Il devait toujours être amoureux de sa femme. Il était manifeste qu'il ne s'était toujours pas remis de cette tragédie. Elle avait eu un patient dans une situation similaire. Veuf depuis six ans, il était encore incapable de s'intéresser à une autre. Cela dit, Coop avait peut-être perdu son épouse récemment, elle n'en savait rien.

Il reposa son verre et s'essuya les lèvres à l'aide de sa serviette en papier.

— Steffi avait presque deux ans quand sa maman est morte.

Kendall calcula que le drame s'était produit trois ans auparavant. La plupart des gens se remettaient d'un deuil en trois ans, pourtant, en tant que psychologue, elle savait qu'il n'y avait pas de règles et qu'avec une enfant à élever il était plus difficile de tourner la page, de cicatriser.

— Je suis navrée, Coop.

— Merci, dit-il en posant sa serviette. Avez-vous besoin d'autre chose avant que je m'en aille ?

L'avait-elle exaspéré avec ses questions ? Bien sûr, elle savait qu'il allait partir à un moment ou à un autre mais elle n'était pas prête à rester seule dans cette maison.

— Ça va, merci, répondit-elle. J'ai beaucoup à faire. Je

dois appeler une entreprise de nettoyage que Rebecca m'a recommandée et mettre des photos de certains meubles en ligne. Et, si j'en ai le courage, je rédigerai une annonce pour vanter les charmes des lieux.

— Apparemment, le programme de votre journée est bien chargé. Quant à moi, je vais faire un saut au bureau avant de rentrer.

Il se leva et prit les assiettes sales pour les porter dans l'évier.

— Je sais que vous n'êtes là que pour une semaine ou deux, Kendall, mais peut-être auriez-vous intérêt à installer un système d'alarme et des caméras de surveillance. Ce serait un plus pour un acheteur potentiel, et vous vous sentiriez plus en sécurité.

— Cette idée me plaît bien, oui. À votre avis, où puis-je trouver ce genre de choses ? Dans un magasin de bricolage ?

— Je vous aiderai si vous voulez. Je pourrais même vous équiper gratuitement parce qu'il s'agit d'une affaire en lien avec un dossier de police.

— C'est encore mieux !

Comme il se mettait à faire la vaisselle, elle posa la main sur son bras.

— Arrêtez ! Vous avez déjà nettoyé la boue laissée par les agents du FBI et préparé le repas. C'est à moi de travailler, maintenant.

— D'accord.

Elle lui tendit un torchon, et il s'essuya les mains.

— Merci pour tout, Coop. Pas seulement pour le déjeuner. Sans vous, je ne sais pas si j'aurais pu surmonter l'épreuve de la découverte de ces deux croix sur mes terres.

— De rien, répondit-il.

Il la prit par les épaules d'un geste à la fois doux et insistant.

— Promettez-moi juste une chose, Kendall…

Lorsqu'il la dévisageait ainsi avec ses yeux si bleus, il aurait pu lui demander la lune.

— Oui ?

— Si jamais vous vous sentez effrayée, bouleversée ou déprimée, passez-moi un coup de fil, d'accord ?

Déprimée ? Malgré les problèmes qu'elle traînait depuis l'enfance, Kendall se sentait rarement déprimée. Lui donnait-elle l'impression de l'être ?

— D'accord. Merci de votre proposition, mais ne seriez-vous pas en train d'insinuer qu'une psychothérapeute ne devrait pas se soigner, tenter de guérir seule ? Je vous rassure : c'est totalement déconseillé.

— Les psychologues parviennent-ils vraiment à guérir qui que ce soit ?

Il s'exprimait avec légèreté, mais Kendall vit quelque chose de sombre passer dans son regard.

— « Guérir » n'est peut-être pas le mot que j'aurais dû employer. Les psychologues ne suivent pas forcément une thérapie pour guérir.

— Et vous ? Avez-vous des problèmes sur lesquels il vous faudrait travailler ? demanda-t-il. Mais je m'égare, excusez-moi. Je voulais juste dire que si vous avez besoin de quoi que ce soit, n'hésitez pas à m'appeler. Avez-vous toujours mes coordonnées ?

— Oui, j'ai laissé votre carte de visite près du téléphone.

— Enregistrez mon numéro sur votre appareil portable aussi. Au cas où. Ce sera plus prudent.

— Très bien.

Il sortit de la cuisine et zigzagua entre les cartons jusqu'à la porte d'entrée. Décrochant sa veste, il se tourna vers Kendall.

— Je vous dirai si le mannequin ou les photos donnent quelque chose... Si le FBI accepte de me tenir au courant et si je peux vous en parler sans compromettre l'enquête.

— Cela fait beaucoup de « si » mais j'apprécierais.

Sur le seuil de la maison, elle le regarda regagner son 4x4. L'attirance qu'ils éprouvaient l'un pour l'autre était indéniable, mais ne s'intéressait-il pas à elle essentiellement parce qu'elle pouvait l'aider dans son enquête ?

Elle referma la porte. De toute façon, cela n'avait pas d'importance. Dans quelques semaines, cette affaire, cette maison, cette ville comme le shérif Cooper Sloane feraient définitivement partie du passé.

Près de quatre heures plus tard, Kendall tira la porte du restaurant Sutter. Elle patienta un moment à l'accueil, s'enivrant de délicieuses odeurs de viandes grillées et du brouhaha des conversations.

Un bon dîner, voilà exactement ce dont elle avait besoin. Après avoir contacté l'entreprise de nettoyage pour convenir d'un rendez-vous, écouté les messages sur sa boîte vocale, discuté avec sa meilleure amie en Arizona, rappelé un patient en proie à une crise d'angoisse et rédigé une annonce pour mettre en vente ses meubles sur Internet, il ne lui était pas possible de rester un instant de plus assise dans cette maison silencieuse.

Sa tante n'avait même pas de téléviseur. Certes, elle avait toujours été un peu bizarre mais elle s'était toujours efforcée d'être là quand elle avait besoin d'elle. Kendall s'était d'ailleurs sentie plus proche d'elle que de sa propre mère.

Comme elle promenait les yeux dans la salle du restaurant, Kendall eut la très nette impression que les gens évitaient de croiser son regard, détournaient la tête. Quelle grossièreté ! À présent, toute la ville devait savoir que des photos des enfants kidnappés avaient été retrouvées sur ses terres, et voilà pourquoi tout le monde la considérait comme une bête curieuse. Elle ne pouvait même pas aller se réfugier chez Melissa ou Daryl, partis passer quelques jours à Seattle.

Kendall prit une profonde inspiration et sourit à l'hôtesse.

— Une table pour une personne, s'il vous plaît.

— Nous en avons une au centre de la salle et une autre près de la cuisine. Laquelle préférez-vous ?

— Celle au centre, merci.

Pas question de se cacher près des cuisines ! se dit-elle en suivant l'hôtesse.

Cette dernière l'installa entre une famille avec deux enfants et un couple qui avait les yeux rivés sur un écran d'ordinateur. Sutter était davantage réputé pour la qualité de sa cuisine que pour la chaleur de son ambiance.

L'hôtesse lui tendit la carte et s'éloigna.

Comme Kendall se plongeait dans le menu, une voix parvint à ses oreilles.

— Cela vous ennuie-t-il que nous nous joignions à vous ?

Levant le nez, elle découvrit Coop, vêtu d'un jean délavé, tenant à la main une adorable petite fille aux boucles blondes qui l'observait avec les grands yeux bleus de son papa.

— Mais si vous préférez dîner tranquillement, pas de problème, ajouta-t-il. Quoi que ce soit difficile au Sutter qui est toujours très bruyant.

Elle leur sourit.

— Vous n'aviez pas envie non plus de la table près de la cuisine, je parie. Asseyez-vous donc.

Coop installa sa fille avant de prendre une chaise face à Kendall.

— Steffi, je te présente Mlle Rush.

— Salut, Steffi. Tu peux m'appeler Kendall.

La fillette pencha la tête de côté.

— Kendall ? C'est un drôle de nom…

— Ce n'est pas poli de dire ça, Steffi, intervint Coop fermement.

Le sourire de Kendall s'élargit.

— En tout cas, moi, j'aime beaucoup le tien, dit-elle d'un ton complice à la fillette.

— En fait, mon vrai prénom est Stephanie mais Steffi est plus court alors tout le monde m'appelle Steffi.

— Es-tu inscrite à la maternelle ?

— Oui. Ma maîtresse s'appelle Mme Bryant et elle a une très longue natte. Et nous avons un tapis bleu dans la classe sur lequel nous nous asseyons pour écouter les histoires. Mme Bryant nous a lu un livre sur les trains que j'ai détesté. Colby, qui est le garçon le plus bête de l'école, adore le tapis bleu et il adore les trains alors je déteste encore plus le tapis et le livre de la maîtresse.

— Waouh ! J'étais loin de me douter des drames qui agitaient la maternelle.

Coop grimaça en levant les yeux au ciel.

— Si vous m'aviez posé la question, je vous l'aurais dit.

Steffi ouvrit la carte et pressa les lèvres, mettant ainsi fin à la conversation.

La serveuse revint prendre la commande. À la vue de Coop et de Steffi, elle sourit.

— Aimeriez-vous boire quelque chose ?

— Une bière, répondit Kendall.

— Moi aussi, renchérit Coop. Et ma fille prendra une limonade.

— Je préférerais un café, s'il vous plaît, répliqua l'enfant en levant le nez de la carte pour sourire à la serveuse, en battant des cils.

Mais Coop secoua la tête.

— Ce sera une limonade.

Si Kendall s'était attendue à voir une fillette triste et mal dans sa peau, incapable de surmonter la mort de sa mère, Steffi venait de remettre les pendules à l'heure. Et si elle avait imaginé que la petite voudrait faire du charme à une amie de son père, là encore, Kendall comprit qu'il n'en serait rien.

— Elle a du caractère, Coop.

— Je suis payé pour le savoir, répondit-il en posant la carte sur la table. Avez-vous fait tout ce que vous vouliez cet après-midi ?

— L'équipe de ménage vient demain, et j'ai mis plusieurs meubles en vente sur Internet. J'ai également réussi à tenir une séance par téléphone avec un patient en proie à une crise d'angoisse.

— Vous faites ce genre de choses !

— En cas d'urgence uniquement.

— Et il s'agissait d'une urgence ?

— D'une petite, oui.

Elle l'observa, un peu perplexe. Pourquoi semblait-il si intéressé par le sujet, alors qu'elle avait plutôt l'impression qu'il ne croyait pas beaucoup à l'efficacité des psychothérapies ?

Le nez dans sa carte, il fit quelques suggestions à Steffi.

— Tu ne devrais pas commander des nuggets chaque fois, ma puce. Il faut changer.

— As-tu déjà goûté un hamburger ici, Steffi ? intervint Kendall

— J'aime la viande mais pas les oignons, ni les tomates, ni le fromage ni la salade qu'ils mettent avec.

— Il suffit de le dire, conclut Coop en fermant la carte. Un hamburger avec des frites et du ketchup et rien d'autre.

— Ici, les oignons sont dorés à la perfection, dit Kendall. Je te ferai goûter. Tu verras, c'est très bon.

— Je déteste les oignons.

La serveuse revint avec les boissons et prit la commande. Puis elle se tourna vers Coop.

— Aimeriez-vous que j'apporte des coloriages et des crayons de couleur pour votre fille ?

— Ce serait formidable, merci.

Il souleva sa chope de bière et se tourna vers Kendall.

— Santé.

— Santé.

Après avoir bu une gorgée, elle s'essuya les lèvres à l'aide de sa serviette.

— Avez-vous eu des nouvelles du FBI ?

— Je me suis entretenu au téléphone avec Maxfield, répondit Coop tout en remerciant la serveuse pour les coloriages qu'il tendit à Steffi. Les parents ont été à la fois soulagés de voir ces photos et horrifiés de la manière dont elles ont été découvertes.

— Je peux le comprendre. J'imagine que Maxfield et ses

hommes n'ont pas encore trouvé d'indices ou d'empreintes dans ces boîtes.

— Pas encore. Et il n'y avait ni empreintes ni fibres sur le mannequin.

Steffi leva le nez de ses coloriages.

— C'est quoi un mannequin ?

Kendall se tourna vers Coop et mit un doigt sur ses lèvres pour l'inciter à la prudence. Les enfants écoutaient souvent les conversations des adultes avec beaucoup d'attention sans que ces derniers s'en doutent.

Coop se pencha vers sa fille.

— Un mannequin est comme une grande poupée. Les magasins les mettent dans les vitrines pour exposer les vêtements.

— Je sais. Et ils n'ont ni yeux ni cheveux.

Un frisson parcourut l'échine de Kendall.

Par chance, ils cessèrent rapidement de parler de mannequins, d'indices et de photos Polaroid. Kendall n'était pas certaine de supporter des détails sordides.

Ils discutèrent du temps, de la soirée de la veille chez Melissa et Daryl et du couple à côté d'eux qui semblait hypnotisé par l'ordinateur, puis la serveuse revint avec leurs assiettes.

— Avez-vous besoin d'autre chose ? D'autres bières peut-être ?

Ils déclinèrent sa proposition. Quand elle les laissa, Kendall piqua quelques rondelles d'oignons à l'aide de sa fourchette pour les tendre à Steffi.

— As-tu envie d'y goûter ? Si tu n'aimes pas ça, tu ne seras pas obligée de les manger.

— D'accord, répondit la fillette sans enthousiasme.

Pendant qu'ils s'emparaient tous de leurs couverts, Kendall observa le père et sa fille. Ils semblaient s'entendre à merveille. Coop plaisantait avec l'enfant, se montrait tendre et attentif tout en sachant mettre des limites quand il le fallait.

De son côté, Steffi avait cessé de se montrer désagréable

avec celle qui l'empêchait de dîner en tête à tête avec son papa. Cela dit, elle n'était pas particulièrement chaleureuse non plus. Kendall ne s'en formalisa pas. Ses relations avec les enfants étaient compliquées, voilà pourquoi elle avait toujours refusé d'en prendre en thérapie. La légère froideur de la fillette à son égard lui convenait donc très bien.

Lorsque la petite eut englouti la moitié de sa viande et la totalité de ses frites, elle tira son père par la manche.

— Genevieve vient d'arriver avec ses parents. Je peux aller à leur table ?

— Non, laisse-les profiter de leur repas tranquillement.

Mais à l'autre bout de la salle, la mère de famille salua Coop de loin et fit signe à Steffi de venir les rejoindre.

Coop lui sourit.

— Bon, ma puce, va leur dire bonsoir. Mais, dès que leurs assiettes leur seront servies, tu reviendras, d'accord ?

— D'accord, dit la petite en bondissant sur ses pieds pour courir vers son amie.

Dès qu'elles se retrouvèrent, les deux fillettes se mirent à chuchoter et à rire.

— Les enfants s'inquiètent-ils des kidnappings ? demanda Kendall.

Coop inonda ses frites de ketchup avant de répondre.

— Ils sont au courant des rapts, bien sûr. L'un des gosses enlevés était dans leur école. L'autre était scolarisé à la maison. Nous leur avons recommandé de faire attention, de ne pas suivre un inconnu, ce genre de choses. Mais les deux petits ont été kidnappés alors qu'ils se trouvaient chez eux.

— Comme le Trio de Timberline, il y a vingt-cinq ans.

— Voilà pourquoi tous les parents sont à cran. Vous l'avez peut-être senti hier soir chez les Rhodes.

— Lorsque je suis arrivée, tous les invités se sont tus et je n'ai pas eu de mal à deviner qu'ils parlaient des rapts.

— C'est un sujet sensible, vous vous en doutez.

— Se comportent-ils de la même façon avec Wyatt ?

— Oui et non, c'est différent. Wyatt vit toujours ici et il travaille souvent sur la plomberie au bureau du shérif. Il est donc forcément au courant.

— Et les gens regardent-ils Chuck Rawlings de travers ?

— Oh oui !

— Est-ce que le FBI a enquêté sur lui ?

— Bien sûr, comme les policiers l'avaient fait il y a vingt-cinq ans.

— C'est l'inconvénient quand on est le seul délinquant sexuel de la ville ou, en tout cas, le seul fiché comme tel.

— Ce n'est plus le cas.

— Vraiment ? demanda-t-elle en s'essuyant les lèvres. L'entreprise Evergreen Software a-t-elle introduit des détraqués sexuels dans la ville ?

— De façon indirecte. Les malades en question ne travaillent pas pour Evergreen mais le regain d'activité a poussé de nombreuses personnes à venir s'installer dans le coin… Dans le tas, il y a des délinquants sexuels.

— Je vois. Et vous avez vérifié leurs alibis, j'imagine.

— Bien sûr, comme ceux du vieux Chuck.

— Je me demande bien quels alibis Chuck Rawlings vous a donnés, vu qu'il habite seul dans une baraque en ruine dont il ne sort presque jamais. Il vivait déjà en ermite quand nous étions enfants. Pour nous faire peur, nous nous lancions des défis. Il s'agissait de s'approcher le plus près possible de sa maison. Mais les plus téméraires n'allaient pas plus loin que sa barrière.

— Rien ne prouve que Chuck Rawlings soit lié aux kidnappings, ni à l'époque ni maintenant.

Coop s'interrompit pour sourire à une femme qui s'approchait.

— Bonsoir, Britt. J'espère que Steffi ne vous a pas trop dérangés.

— Pas du tout. Genevieve refusait de rester assise si Steffi ne venait pas à notre table.

La jeune blonde enlaça les épaules de Steffi avant de dévisager Kendall avec curiosité.

— Dès que nos plats sont arrivés, elle nous a dit qu'elle devait retourner près de vous.

— C'est très bien, ma puce, dit Coop à l'enfant en passant les mains dans ses boucles. Britt Fletcher, voici Kendall Rush. Kendall, Britt.

Les deux femmes se serrèrent la main.

— Ravie de faire votre connaissance, dit Kendall.

— Moi aussi, renchérit Britt.

Britt semblait vouloir ajouter quelque chose. En fait, elle s'apprêtait à lui faire subir un interrogatoire en règle, devina Kendall.

Comme s'il l'avait compris, Coop s'arrangea pour congédier Britt sans en avoir l'air.

— Merci de me l'avoir ramenée. Maintenant, nous vous laissons dîner tranquillement en famille.

Britt agita la main et s'éloigna.

Au lieu de se rasseoir, Steffi vint se coller à son père.

— Papa, je suis fatiguée. Je veux rentrer, j'ai mal au ventre.

— Vraiment ? dit-il en touchant son front. Tu es un peu chaude, en effet.

Coop adressa un regard d'excuse à Kendall qui lui sourit.

— Allez-y, ramenez-la à la maison, dit-elle.

Il posa quelques billets sur la table.

— Le dîner est pour moi, je vous appelle demain.

Elle envoya un baiser à Steffi qui ne le lui rendit pas. Soit la fillette avait vraiment mal au ventre, soit elle n'aimait pas la nouvelle amie de son papa. Voilà pourquoi Kendall ne sortait jamais avec des hommes ayant des enfants.

Lorsque la serveuse revint avec l'addition, Kendall lui tendit l'argent. Elle finit tranquillement sa bière avant de se lever à son tour.

Quand elle quitta l'établissement, il s'était remis à pleuvoir et elle mit sa capuche sur sa tête.

Lorsqu'elle était arrivée, le restaurant était plein et toutes les places sur le parking étaient occupées, aussi avait-elle dû se garer plus loin. Mais Kendall se moquait de marcher un peu pour récupérer son pick-up. En réalité, elle n'était pas pressée de retourner dans la maison sinistre de sa tante.

Elle ne pouvait s'empêcher de songer au malade qui avait creusé ces tombes pour y enfouir les photos.

Elle s'arrêta devant une boutique de cadeaux et colla son nez à la baie vitrée pour regarder à l'intérieur.

À la vue d'une grenouille en peluche posée sur une étagère, les jambes se balançant dans le vide, elle sourit. Bien des années plus tôt, Timberline avait choisi la grenouille comme animal-totem, et Kendall se félicita que l'arrivée d'Evergreen n'ait pas relégué le charmant animal aux oubliettes.

Reprenant sa route, elle s'engagea dans une ruelle au bout de laquelle était garé son pick-up.

Un murmure dans son dos attira soudain son attention. Au moment où elle se retournait, un bras puissant lui enlaça la taille pour l'attirer dans un coin sombre.

8

Alors que Kendall s'apprêtait à hurler de terreur, l'étau qui enserrait sa taille se relâcha.

— Chut, Kendall ! Ce n'est que moi, Wyatt.

Elle recula, le poing pressé contre sa poitrine, sentant son cœur sur le point d'exploser.

— Wyatt ? Qu'est-ce qui t'a pris ? Tu m'as fait une peur bleue !

Dans l'ombre de la ruelle, Wyatt s'appuya contre le mur d'un immeuble et plongea le visage dans ses mains.

— Je suis désolé, j'ai besoin d'aide, Kendall. Je ne voulais pas que quiconque me voie ainsi.

Le cœur battant à tout rompre, elle s'humecta les lèvres.

— Qu'est-ce qui ne va pas ?

Il enfonça la main dans la poche de sa veste pour en tirer quelque chose.

— Regarde ce que j'ai trouvé sous mon porche aujourd'hui.

Comme il ouvrait son poing pour lui montrer une figurine en plastique, Kendall sentit son estomac se nouer.

— Un dinosaure !

— Tu comprends ce que cela signifie, n'est-ce pas ? demanda Wyatt dont la voix tremblait.

— Le ravisseur a laissé un dinosaure en plastique quand il a enlevé le petit Harrison, répondit-elle.

Coop lui avait recommandé de ne parler à personne du ruban rose découvert dans la chambre lors du premier rapt, ni de la figurine retrouvée lors du second. Mais Wyatt était certainement déjà au courant.

Il poussa un cri étouffé.

— Quoi ? Non, non, non !

— Calme-toi, Wyatt ! dit-elle en le tirant par la manche.

Il se dégagea.

— Je ne te l'avais jamais raconté, Kendall, mais quand mon frère s'est fait enlever, son ravisseur avait également pris un dinosaure dans ma collection.

Comme il avait arraché de ses cheveux un ruban rose, songea Kendall. Wyatt ignorait-il donc avant qu'elle ne lui en parle que le kidnappeur actuel avait laissé cette figurine sur le tapis lorsqu'il avait emporté Harrison ?

La fraîcheur de la nuit la glaçait jusqu'aux os.

— Allons chez Sutter prendre une bière.

— Je ne préfère pas. N'as-tu pas remarqué la façon dont les gens nous dévisagent ? Comme si nous étions des bêtes curieuses ! J'ai parfois l'impression qu'ils nous reprochent cette seconde vague de kidnappings. Mais nous n'y pouvons rien ! La famille de Heather a eu raison de déménager, de partir loin d'ici, loin des souvenirs.

— Je ne pense pas que les habitants de Timberline nous reprochent quoi que ce soit.

Mais Wyatt avait raison. Ils étaient considérés comme des oiseaux de mauvais augure. Ils rappelaient aux gens un passé que tout le monde aurait préféré oublier, un passé qui collait mal avec l'avenir brillant promis par le high-tech.

— Tu n'as aucune raison de t'inquiéter, Wyatt. Tu es grand et costaud. Si quelqu'un s'en prenait à toi, tu aurais la capacité de te défendre. De plus, tu peux t'armer si nécessaire. Chasses-tu toujours, d'ailleurs ?

— Ce n'est pas le problème, Kendall, répliqua-t-il en se massant les tempes. Ce sont les souvenirs qui me torturent. Mon petit frère me manque terriblement. Kayla ne te manque pas à toi ?

— Bien sûr que si mais nous avons besoin d'avancer, de tourner la page, Wyatt. Pour ne pas devenir fous.

Elle tira son téléphone portable de sa poche.

— Donne-moi ton numéro de téléphone. Je vais te chercher un bon psychothérapeute dans le coin. Je m'arrangerai pour trouver quelqu'un dans une ville voisine et non à Timberline pour que tu ne le croises pas à tous les coins de rue, si c'est ce qui t'ennuie. Tu as vraiment besoin d'aide.

— J'espérais pouvoir te voir, toi, Kendall. Tu es la seule à savoir ce que je traverse, ce que j'endure. Je te paierai, bien sûr.

— Il ne m'est pas possible de prendre un ami en thérapie, Wyatt. Cela ne fonctionnerait pas. Par ailleurs, un psychologue n'a pas besoin d'avoir vécu ce que tu vis pour t'aider. Donne-moi tes coordonnées, répéta-t-elle. Que je puisse te rappeler.

Il ferma les paupières et récita son numéro qu'elle enregistra sur son téléphone.

— Es-tu sûr de ne pas vouloir aller chez Sutter ? reprit-elle. Pour boire une bière et te détendre un peu ?

— J'ai eu un P.V. il n'y a pas longtemps pour conduite en état d'ivresse. Je préfère éviter d'en avoir un autre.

— D'accord. Je ne vais certainement pas t'encourager à boire avant de conduire ! Te sens-tu un peu mieux, Wyatt ? Tu devrais parler à Coop de cette figurine, même s'il s'agit sans doute d'une mauvaise blague. Tu ne serais pas le premier visé par ce genre de plaisanteries douteuses.

— Mais personne ne savait que le ravisseur m'avait pris un dinosaure, il y a vingt-cinq ans. Les journaux n'y avaient pas fait allusion À l'époque, la police n'avait pas divulgué l'information.

Il en avait été de même avec le ruban rose, mais en vingt-cinq ans les éléments confidentiels de l'enquête avaient pu être ébruités.

— Ecoute, Wyatt. Les dossiers concernant le Trio de Timberline sont sans doute passés de mains en mains au cours de toutes ces années, et des dizaines de personnes les ont consultés. Depuis le temps, elles ont pu en parler à des tiers qui ont répété ce qui leur avait été confié à d'autres…

— Tu as peut-être raison et je tiendrai Coop au courant de cette découverte. Il avisera. Pardonne-moi, Kendall. Depuis cette nouvelle vague de kidnappings, je suis sur les nerfs.

— Comme tout le monde. Bon, ajouta-t-elle, en regardant le ciel. Je vais rentrer avant la prochaine averse.

— Veux-tu que je t'escorte jusqu'à ton pick-up ?

Mais Kendall n'avait qu'une envie : s'éloigner de Wyatt le plus vite possible.

— Ça va aller, merci. Essaie de te détendre. Je t'appellerai bientôt pour te donner les coordonnées d'un psychologue.

— Merci, merci beaucoup. Excuse-moi encore de t'avoir terrifiée.

— Je suis à cran moi aussi, tu sais.

La main sur le mur de l'immeuble, Wyatt regarda à droite et à gauche d'un air méfiant.

— Fais attention, Kendall.

— Ne t'inquiète pas. Je ne suis pas garée loin, et il y a encore du monde dans les rues.

Elle le salua de la main et s'en alla, faisant claquer les talons de ses bottes sur le trottoir. Mais, alors qu'elle s'arrêtait pour jeter un œil dans une vitrine, elle se rendit compte que quelqu'un la suivait de loin.

Rabattant sa capuche, elle pencha la tête pour voir le type au moment où il passerait sous un réverbère.

De surprise, elle en eut le souffle coupé.

Chuck Rawlings n'avait pas beaucoup changé depuis vingt-cinq ans. Ses cheveux longs grisonnaient à présent mais il courbait toujours le dos comme s'il se sentait coupable. Les mains dans les poches, il fit mine de s'intéresser à une boutique mais, en réalité, il la regardait, elle. Peut-être l'avait-il suivie depuis Sutter.

Kendall allongea le pas. Quand elle parvint au pick-up,

elle déverrouilla la portière et jeta un coup d'œil par-dessus son épaule. Cette fois, elle croisa le regard de Chuck.

Lorsqu'il traversa la rue pour se diriger vers elle, Kendall retint son souffle mais il ne ralentit pas. Il la salua d'un mouvement de menton et poursuivit sa route, sa queue-de-cheval, dansant dans son dos.

Avait-il besoin d'une thérapie, lui aussi ? Autrefois, il était considéré comme un délinquant sexuel. À l'époque, Kendall était trop jeune pour comprendre ce que signifiaient ces mots. Une fois adulte, elle s'était intéressée d'un peu plus près à son histoire et elle avait découvert que Chuck avait eu des relations sexuelles consenties avec une fille de seize ans et, quelques années plus tard, avec une autre de dix-sept ans. Il ne lui avait donc pas semblé très dangereux… Sauf pour les adolescentes.

Comme elle s'installait au volant, elle se rendit compte que Wyatt n'avait même pas fait allusion aux photos des enfants kidnappés tenant des journaux qui relataient l'affaire du Trio de Timberline. Manifestement, il n'en avait pas entendu parler, et elle se félicita de ne pas être celle qui lui annoncerait cette découverte.

Si une figurine de dinosaure l'avait rendu hystérique, comment réagirait-il à ces clichés ?

Elle retourna chez sa tante et gara le camion devant la maison. En proie à une sourde inquiétude, elle regarda autour d'elle avant de déverrouiller la porte. Quand elle entra, elle ferma les paupières. D'abord Wyatt puis Rawlings… Apparemment, il y avait quelque chose dans l'air. Elle avait sans doute besoin de sécuriser sa maison comme Coop le lui avait suggéré. Son côté protecteur la ravissait dans un sens.

En réalité, cet homme lui plaisait sur tous les plans. Dommage que sa fille ne semble pas l'apprécier beaucoup. De toute façon, Kendall n'était pas maternelle pour un sou, elle n'aimait pas particulièrement les enfants.

Après avoir vérifié que toutes les fenêtres étaient bien

fermées, elle se rendit dans la cuisine pour se préparer une tasse de thé. Elle sonda la nuit par la fenêtre au-dessus de l'évier, tentant de voir des ombres ou des mouvements dans la forêt.

Comme la bouilloire commençait à siffler, Kendall posa les mains sur la vitre froide et, fixant l'obscurité, adressa une prière muette pour que les enfants enlevés soient retrouvés sains et saufs.

Le lendemain matin, Kendall fit le tour de la maison avec les quatre femmes envoyées par l'entreprise de nettoyage.

— Ne vous inquiétez pas pour les cartons. Vous n'avez qu'à balayer autour et je vous demanderai de revenir passer un dernier coup de serpillière quand je me serai débarrassée de toutes ces affaires.

Annie, la jeune Amérindienne responsable de l'équipe, désigna le jardin d'un geste du menton.

— Il faut aussi nettoyer dehors ?

— Non, non, je demanderai à un jardinier de couper les haies et de balayer les feuilles mortes de la terrasse. Pourquoi cette question ? ajouta-t-elle.

Annie posa une main sur sa poitrine.

— Nous avons entendu parler des photos trouvées près de la rivière…

— Oui, cette découverte était un peu… déstabilisante. Cela dit, maintenant qu'il a laissé ces clichés, le ravisseur a peu de chance de revenir. Vous n'avez rien à craindre.

Kendall ponctua ces paroles rassurantes d'un grand sourire. Si elle continuait à répéter à tout le monde que tout allait bien, qu'il n'y avait aucun problème, peut-être finirait-elle par s'en convaincre.

Tandis que les femmes apportaient leur matériel de nettoyage dans la maison, Kendall tria les derniers cartons. Certains seraient envoyés à l'Armée du Salut, d'autres contenaient des bibelots qu'elle comptait mettre en ligne pour les vendre, d'autres encore seraient proposés aux habitants du coin via une braderie de garage. Elle ne garderait rien. Une fois rentrée à Phoenix, elle oublierait cet endroit sombre, humide, maudit. Elle avait de bons souvenirs de sa tante Cass. Elle n'avait pas besoin d'objets pour se la remémorer.

Quelqu'un frappa à la porte.

Comme Kendall notait au feutre une adresse sur un carton, elle ne releva pas la tête et lança :

— Inutile de frapper à chaque fois que vous voulez entrer dans la maison !

— C'est très gentil à vous de le proposer, madame.

En reconnaissant la voix grave et moqueuse de Coop, elle se retourna, surprise de la joie qui la souleva aussitôt.

— Oh ! c'est vous ! Des femmes de ménage sont venues me donner un coup de main pour nettoyer à fond la maison, et je pensais m'adresser à l'une d'elles.

— J'ai vu leur camionnette — Dream Weavers, les tisseuses de rêves… Tout un programme ! Vont-elles vraiment vous faire rêver avec leurs serpillières et leurs balais ?

— Je l'espère.

Elle l'observa à la dérobée. Il avait troqué son uniforme de shérif pour un jean délavé et une chemise de flanelle bleue.

— Ne travaillez-vous donc pas, aujourd'hui ? Avez-vous décidé de profiter enfin de vos vacances ?

— Officiellement, je suis en congé mais, comme je vous l'ai dit hier, le bureau est petit, nous ne sommes pas nombreux à y travailler. Voilà pourquoi je me dois d'être toujours joignable en cas de besoin. Bref, je passais vous demander si vous étiez toujours d'accord pour que j'installe un système d'alarme chez vous.

— Absolument.

Il était venu s'assurer que tout allait bien, et elle en fut touchée. Elle aimait le sentir proche.

— J'ai une adresse à Port-Angeles, un magasin qui offre des produits de qualité.

— Très bien. Je comptais justement m'y rendre ce matin. Dites-moi ce qu'il faut, et je l'achèterai, ajouta-t-elle en se levant.

— Je tiens à m'assurer que vous prendrez les bons articles et en plus, en tant que représentant des forces de l'ordre, je bénéficie d'une réduction. Je peux vous y conduire si vous le souhaitez. D'autant que je doute que votre vieux pick-up parvienne à rouler jusque là-bas.

Un sourire se dessina sur les lèvres de Kendall. Il n'avait pas besoin d'en rajouter, elle était ravie d'y aller avec lui.

— Ce serait formidable, dit-elle. Je n'ai pas beaucoup à faire là-bas, cela ne me prendra pas toute la journée.

— Nous pourrions en profiter pour déjeuner sur le port, proposa-t-il.

— Excellente idée, s'exclama-t-elle. J'ai besoin d'enfiler des vêtements plus chauds mais je me dépêche. Par hasard, auriez-vous de la place dans votre véhicule pour ces cartons ? Je dois les déposer chez un brocanteur, spécialiste des ventes en ligne.

— Je vais les porter à l'arrière de mon camion pendant que vous vous préparez.

Il salua de la main la jeune femme qui venait d'entrer dans la pièce et lança :

— Bonjour, Annie. J'aime beaucoup votre fourgonnette.

Un grand sourire éclaira le visage de la jeune Indienne.

— Bonjour Coop. Ma cousine Scarlett nous l'a peinte.

— Vous lui direz que le résultat est magnifique.

Kendall sourit à Annie avant de rejoindre sa chambre. Le charme de Coop produisait-il le même effet sur toutes les femmes qu'il croisait ?

Quoi qu'il en soit, elle n'avait rien à dire. Le séduisant shérif ne lui appartenait pas, loin de là.

Comme Coop portait le dernier carton dans son camion, il entendit la porte de la maison se refermer dans son dos.

Il se retourna à temps pour voir Kendall qui se penchait pour ramasser le journal. Au passage, il admira ses courbes gracieuses.

Elle avait troqué son legging noir pour un jean étroit qui mettait ses jambes en valeur. Pour avoir plus chaud, elle avait enfilé des bottes fourrées qu'elle ne chaussait sans doute jamais à Phoenix.

Elle brandit le journal en criant :

— Le quotidien local vous intéresse-t-il ?

— J'en ai au moins dix exemplaires chez moi, merci.

Elle laissa le journal sous le porche et s'approcha du camion de Coop. Comme ce dernier lui ouvrait galamment la portière, elle demanda :

— Avez-vous réussi à mettre tous les cartons dans votre véhicule ?

— Largement.

Elle se hissa dans l'habitacle, et il tendit le bras pour l'aider. Elle se tourna vers lui avec un rire moqueur.

— Pourquoi les hommes aiment-ils les camions si hauts ? J'aurais le vertige si je devais conduire le vôtre.

— Cela nous donne un sentiment de supériorité.

— Chercheriez-vous ainsi à compenser quelque chose ?

Comme elle lui envoyait un clin d'œil complice, une vague de désir aussi puissante qu'inattendue envahit Coop. Le visage de Kendall s'éclaira, son sourire s'élargit comme pour l'inviter à l'embrasser. Avait-elle deviné la teneur de ses pensées ? Sa réaction était-elle le reflet de son propre comportement ?

Soudain paniqué, il courut presque s'installer au volant.

— Que préférez-vous ? Ecouter de la musique ou bavarder ? demanda-t-il.

— Pourquoi pas les deux si le niveau sonore n'est pas trop élevé.

— Je peux le régler. Je reçois la radio par satellite, vous avez donc la possibilité d'écouter n'importe quelle station.

— C'est magique !

Elle joua avec les boutons, zappant d'une chaîne à l'autre.

Au bout d'un moment, il lui jeta un regard de biais.

— Pensez-vous qu'avoir accès à toutes ces stations est encore un moyen inconscient pour moi de compenser quelque chose ?

— Pas du tout. Je sais reconnaître un vrai plus et j'ai envie d'en profiter. Votre camion me change vraiment du tacot de ma tante.

Kendall lui parlait d'un ton léger, badin. À sa grande surprise, Coop s'aperçut qu'elle le suivait sur le terrain du flirt. Plus ils s'éloignaient de Timberline, plus elle semblait se détendre. Les yeux brillants, le sourire éclatant, elle avait perdu toute sa raideur passée.

En l'entendant rire aux éclats et entonner de vieux tubes, il se rendit compte qu'il tombait sous son charme.

La sortie pour Port-Angeles arriva trop vite. Il aurait bien roulé jusqu'en Alaska en sa compagnie.

Il redressa les épaules.

— Comment faisons-nous ? Je peux vous déposer quelque part puis aller acheter le système d'alarme et repasser ensuite vous chercher pour vous emmener dans l'un des restaurants au bord de l'eau.

Elle tira le rétroviseur vers elle pour se remaquiller.

— C'est parfait. Je ne veux pas vous ennuyer avec ma visite chez le brocanteur. Et mon deuxième rendez-vous est confidentiel.

Il fit une petite grimace.

— Confidentiel, vraiment ?

— Et pas franchement excitant, croyez-moi, ajouta-t-elle en remettant le rétroviseur en place. J'ai votre numéro, je vous appelle quand je suis prête à partir. Si j'ai fini avant vous, je prendrai le bus pour regagner les quais.

— Ça marche ! Où voulez-vous que je vous dépose ?

Elle s'empara de son téléphone.

— Attendez, je retrouve l'adresse.

Elle tapota son écran et une voix lui indiqua la route à suivre.

Coop suivit les consignes et, bientôt, ils parvinrent dans une rue commerçante.

— C'est la boutique là-bas avec un carton dessiné sur la vitrine.

— Le magasin de bricolage n'est pas très loin. Avez-vous des préférences en matière de marques ?

— Aucune. C'est vous l'expert, vous avez carte blanche. Trouvez-moi quelque chose qui découragera les gens capables de creuser des tombes sur mes terres.

Coop déchargea les cartons empilés à l'arrière pour les porter dans l'entrepôt.

Avant de partir, il se pencha vers Kendall pour lui murmurer à l'oreille :

— Ne vous faites pas arnaquer.

Il roula un moment, l'esprit en déroute. Il éprouvait le besoin de prendre du recul, même si tout son corps d'homme était attiré par Kendall Rush.

Elle lui avait clairement fait comprendre qu'elle n'avait pas l'intention de s'attarder plus longtemps que nécessaire à Timberline. Voilà au moins un point commun entre Steffi et Kendall. Toutes deux détestaient le Pacifique Nord en général, et Timberline en particulier.

Si Kendall voulait plier bagage dès qu'elle aurait vendu les biens de sa tante, ils n'auraient le temps de vivre qu'une relation brève et superficielle, une aventure sans lendemain. Coop n'avait rien contre, surtout avec une femme comme Kendall, mais il savait que ce ne serait pas bien.

Derrière sa façade de femme forte, Kendall dissimulait une indéniable douceur, une véritable tendresse. Il voyait également la tristesse qui assombrissait en permanence ses yeux. Elle ne se remettait pas de la disparition de sa jumelle.

Il refusait de profiter de sa vulnérabilité. Pour rien au monde il ne commettrait cette erreur une seconde fois.

Il se gara sur le parking du magasin de bricolage et entra, cherchant le rayon qui l'intéressait.

Un employé, qui s'ennuyait derrière son comptoir, se précipita vers le seul client de l'établissement.

— Puis-je vous aider ?

— J'ai besoin d'installer un système de sécurité dans une maison… Avec des caméras, des capteurs de mouvements… Tout le tralala.

— Je peux vous trouver ça.

L'homme farfouilla parmi les gadgets high-tech. Coop semblait si exigeant que l'employé se demandait certainement s'il comptait protéger Fort Knox.

En réalité, il tenait à protéger quelque chose qui avait plus de valeur à ses yeux que tout l'or des États-Unis. Il voulait protéger Kendall Rush.

Jessa tapota le dernier carton.

— Je vous enverrai un e-mail récapitulatif avec la liste de tous vos articles et les prix correspondants. Si je vois un objet sous-évalué, je vous suggérerai une augmentation. Vous avez bien compris que nous percevons un pourcentage sur les transactions, n'est-ce pas ?

— Oui, bien sûr, et j'accepte évidemment ces conditions.

Elle s'empara d'une paire de bottes sur une étagère.

— Qu'ont-elles de particulier ?

— Elles auraient appartenu à Elvis Presley…

— Oh ! d'accord. Bien, je vous laisse gérer la vente de mes bibelots. Si vous avez besoin de me contacter, je pense rester à Timberline encore une bonne semaine.

— J'ai bien noté vos coordonnées.

Kendall chercha sur son téléphone l'adresse du Dr Julie Shipman.

— Jessa, savez-vous si l'avenue Marine est loin d'ici ?

— Cette avenue traverse la ville d'est en ouest. À quel numéro allez-vous ?

— Au 538. Puis-je y aller à pied, à votre avis ?

— Bien sûr. Mais, si vous le souhaitez, je vous y dépose. J'ai une course à faire dans le secteur.

— Je ne veux pas vous déranger.

— Ne vous inquiétez pas. Tony ! cria-t-elle. Je m'absente un petit moment. Je te confie la boutique.

— N'oublie pas d'acheter du gros scotch.

— D'accord !

Jessa s'empara d'un trousseau de clés, et Kendall la suivit dehors. Elles prirent place dans une petite voiture.

Jessa déboîta sans même jeter un œil dans ses rétroviseurs. Elle fonçait si vite dans les rues que Kendall se crispa sur son siège. À plusieurs reprises, elle s'accrocha à sa ceinture de sécurité en fermant les yeux.

Bientôt, la jeune femme s'arrêta devant un petit immeuble de bureaux.

— Nous y sommes !

— Merci infiniment. On s'appelle.

Jessa la salua de la main et redémarra.

Secouant la tête, Kendall se dirigea vers le bâtiment en brique. Bien sûr, elle était attendue. Elle avait téléphoné au préalable pour annoncer sa venue.

Comme elle parvenait devant la porte du Dr Julie Shipman, elle reçut un coup de fil de Coop.

— Avez-vous déjà fini ? demanda-t-elle.

— Presque. Donnez-moi encore un petit quart d'heure, répondit-il.

— Je ne serai pas prête dans un quart d'heure alors allez au restaurant, installez-vous à une table, et je vous rejoins dès que possible.

— Je vais réserver par téléphone et passer vous chercher, ce sera plus simple. Prenez votre temps, je ne suis pas pressé.

Elle lui donna l'adresse. L'immeuble abritait des médecins, des avocats, un cabinet de comptables… Coop n'aurait aucun moyen de deviner qui elle était venue voir. Déontologiquement, elle n'avait pas le droit de lui révéler qu'elle cherchait un thérapeute pour Wyatt.

— Je me dépêche. À plus tard, dit-elle avant de raccrocher.

Elle glissa son téléphone dans son sac et entra sans sonner comme l'en priait un panneau sur la porte.

La salle d'attente était déserte mais, dès qu'elle en franchit le seuil, une jeune femme brune surgit de la pièce voisine.

— Kendall Rush ?

— Ravie de faire votre connaissance, docteur Shipman.

Son interlocutrice pencha la tête.

— Appelez-moi Julie, et je suis psychologue, pas psychiatre. Je ne suis pas médecin.

— Mais vous avez décroché un doctorat en psychologie, non ?

— En effet mais le titre de « Docteur » me semble seulement réservé aux docteurs en médecine.

— Pour ma part, je n'ai qu'un master.

— Cela ne change pas grand-chose lorsqu'on exerce dans le privé.

— Sans doute. En tout cas, merci d'avoir accepté de me recevoir.

— Pas de problème. Mon prochain patient n'arrivera que dans vingt-cinq minutes.

— Comme je vous l'ai expliqué au téléphone, l'un de mes amis a de grosses difficultés à vivre les kidnappings qui ont eu lieu dernièrement à Timberline. En effet, son propre frère, Stevie, s'est fait enlever, il y a vingt-cinq ans. Il faisait partie du Trio de Timberline. Êtes-vous au courant de cette affaire ?

— N'étant pas originaire de la région, je n'ai entendu parler du Trio de Timberline que lorsque ces récents kidnappings ont défrayé la chronique. Mais, bien sûr, ces horribles drames ont dû raviver un traumatisme chez cet homme, et j'imagine à quel point il doit souffrir.

Kendall acquiesça. Elle n'avait pas l'intention de lui révéler qu'elle-même était liée à cette histoire.

— Hier soir, il m'a suppliée de l'aider mais je lui ai expliqué qu'il n'était pas possible de prendre un ami en thérapie.

— Je serais heureuse de le recevoir. J'ai un peu de temps à lui consacrer actuellement. Avez-vous des questions à me poser ?

— Quelques-unes.

Elle l'interrogea sur son expérience et sur ses méthodes.

À la fin de leur entretien, Kendall se sentait en confiance avec Julie.

— Je suis sûre que vous ferez un travail formidable avec Wyatt. Puis-je vous demander une carte de visite ?

— Je vais en chercher, elles sont dans mon bureau.

Kendall la suivit dans ce sanctuaire, meublé de fauteuils confortables, de plantes vertes et plongé dans une lumière tamisée. L'endroit ressemblait beaucoup à son propre cabinet.

Julie s'empara de plusieurs cartes de visite qu'elle lui tendit.

— Voilà. Dites à Wyatt de m'appeler quand il le voudra, quand il se sentira prêt à le faire.

— D'accord. Je vous laisse à votre prochain patient. Merci encore de m'avoir reçue.

— Je vous en prie. Il se trouve qu'un de mes patients est muté à Phoenix. Je lui transmettrai vos coordonnées.

— Merci !

Kendall quitta le cabinet et prit l'ascenseur.

Lorsqu'elle sortit, elle repéra immédiatement le camion de Coop, garé devant l'immeuble.

Elle avait hâte de le rejoindre et de déjeuner avec lui. Ouvrant la portière, elle s'apprêta à se hisser à l'intérieur.

— Désolée de vous avoir fait attendre.

Elle s'interrompit à la vue du visage figé de Coop. Il serrait les mâchoires.

Il lui jeta un regard glacial mais elle eut le temps d'y voir briller une profonde douleur.

— À quel jeu malsain jouez-vous, Kendall ?

— Quoi ?

Il pointa sur elle un doigt accusateur.

— Allez-vous nier que vous sortez du cabinet du Dr Shipman ? N'essayez pas de me faire croire le contraire. Je vous ai vue.

— Et alors ? Je ne comprends pas… Où est le problème ?

— Votre petite conversation avec Shipman s'est-elle bien passée ? Votre entretien doit, bien sûr, rester confidentiel mais pouvez-vous me dire si, au cours de cette entrevue, elle vous a dit qu'elle avait tué ma femme ?

9

Kendall sursauta. Quoi qu'elle ait imaginé en posant sa question à Coop, elle ne s'attendait certainement pas à cette réponse.

— Tué votre femme ? De quoi parlez-vous ? Vous connaissez Julie Shipman ?

Il secoua la tête d'un air écœuré.

— Comme si vous ne le saviez pas !

Elle ferma les paupières et prit une profonde inspiration avant de se hisser dans l'habitacle. Ils ne pouvaient pas continuer cette conversation complètement folle sur le trottoir. Le prochain patient de Julie risquait de les entendre.

— Que se passe-t-il, Coop ? Qu'insinuez-vous exactement ? Le Dr Shipman n'a pas fait la moindre allusion à votre femme. J'ignorais que votre épouse la connaissait. Je l'ai vue sur un plan purement… professionnel.

Coop serrait si fort le volant que les jointures de ses doigts en blanchissaient. Il regarda au-dehors un long moment avant de se tourner vers elle.

— Vous ne me mentez pas, c'est sûr ?

Apparemment, il commençait à recouvrer ses esprits.

— Je vous dis la stricte vérité, Coop. Je n'avais jamais rencontré le Dr Shipman avant aujourd'hui. J'avais sélectionné une liste de trois ou quatre psychothérapeutes à Port-Angeles et je l'ai choisie, elle, un peu au hasard, simplement parce qu'elle avait la possibilité de me recevoir ce matin. Je vous le jure, ajouta-t-elle en levant deux doigts.

— Pardonnez-moi, je me sens stupide, balbutia-t-il en posant son front sur le volant. Je suis désolé de m'en être pris à vous aussi injustement.

Elle lui effleura l'épaule.

— Avez-vous envie d'en parler ? S'il y a quelque chose que j'ignore à propos du Dr Shipman…

Il serra les mâchoires.

— Le Dr Shipman se prétend psychothérapeute mais je la rangerais plutôt dans la catégorie des charlatans !

— Que s'est-il passé avec elle, Coop ?

Sans répondre, il redressa les épaules et fit démarrer son camion.

— J'ai réservé une table au Pelican Nest.

Kendall boucla sa ceinture de sécurité et se recroquevilla sur son siège. Ce déjeuner, qu'elle attendait avec joie un instant plus tôt, avait soudain perdu tout attrait. Les tensions dans l'habitacle étaient si fortes qu'elle n'osait plus rien dire tant elle craignait de provoquer une nouvelle réaction violente chez Coop.

Il roula jusqu'au port en silence et prit un ticket pour le parking. Quand ils entrèrent dans le restaurant, l'hôtesse les invita à la suivre jusqu'à la table qui leur avait été réservée. Ils bénéficiaient d'une vue magnifique, mais Kendall la remarqua à peine.

Elle s'assit en face de Coop et commanda un verre de vin blanc. Il lui en faudrait sans doute plusieurs pour réussir à se détendre.

Coop posa la main sur la sienne.

— Je suis désolé, Kendall.

— Ecoutez, je ne sais pas ce qui s'est passé dans le camion mais pourrions-nous oublier cet incident et profiter de ce déjeuner comme si de rien n'était ? À moins que vous ne préfériez renoncer au repas et rentrer tout simplement à Timberline.

Les traits de Coop se crispèrent.

— Alana, ma femme, s'est suicidée…

Elle mêla ses doigts aux siens.

— Je suis navrée de l'apprendre, Coop.

— Elle a avalé un tube de barbituriques alors qu'elle était dans son bain… Même si la façon dont elle a décidé d'en finir est au fond un détail sans importance.

Kendall lui caressa le poignet sans répondre. Maintenant, elle comprenait. Julie avait suivi Alana, elle avait tenté de l'aider à sortir de son mal-être, et à présent Coop lui reprochait la mort de sa femme. Il estimait qu'elle n'avait pas été la hauteur puisqu'elle n'avait pas pu empêcher le drame. Sa réaction était assez courante.

— Votre épouse souffrait de dépression.

— Quand Alana a fini par m'en parler, par reconnaître sa souffrance, j'ai tout fait pour l'aider. Je lui ai cherché un psychothérapeute, mais le Dr Shipman lui a fait plus de mal que de bien. Cette pseudo-thérapie s'est révélée catastrophique.

Kendall se mordit les lèvres. Si Coop avait espéré que Julie sauverait sa femme, il n'avait pu qu'être déçu. Les psychologues ne faisaient pas de miracles.

Lorsque la serveuse arriva, Coop lâcha la main de Kendall pour la laisser poser les verres sur la table et prendre leur commande.

Il versa de l'eau pétillante dans son verre et regarda un moment les bulles remonter à la surface.

— J'imagine que vous allez défendre votre consœur, n'est-ce pas ?

— J'ignore ce qui s'est passé pendant leurs séances et vous aussi, Coop. Mais je sais que la psychothérapie peut aider les personnes dépressives. Les médicaments jouent également un rôle majeur et permettent souvent d'éviter les pensées suicidaires ou, du moins, le passage à l'acte.

— Avez-vous déjà perdu un patient… dépressif ?

Elle battit des paupières.

— Deux.

— Les familles de ces personnes vous ont-elles reproché ces suicides ?

— L'une oui, pas l'autre. Ce n'est facile pour personne, vous vous en doutez.

Il passa sa main dans ses cheveux.

— Quand je vous ai aperçue, sortant de son cabinet… J'ai vu rouge. J'ai cru… Je ne sais pas ce que j'ai cru.

— Que je vous espionnais ? Que j'avais voulu la rencontrer dans l'espoir de lui soutirer des renseignements sur vous, pour vous nuire ?

— Peut-être, oui.

Elle caressa son verre du bout des doigts.

— Pourquoi ne pas m'avoir dit que votre femme s'était suicidée ? Timberline est une petite ville. Vous deviez vous douter que, tôt ou tard, je finirais par l'apprendre, non ?

— J'étais certain qu'un jour ou l'autre,vous alliez le découvrir mais je n'avais pas envie de vous le dire, de reconnaître mon échec.

Cette réflexion ne surprit pas Kendall. Après un passage à l'acte, les proches des candidats au suicide — et en particulier, leurs conjoints — se sentaient toujours coupables. Voilà pourquoi ils accablaient les psychothérapeutes, les accusant d'être au mieux des incompétents, au pire des escrocs.

Les bras croisés, Coop s'appuya contre le dossier de sa chaise.

— À présent, je vous en prie, ne me dites pas que je n'ai aucune raison de me sentir responsable, que rien n'est de ma faute.

— Je ne m'apprêtais pas à vous dire ça.

Il serra les mâchoires.

— Dès que j'ai découvert la dépression de ma femme, dès que j'ai pris conscience de ses souffrances, j'ai tout fait pour l'aider. Tout.

— Je vous crois.

— Y compris l'envoyer chez le Dr Shipman.

— Cela vous soulage de lui faire porter le chapeau, non ? Accuser Julie Shipman de ne pas avoir été à la hauteur vous permet de vous dédouaner…

— Vous pensez que je blâme Shipman parce qu'au fond je me sens coupable, moi ?

— Vous ne seriez pas le premier.

La serveuse s'approcha de leur table, une assiette dans chaque main.

— Un Fish & Chips et un saumon aux épinards. Avez-vous besoin d'autre chose ?

— Un peu de vinaigre balsamique, s'il vous plaît, dit Coop.

— Et un autre verre de vin, ajouta Kendall.

Quand la serveuse s'éloigna, Coop grimaça.

— Profitons de notre repas et parlons d'autre chose. La séance est finie.

— Ce n'est pas parce que je discute avec vous d'autre chose que du temps ou de l'état des routes que je joue les thérapeutes. Vous n'avez nul besoin d'une psychanalyse sauvage. Je me considère comme votre amie et, à ce titre, je me soucie de vous, de votre fille et de ce qui vous arrive. En tout cas, je me félicite que vous ne pensiez plus que j'étais allée voir le Dr Shipman pour lui soutirer des renseignements sur vous afin de vous espionner dans votre dos, ajouta-t-elle en s'emparant de sa fourchette.

— Que faisiez-vous dans son cabinet ?

Elle posa un doigt sur ses lèvres.

— C'est confidentiel, je vous l'avais dit. Je suis tenue par le secret professionnel.

— D'accord, désolé. Il est temps de changer de sujet, reprit-il en découpant son poisson. Je vous ai trouvé un bon système de sécurité. Si j'ai un peu de temps cet après-midi, je vous l'installerai. Mais je retourne travailler demain.

— Ne vous embêtez pas. Je demanderai à Lester Jenkins de s'en occuper. Il est habile de ses mains.

— Je vous propose de commencer et, si je n'ai pas le temps de finir, il s'en chargera, d'accord ?

— À quelle heure Steffi sort-elle de classe ? N'avez-vous pas besoin de passer la chercher ?

— Elle rentre avec la maman de Genevieve, que vous avez rencontrée chez Sutter. Je ne sais jamais d'une semaine à l'autre à quelle heure je finis ma journée. Il est donc plus simple et plus rassurant pour elle d'aller chez son amie après l'école.

Le déjeuner n'avait pas débuté sous les meilleurs auspices mais, dès qu'ils se mirent à se détendre, le contenu de leurs assiettes leur parut plus savoureux et la vue plus spectaculaire. Le vin n'était peut-être pas étranger au changement d'ambiance. Kendall parvint même à faire rire Coop en lui parlant des bottes ayant soi-disant appartenu à Elvis Presley...

Quand il lui proposa de passer au tutoiement, elle accepta aussitôt. Voilà longtemps qu'elle ne le considérait plus comme le shérif de Timberline mais d'abord, et surtout, comme un ami.

Ils finirent leur repas gaiement, et elle insista pour payer. D'une part, il l'avait invitée la veille et d'autre part, il ne lui demanderait pas d'argent pour installer son système de sécurité.

Le trajet de retour jusqu'à Timberline se révéla encore plus détendu, d'autant que Kendall avait un peu bu et se sentait légèrement euphorique. Elle dut s'assoupir parce que, lorsqu'ils passèrent sur un nid-de-poule et qu'elle ouvrit les yeux, elle s'aperçut qu'ils étaient déjà devant la réserve indienne.

Elle bâilla et s'étira.

— Je me demande si Annie et son équipe ont fini de nettoyer la maison.

— Tu avais déjà fait la moitié du travail. J'en suis certain.

Kendall salua de la main une petite fille qui vendait des bibelots avec sa mère sur le bas-côté de la route.

— Tu sais, Annie et ses collègues refusent de nettoyer la terrasse, de s'aventurer dans le parc.

— Elles ne s'occupent que de l'intérieur des maisons, dit Coop. Si tu as besoin d'un jardinier, je t'en trouverai un.

— Ce n'est pas le problème, protesta Kendall. Elles n'avaient pas envie de se risquer dehors parce qu'elles avaient entendu parler des croix près de la rivière et qu'elles avaient peur.

— Cet épisode a de quoi traumatiser bon nombre de gens et pas uniquement les Quileutes, reprit Coop. Mais, maintenant, la zone est sécurisée. Annie et son équipe n'ont plus rien à craindre.

— Sans vouloir m'exprimer comme Rebecca, j'espère que cette histoire n'affectera pas la vente de la propriété de Tante Cass. Elle a déjà perdu une grande partie de sa valeur à cause de ce qui s'est passé il y a vingt-cinq ans.

— Je suis sûr que des étrangers au village s'en moqueront, affirma Coop. De toute façon, l'acquéreur détruira sans doute la maison pour en reconstruire une autre, plus conforme à ses goûts.

— À sa place, c'est ce que je ferais, dit Kendall d'un ton ferme.

Coop lui jeta un regard de biais avant de reporter son attention sur la route.

— Tu n'as donc gardé aucun bon souvenir de Timberline ? C'est la raison pour laquelle tu n'y étais jamais revenue ?

— J'ai gardé en mémoire quelques bons moments passés dans cette propriété, mais la tragédie les a balayés, il faut bien le dire. Le rapt de Kayla n'a rien arrangé mais la situation familiale n'était déjà pas brillante. Le ménage de mes parents battait de l'aile depuis des années, et cette épreuve l'a achevé. Ils ont divorcé, et ma mère a sombré dans la folie. Elle est internée en Floride à présent. Quant à mon père, il est mort trop jeune. Ma tante Cass n'a jamais voulu d'enfants mais elle a fait de son mieux pour s'occuper de moi.

— Je suis désolé. Certaines familles n'arrivent jamais à surmonter ce genre d'épreuves.

— En tout cas, je ne pourrai plus jamais être heureuse à Timberline. De plus, je déteste la pluie.

Coop se mordilla les lèvres avant de soupirer.

— Steffi déteste la pluie, elle aussi. Et d'ailleurs, penses-tu que…

— Que quoi ?

— Après avoir critiqué ta profession et douté de son utilité, il me semble un peu abusif de te demander conseil.

Coop culpabilisait à cause du suicide de sa femme et il avait trouvé un certain soulagement à rejeter la faute sur sa thérapeute. Comment Kendall aurait-elle pu le lui reprocher ?

— Vas-y, tu as le droit de critiquer.

— Steffi n'était qu'un bébé à la mort de sa mère. Elle avait dix-neuf mois exactement.

Des larmes brûlèrent les paupières de Kendall. Quand elle grandirait et comprendrait ce qui s'était passé, comment Steffi parviendrait-elle à accepter le geste de sa maman ?

— C'est triste…

— Il pleuvait ce jour-là, je m'en souviens. Tu vois de quoi je parle : la pluie tombait, tombait, comme si elle ne devait jamais s'arrêter.

— Je vois très bien.

— Je n'étais pas à la maison, je travaillais, et Alana a déposé Steffi chez une baby-sitter. Mais… Elle n'est jamais venue la rechercher. Lorsque je suis rentré et que j'ai découvert ma femme morte dans son bain, j'étais accablé et complètement dépassé par les événements. La baby-sitter l'a compris et elle m'a proposé de garder Steffi chez elle toute la nuit.

Il frappa le volant du plat de la main.

— Je n'aurais jamais dû accepter ! Elle avait besoin de moi.

— Attends, répliqua Kendall en lui tapotant le bras. Tu n'as rien à te reprocher. Tu as très bien réagi, au contraire. Ta fille n'avait rien à faire au milieu de la police et des pompiers s'activant autour du cadavre de sa maman ! Imagines-tu vraiment qu'elle se serait sentie en sécurité dans cette atmosphère ?

— En tout cas, sa mère l'a laissée chez la baby-sitter et elle n'est jamais revenue la chercher. Ce jour-là, il pleuvait des cordes… Et je me demande si Steffi ne déteste pas la pluie pour cette raison. Parce qu'elle l'a associée à la mort de sa maman. Cela paraît complètement fou, non ? À l'époque, elle n'avait que dix-neuf mois.

— Cela n'a rien de fou, tu as sans doute raison. Il est probable qu'elle ait lié inconsciemment les deux événements.

Coop poussa un gros soupir.

— Je suis désolé, Kendall. J'espérais que cette virée à Port-Angeles serait sympa et parviendrait à te changer les idées, mais finalement j'ai juste réussi à plomber l'ambiance.

— La vie a ses aléas…

— C'est vrai. Mais j'aurais dû me taire en te voyant sortir du cabinet de Shipman. J'ai perdu les pédales. Si j'avais respiré un grand coup au lieu de parler à tort et à travers, j'aurais compris que tu n'avais aucune raison de m'espionner dans mon dos.

— Parfois nous sautons sur les mauvaises conclusions, contre toute logique, contre toute rationalité.

Ils arrivaient et Coop montra du doigt la camionnette des Dream Weavers toujours garée au bout de l'allée.

— Regarde, Annie et son équipe sont encore là.

— Elles doivent abattre un travail formidable.

— Je vais commencer à installer ton système de sécurité avant de partir chercher Steffi. Sauf si tu as hâte de te débarrasser de moi… Ce que je comprendrais très bien.

— Tu n'es pas obligé de jouer en permanence le rôle du shérif souriant, sympa et serviable, Coop. Tu as le droit d'éprouver des sentiments, des émotions, y compris des sentiments négatifs.

— Comment un représentant des forces de l'ordre qui perd ses moyens, dérape et te saute à la gorge sans crier gare pourrait-il t'inspirer confiance ? Mon comportement est d'autant plus insupportable que tu souffres également.

— Mais les psychologues ne peuvent pas se permettre de perdre leurs moyens.

Il se tourna vers elle pour lui caresser la joue.

— Tu n'es pas mon thérapeute, alors autorise-toi à lâcher prise avec moi et sache que, si tu as besoin d'une épaule, je suis là.

À ces mots, elle faillit craquer, lui avouer à quel point il l'attirait, même s'il ne faisait pas confiance aux psychothérapeutes et que sa fille ne l'aimait pas beaucoup.

Elle toussota.

— J'accepte ton offre... Pour aussi longtemps que je serai à Timberline.

— Bien sûr, c'est ainsi que je l'entendais, répondit-il en ouvrant la portière. Maintenant, il est temps de me mettre au travail.

Kendall descendit du camion et se dirigea vers la maison. Une odeur de détergent flottait dans l'air.

Annie apparut, sortant de la cuisine.

— Nous avons presque fini. Voyez-vous quelque chose que vous aimeriez nous voir faire avant que nous partions ?

— Quelle bonne odeur de propre ! s'exclama Kendall. Je suis sûre que vous avez fait un excellent travail et qu'il n'y a rien à redire.

— Alors nous allons commencer à ranger notre matériel.

Kendall retira sa veste et l'accrocha au portemanteau.

— Annie, connaissez-vous des jardiniers qui seraient d'accord pour venir travailler chez moi ? J'ai besoin de faire nettoyer mon jardin, de tailler les haies et de balayer les feuilles mortes, mais sans en faire trop afin que les futurs propriétaires apprécient le résultat quels que soient leurs goûts.

— Tenez-vous absolument à embaucher un membre de la tribu des Quileutes ? demanda Annie en essorant une serpillière. Quelqu'un venant de la réserve indienne ?

— Pas absolument, non. Mais pourquoi pas ?

Annie secoua la tête avant d'ordonner à l'une de ses collègues :

— Va ranger les seaux et les balais dans la camionnette, Lucy.

La dénommée Lucy obtempéra en traînant des pieds, visiblement décidée à prendre son temps. Lorsqu'elle franchit enfin la porte, Annie poussa un soupir.

— Kendall, aucun Quileute n'acceptera de venir travailler sur ces terres.

Kendall posa les poings sur ses hanches.

— À cause de ces photos enterrées ? Ou pour une autre raison ?

— Non, ce n'est pas uniquement à cause de ça.

— Vous faites donc allusion à l'enlèvement de ma sœur, il y a vingt-cinq ans. Mais je ne comprends pas quelque chose : vous êtes Quileute et pourtant vous êtes ici, Annie. Lucy et vos autres collègues aussi… Alors ?

— J'ai dû les menacer pour les décider à venir… Et je ne plaisante qu'à moitié.

— Vous n'êtes donc pas… superstitieuse ?

— Superstitieuse ? Est-ce ainsi que vous voyez les choses ? Vous considérez-vous vous-même comme superstitieuse ?

— Non.

— Et pourtant vous avez quitté cette maison dès que vous en avez eu la possibilité pour ne plus jamais y revenir. Et, maintenant que la vieille Cass est morte, vous avez hâte de vendre ses affaires et de quitter définitivement la ville.

— C'est vrai, vous avez tout à fait raison… Alors comment qualifieriez-vous ce que vous ressentez ? Parleriez-vous d'ondes négatives auxquelles vous seriez particulièrement sensible ?

— Non, non. Pour moi, il s'agit juste d'un travail mais vous pourriez poser la question à ma cousine Scarlett. Elle est chamane. Cela dit, vous serez sans doute repartie en Arizona quand elle reviendra. Elle est devenue une grande artiste et elle est descendue à San Francisco pour une exposition.

— C'est formidable !

Une ombre passa devant la fenêtre, et Kendall souleva le rideau à temps pour voir Coop poser une échelle contre le mur.

— Connaissez-vous quelqu'un qui ne partagerait pas vos craintes sur les mauvaises ondes de l'endroit et qui aurait besoin de travailler quelques jours ?

— La plupart des jardiniers quileutes sont occupés avec l'entretien des propriétés des cadres d'Evergreen mais vous devriez solliciter les services de Gary Binder. Il n'est pas quileute et il fait beaucoup de petits boulots de ce genre depuis qu'il est sorti de prison.

— De prison ?

— Pour avoir consommé, vendu et cultivé de la drogue…

Kendall se souvenait vaguement de Gary comme d'un jeune homme maladif, mais il devait avoir la quarantaine à présent.

— Merci du tuyau.

— Il est propre, il ne boit pas, il fait du bon travail. Il est parfait pour ce que vous cherchez. Et il a besoin que quelqu'un lui tende la main, lui offre une seconde chance. Tout le monde a besoin d'une seconde chance, non ? Bon, j'y vais. Vous me direz si vous souhaitez que nous revenions donner un dernier coup quand vous aurez totalement vidé la maison, d'accord ? ajouta Annie.

— Comptez sur moi, répondit Kendall en lui tendant des billets. Merci beaucoup, Annie.

Kendall salua de la main les autres femmes qui finissaient de charger la camionnette peinte par la célèbre artiste chamane.

— Merci à toutes et à bientôt !

Lorsqu'elles quittèrent la propriété, Kendall s'adossa, les bras croisés, à l'un des poteaux du porche pour regarder Coop travailler.

— As-tu conscience que les Quileutes croient ma maison hantée ?

— C'est logique, répondit-il en plantant un clou. Je ne prétends pas être expert en matière d'Indiens, d'autant que je ne vis dans la région que depuis peu, mais certains membres de la tribu sont extrêmement réceptifs aux phénomènes surnaturels, répondit-il en faisant passer un fil entre deux clous. J'ai fini d'installer l'infrastructure pour le système d'alarme, ajouta-t-il. Je passerai terminer demain. J'irai certainement plus vite que Lester.

— Ce serait formidable, merci, dit-elle. As-tu des projets pour ce soir ?

— En fait, oui. La directrice de l'école m'a demandé de réunir les parents pour leur parler sécurité.

— La sécurité n'avait jamais été un souci dans cette ville avant les kidnappings du Trio de Timberline. Et encore ! Deux ou trois ans après le drame, une fois le choc passé, Timberline était retournée à son insouciance d'antan. Même moi, je me baladais à vélo dans la forêt comme au bon vieux temps. Les autres enfants aussi. Peu à peu, les gens ont recommencé à laisser leurs maisons ouvertes.

— C'est dans cette ville insouciante que nous avons emménagé, Alana et moi, dit Coop. Elle était alors enceinte de Steffi. Pendant cinq ans, nous avons vécu en nous sentant en totale sécurité, ajouta-t-il. Bon, je vais ranger cette échelle dans le garage et laisser les autres pièces du système d'alarme à l'intérieur. Cela te convient ?

— Très bien, répondit Kendall. Deux ou trois cartons de plus dans le salon ne feront pas une grande différence.

— Cela ne t'ennuie pas de passer la nuit ici, n'est-ce pas ?

— Pas du tout. J'ai du travail, tu sais.

Coop souleva l'échelle et s'éloigna vers l'arrière de la maison. Kendall en profita pour ramasser les outils et le reste du système encore dans son emballage pour les porter à l'intérieur.

Elle retrouva Coop à la porte.

— Je regrette simplement de ne pas avoir eu le temps de finir et de mettre l'alarme en route, dit-il en se grattant le menton. Peut-être devrais-tu passer la soirée chez Melissa et Daryl.

— Ils sont partis à Seattle pour quelques jours en amoureux.

Elle noua ses cheveux en un chignon improvisé avant de décocher un sourire à Coop.

— Tout ira bien, dit-elle. J'ai l'intention de retourner en ville pour jeter un coup d'œil aux boutiques qui se sont ouvertes dernièrement.

Se penchant vers elle, il lui prit le visage d'une main.

— Fais attention à toi, Kendall. Quelqu'un a visiblement décidé de te jouer un sale tour.

— Pas uniquement à moi.

Il la lâcha.

— Comment cela ?

Elle se rendit compte qu'elle venait de torpiller le moment d'intimité qu'ils auraient pu avoir. Essayait-elle inconsciemment de se protéger d'un autre danger ?

— Wyatt aussi a eu une mauvaise surprise, répondit-elle. Quelqu'un a déposé un petit dinosaure en plastique sur le seuil de sa maison. Je lui avais dit de t'en parler.

— Pourquoi ne l'a-t-il pas fait ? demanda Coop en fronçant les sourcils. Il travaille dans nos bureaux actuellement. Il aurait eu dix fois l'occasion de me le dire.

— En tout cas, je lui avais recommandé de le faire.

— Pourquoi voudrait-il me le cacher ?

— Tu lui poseras la question mais, je t'en prie, ne lui dis pas que c'est moi qui t'en ai parlé.

— Cela ne va pas être possible parce que je compte bien l'interroger sur cette affaire et sur son silence. Je lui demanderai de me confier cette figurine, même s'il y a peu de chances d'y retrouver des empreintes. Bon, conclut Coop, sois prudente et n'hésite pas à m'appeler si besoin est.

Une fois l'équipe de ménage et Coop partis, le silence emplit de nouveau la maison. Kendall aurait beaucoup donné pour suivre une émission stupide à la télévision.

Il lui fallait absolument combler ce silence d'une façon ou d'une autre. Elle alluma son ordinateur pour passer de la musique, des morceaux qu'elle avait enregistrés sur son disque dur. Puis elle rédigea une annonce pour vendre des meubles avant d'échanger quelques mails avec Jessa à propos du prix de certains bibelots. Enfin, elle consulta sa messagerie vocale.

Dieu merci, elle n'avait reçu aucun appel urgent de ses patients. Par chance, elle ne comptait aucun candidat au suicide dans sa clientèle pour le moment. Coop avait sans doute espéré que le Dr Shipman ferait des miracles avec sa femme… Voilà pourquoi il avait une si mauvaise opinion de sa profession.

Elle se rappela soudain la raison pour laquelle elle était allée voir le Dr Shipman. Elle avait failli l'oublier. Prenant son téléphone, elle composa le numéro de Wyatt. Elle tomba aussitôt sur sa boîte vocale et elle laissa son message.

— Salut Wyatt, c'est Kendall. Je t'ai trouvé une thérapeute à Port-Angeles. Je suis sûre qu'elle pourra t'aider. Il s'agit du Dr Shipman. Je te donne ses coordonnées, tu peux l'appeler quand tu veux.

Tout en parlant, elle tira une des cartes de visite de la psychologue. Elle lui lut le numéro avant de raccrocher.

Elle s'étira et s'apprêta à sortir. Elle n'avait pas l'intention de dîner seule dans cette maison sinistre.

Mais, en apercevant la silhouette d'un homme derrière la porte moustiquaire, elle se figea.

Le téléphone à la main, elle s'avança.

— Qui est là ? demanda-t-elle d'un ton méfiant.

— Gary Binder, madame. Annie Foster m'a dit que vous cherchiez quelqu'un pour nettoyer votre jardin.

Kendall poussa un gros soupir. Maudite soit Annie ! Ne pouvait-elle pas la laisser décider seule ? Si elle ne lui ouvrait pas, Binder penserait qu'elle le considérait toujours comme un ex-taulard infréquentable…

Après un instant de réflexion, elle tira le verrou. Lorsqu'elle planta les yeux dans les prunelles bleu délavé de Gary Binder, elle s'efforça de garder un visage impassible. Mais ses cheveux grisonnant, sa peau terne et la longue cicatrice qui zébrait sa joue l'impressionnèrent. Binder avait quarante-cinq ans mais son corps était celui d'un vieillard.

— Bonjour, Gary. Les nouvelles vont vite. Voilà moins de deux heures que j'ai dit à Annie que je cherchais quelqu'un.

Elle regarda le ciel qui s'assombrissait. La nuit tombait. N'aurait-il pas pu attendre le matin pour passer ?

— Annie sait que j'ai toujours besoin de travailler, répondit-il en passant la main dans ses cheveux en bataille. Je ne vais pas vous mentir, madame. J'ai fait de la taule, j'ai suivi des cures de désintoxication mais, maintenant, je suis clean.

— Je comprends. Il faudrait tailler les haies, balayer la terrasse et couper l'herbe jusqu'à l'orée du bois. Pensez-vous pouvoir vous en charger ?

Un grand sourire édenté éclaira le visage de Gary.

— J'ai peut-être l'air d'avoir un pied dans la tombe, madame, mais je suis fort et rapide. Je suis tout à fait capable d'effectuer ce travail. Par contre, je n'ai pas beaucoup d'outils.

— Ma tante en avait, ils sont sûrement toujours dans la remise.

Le sourire de Gary s'élargit, le faisant soudain paraître plus jeune.

— D'ailleurs, ajouta-t-elle. Quand vous aurez fini, vous pourrez les garder.

— En paiement pour mon travail ? Oui, cela m'intéresserait.

— Non, non, en plus, protesta Kendall. En cadeau. Je n'en aurai plus besoin par la suite. Je suis en train de vider la maison pour la vendre. Alors si ces outils peuvent vous être utiles…

— Merci beaucoup, madame. Maintenant, dites-moi ce qu'il faut faire et je m'y mets.

— Il est peut-être un peu tard, Gary. Pourriez-vous revenir demain matin ? Vers 10 heures ?

— Bien sûr. Je me suis présenté en urgence avant que vous ne preniez quelqu'un d'autre. Cela dit, les Quileutes qui travaillent comme jardiniers dans la région n'accepteraient jamais de travailler ici, je le sais.

Kendall se frotta les bras pour réprimer un frisson glacé.

— Annie me l'a dit, oui. Alors, à demain, 10 heures ?

— Oui, madame.

Kendall le regarda prendre un vieux vélo rouillé dans les fourrés et l'enfourcher.

En refermant la porte, elle poussa un soupir de soulagement. Il n'avait pas l'air méchant, juste en mauvaise santé. Et, en effet, il ne semblait plus consommer de drogue.

Avant que d'autres personnes n'aient idée de lui rendre une visite nocturne, elle enfila sa veste et sortit pour aller dîner à l'extérieur.

La pluie avait cessé, mais elle enfila quand même ses bottes et mit sa capuche sur sa tête tout en marchant dans les feuilles mortes. Balayer l'allée serait la première chose qu'elle demanderait à Gary demain. Dans deux ou trois jours, elle organiserait une petite brocante de garage et elle ne voulait pas que les gens glissent sur des feuilles mouillées et se cassent une jambe. Cela dit — fait exceptionnel —, la météo ne prévoyait pas de pluie pour le week-end.

Comme elle arrivait devant son pick-up, elle remarqua un prospectus coincé sous les essuie-glaces. Avant de s'installer au volant, elle le récupéra. Quelques mots étaient griffonnés dessus.

Un frisson glacé la parcourut. Claquant sa portière, elle se pencha sur les lignes écrites en majuscules d'imprimerie.

VENEZ ME VOIR PLUS TARD DANS LA SOIRÉE. JE SAIS QUELQUE CHOSE À PROPOS DU RUBAN ROSE.

Le mot était signé Chuck Rawlings.

Elle fronça les sourcils. Quand Chuck avait-il déposé ce mot sur son pare-brise ?

Le papier était sec, il l'avait donc coincé sous l'essuie-glace peu de temps auparavant. Et après le retour de Kendall. Sinon, elle l'aurait vu quand Coop s'était garé à côté du pick-up.

Mais pourquoi Chuck n'avait-il pas préféré lui remettre sa missive en mains propres ? Ou, mieux, lui en parler directement ? Pourquoi lui demandait-il de passer le voir chez lui ?

Et pourquoi ne l'avait-il pas abordée la veille, alors que manifestement il la suivait ?

D'une main tremblante, elle posa la feuille sur le siège. S'agissait-il d'une ruse de Chuck pour l'attirer chez lui ?

Elle n'avait plus seize ans, l'âge des gamines auxquelles il s'intéressait. De plus, il semblait vieux et fragile. S'il s'avisait de l'attaquer, elle parviendrait sans mal à le neutraliser. Elle avait suivi des cours d'auto-défense qui pourraient se révéler utiles… Sauf s'il était armé.

Elle reprit le feuillet. Si Rawlings était au courant de quelque chose à propos du ruban rose, il avait peut-être — consciemment ou non — des informations sur le ravisseur.

Tout en mettant le contact, elle regarda l'horloge numérique sur le tableau de bord. À cette heure-ci, Coop était encore à l'école avec les parents d'élèves. Il était possible que Chuck détienne des renseignements mais qu'il ait préféré ne pas s'adresser à Coop et encore moins au FBI.

S'il avait quelque chose à lui apprendre à propos du ruban, elle en parlerait à Coop. Les révélations de Rawlings pourraient peut-être l'aider dans son enquête. Et l'agent du FBI serait alors obligé de l'écouter.

Elle relut la note. *Plus tard ?* Que signifiait « plus tard » ? Elle considéra la nuit et le croissant de lune qui tentait de s'imposer entre les nuages. Pour elle, « plus tard » voulait dire « maintenant », non ?

Il ne lui fallut qu'un petit quart d'heure pour se rendre chez Rawlings. Son camion était garé devant chez lui, sous un réverbère.

Pour une raison inconnue, elle ne claqua pas sa portière, se contentant de la pousser sans bruit. Elle préférait ne pas annoncer son arrivée pour bénéficier de l'effet de surprise.

Elle traversa la cour et grimpa les marches du perron.

Elle redressa les épaules, s'efforçant de dominer sa peur. Chuck lui avait demandé de passer, elle n'avait donc rien à craindre de lui.

Ne voyant pas de sonnette, elle donna un petit coup sur la porte. Elle recula d'un pas, tendue, prête à se défendre si nécessaire.

Mentalement, elle préparait ce qu'elle allait lui dire. Elle se montrerait amicale, reconnaissante qu'il veuille lui confier des informations, mais elle ne lui cacherait pas qu'il n'avait pas intérêt à l'avoir fait venir pour rien. Si elle se rendait compte qu'il voulait jouer avec elle et avec sa souffrance, il le regretterait. De toute façon, elle avait bien l'intention de raconter leur échange à Coop dès que l'occasion se présenterait.

Mais il fallait d'abord que Chuck lui ouvre…

Elle frappa à nouveau, cette fois avec la paume de la main. Elle se rendit compte alors que la porte n'était pas fermée et s'ouvrait sous la poussée.

Elle avança d'un pas.

— Monsieur Rawlings ? Chuck ?

Un jappement lui répondit, et un petit chien noir surgit d'une pièce voisine.

— Salut, vieux, dit-elle en s'accroupissant pour le caresser. Où est ton maître ?

L'animal se libéra et repartit au fond de la salle.

Kendall essaya encore.

— Monsieur Rawlings ? Êtes-vous là ? Je suis Kendall, j'ai reçu votre mot.

Le chiot aboya, d'un aboiement plaintif qui ressemblait à un sanglot.

Kendall se redressa. Chuck Rawlings n'était plus un jeune homme et, d'après ce qu'elle avait vu hier, il ne semblait pas en bonne santé. Il était possible que les révélations qu'il comptait lui faire l'aient perturbé et aient eu raison de son cœur. À sa connaissance, il n'avait personne pour veiller sur lui.

Elle avança encore.

— Monsieur Rawlings ? Allez-vous bien ?

Elle avait volontairement laissé la porte de la maison ouverte.

Un feu mourait dans la cheminée et une lampe posée sur la table répandait une faible lumière dans la pièce. Des pantoufles traînaient sur le tapis. Elles étaient mordillées. Visiblement, le chien avait joué avec.

Kendall déglutit avec difficulté Où était Rawlings ? Cherchait-il à l'attirer dans la chambre ou l'attendait-il dans la cuisine, armé d'une hache ?

Le chiot tournait dans ses jambes en essayant de mordre son jean. Difficile de croire qu'un tueur possède un animal aussi charmant.

— Où est ton maître ? répéta-t-elle.

Elle remarqua soudain les taches que le chiot avait laissées sur le bas de son pantalon. Comme elle les brossait d'un revers de main, elle se rendit compte qu'elles étaient humides et comprit, la gorge serrée, qu'il s'agissait de taches de sang.

Elle buta alors contre un pied nu. Le souffle court, le cœur battant à tout rompre, elle se pencha vers la masse allongée par terre.

Chuck Rawlings la regardait fixement de ses yeux morts.

10

Coop considéra les visages pâles et inquiets des parents assemblés devant lui, regrettant de ne pouvoir les rassurer davantage.

— Y a-t-il des questions ?

Assise au premier rang, une femme aux cheveux roux leva la main et lança avant même qu'il ne l'invite à parler.

— Et qu'en est-il du pervers Chuck Rawlings ?

— Que voulez-vous dire, madame ?

— Vous êtes-vous assuré qu'il avait un alibi ? Quand mon mari et moi nous sommes installés à Timberline, il y a quatre ans, nous avions consulté le fichier des auteurs d'infractions sexuelles de l'État de Washington et Rawlings y figurait, dit-elle en plantant sur Coop un regard d'acier.

— Nous avons vérifié son alibi et son emploi du temps, madame. Il n'est pas considéré comme suspect dans cette vague d'enlèvements.

Un grand gaillard, qui se tenait au fond de la sallc, lança :

— Et avez-vous également examiné ceux des autres détraqués sexuels fichés ? Parce que, désormais, la liste ne se limite plus à Rawlings. Depuis qu'Evergreen s'est implantée à Timberline, nous sommes confrontés à de nombreux problèmes que nous ne connaissions pas avant leur arrivée. Maintenant, il y a des embouteillages le matin et le maire ne répond pas à mes mails.

Un blond en costume cravate se tourna vers lui.

— Evergreen a également apporté de l’argent pour les écoles et a fait monter les prix des terrains et des biens immobiliers, permettez-moi de vous le rappeler. Même les ruines qui longent la forêt valent désormais une fortune.

— De quelles ruines parlez-vous ? rétorqua l’homme au fond de la salle.

— Arrêtez ! ordonna Coop en levant les mains dans un geste d’apaisement. Ces questions ne font pas partie du débat de ce soir. Suivez les conseils répertoriés dans le dépliant qui vous a été remis à l’entrée. La plupart relèvent du bon sens. Je tenais seulement à vous assurer que la police, associée au FBI, faisait tout pour retrouver ces malheureux gamins.

Les deux hommes cessèrent de se chamailler, et Coop passa l’assistance en revue.

— S’il n’y a pas d’autres questions, reprit-il, je suis sûr que, comme moi, vous avez tous hâte de rejoindre vos enfants, de les embrasser et de rentrer chez vous.

Avant que quelqu’un ne puisse se remettre à attaquer l’entreprise Evergreen, la directrice, Mme Stoker, applaudit.

— Merci beaucoup, shérif Sloane. Nous vous sommes infiniment reconnaissants pour votre intervention de ce soir. Je propose de mettre dès à présent vos conseils en pratique. Lorsque vous irez chercher vos enfants dans leurs classes, vous présenterez vos papiers à l’institutrice. La plupart des enseignantes vous connaissent, c’est vrai, mais j’aimerais que le respect des consignes de sécurité devienne pour tous une habitude.

Comme les parents commençaient à quitter la salle et que Mme Stoker s’approchait de lui, Coop sentit son téléphone portable vibrer dans sa poche.

Il leva la main.

— Un instant, Meg.

Il s’empara de l’appareil. Sur l’écran, il reconnut le numéro de son bureau. Il s’aperçut également que Payton avait tenté trois fois de le joindre.

Peut-être avait-il une bonne nouvelle à lui communiquer à propos des enfants kidnappés.

Plein d'espoir, il décrocha.

— Ici, Coop. Qu'y a-t-il ?

— Coop, c'est Payton. Nous avons un cadavre.

Le cœur de Coop manqua un battement.

— Ne me dites pas que…

— Non, non, il ne s'agit pas d'un gosse, se hâta de le rassurer Payton. Mais de Chuck Rawlings.

— Rawlings ? Que s'est-il passé ?

Coop s'éloigna de la directrice pour s'entretenir avec son second loin des oreilles indiscrètes.

— Les gars que j'ai envoyés sur place ne sont pas encore en mesure de le dire. Apparemment, il serait mort des suites d'une fracture du crâne… Qui pourrait être accidentelle.

— Êtes-vous en train de dire qu'il pourrait également s'agir d'un meurtre ?

— Je le crains. En tout cas, c'est la jeune femme du Trio de Timberline qui a découvert le corps.

Cette fois, Coop sentit son cœur s'accélérer dans sa poitrine.

— Kendall Rush ? C'est Kendall qui l'a découvert ? Mais où, bon sang ?

— Chez lui.

— Que fabriquait-elle chez ce type ?

Payton poussa un soupir.

— Je n'en ai aucune idée. Je ne sais pas quoi vous dire, Coop.

Coop raccrocha et se précipita dans le couloir pour gagner la classe où les enfants de l'âge de Steffi avaient été rassemblés pendant la réunion. Heureusement, Britt et Rob s'y trouvaient encore avec Genevieve.

Coop passa la main dans les boucles de Steffi et l'embrassa sur le front.

— Je viens de recevoir un coup de fil du bureau, dit-il

aux parents de Genevieve. Une urgence. Accepteriez-vous de vous charger de Steffi ce soir ?

Genevieve battit des mains.

— Dis oui, dis oui, maman !

— Bien sûr, Coop, répondit Rob. S'agit-il…

— D'autre chose. Merci beaucoup pour Steffi. Je passerai la récupérer dès que j'aurai fini.

Il était venu à l'école au volant de son camion et, bien qu'il ne puisse plus rien pour lui, fonça chez Rawlings. En réalité, il ne pensait qu'à Kendall. Qu'était-elle venue faire chez lui ?

Il se gara dans la rue, derrière une voiture de patrouille dont les gyrophares jetaient sur le porche des taches bleues et rouges. Il aperçut Kendall. Assise sur la plus haute marche du perron, elle serrait quelque chose contre sa poitrine tout en discutant avec l'officier Stevens.

Comme il marchait, ses bottes crissant sur le gravier, la boule sombre que Kendall tenait sur ses genoux se mit à japper et à se tortiller. Il comprit qu'il s'agissait du chien de Rawlings.

Elle leva la tête pour le regarder approcher avant de plonger le visage dans la fourrure de l'animal.

Coop la rejoignit en deux enjambées.

— Que s'est-il passé ? Que faisais-tu ici, Kendall ?

— Rawlings voulait me rencontrer. Il m'avait laissé un mot sur le pare-brise du pick-up.

— Et tu as décidé de venir chez lui toute seule ?

Du coin de l'œil, Coop vit Stevens les dévisager tour à tour, les yeux écarquillés.

Il se tourna vers lui.

— Avez-vous téléphoné au bureau du coroner, Stevens ?

— Oui, monsieur. Ils sont en route pour nous rejoindre. Paulson et Unger sont dans la maison. Ils prennent des photos de la scène du crime et relèvent des indices.

— D'après vos premières constatations, pencheriez-vous plutôt pour un suicide ou… pour un homicide ?

Kendall siffla entre ses dents.

— Un homicide ? Un meurtre ? Mais non, tu n'y es pas du tout ! Il est tombé et s'est fracturé le crâne. C'était un accident. N'est-ce pas votre sentiment, Stevens ?

Coop leva un sourcil interrogateur vers Stevens.

— En effet, répondit ce dernier prudemment, il aurait pu trébucher et se cogner la tête contre la table.

— Avez-vous prévenu également le département des homicides ?

— Oui, monsieur.

— Restez ici. Je vais jeter un œil à l'intérieur.

Comme Coop posait une main sur le dos de Kendall, le petit chien gronda.

— Tu as trouvé un garde du corps, on dirait. Où était-il ?

— Il m'a accueillie à la porte qui s'est ouverte quand je l'ai poussée. Il… Il avait du sang sur les pattes. D'après son collier, il s'appelle Buddy.

— D'accord. Reste ici avec Buddy et l'officier Stevens. Les inspecteurs du comté devraient arriver d'un instant à l'autre.

Même s'il avait envie de l'interroger lui-même, Coop se dirigea vers la maison de Rawlings. En entrant, il vit le plancher de bois couvert d'étiquettes. Ses hommes les avaient posées sur les traces de sang, laissées pour la plupart par les pattes de Buddy. Des pantoufles mordillées traînaient dans un coin.

L'adjoint Unger sortit de la chambre.

— Bonsoir, Coop. Je cherchais des traces d'une éventuelle entrée par effraction.

— En avez-vous trouvé ?

— Non. Les fenêtres sont toutes hermétiquement fermées.

— Mlle Rush vient de me dire que, pour entrer, elle n'a eu qu'à pousser la porte.

Unger se mâchouilla les lèvres.

— Il s'est peut-être senti mal, il a voulu sortir demander

de l'aide et il a heurté le canapé. Puis il a basculé et, dans sa chute, il s'est brisé le crâne.

— Quel scénario !

— À moins qu'il n'ait tout simplement été emporté par une crise cardiaque, poursuivit Unger en haussant les épaules.

Coop remarqua la mare de sang sous la tête de Rawlings.

— Possible, dit-il d'un ton dubitatif, mais sa blessure au crâne aurait suffi à le faire passer de vie à trépas.

— Nous devrons attendre les résultats de l'autopsie pour en avoir le cœur net.

Coop entendit un bruit de moteur et tira le rideau.

— Le coroner et les gars du bureau des homicides viennent d'arriver.

Pendant l'heure suivante, Coop et ses hommes cherchèrent des indices avec les spécialistes des homicides pendant qu'un de leurs collègues interrogeait Kendall. Coop aurait préféré être près d'elle pendant l'interrogatoire mais il était trop occupé.

Lorsque Kendall eut répondu à toutes les questions de l'inspecteur, elle frappa à la porte de la maison.

— Suis-je autorisée à partir maintenant ?

L'inspecteur en chef hocha la tête.

— Bien sûr, mademoiselle Rush. Nous vous appellerons si nécessaire. Et vous nous avez laissé vos coordonnées à Phoenix, n'est-ce pas ?

— Absolument.

Coop s'excusa auprès de ses hommes pour s'entretenir un instant avec elle.

— Rentrer seule chez toi ne te pose pas de problème ?

— Aucun. Je prends Buddy avec moi. Il est déjà installé dans mon pick-up. L'inspecteur Ross m'a donné son accord.

— Sans toi, il aurait été envoyé à la fourrière. J'en ai encore pour un petit moment ici mais ensuite, si tu veux, je peux te retrouver chez toi.

— D'accord, répondit-elle dans un murmure. Nous n'avons pas encore eu un instant pour parler en tête à tête.

Le cœur de Coop s'accéléra. Voulait-elle insinuer qu'elle avait davantage à lui dire ?

— Je te rejoins le plus vite possible.

Finalement, il ne parvint à s'éclipser qu'après une bonne demi-heure. Le coroner se chargea du corps et, de leur côté, les inspecteurs du bureau des homicides partirent avec plusieurs indices à analyser.

— Restons en contact, shérif Sloane, conclut l'inspecteur Ross en se grattant le menton. Timberline n'en a manifestement pas fini avec ses problèmes.

— Malheureusement…

Coop prit la direction de la maison où l'attendait Kendall. À la vue du pick-up sagement garé devant la véranda, il poussa un soupir de soulagement. Il aurait préféré ne pas avoir à s'éloigner d'elle.

Elle lui ouvrit grand la porte et posa le chiot par terre.

— Un café ?

— Non, merci. J'aimerais surtout savoir pourquoi Rawlings t'avait demandé de passer le voir.

— Il m'avait laissé un mot sur mon pare-brise, répondit-elle. J'ai donné ce papier au policier qui m'a interrogée.

— Bien sûr. Ils sont chargés de l'enquête. Nous n'avons ni les ressources ni les hommes en nombre suffisant pour gérer un éventuel meurtre. Si la mort de Rawlings se révèle être un accident, nous classerons le dossier. Que disait la lettre ?

— Rawlings prétendait savoir quelque chose à propos du ruban rose et il m'invitait à venir chez lui pour en parler.

— Il n'a pas dû être simple pour toi d'expliquer le sens de ces mots à l'inspecteur…

— Manifestement, cette histoire lui est passée au-dessus de la tête. Il n'a rien compris.

— Tu aurais dû m'en parler, Kendall. Et m'attendre pour te rendre chez Rawlings.

Elle prit sa main.

— Asseyons-nous.

Ils s'installèrent côte à côte sur le vieux canapé.

— J'avais très envie d'entendre ce que Rawlings avait à me raconter et je ne pensais pas qu'il puisse représenter un quelconque danger pour moi. Il y a trente ans, il a eu des relations sexuelles, sans doute consenties, avec de très jeunes filles. Je n'avais pas le profil de ses proies. De plus, il me semblait âgé, affaibli.

— Et tu l'as cru ? demanda-t-il en étirant ses jambes devant lui. Penses-tu vraiment qu'il avait des informations pertinentes à te donner ?

— En tout cas, la veille, alors que je me baladais en ville, je l'ai surpris en train de m'espionner.

— Quoi ? Pourquoi ne m'en as-tu pas parlé ?

— J'ai oublié. Il me filait sans doute depuis que j'étais sortie du restaurant. Je marchais vers mon pick-up et je l'ai vu qui me suivait de loin. Il m'a salué d'un signe de tête au moment où je m'installais au volant.

— S'il avait quelque chose à te dire, pourquoi ne pas t'en avoir parlé à ce moment-là ?

— Je n'en ai aucune idée. Peut-être ne voulait-il pas que des gens le voient avec moi. Peut-être craignait-il que j'aie peur de lui. Après tout, il est toujours considéré comme un paria à Timberline.

— Était. La ville va devoir se trouver un autre paria.

Kendall glissa ses mains jointes entre ses genoux.

— Penses-tu que quelqu'un l'a tué pour l'empêcher de me révéler ce qu'il savait à propos de cette histoire de ruban ?

— C'est une possibilité mais nous ne faisons que spéculer, Kendall. Il s'agit peut-être d'une simple coïncidence et Rawlings est peut-être mort d'une crise cardiaque ou d'une chute accidentelle, quelques instants avant ton arrivée.

— Drôle de coïncidence... En tout cas, les gens de Timberline ont raison. Je porte la poisse à ceux qui m'approchent.

Buddy bondit sur les genoux de Kendall pour lui lécher le visage, et Coop le caressa.

— Buddy ne partage pas cet avis… Et moi non plus.

Elle appuya sa tête sur l'épaule de Coop.

— Je ne sais pas ce que j'aurais fait sans toi, Coop.

Il l'enlaça et l'attira vers lui mais Buddy se mit à lui mordiller les doigts, le trouvant sans doute trop proche de Kendall.

Coop se mit à rire.

— Buddy prend son rôle de garde du corps très au sérieux. Il ne laisse personne t'approcher.

— Heureusement qu'il était là. Il m'a permis de m'intéresser à autre chose qu'au cadavre de Chuck Rawlings.

Coop joua avec une mèche de cheveux de Kendall.

— Résumons-nous. Nous avons un ravisseur qui a enlevé deux gamins, qui tourmente les membres des familles de deux autres enfants kidnappés il y a vingt-cinq ans et qui a sans doute tué un vieil homme qui avait des renseignements à communiquer à propos d'un ruban rose.

— Ma question est : pourquoi ? reprit Kendall en caressant le chiot. Pourquoi ne pas avoir simplement kidnappé les petits avant de disparaître ? Pourquoi continuer à laisser des indices ? Pourquoi prendre tant de risques inutiles ?

Le téléphone de Coop vibra et, tout en répondant à Kendall, il lut le texto que venait de lui envoyer Britt.

— Les meurtriers aiment lancer des défis aux flics, dit-il, et ils ne se comportent pas toujours de manière rationnelle. Parfois, ils ont envie de se faire pincer.

— J'espère que le FBI le coincera. Et j'espère surtout que nous avons affaire à un ravisseur et pas à un tueur, dit-elle en embrassant le chiot.

Quelle chance il a ! songea Coop, jaloux.

— Où est Steffi, ce soir ? reprit Kendall.

— Avec Britt et Rob. Britt vient de m'annoncer qu'elle dort déjà et qu'il vaut mieux que je passe la chercher demain.

— Comment s'est déroulée la réunion avec les parents ? As-tu pu les rassurer ?

— Pas vraiment, non. Il aurait mieux valu que l'agent

Maxfield donne cette conférence. Le FBI ne me tient pas au courant des avancées de l'enquête, et je ne pouvais donc pas communiquer grand-chose aux gens sur le sujet.

— La situation doit être difficile pour toi. Es-tu sûr d'être fait pour ce rôle de shérif ?

— Bonne question. Nous nous sommes installés ici parce que nous pensions que vivre dans une petite ville serait plus simple pour Alana qui se battait déjà contre l'angoisse et la dépression. Malheureusement, cela n'a pas eu l'effet escompté, et maintenant Steffi déteste la pluie.

Buddy sauta de ses genoux, et Kendall se tourna vers Coop.

— Je ne te connais pas depuis longtemps, mais il me semble que tu n'es pas très heureux de jouer les sous-fifres pour le FBI dans l'affaire des kidnappings ou pour le bureau des homicides dans l'affaire du meurtre de Rawlings.

Il sourit.

— Tu ne me connais peut-être pas depuis longtemps mais tu m'as bien cerné.

— Je ferais mieux de te laisser rentrer chez toi, ajouta-t-elle en s'étirant. Il faut que j'installe un coin pour permettre à Buddy de dormir cette nuit, et j'attends quelqu'un demain matin pour nettoyer le jardin.

— Tu as trouvé un jardinier ?

— C'est Annie Foster qui me l'a envoyé… Il s'agit de Gary Binder.

— L'ex-taulard ? s'exclama Coop en fronçant les sourcils. Tu vas engager Gary Binder pour tailler tes haies ?

— Ce n'est pas comme s'il avait assassiné quelqu'un. Il s'est longtemps drogué, il a été condamné pour cette raison mais, à présent, il est clean, il me l'a dit.

— Et tu l'as cru ! s'exclama Coop. Je croyais les psychologues moins naïfs.

— Il ne me semble pas représenter un grand danger pour moi et il va travailler dehors, donc il ne pourra pas me voler grand-chose. D'ailleurs, j'ai déjà promis de lui donner les outils qui sont dans la remise. Il les emportera quand il aura fini.

— De toute façon, je serai ici une bonne partie de la journée pour finir d'installer le système d'alarme. S'il a des idées tordues derrière la tête, il pourra faire une croix dessus. Dis-moi une chose : Gary Binder vivait-il à Timberline à l'époque où ta sœur s'est fait enlever ?

— Absolument. Il avait alors une vingtaine d'années. Crois-tu qu'il aurait pu être impliqué dans les rapts ?

— Tout est possible. Je consulterai les vieux dossiers pour voir si le FBI l'avait interrogé à l'époque.

— Ce n'est pas comme s'il avait été en prison pendant vingt-cinq ans et en était sorti au moment de la deuxième vague d'enlèvements. D'après ce que je sais, il a fait plusieurs séjours en prison entrecoupés de moments de liberté.

— Si Binder doit travailler ici, il vaut mieux mener une petite enquête sur lui.

Comme elle le raccompagnait à la porte, elle pencha la tête sur le côté.

— Tu m'installes un système d'alarme, tu vérifies le passé de mon personnel… Es-tu devenu mon garde du corps attitré, mon agent de sécurité ?

Il lui caressa les lèvres des doigts.

— C'est un reproche ?

— Non, non. Tant que je serai à Timberline, j'aurai besoin de protection, je le vois bien.

Par ces mots, elle lui rappelait que, quoi qu'il y ait entre eux, il ne pourrait s'agir que d'une aventure éphémère. Elle semblait l'accepter.

Pourquoi s'en sentait-il incapable ?

11

Le lendemain matin, Gary Binder se présenta à 10 heures tapantes. Il appuya sa bicyclette contre un arbre et retroussa ses manches.

— Je suis prêt à commencer, annonça-t-il.

Kendall lui montra ce qu'il y avait à faire et lui dit ce qu'elle comptait lui donner pour son travail.

— Cela vous convient-il ?

— C'est d'accord, dit-il en lui serrant la main pour conclure le marché. Avez-vous entendu parler du vieux Chuck Rawlings ? Il paraît qu'il est tombé chez lui et qu'il s'est fait une fracture du crâne.

La police — ou quelqu'un d'autre — avait donc déjà répandu l'histoire.

— Buvait-il ? demanda-t-elle.

— Ça, oui !

Buddy se jeta contre la porte en jappant.

— Vous avez un chien ?

— En fait, c'était celui de Chuck.

Gary fit un pas en arrière en écarquillant les yeux.

— Comment se fait-il que vous vous retrouviez avec le chien de Chuck ?

— C'est une longue histoire. Je vais le chercher sinon il va continuer à aboyer.

Gary pâlit brusquement.

— Non, non, je vous en prie ! Je n'aime pas trop les chiens, madame.

— Ah, d'accord. Mais j'espère que ses aboiements ne vous dérangent pas.

— Je préfère les aboiements aux morsures.

— Je ne crois pas que Buddy morde, mais je ne le connais pas encore très bien, alors autant vous tenir éloigné de lui. Venez, je vais vous montrer où sont rangés les outils.

Elle poussa la porte de la remise qui émit un grincement sinistre.

— Il n'y a pas d'électricité dans la pièce, dit-elle. En principe, la lumière du jour suffit à éclairer l'intérieur.

En effet, ils découvrirent de nombreux outils accrochés aux murs ou alignés sur des étagères et, dans un coin, une tondeuse à gazon.

— Vous avez de quoi travailler, dit Kendall. Mais je ne suis pas sûre qu'il y ait de l'essence pour la tondeuse.

— S'il n'y en a pas je peux en trouver en ville.

— Très bien, alors je vous laisse faire, dit-elle en lui tendant un peu d'argent et les clés du pick-up. Prenez mon camion pour aller acheter tout ce qu'il vous faut.

Gary compta avec soin les billets, les plia avant de les glisser dans la poche de son jean.

— Vous m'avez donné quatre-vingts dollars. Je vous rapporterai les factures et la monnaie à la fin de la journée.

— Parfait, dit Kendall.

Elle faillit lui assurer qu'elle lui faisait confiance et qu'il n'avait pas à lui prouver son honnêteté mais sans doute en avait-il besoin pour être en paix avec lui-même.

Un camion noir surgit au bout de l'allée, et Kendall sentit son cœur s'accélérer dans sa poitrine avant de reconnaître le conducteur. Il ne s'agissait pas de Coop, comme elle l'avait espéré, mais de Wyatt qui la salua de la main.

Quand il sauta à terre, un grand sourire éclairait son visage.

— Comment vas-tu, Kendall ?

Elle leva un sourcil étonné. Il semblait métamorphosé. Elle ne l'avait pas vu depuis deux jours mais elle avait l'impression de s'adresser à un autre homme. Peut-être avait-il déjà pris contact avec sa nouvelle thérapeute.

— Ça va, merci, dit Kendall. Je dois commencer à faire visiter la maison ce week-end. Rebecca a reçu quelques demandes d'acheteurs potentiels.

— Vraiment ? Des gens veulent acheter cette vieille bicoque sans charme ? Du coup, je me demande si je ne devrais pas, moi aussi, mettre celle de mes parents en vente.

— Evergreen emploie beaucoup de monde, et tous ces salariés ont besoin de se loger. Les maisons sont donc très recherchées, et les prix de l'immobilier s'envolent.

— As-tu entendu parler de la mort de Rawlings ?

— Oui, c'est moi qui l'ai découvert.

— Quoi ?

La surprise de Wyatt semblait feinte. Les potins allaient bon train à Timberline, Kendall le savait. Tout le monde était certainement au courant maintenant. À l'exception de Gary qui vivait en reclus.

— Je suis passée le voir pour lui demander quelque chose et je l'ai trouvé par terre dans une mare de sang, précisa Kendall.

Inutile de reparler des kidnappings à Wyatt s'il commençait à se sentir mieux grâce au Dr Shipman, Kendall ne voulait pas le faire retomber dans ses angoisses.

— Tu as dû avoir un choc ! dit-il en se grattant le menton. J'ai entendu dire qu'il buvait beaucoup. Sans doute a-t-il fait une mauvaise chute. C'était un alcoolique.

— C'est l'avis général. Il saignait de la tête mais peut-être a-t-il été victime d'une crise cardiaque et s'est-il heurté le crâne en s'effondrant.

— C'est terrible. Je vois que tu as récupéré son chien, ajouta-t-il en désignant Buddy derrière la porte moustiquaire.

— Oui, je voulais le faire sortir mais Gary n'aime pas les chiens.

— Moi non plus. De quel Gary parles-tu ?

— Gary Binder. Je l'ai chargé de tailler les haies et de nettoyer le jardin.

— Penses-tu vraiment que ce soit une bonne idée, Kendall ? Tu te souviens de Binder quand nous étions petits ? Il était camé à mort et il avait des allures de punk.

— Ah ? Je n'ai gardé que de vagues souvenirs de lui. En tout cas, maintenant, il ne boit plus et il ne se drogue plus.

— C'est ce qu'ils disent tous, mais regarde Rawlings…

— Rawlings n'a jamais prétendu qu'il était abstinent.

— Il ne cessait de picoler que pour mieux replonger. Tous les alcooliques sont pareils.

Wyatt le savait bien, lui dont le père avait sombré dans l'alcool après l'enlèvement de Stevie. Quant à la mère de Kendall, elle était devenue folle. Les kidnappings avaient provoqué des malheurs à la chaîne dont les effets se faisaient encore sentir.

— Annie Foster me l'a recommandé, et j'ai eu envie de lui donner une chance.

Il haussa les épaules.

— Comme Annie a, paraît-il, des dons extra-lucides, tu peux certainement te fier à son jugement, dit-il d'un ton ironique.

Wyatt, qui vivait depuis toujours au milieu des Quileutes, aurait dû savoir que les chamans ne se considéraient pas comme des voyants.

— Ce n'est pas Annie mais sa cousine Scarlett Easton qui est chamane et elle ne prédit pas l'avenir.

— Dommage que Scarlett ne soit pas là. Elle aurait peut-être retrouvé les enfants.

— Je ne pense pas qu'elle soit compétente en la matière.

Gary arriva de l'arrière de la maison, poussant une brouette, et ils sursautèrent.

Wyatt lança avec dédain.

— J'espère que vous ne faites pas n'importe quoi, Binder !

Une expression de colère passa sur le visage de Gary avant qu'il ne la dissimule derrière un masque servile.

— Oui, monsieur. Pas besoin d'être diplômé pour nettoyer un jardin.

Wyatt serra les poings, et Kendall s'avança pour s'interposer entre les deux hommes.

— Que puis-je faire pour toi, Wyatt ? demanda-t-elle.

— Rien, je venais juste te remercier d'être mon amie, Kendall.

Il fit rouler ses épaules et tourna sa tête de gauche à droite comme pour détendre sa nuque ankylosée.

Il avait dû voir le Dr Shipman qui lui avait évidemment recommandé de ne pas parler de leurs séances.

— C'est normal, Wyatt, assura Kendall. Nous sommes liés par le destin, même si nous préférerions l'oublier.

Coop arriva dans son camion et donna deux coups de klaxon.

Wyatt fronça les sourcils.

— Que vient faire Coop ici ? Il veut t'interroger sur Rawlings ?

— Je ne pense pas, dit Kendall. L'enquête a été confiée aux inspecteurs du département des homicides du comté.

Le regard de Wyatt passa de Coop à Kendall comme s'il cherchait à comprendre ce qui se passait entre eux.

Kendall aurait bien aimé qu'il y ait davantage entre elle et le séduisant shérif, mais elle devrait sans doute se contenter de regards brûlants et d'effleurements accidentels. En tant que père célibataire, Coop n'était manifestement pas intéressé par une aventure sans lendemain. Et comme elle n'avait pas l'intention de rester à Timberline ni pour lui ni pour qui que ce soit d'autre…

Coop s'approcha d'eux, ses bottes crissant sur le gravier.

— J'interromps une réunion d'anciens, on dirait, lança-t-il en saluant Gary de loin.

Wyatt tira sur sa casquette pour l'enfoncer un peu plus sur son crâne.

— J'étais juste passé voir si Kendall allait bien après être tombée sur le cadavre de Rawlings hier soir.

— Je me posais la même question, dit Coop avec un regard interrogateur vers elle.

— Je vais bien, merci.

Elle se détourna de Wyatt, un peu perplexe. Il savait donc avant de venir qu'elle avait découvert Rawlings. Mais peut-être voulait-il simplement donner le change, paraître informé en face de Coop.

— Je suis ravi de l'entendre, répondit Wyatt. Je dois vous laisser à présent.

Il leur dit au revoir et regagna son camion.

Coop écarta les bras pour montrer à Kendall qu'il avait revêtu son uniforme de shérif.

— J'ai une bonne heure devant moi avant de retourner à mon poste. Cela devrait suffire pour finir d'installer le système d'alarme.

— Tu ne te prives pas de déjeuner pour t'occuper de ça, n'est-ce pas ?

— Je profite d'une pause. Quant au déjeuner, je le prendrai quand j'aurai faim, ne t'inquiète pas.

— Je vais acheter des sandwichs au Dina's Deli, c'est le moins que je puisse faire, dit Kendall. J'en prendrai aussi pour Gary, ajouta-t-elle. Il est d'une maigreur à faire peur.

Coop se mit à rire en se dirigeant vers la maison.

— Si tu veux nourrir tous les ex-taulards du coin, tu n'as pas fini.

Il ouvrit la porte moustiquaire avant que Kendall n'ait eu la présence d'esprit de lui recommander de laisser le chien à l'intérieur, et Buddy en profita pour s'échapper. Il se précipita vers Gary.

Comme ce dernier courait se réfugier derrière des fourrés, le chiot le poursuivit en aboyant furieusement.

— Buddy !

Kendall le poursuivit et le rattrapa par la peau du cou.

— Tu as besoin d'apprendre à obéir, toi ! Désolée, Gary.

— Ça va, mais un jour j'ai été mordu et depuis je n'aime pas les chiens.

— C'est compréhensible.

Buddy sous le bras, elle repartit vers la maison.

Coop examinait les boîtes ouvertes devant lui sur la table.

— Que s'est-il passé ?

— Buddy s'en est pris à Gary alors que ce dernier n'aime pas les chiens.

— Sans doute a-t-il eu maille à partir dans le passé avec des chiens chargés de protéger les maisons qu'il « visitait ».

— Décidément, tu es comme Wyatt, tu refuses d'envisager que Gary ait pu changer ! Tu ne le soupçonnes quand même pas d'être impliqué dans les kidnappings du Trio de Timberline, si ?

— L'idée m'a traversé, je le reconnais, mais je n'ai pas eu le temps de relire les vieux dossiers de police sur les rapts d'autrefois. Je ne sais pas.

Buddy sauta soudain sur la table, s'empara de l'un des éléments du système de sécurité et s'enfuit avec.

— Buddy !

— Il faut le rattraper et lui faire cracher cette pièce avant qu'il ne l'avale ! s'écria Coop.

Il s'élança à sa poursuite, mais Buddy lui échappa et bondit dans le couloir.

Kendall le poursuivit jusqu'à la chambre. L'animal sauta sur le lit et se mit à mordiller le morceau de plastique blanc qu'il avait entre les pattes.

— Espèce de gredin ! dit-elle en lui ouvrant la gueule pour en extirper l'objet du délit.

— Tu l'as ? demanda Coop qui s'était mis en position pour bloquer la fuite de Buddy.

Elle brandit la pièce mâchouillée, couverte de salive.

— Il l'a cassée ! C'est une pièce importante ?

— Un peu. Il s'agit du capteur de mouvements. Je vais

installer le reste mais, demain, il faudra que je retourne à Port-Angeles pour la remplacer.

— Je dois revoir mon vendeur en ligne. Nous pourrions y aller ensemble.

— Je ne voudrais pas rejouer la scène pénible que j'ai provoquée la dernière fois que nous nous sommes rendus là-bas…

— Je te fais confiance. Nous nous arrangerons pour que tout se passe bien. Je dois faire un saut chez le Dr Shipman mais ça n'a toujours rien à voir avec toi. Un de ses patients emménage bientôt à Phoenix.

— Inutile de te justifier. Tu n'as pas de comptes à me rendre. L'autre jour, je me suis comporté comme un imbécile et je le sais. Bon, maintenant, surveille de près cette terreur à quatre pattes pendant que je finis de poser le système d'alarme.

Kendall murmura à l'oreille de Buddy.

— Tu es un bon garde du corps mais Coop est meilleur que toi.

Le lendemain matin, Kendall, un café à la main, admirait de la terrasse le travail de Gary.

Sentant son regard sur lui, Gary qui taillait des buissons leva le nez.

— Tout va bien, madame ? Je pensais finir ici avant de m'occuper des haies le long de l'allée.

— Très bien. Vous faites du bon travail, Gary. Voulez-vous que je vous prépare quelque chose pour le déjeuner ?

— Non, merci. J'ai apporté ma gamelle aujourd'hui.

— Parfait.

Elle salua Coop qui arrivait au volant de son camion avant de reporter son attention sur Gary.

— Je m'absente une partie de la journée, je vais à Port-Angeles. Mais ne vous inquiétez pas à propos de Buddy. Je l'ai enfermé dans le patio à l'arrière.

— D'accord, merci.

Kendall courut presque vers le camion de Coop. Ils avaient prévu de s'occuper chacun de ses affaires avant de se retrouver pour déjeuner.

Comme elle grimpait dans l'habitacle, Coop se tourna vers Gary.

— Es-tu sûre que laisser Binder seul ici soit bien raisonnable ?

— J'ai fermé la maison à clé, répondit-elle en bouclant sa ceinture. Et il fait du bon travail. Tu ne trouves pas ?

— Oui, oui, ça m'a l'air bien.

— A-t-il causé des problèmes depuis qu'il est sorti de prison ?

— Il n'a pas été beaucoup dans le coin depuis mon arrivée. Mais mes hommes m'ont parlé de lui. Sa mère vit toujours à Timberline, et il loge chez elle quand il est dans la région. Je ne crois pas qu'il ait eu d'ennuis.

— Tout ira bien. De plus, Buddy monte la garde et ce chien lui fait peur.

— Cela n'a rien de surprenant. Cet animal est une vraie terreur.

— Le détecteur de mouvements est dans cette boîte ?

— Oui et j'espère qu'ils accepteront de le remplacer sans faire d'histoires.

— S'il faut payer, je paierai, dit-elle. A-t-on du nouveau concernant les causes de la mort de Rawlings ?

— Pas encore. Le département des homicides est en train de dresser un bilan toxicologique, et le légiste devrait bientôt pratiquer l'autopsie. Si aucune cause naturelle ou accidentelle n'explique son décès, le bureau des homicides se chargera de l'enquête.

Un frisson parcourut Kendall.

— Tu crois qu'ils vont s'intéresser à mon histoire de ruban rose ?

— Ils prennent cet élément en considération mais ils doutent qu'il s'agisse d'un mobile de meurtre.

— D'accord. Maintenant, changeons de sujet, veux-tu ? J'aimerais, pendant un jour au moins, ne pas être obligée de parler de kidnappings ou de meurtres.

— Tout à fait d'accord, dit Coop, d'autant que je suis officiellement en congé.

Ils tinrent parole pour le reste du trajet, au moins en apparence. Parce que, en réalité, Kendall ne parvint pas à chasser complètement les sombres pensées qui l'habitaient depuis son retour à Timberline. Voilà pourquoi elle avait hâte de retourner en Arizona. Son seul regret serait de ne jamais revoir le séduisant shérif.

Comme ils entraient en ville, Coop se tourna vers elle.

— Je t'accompagne chez le brocanteur mais, ensuite, mieux vaut nous séparer. Je te laisserai devant le cabinet de Shipman et je retournerai au magasin de bricolage.

— J'étais sûre que tu avais envie d'acheter les bottes de Presley, dit-elle, moqueuse.

Les bottes étaient déjà vendues mais Coop se promena dans les allées de l'entrepôt pour jeter un œil aux autres articles pendant que Kendall et Jessa discutaient des prix définitifs.

— Je crois que nous avons terminé, Jessa, dit finalement Kendall. Merci pour tout.

— Je suis sûre que vos bibelots se vendront bien.

Elles se serrèrent la main, puis Coop et Kendall repartirent.

— Voilà une bonne chose de faite.

Ils regagnèrent le camion. Coop serra le volant avec force.

— Quand ma femme est morte, j'avais hâte de me débarrasser de ses affaires, de ses vêtements, de ses bijoux. Je ne me sentais pas coupable de réagir ainsi jusqu'au moment où les gens ont commencé à me regarder de travers. Mais là-dessus, toi et moi, nous sommes pareils… Nous avons besoin de nous débarrasser de ce qui nous fait du mal pour pouvoir tourner la page. C'est la raison pour laquelle tu as envie de tout vendre, non ? Les collections de ta tante, ses meubles, la maison elle-même…

— C'est vrai, et pourtant, je n'ai jamais souhaité oublier ma jumelle et je sais que je ne l'oublierai jamais. Mais elle est dans mon cœur. Je n'ai pas besoin que des objets me rappellent le jour où je l'ai perdue pour toujours.

— Exactement, dit-il en démarrant.

Coop parcourut rapidement les quelques kilomètres qui les séparaient du cabinet du Dr Shipman. Quand il s'arrêta, Kendall se tourna vers lui.

— Veux-tu que nous déjeunions au même restaurant que la dernière fois ou est-ce qu'il te rappelle trop de mauvais souvenirs ?

Il se mit à rire.

— Il vaut mieux en créer des nouveaux, des bons cette fois. Appelle-moi quand tu auras fini. Sinon je reviendrai après avoir fait l'échange de pièces.

— Ça marche !

Comme elle atteignait la porte de l'immeuble, Kendall se retourna pour saluer Coop qui attendait qu'elle entre pour s'éloigner. Mais alors qu'elle actionnait la poignée, une déflagration se fit entendre. La balle percuta le mur, faisant exploser le plâtre au nez de Kendall.

Elle porta la main à son visage et, sentant une moiteur sur ses doigts, elle les regarda.

Ils étaient pleins de sang, constata-t-elle, sonnée.

Coop cria derrière elle :

— Couche-toi, couche-toi ! Quelqu'un te tire dessus !

Au moment où il se précipitait sur elle pour la protéger, un autre coup de feu claqua.

12

Quand Coop se jeta sur elle, Kendall ne put réprimer un cri de douleur.

Une porte s'ouvrit près d'eux, et une femme hurla avant de demander d'une voix blanche.

— Que s'est-il passé ?

Coop redressa la tête et découvrit celle qu'il rendait responsable du suicide d'Alana.

En le reconnaissant, Julie Shipman plaqua les mains sur sa bouche.

— Monsieur Sloane !

Comme Kendall se tortillait sous lui, Coop s'écarta pour lui permettre de se redresser. À la vue du sang sur son visage, il sentit son cœur s'accélérer dans sa poitrine. Était-il intervenu trop tard ?

— Ça va, Kendall ?

Il se releva et ordonna au Dr Shipman.

— Appelez les secours ! Composez le 911.

— Que s'est-il passé ? répéta-t-elle.

— Une fusillade ! Quelqu'un a tiré sur Kendall.

— Mon Dieu !

— Kendall ? M'entends-tu ?

Elle battit des paupières et demanda d'une voix atone.

— Que m'est-il arrivé ?

— Es-tu blessée ? Ta joue saigne.

— Sous l'impact, le plâtre du mur m'a explosé au nez, ce n'est rien.

Un homme s'approcha.

— Le tireur est posté en haut de l'immeuble d'en face, sur le toit. Heureusement, les passants ont eu le réflexe de plonger à terre ou de courir se mettre à l'abri. Personne n'a été touché dans la rue.

À ces mots, une décharge d'adrénaline traversa Coop, et il bondit sur ses pieds.

— Madame Shipman, pouvez-vous vous occuper de Kendall ?

— Bien sûr. La police arrive.

Coop refusait d'attendre, les bras croisés, les forces de l'ordre de Port-Angeles alors qu'un tueur sévissait à proximité.

Il aida Kendall à prendre place dans la salle d'attente du cabinet et il lui chuchota à l'oreille.

— Reste avec Shipman, je reviens.

Kendall le rattrapa par le bras.

— Sois prudent !

L'arme au poing, il retourna dans la rue. Levant le nez, il chercha des yeux l'auteur de la fusillade. Il finit par le repérer.

— Je suis policier, annonça-t-il à la cantonade. Quand mes collègues arriveront, dites-leur que je suis parti à la poursuite du tireur.

Coop traversa en zigzaguant au cas où le tireur continuerait à arroser la rue. Il se plaqua contre le mur du bâtiment avant de se glisser à l'intérieur. En le voyant, des habitants apeurés se réfugièrent derrière des plantes vertes.

Coop leur montra son insigne.

— Je suis shérif, ne vous inquiétez pas. Restez à l'intérieur. Le tireur s'est posté en haut de cet immeuble. Avez-vous vu quelqu'un en descendre et s'enfuir ?

Ils secouèrent tous la tête.

Coop prit l'ascenseur. Parvenu au dernier étage, il emprunta l'escalier en colimaçon qui permettait d'accéder au toit en terrasse. Malheureusement, le tireur n'y était plus. Il entendit des sirènes s'approcher. Il inspecta la rue. De là où il se trouvait, il bénéficiait d'une bonne vue sur le cabinet du Dr Shipman.

L'auteur de la fusillade s'était enfui, mais Coop examina le gravier avec soin, à la recherche de douilles. En vain. Le tireur les avait sans doute ramassées avant de prendre la poudre d'escampette.

Comme il promenait les yeux alentour, la porte derrière lui s'ouvrit à toute volée et une voix de femme cria.

— Posez votre arme et levez les mains en l'air !

Coop obtempéra.

— Maintenant, tournez-vous vers moi. Lentement !

De nouveau, il obéit et lança.

— Je suis le shérif de Timberline, mon nom est Coop Sloane, madame.

— Votre insigne ?

— Dans ma poche. Celle de ma chemise.

Un autre policier surgit à son tour.

Sans se retourner, la femme lui lança.

— Il prétend être le shérif de Timberline. Il a son badge dans la poche de sa chemise.

Le nouveau venu ordonna à Coop.

— Sortez votre badge et jetez-le nous.

Coop suivit ses instructions et, une fois rassurés, ses collègues baissèrent leurs armes.

— Je me trouvais dans la rue quand la fusillade a éclaté, leur dit-il. Et quelqu'un m'a indiqué que le tireur s'était posté là-haut.

— Avez-vous trouvé quelque chose ?

— Rien. Ni le type ni les douilles. Et personne ne l'a vu filer.

— Il y a une issue de secours à l'arrière de l'immeuble. Il a dû partir par-là, dit l'officier. Nos hommes passent le quartier au peigne fin.

— Très bien. Si vous n'avez plus besoin de moi, je vais

redescendre. J'ai laissé une amie en bas. Un des projectiles est passé à ça de sa tête.

Quand Coop arriva dans le cabinet du Dr Shipman, les secours avaient pris Kendall en charge et l'avaient fait monter dans une ambulance.

— Comment va ton visage ? demanda-t-il.

Elle passa la main sur sa joue meurtrie.

— Rien de grave, tout va bien. As-tu découvert quelque chose sur le toit ?

— Rien mais la police de Port-Angeles est là-haut, répondit Coop. Ils auront peut-être plus de chance.

— Les inspecteurs ont interrogé quelques témoins qui ont tous déclaré avoir vu un tireur sur le toit, mais il était trop haut pour être identifié et personne ne l'a vu s'enfuir. Quant à moi, je n'ai rien compris à ce qui se passait.

— Voilà pourquoi je suis intervenu, reprit-il. Peut-être un peu brutalement, je suis désolé.

— Ne t'excuse pas ! Tu m'as sauvé la vie.

Il demanda.

— À part les deux coups de feu que j'ai entendus, y en a-t-il eu d'autres ?

— Non, je ne le pense pas. Les témoins ont parlé, eux aussi, de deux coups de feu, pas davantage.

Un infirmier revint vers l'ambulance en retirant ses gants en latex.

— Nous avons vérifié que vous n'aviez pas été sérieusement touchée, mademoiselle, et à présent vous pouvez partir. Veillez simplement à changer régulièrement votre pansement jusqu'à la cicatrisation complète.

Coop prit le bras de Kendall pour l'entraîner un peu plus loin.

— La police a-t-elle encore besoin de t'interroger ? demanda-t-il.

— Non, ils m'ont autorisée à rentrer chez moi. Je leur ai laissé mes coordonnées, au cas où. Mais, comme je l'ai dit, je n'ai rien compris et je ne serai utile à rien dans l'enquête.

— Je suis heureux que tu t'en sois sortie saine et sauve, dit-il en prenant son visage entre ses mains. Quand j'ai entendu le premier coup de feu, mon cœur a cessé de battre.

— Kendall ! Comment vous sentez-vous ?

Coop se retourna et croisa le regard du Dr Shipman. En se remémorant leur dernière entrevue, trois ans plus tôt, il sentit son ventre se nouer.

Kendall se libéra de son emprise et se tourna vers sa consœur.

— Tout va bien, merci, Julie. Je me sens juste un peu faible.

— Je n'arrive pas à croire que vous ayez été victime d'une agression ici, devant chez moi. J'espère que la police va rapidement rattraper l'auteur de la fusillade pour l'empêcher de recommencer.

— Penses-tu qu'il recommencera, Coop ? demanda Kendall. Le tireur n'a pas insisté longtemps. Il a tiré à deux reprises avant de se sauver. N'est-ce pas très inhabituel ?

Coop se frotta la nuque.

— Difficile de dire ce qui est habituel ou pas, vu les circonstances. Peut-être a-t-il remarqué que des gens avaient repéré sa présence sur le toit et a-t-il préféré s'enfuir.

— J'espère qu'il a eu si peur qu'il ne recommencera jamais, conclut Shipman en redressant les épaules. Kendall, vous êtes probablement encore sous le choc. Je vous propose donc de remettre notre entretien à plus tard par téléphone.

— D'accord. Merci encore pour tout et à bientôt.

— De rien. Je suis heureuse que vous ayez pu vous réfugier dans mon cabinet. Bon retour à Phoenix, je vous appellerai dans le courant de la semaine prochaine.

— Merci, Julie.

Le Dr Shipman se tourna alors vers Coop pour le saluer d'un mouvement de tête.

— Merci, docteur Shipman, dit ce dernier d'une voix tendue.

Une fois dans le camion, Kendall poussa un long soupir.

— On va déjeuner ?

Il la dévisagea, totalement interloqué.

— Tu plaisantes ?

— Pas du tout. Le verre de vin blanc que j'avais bu au Pelican Nest l'autre jour était délicieux. J'en reprendrai bien un autre.

Coop vit alors surgir une camionnette à l'effigie d'une chaîne d'information. Deux cameramen en bondirent

— En tout cas, si tu ne veux pas faire l'ouverture du journal télévisé du soir, mieux vaut partir en vitesse.

— Tu as raison. Filons.

Il démarra, fit demi-tour et prit la direction des quais.

Une fois qu'ils furent assis dans le restaurant devant deux verres de vin, Coop prit la main de Kendall.

— Pour revenir à ce qui s'est passé, Kendall… Pourquoi as-tu été la cible de ce tireur, à ton avis ?

— Je pense que tu le sais aussi bien que moi, répondit-elle après avoir avalé une gorgée de vin comme pour se donner du courage. Pourquoi cibler quelqu'un qui s'apprête à rentrer dans un immeuble ? Pourquoi ne faire feu que deux fois ? Pourquoi cesser de tirer quand la seule personne visée — moi en l'occurrence — a été écartée de la ligne de mire ?

— Tu crois donc que tu étais la cible du tireur.

— Cette idée ne t'a-t-elle pas traversé ?

— J'étais trop occupé à poursuivre le type pour avoir des idées.

— Mais maintenant que tu as la possibilité d'y réfléchir ?

Coop tenta de réprimer l'angoisse qui s'empara de lui mais, si Kendall avait le cran de regarder les choses en face, il devait faire preuve du même courage.

— Tu as été confrontée à beaucoup d'étranges choses depuis ton retour à Timberline, mais je n'arrive toujours pas à mettre le doigt sur le mobile. J'ai retourné la question dans tous les sens et je n'ai trouvé aucune raison valable qui pousserait le ravisseur à te tuer. Sauf si c'est l'homme qui a enlevé ta sœur et qu'il a peur que tu te souviennes de lui.

— Comment cette hypothèse pourrait-elle expliquer tout

ce qui s'est passé ? Le ruban ? Le mannequin ? Les photos enterrées ?

— Peut-être a-t-il envie que tu retrouves les enfants kidnappés, ce qui n'explique pas les coups de feu.

— Je ne comprends pas non plus mais, de toute façon, je vais m'en aller.

Coop sentit son cœur se serrer et, pour se donner une contenance, fit mine de s'absorber dans la lecture de la carte.

— Ne veux-tu pas déjeuner d'abord ?

— Je n'ai pas dit que j'allais partir sur-le-champ mais, ce week-end, j'organiserai ma brocante de garage, je mettrai les meubles de ma tante en vente et ensuite, la semaine prochaine, je m'en irai.

— Tu as sans doute raison. Quoi qu'il se soit passé, tout est lié à Timberline et à ces kidnappings. Plus vite, tu retourneras à Phoenix, mieux cela vaudra… pour toi.

Kendall se cacha derrière sa carte et répondit dans un souffle.

— Je le crois aussi. As-tu entendu parler du FBI ? Y a-t-il du nouveau ?

Coop lui fit signe de se taire, la serveuse s'approchant pour prendre leur commande.

Quand cette dernière s'éloigna vers les cuisines, il avala une gorgée de bière et entreprit d'arracher l'étiquette de la bouteille.

— Les agents du FBI sont peu loquaces avec moi. Partager les avancées de l'enquête avec un shérif local n'est pas dans leurs habitudes.

— Cela fait près d'un mois que ces enfants ont été enlevés, n'est-ce pas ? demanda Kendall.

— Ils ont disparu début septembre.

— Les photos découvertes sur mon terrain signifient peut-être qu'ils sont toujours en vie. Ils avaient l'air en forme, non ?

— Si. Espérons qu'ils sont retenus dans de bonnes conditions, répondit-il. Le FBI cherche d'autres pistes à partir de ces clichés. Ils analysent la lumière, par exemple, pour savoir si elle est naturelle ou artificielle. Ils cherchent aussi à savoir où quelqu'un aurait pu se procurer des quotidiens de Timberline vieux de vingt-cinq ans.

— C'est vrai, comment quelqu'un a-t-il pu mettre la main sur ces journaux ? Même ma tante qui ne jetait jamais rien n'a pas conservé les articles relatant le drame. Et pourtant, j'étais sûre qu'elle les avait. Mais sans doute a-t-elle fini par les balancer.

— Et s'agit-il d'originaux ou de reproductions ? Le FBI ne s'est pas encore prononcé sur la question. Ils peuvent provenir de n'importe où.

— Sans doute.

Kendall avala une gorgée de vin et tapota la baie vitrée.

— Regarde, Coop. As-tu vu comme le paysage est beau, aujourd'hui ?

Il plongea ses yeux dans les siens.

— Il est superbe, je ne m'en lasserai jamais.

Kendall sentit ses joues s'empourprer.

— Je parlais du port.

— Celui-là aussi est beau, oui, dit-il en se tournant vers les bateaux qui dansaient sur l'eau grise. Nous avions décidé de passer une journée sans stress, lui rappela-t-il.

— Elle a pris fin quand les coups de feu ont éclaté.

— Ils ont cessé, tu es saine et sauve, alors offrons-nous enfin un peu de bon temps.

— Excellente idée ! Tu as mille fois raison ! Profitons de notre paix retrouvée maintenant puisqu'en rentrant tu iras récupérer ta fille chez les Fletcher.

— Je ne la verrai pas longtemps, ce soir. Elle est invitée à un anniversaire qui finira en soirée pyjama. Je dois seulement m'assurer qu'elle emporte tout ce dont elle aura besoin.

— Steffi semble passer beaucoup de temps dans la famille de Genevieve. Est-ce qu'elle considère Britt comme une maman de remplacement ? demanda Kendall en retenant son souffle.

Coop se pinça le haut du nez.

— Il n'est pas simple pour un homme seul d'élever une petite fille. Dès que Steffi a commencé à aller à l'école, elle a voulu passer de plus en plus de temps chez ses amies. Parce que ces fillettes ont des mamans, avec des chaussures à talons et des jolies robes, des mamans qui se maquillent et se coiffent avec soin… Et je l'ai laissée faire. Ai-je eu tort ?

Kendall sentit sa gorge se serrer.

— Bien sûr que non.

— Elle n'a pas toujours été ainsi, poursuivit-il. Quand elle était plus petite, nous nous amusions bien tous les deux. Je l'emmenais au zoo, au parc, à la piscine. Le changement s'est produit avec l'école. Au lieu de vouloir passer du temps avec moi, elle préférait voir ses amies. J'ai sans doute tout gâché.

Elle lui caressa la main.

— Tu n'as rien gâché. Tu es au cœur de sa vie, mais tu lui donnes la liberté de s'affranchir de toi, de nouer des relations avec d'autres. C'est un cadeau que tu lui fais.

— Merci, Kendall.

— D'ailleurs, ta fille semble très équilibrée et à l'aise dans ses baskets.

— Sauf qu'elle déteste la pluie et grandit dans une région où il pleut sans cesse, murmura Coop.

— Ce temps de chien finit par être déprimant. Pour tout le monde.

— La plupart des enfants ne prêtent aucune attention au temps qu'il fait. Steffi est née ici, elle devrait s'y être habituée comme les autres gamins de Timberline. Toi, par exemple, souffrais-tu de la pluie avant de te rendre compte qu'il y avait des coins aux États-Unis où le soleil brillait et où ciel était bleu ?

— À une époque, j'aimais la pluie, l'odeur de la terre mouillée, le goût des gouttes sur ma langue. Puis ces averses incessantes, le ciel perpétuellement gris et le froid ont commencé à me démoraliser. J'étais alors adolescente et je broyais du noir en pensant à ma jumelle disparue.

— Tu as dû terriblement souffrir. J'ai une sœur et, même si elle m'a souvent paru exaspérante, je ne m'imagine pas vivre sans elle. Pourtant, je ne la vois pas très souvent.

— Et pourquoi ?

— Son mari est en poste en Espagne actuellement.

— Cela doit être sympa. Ils ont sûrement du beau temps ! Comment était ton enfance ? Genre *Petite Maison dans la prairie* ?

— Je dois l'avouer, oui. Voilà sans doute pourquoi je n'étais pas préparé à affronter les fragilités de ma femme.

Kendall claqua des doigts.

— On a dit que nous n'abordions plus aucun sujet sombre aujourd'hui.

Coop sourit, et ils finirent tranquillement leur repas. Comme la dernière fois, la journée avait mal commencé mais ils réussirent à retourner la situation.

C'est avec une fille comme Kendall qu'il aurait dû se marier, se dit-il soudain. Saine, forte, optimiste, elle l'aurait rendu heureux.

La culpabilité le ravagea aussitôt comme une lame de fond. Kendall aurait été la première à lui dire que la dépression d'Alana ne faisait pas d'elle une personne faible. Alana était malade, simplement malade.

Avant de quitter Port-Angeles, ils s'arrêtèrent au magasin de bricolage pour échanger le détecteur de mouvements.

Sur le chemin du retour, il se remit à pleuvoir.

Kendall soupira.

— Pourvu qu'il ne pleuve pas autant à Timberline. J'espérais que le temps serait assez clément pour permettre à Gary de finir les haies aujourd'hui. Le jardin sera plus attrayant pour un éventuel acheteur, et il est important qu'il soit balayé pour ma brocante de garage.

— La météo avait annoncé des éclaircies. Timberline a peut-être été épargnée.

Coop avait raison. En arrivant à Timberline, ils s'aperçurent qu'il n'y avait pas plu. Pourtant quand ils s'engagèrent dans l'allée qui menait à la maison, ils constatèrent que Binder n'avait pas avancé depuis leur départ.

— Que s'est-il passé ? s'exclama Kendall, contrariée. Visiblement, il n'a rien fait de la journée.

— Sa bicyclette a disparu.

— Bon sang. Je le croyais sincère, j'avais vraiment l'impression qu'il voulait mener ce travail à bien !

Elle sauta à terre avant même que Coop n'ait coupé le moteur.

Quand il la rejoignit, elle se tenait au milieu de la cour, les poings sur les hanches et elle secouait la tête.

— C'est une catastrophe !

— Je finirai ce qu'il n'a pas fait, je couperai au moins les haies, dit-il.

— Tu n'as que deux bras et tu dois déjà finir d'installer le système d'alarme. De plus, tu en as assez fait pour moi.

Furieuse, elle donna un coup de pied dans un caillou.

— Bon, je vais aller libérer Buddy qui doit commencer à trouver le temps long.

Coop retourna au camion pour chercher le capteur de mouvements.

Mais soudain un hurlement fendit l'air.

Lâchant la boîte, il se précipita, contourna la maison vers la cour arrière et s'arrêta à la vue de Kendall, le visage livide, tenant Buddy à bout de bras.

— Il est mort, murmura-t-elle.

13

Kendall pressa le chien contre sa poitrine en sanglotant. Une nouvelle fois, le destin s'acharnait sur elle. Cette maison était vraiment maudite.

Coop l'enlaça.

— Je suis désolé. Qu'est-il arrivé à Buddy ?

Les yeux brillants de larmes, elle leva le visage vers lui.

— Il était couché sur le côté, et de la mousse sortait de sa gueule.

Lui prenant l'animal des mains, Coop colla son oreille contre son ventre tout gonflé.

Puis il promena le regard autour de lui et désigna dans un coin de la terrasse un morceau de saucisson mâchouillé.

— Buddy est encore en vie, Kendall. Son cœur bat faiblement mais il bat.

Il se redressa, le chiot dans ses bras.

— Si nous le conduisons en vitesse chez Washburn, le vétérinaire, nous avons peut-être une chance de le sauver.

Kendall essuya ses joues d'un revers de main.

— Qu'attendons-nous ?

À la hâte, ils regagnèrent le camion. Dès qu'elle eut bouclé sa ceinture, Coop lui tendit l'animal.

— Tiens bon, Buddy ! chuchota-t-elle à son oreille. Accroche-toi !

Coop roula à toute allure sur les routes détrempées et il ne s'arrêta que devant le cabinet du vétérinaire.

Kendall sauta de l'habitacle et courut jusqu'à la réception, Buddy contre son épaule.

— Il s'agit d'une urgence ! dit-elle. Quand je suis rentrée chez moi, j'ai trouvé mon chien inconscient avec de l'écume plein la bouche mais il respire encore.

La secrétaire se pencha vers un micro et appuya sur un bouton.

— Arrivée d'une urgence.

Presque aussitôt, l'assistant de Washburn poussa les portes battantes qui séparaient la salle d'attente du cabinet proprement dit.

Kendall lui tendit le chiot en lui résumant la situation.

Il hocha la tête.

— Savez-vous s'il a mangé quelque chose ?

— Il y avait un morceau de saucisson sur la terrasse, là où je l'avais laissé.

Le vétérinaire se dirigea vers les salles d'examen, Buddy dans les bras.

— Allez vous asseoir. Nous allons tout faire pour le sauver.

Le cœur serré, Kendall se rendit dans la salle d'attente où Coop faisait les cent pas, son téléphone portable collé à l'oreille.

— Dois-tu aller chercher Steffi ? demanda-t-elle.

— J'ai encore un peu de temps devant moi, j'étais justement en train de prendre de ses nouvelles. Elle est chez Genevieve et toutes deux aident Britt à faire le gâteau d'anniversaire. Qu'a dit Washburn ? ajouta-t-il en lui caressant la main.

— Je ne l'ai pas vu. L'un de ses assistants a pris Buddy en charge et m'a posé des questions… Coop, j'ai repensé à ce morceau saucisson sur la terrasse. Je n'ai rien donné de tel à Buddy.

— Nous aurions dû penser à le prendre

— Oui, en effet. Crois-tu que je devrais aller le chercher ? Cela m'ennuie de partir. Je ne veux pas laisser Buddy.

— Je peux retourner là-bas, moi, proposa Coop.

— Cela ne t'ennuie pas ?

Comment ferait-elle sans lui ?

— J'y fais un saut et je reviens le plus vite possible.

Dès qu'il fut parti, Kendall se mit à tourner en rond dans la salle d'attente. Puis elle finit par s'asseoir avec un magazine.

Après avoir raccompagné un homme chargé d'un panier à chat à la porte, la secrétaire revint vers elle.

— Ce ne serait pas par hasard le chiot de Chuck Rawlings que vous nous avez apporté ?

— Si, en effet. Je l'ai adopté.

— C'est bien ce que je pensais. Nous avions déjà vu Buddy.

— A-t-il déjà été examiné pour ce genre de problème par le passé ?

— Non, non, il était venu pour des vaccins. Savez-vous ce qu'il est arrivé à son maître ? À Chuck ?

— Non… Peut-être une crise cardiaque…

Kendall n'avait pas l'intention de lui faire part de ses soupçons.

Une bonne heure s'écoula avant que Coop ne revienne avec un petit sac en plastique.

— Il s'agit bien d'un morceau de saucisson…

— D'où vient-il ?

— En tout cas, il n'est pas tombé du ciel. Je regrette de n'avoir pas eu le temps d'installer le système d'alarme et surtout les caméras de surveillance chez toi. Veux-tu l'apporter à Washburn ?

Kendall prit le sac et retourna près de la secrétaire.

— Buddy a mangé un morceau de ce saucisson. Pensez-vous que le vétérinaire voudra le voir ?

— Certainement.

Par l'interphone, elle appela l'assistant.

— Le chien que vous venez de prendre en charge a mangé de la charcuterie. Souhaitez-vous l'examiner, l'analyser ?

— Bien sûr.

— Comment va-t-il ? demanda Kendall quand la secrétaire raccrocha.

— Le vétérinaire va venir vous donner de ses nouvelles. Il a bientôt fini et, apparemment, Buddy va s'en sortir.

Kendall ferma les paupières.

— Merci.

— Assieds-toi, lui ordonna Coop. Tu es à cran depuis que nous avons trouvé Buddy et la journée n'avait pas été de tout repos.

Elle se laissa tomber sur une chaise en vinyle.

— Quelqu'un a empoisonné Buddy, dit-elle. Qui, et pourquoi ? Et qu'est-il arrivé à Gary ?

— As-tu son téléphone ? demanda Coop.

— Il n'a pas de portable.

— Il vit chez sa mère, Raylene Binder. Nous allons l'appeler ou, mieux, passer la voir, dit-il en se grattant le menton.

Un frisson parcourut Kendall.

— À quoi penses-tu ?

— Je me demande s'il déteste tous les chiens ou uniquement Buddy.

— Et pourquoi détesterait-il Buddy ?

— Peut-être parce que le chiot était là quand il a tué Rawlings.

Kendall blêmit.

— Cette pensée m'a traversée, moi aussi. Mais pour quelle raison Binder aurait-il tué Rawlings ?

— Peut-être à cause du rendez-vous que ce dernier t'avait donné.

Coop réfléchit un moment avant de poursuivre.

— As-tu vérifié avec Annie qu'elle avait effectivement parlé de toi à Binder ? Peut-être lui avait-il demandé de le pistonner parce qu'il avait déjà une idée derrière la tête.

Kendall pressa ses doigts contre ses tempes.

— Si c'est le cas, Binder est vraiment machiavélique. Crois-tu qu'il se soit enfui après avoir empoisonné Buddy ?

— Je n'en sais rien. Pour le moment, il ne s'agit que de

spéculations. Avant toute chose, j'ai besoin de retrouver Binder et de lui parler.

Le Dr Washburn entra dans la salle d'attente.

— Mademoiselle Rush ?

— Oui.

— Buddy est sauvé. Je lui ai fait un lavage d'estomac. Il a besoin de repos, il doit boire beaucoup mais, dans un jour ou deux, sa mésaventure ne sera plus qu'un mauvais souvenir.

— Merci. Pensez-vous qu'il a été empoisonné ?

— D'après les premières analyses, il a ingurgité de la mort-aux-rats. Je vous recommande à l'avenir d'éviter les poisons et d'utiliser des pièges pour vous débarrasser des rongeurs.

Coop se leva.

— Avez-vous examiné le saucisson que nous vous avons apporté ?

— Je n'ai rien remarqué de particulier sur cette charcuterie mais il est probable que quelqu'un en a pris un bout pour y dissimuler le poison, dit le vétérinaire en ajustant ses lunettes.

— Avez-vous été confronté dernièrement à d'autres cas d'empoisonnements d'animaux domestiques ?

— Non, shérif, mais vous avez peut-être gardé en mémoire la vague de tueries de chats et de chiens qui avait frappé la ville, il y a quelques années. Quelqu'un les tuait à l'aide d'un fusil à plombs.

— Je m'en souviens. Le carnage avait duré plusieurs mois.

— Avant votre arrivée, shérif, nous avions connu unc autre série du même genre. Qui a cessé aussi brusquement qu'elle avait commencé. J'espère que ce qui est arrivé à Buddy aujourd'hui n'est pas le début d'une nouvelle tuerie animale.

— Je l'espère aussi, dit Kendall. Puis-je ramener mon chien à la maison, maintenant ?

— Bien sûr. Il va être content de s'en aller.

L'assistant du vétérinaire lui apporta le chiot enveloppé dans une couverture. Il battait faiblement de la queue.

— Buddy ! s'écria Kendall en le serrant contre elle pour l'embrasser sur la tête.

Coop les entraîna vers le camion.

— Je vais te déposer avec Buddy chez toi puis j'irai rendre une petite visite à Raylene Binder.

— Je viens avec toi.

— Et Buddy ? demanda-t-il.

— Je vais l'enfermer à la maison avec de quoi boire.

— J'ai une meilleure idée. Les Fletcher adorent les chiens et j'aimerais voir Steffi avant le début de sa soirée pyjama. Nous pourrions leur laisser Buddy. Je suis sûr qu'il sera bien soigné.

— Formidable.

Comme Coop roulait vers la maison des Fletcher, l'animal commença à s'agiter sous sa couverture. Kendall lui massait le ventre du bout des doigts.

— Comment peut-on s'en prendre à un chiot ? demanda-t-elle.

— Tu as entendu Washburn. Manifestement, il y a beaucoup de tarés dans le coin.

— Comme en témoignent les kidnappings.

— Les deux vagues de crimes sont peut-être liées, dit Coop. Beaucoup de tueurs en série ont commencé leur carrière en s'attaquant à des animaux.

— Le plus angoissant est de penser qu'ils se baladent en liberté au milieu des gens, murmura Kendall.

Lorsqu'ils arrivèrent chez les Fletcher, Buddy se sentait nettement mieux et lui léchait les mains en battant furieusement de la queue.

— Tu vas être gâté, les filles et leurs parents vont t'adorer, tu verras.

Britt poussa des cris de joie à la vue de Buddy enveloppé dans sa couverture.

— Il est adorable.

Genevieve et Steffi se précipitèrent à leur tour pour lui faire fête.

— Assieds-toi, Steffi. Je vais le poser sur tes genoux, dit Kendall.

La fille de Coop s'installa sur le canapé, et elle posa le chiot dans ses bras.

Un grand sourire éclaira le visage de l'enfant.

— Il est trop mignon ! On dirait une peluche. Est-il malade ?

— Il est juste un peu faible. Il a besoin de câlins. Penses-tu pouvoir lui en faire quelques-uns ?

Steffi ne répondit pas mais Genevieve battit des mains.

— Moi oui, je peux, je peux !

Coop caressa les boucles de sa fille.

— Sois gentille avec lui. Je laisse nos clés à la maman de Genevieve pour qu'elle puisse passer à la maison chercher tout ce qu'il te faut pour ce soir. Papa a du travail.

Les yeux bleus de la fillette se détournèrent un instant de Buddy pour se poser sur Kendall et Coop.

— D'accord, papa.

Britt les raccompagna à la porte.

— Tout ira bien mais vous passerez récupérer Buddy avant la fête, d'accord ? Je ne suis pas sûre que toutes les petites invitées aiment les chiens.

— Je dois aller interroger quelqu'un, Britt mais je ne serai pas long.

— En tout cas, j'espère que la mésaventure de Buddy ne signifie pas que quelqu'un s'en prend de nouveau aux animaux. Nous avons perdu un chat, l'autre fois.

Coop l'embrassa rapidement.

— Cette affaire semble plus personnelle, plus ciblée. Merci encore.

Tandis qu'ils roulaient vers la maison de Mme Binder, Kendall demanda.

— Penses-tu vraiment que Gary y sera ? Il s'est sans doute déjà enfui.

— Dans ce cas, nous essaierons de tirer les vers du nez de sa mère.

Ils arrivèrent dans un quartier que les cadres d'Evergreen ne fréquentaient certainement pas. Des mauvaises herbes envahissaient les trottoirs, et les gouttières bouchées par des feuilles mortes débordaient de toutes parts.

— Cette rue est dans un état épouvantable. Pourquoi le conseil municipal ne fait-il pas quelque chose ?

— Le maire de la ville et son vieil ami Jordan Young ont d'autres chats à fouetter, dit Coop en se garant dans une cour.

Il désigna quelque chose contre le mur.

— La bicyclette de Binder.

— Je n'ai jamais pensé qu'il s'enfuirait à vélo.

— La voiture de sa mère est là aussi. S'il a filé, il est parti à pied.

Comme Kendall sautait du camion, le rideau de l'une des fenêtres s'écarta. Si Gary ne voulait pas leur parler, il lui suffirait de ne pas venir leur ouvrir.

Pourtant, quand ils frappèrent, une vieille femme apparut à la porte.

— Oui ?

— Bonjour, madame, dit Coop. Gary est-il là ?

— Il est là, oui. Mais il est malade.

Kendall serra les dents.

— Pourrions-nous quand même lui parler quelques instants ?

— Maman ? lança Gary du fond du couloir. Est-ce Mlle Rush qui est là ?

Il s'exprimait d'une voix faible.

Sa mère lui cria par-dessus son épaule.

— Elle est venue avec le shérif.

— Fais-les entrer.

Elle ouvrit largement la porte et recula pour les laisser passer.

Coop entra le premier pour protéger Kendall mais, s'il craignait que Gary Binder soit une menace, il se trompait.

Gary était couché sur le canapé, devant le poste de télévision. En les voyant, il coupa le son et tenta de s'asseoir.

— Je suis vraiment désolé, madame. Je n'ai pratiquement

rien fait de la journée. Mais, après mon déjeuner, je ne me sentais pas bien du tout. En fait, j'ai été malade comme un chien. J'étais trop mal pour vous écrire un mot d'explication. J'ai rangé les outils avec le peu d'énergie qu'il me restait et je me suis traîné jusqu'ici.

— Avez-vous vu Buddy avant de quitter la maison ?

— Buddy ?

— Le chiot.

— Gary n'aime pas les chiens, intervint Mme Binder. Depuis qu'il s'est fait mordre.

— Tais-toi, maman, ordonna Gary.

— Bon, si vous avez besoin de moi, je serai dans le jardin, dit sa mère.

Gary se tourna vers Kendall.

— Je n'ai pas vu le chien, madame. Je n'ai pas travaillé à l'arrière de la maison aujourd'hui.

Coop et Kendall échangèrent un regard, et Coop poursuivit.

— Quand Kendall et moi sommes rentrés à la maison, le chiot était couché sur le côté, le ventre gonflé. Il avait de la bave dans la gueule. Nous l'avons conduit chez le vétérinaire qui nous a dit qu'il avait été empoisonné.

— Empoisonné ?

Gary crispa ses mains sur sa couverture.

— Je n'ai rien donné à cet animal. Croyez-vous que c'est moi qui l'ai empoisonné ? demanda-t-il d'un ton angoissé. Est-ce la raison pour laquelle vous êtes venus ?

— En tout cas, en arrivant, c'est ce que nous croyions, dit Coop. Le chiot était malade, vous aviez disparu…

Gary bondit du canapé. Mais ses jambes ne le portaient pas, et il retomba lourdement.

— Je vous le jure, shérif. Ce n'est pas moi. Je n'aime pas les chiens mais je ne leur ferais pas de mal. J'ai été malade, trop malade pour qu'il s'agisse d'une simple indigestion.

— Qu'insinuez-vous, Gary ?

Il essuya ses lèvres d'un revers de main et s'affala sur le canapé.

— On a empoisonné le chien…, et on m'a sans doute empoisonné, moi aussi.

14

Coop se mit derrière Kendall, qui était devenue très pâle.

Les yeux mi-clos, il étudia le visage pâle de l'ex-taulard, se demandant s'il avait toute sa tête.

— Pour quelle raison quelqu'un voudrait-il vous empoisonner ?

Binder se mâchouilla le pouce.

— Je n'en sais rien.

— Et pourtant, c'est l'explication que vous avez immédiatement donnée, celle qui vous paraît donc la plus probable.

— Le chien a été malade, vous me dites qu'il a été empoisonné et j'ai été malade au même moment, répondit Gary en se frottant la nuque. J'ai peut-être été victime d'un empoisonnement, moi aussi. Cela semble logique. Pour en avoir la certitude, il faudrait que j'aille voir le médecin mais je n'en ai pas les moyens. Je n'ai pas de couverture médicale.

Kendall, qui avait repris des couleurs, inspira profondément.

— Qu'avez-vous mangé pour votre déjeuner ?

— Un sandwich au saucisson avec des chips. J'avais apporté des petits gâteaux au chocolat pour le dessert mais je n'y ai pas touché. J'ai tout vomi.

Coop enfonça les mains dans ses poches.

— Vous disiez qu'avant d'être malade vous étiez allé faire une course. Vous aviez donc quitté un moment la propriété de Kendall ?

— Oui, je devais acheter des lames pour la tondeuse. J'ai gardé la facture, ajouta-t-il à l'attention de Kendall.

Coop sentit son cœur battre plus vite.

— Et quand vous êtes descendu en ville, avez-vous laissé votre déjeuner à la maison ?

— Oui. Et je n'ai pas empoisonné le chien, madame, dit Gary en se tournant vers Kendall. Je ne ferais jamais une chose pareille.

— Et qui le pourrait, à votre avis ? demanda Coop à brûle-pourpoint.

Binder écarquilla les yeux.

— Je n'en ai pas la moindre idée. Comment le saurais-je ?

— Il y a quelques années, plusieurs meurtres d'animaux ont été perpétrés à Timberline. Où vous trouviez-vous à ce moment-là ?

La porte moustiquaire s'ouvrit, et Raylene apparut. Rouge de colère, elle lança à Coop.

— Qu'insinuez-vous exactement ? Mon fils ne ferait pas de mal à une mouche. À l'époque de ces tueries d'animaux, les flics étaient venus l'interroger et ils ont vite compris qu'il n'y était pas mêlé.

— Je vous crois, Gary, intervint Kendall en posant une main apaisante sur son bras. Vous devriez aller voir un médecin. Prenez rendez-vous avec le Dr Crandall, je paierai la consultation.

Binder rougit.

— Merci, madame, mais c'est inutile. Je me sens déjà mieux et je serai sûrement en état de terminer mon travail demain.

— J'insiste. Allez vous faire examiner avant de venir.

Comme sa mère le poussait à accepter, Binder finit par céder et promit d'appeler le médecin.

Lorsqu'ils retournèrent au camion, Coop se tourna vers Kendall.

— Tu veux découvrir si Binder a réellement été empoisonné, n'est-ce pas ? C'est la raison pour laquelle tu lui as demandé d'aller voir le Dr Crandall. Pour en avoir le cœur net.

— En fait, je le crois sincère. Pas toi ?

Coop démarra et il attendit de tourner au coin de la rue pour répondre.

— Je peux comprendre que quelqu'un s'en soit pris à Buddy… Si ce quelqu'un a tué Rawlings… Et bien que nous ne sachions toujours pas si Rawlings a été assassiné. Mais pourquoi vouloir tuer Binder ?

— Binder n'est pas mort.

— À l'entendre, il n'a survécu que parce qu'il a vomi ce qui l'avait empoisonné.

— Dommage que le système de sécurité n'ait pas été opérationnel aujourd'hui. Il aurait été bien utile.

— Je suis d'accord, mais chaque fois que j'ai travaillé dessus, j'ai été interrompu. Je vais finir de l'installer ce soir.

— Comme Steefi est invitée chez son amie, je te propose une soirée cocooning. Je vais nous confectionner un petit dîner et, ensuite, nous resterons au calme. Je suis épuisée, j'ai l'impression d'être passée sous un rouleau compresseur, ajouta-t-elle en s'étirant.

Coop lui caressa la joue.

— La journée a été rude. Quelqu'un a tenté de te tirer dessus et ton chien a été empoisonné. Il n'est pas surprenant que tu sois fatiguée…

— Et le pire est à venir si la personne qui a cherché à me descendre est la même que celle qui a voulu tuer Buddy.

Coop ne répondit pas. Il partageait ses inquiétudes mais il préférait ne pas les attiser en reconnaissant qu'elles étaient fondées.

En tout cas, si le ravisseur de Harrison et de Cheri menaçait Kendall, il ferait tout ce qui était en son pouvoir pour la protéger… Et, cette fois, il ne demanderait pas l'aide d'un psy.

— Comment va notre petit malade ? demanda Coop tout en essuyant ses bottes sur le paillasson.

Kendall, caressa la tête de Buddy endormi.

— Il va bien. Le système d'alarme est-il opérationnel ?

— Oui, et il fonctionne à la perfection.

Adossé contre le chambranle, il se déchaussa.

— Je vais laisser mes bottes boueuses sur le porche pour ne pas salir ce qu'Annie a mis tant de temps à nettoyer.

— Bonne idée. Cela dit, l'équipe de ménage reviendra après la brocante de garage pour donner un dernier coup de serpillière.

Elle souleva l'ordinateur portable posé sur ses genoux.

— Peux-tu me montrer comment visionner les images enregistrées par les caméras de surveillance ?

— Bien sûr, mais je vais d'abord faire un brin de toilette. Hum, comme ça sent bon ! s'exclama-t-il. Qu'as-tu préparé pour le dîner ?

— Un rôti de bœuf et des pommes de terre sautées. Que préfères-tu avec ? Une salade ou des petits pois ?

— Je veux bien des petits pois. Tu as besoin d'aide ?

— Non, merci. Tu prends ta douche, tu me montres le mode d'emploi des caméras et on passe à table. Ça te va ?

— Parfait.

Après lui avoir fait un petit salut moqueur, il s'éloigna en chaussettes. Elle le regarda et poussa un soupir. Il était vraiment beau comme un dieu.

Comment pouvait-elle avoir autant de chance ? Coop Sloane aurait pu être vieux, obèse comme Carpenter qui l'avait précédé au bureau du shérif de Timberline. Qui aurait pu imaginer que Carpenter céderait sa place à un homme bâti comme un athlète ? Du moins, le croyait-elle. Elle se demanda si, avant son départ, elle aurait la possibilité de le vérifier par elle-même. Mais avait-elle vraiment envie de connaître ce qui lui manquerait quand elle serait loin ?

Un quart d'heure plus tard, Coop émergea du couloir, les cheveux ébouriffés, sa chemise sur l'épaule.

— Je me sens mieux !

Discrètement, elle admira la façon dont son T-shirt blanc moulait son torse et son ventre plat... Elle ne s'était pas trompée.

Il balança sa chemise du bout des doigts.

— Dois-je la mettre ? Ma tenue te semble-t-elle trop décontractée ?

— Tu as abattu un travail de titan, Coop. Habille-toi comme tu veux.

Quand il s'étira, ses muscles jouèrent sous sa peau et Kendall sentit un frisson la parcourir.

Coop se laissa tomber à côté d'elle sur le canapé.

— À présent, jetons un coup d'œil à ton ordinateur.

Elle ferma un instant les paupières. L'odeur du savon ne lui avait jamais paru aussi érotique.

Coop tapota quelques touches pour faire apparaître le système de sécurité.

— Tu peux également consulter cette application via ton smartphone.

Il lui montra comment voir en temps réel ou en différé les images enregistrées par les caméras de surveillance postées aux quatre coins de la maison et vérifier les alarmes lorsqu'elles se déclenchaient.

— Tu pourras vendre ce système aux acheteurs de la propriété, poursuivit-il. Même s'ils décident de démolir la maison pour en reconstruire une autre, il leur sera facile de le récupérer pour l'installer dans leur future demeure.

— En tout cas, je me sens infiniment mieux avec cette protection, surtout après les événements de la journée.

Coop caressa Buddy derrière les oreilles.

— Si je l'avais branché plus tôt, nous aurions vu ce qui était arrivé à Buddy... Et à Gary.

— Le crois-tu ?

— Si Gary a empoisonné Buddy pour une raison qui

m'échappe, ce n'est en tout cas pas lui qui t'a tiré dessus. Même s'il avait emprunté la voiture de sa mère pour se rendre à Port-Angeles, je ne pense pas qu'il aurait eu le temps de trouver un endroit d'où tirer, de te mettre en joue, de faire feu, de s'enfuir, de revenir et de feindre l'empoisonnement.

Kendall posa son ordinateur à côté d'elle sur le canapé.

— Et si le tireur était un fou qui cherchait seulement à semer la panique ? La fusillade a fait la une des journaux. Et si Gary avait voulu tenter de sympathiser avec Buddy en lui offrant une partie de son déjeuner, que ce saucisson était avarié et les avait rendus tous deux malades ? Quand il s'est aperçu que ce qu'il lui avait donné avait empoisonné le chien, il a paniqué. Depuis sa sortie de prison, Gary Binder essaie de se racheter. On peut comprendre qu'il hésite à avouer une erreur.

— J'aimerais le croire, Kendall, dit-il en caressant tendrement sa joue. Mais ta théorie repose sur trop d'hypothèses et de coïncidences.

— Et ton travail t'a appris à douter de la réalité de telles coïncidences… J'en doute aussi. Par contre, sais-tu à quoi je crois ?

— Dis-moi.

— Au destin.

— Au destin ? Tu crois que ce qui nous arrive était écrit et dépend de la position des planètes à notre naissance ? demanda-t-il d'un ton dubitatif.

— En quelque sorte, répondit-elle en prenant sa main pour la caresser du bout du pouce. Tu m'as sauvé la vie aujourd'hui. Tu t'es jeté sur moi pour me protéger au moment de la fusillade. Sans toi, je serais morte. Peut-être le destin voulait-il que je te rencontre pour que tu puisses me sauver.

— Si je ne t'avais pas entraînée dans cette histoire, tu ne serais sans doute jamais devenue une cible…

— Tu ne m'as pas entraînée dans cette histoire, Coop ! Et j'espère que tu le sais. Le ruban rose se trouvait dans le tiroir de la commode de ma tante avant même que tu ne viennes frapper à ma porte. Pour une raison que j'ignore, quelqu'un attendait mon retour.

Un frisson glacé la parcourut, et elle reprit d'une voix moins assurée.

— Peut-être s'agit-il de l'homme qui a enlevé ma sœur.

— Il est rare que des criminels cessent brusquement leurs activités pour les reprendre vingt-cinq ans plus tard. À moins que…

— À moins qu'ils n'aient été en prison dans l'intervalle. Tu me l'avais dit mais je n'arrive pas à imaginer Gary Binder en ravisseur.

— N'as-tu jamais lu les journaux après l'arrestation d'un tueur en série ? Tous ses voisins tombent des nues. Ils le trouvaient tous très gentil, très serviable. Le type sympa qui répare les vélos des enfants, qui aide les vieilles dames à traverser, qui nourrit les chiens errants… Et qui égorge les prostituées la nuit.

Kendall enfonça ses ongles dans le poignet de Coop.

— Merci, l'image est saisissante. Je vais faire des cauchemars cette nuit.

Une minuterie sonna dans la cuisine.

— Le rôti est prêt, nous pouvons passer à table. Ce canapé est si confortable que je vais avoir du mal à m'en extraire. Je me demande si je ne vais pas le garder d'ailleurs. Peux-tu m'aider à me lever ?

Il se pencha pour la saisir par la taille et l'attirer vers lui. Quand il la mit debout, elle s'écarta rapidement, tant elle avait peur de tomber dans ses bras. Elle en avait tellement envie !

Comme elle bondissait vers la cuisine, Coop la suivit. Adossé au chambranle, il reprit.

— Sais-tu ce que je ferais si j'achetais cette maison ?

— Tu commencerais par la raser, non ? dit-elle en enfilant des maniques pour sortir le rôti.

— J'abattrais le mur qui sépare le salon de la cuisine pour faire une immense salle de séjour avec une cuisine américaine.

— Vouloir des pièces bien séparées avec des murs épais était à la mode au siècle dernier.

Elle posa le rôti sur la cuisinière et secoua les pommes de terre dans la poêle.

— Sont-elles assez dorées pour toi ?

Il en piqua une du bout d'une fourchette et la goûta.

— Elles sont parfaites.

— Pourtant je suis loin d'être un cordon-bleu !

— Je serais bien en peine de préparer ce genre de repas. Mes capacités culinaires sont plutôt rudimentaires.

— Est-ce que faire réchauffer des petits pois au micro-ondes est dans tes cordes ?

— Oui, ça, je peux le faire !

Ils se mirent à table, et Coop découpa le rôti pendant que Kendall ouvrait une bonne bouteille.

— Tu es officiellement en vacances, non ?

— Oui mais je me limiterai à un verre, répondit-il en la regardant remplir le sien à ras bord. Eh bien dis donc, tu n'aurais jamais pu être sommelier.

— S'ils servent les vins au compte-gouttes, c'est certain.

— Après la journée que tu as eue, je me demande comment tu as trouvé l'énergie de nous confectionner un repas de roi.

— Comment aurais-je dû réagir, à ton avis ? En me couchant pour oublier ce qui s'était passé ?

Ils trinquèrent.

— Je ne t'imagine pas du tout rester ainsi, prostrée, lorsque tu es confrontée aux épreuves de la vie. Même à cinq ans, tu étais déjà une battante.

Elle avala une gorgée de vin.

— Qu'est-ce qui te faire dire ça ?

— Ta sœur dormait mais, toi, tu as donné des coups de pied dans les jambes de son ravisseur, tu l'as frappé comme une folle. Il l'a enlevée, elle. Pas toi.

— J'ai essayé de sauver Kayla, pas uniquement ma peau.

Kendall baissa la tête, les yeux pleins de larmes.

Coop posa ses couverts sur le bord de son assiette.

— Te connaissant, je suis sûr que tu as fait tout ce dont tu étais capable dans ces circonstances. Alors qu'il aurait été si facile d'aller te cacher dans un coin.

— C'est la raison pour laquelle je suis devenue psychologue, tu sais. Pour tenter de sauver les gens.

— Et je suis sûr que tu y parviens, dit-il en couvrant sa main de la sienne.

Elle se libéra de son emprise pour découper un morceau de viande.

— Je n'ai pas l'impression que tu croies beaucoup aux pouvoirs de la psychologie…

— Non, mais je crois en toi.

— Pourtant, je n'ai même pas réussi à le protéger, dit-elle en se tournant vers Buddy qui dormait dans son panier. Voilà pourquoi je n'ai jamais voulu d'animaux ni d'enfants.

— Mais tu as sauvé Buddy, Kendall. Tu t'es rendu compte qu'il avait un problème, tu l'as conduit chez le vétérinaire, tu as compris qu'il avait mangé de la charcuterie empoisonnée. Maintenant, il se rétablit gentiment.

Coop n'avait pas relevé sa réflexion concernant les enfants, remarqua-t-elle. À présent, il avait sans doute compris qu'ils n'étaient pas faits l'un pour l'autre, malgré une profonde attirance mutuelle.

Ils réussirent à finir leur repas sans confesser d'autres horreurs. Kendall n'avait encore jamais avoué à quiconque, sauf bien sûr à son psychothérapeute, pour quelles raisons elle avait choisi cette voie professionnelle. Et, dans le cadre de son métier, elle écartait systématiquement tout ce qui avait trait à des enfants. Elle ne se sentait pas capable de gérer des difficultés familiales.

Quand Coop eut englouti les dernières pommes de terre, il posa sa serviette sur la table.

— Je vais faire la vaisselle pendant que tu te détends avec un autre verre de vin.

— Tu m'as installé un système d'alarme, tu ne vas pas, en plus, faire la vaisselle. Laisse tout dans l'évier et viens bavarder avec moi. Je m'en occuperai demain.

— Pas question ! Ma mère m'a appris à ne jamais laisser les assiettes sales s'empiler.

Kendall prit son verre pour s'asseoir sur le canapé, et Coop la rejoignit.

— Grâce à elle, je suis capable d'apprendre à une petite fille à faire le ménage et à préparer un repas sommaire… Je ne suis pas complètement ignorant en la matière. Ma femme, elle…

Il se tut quelques instants, avant de conclure :

— Parfois, elle ne parvenait pas à se lever avant midi.

— Je suis désolée, dit Kendall en posant la main sur son bras.

Il sourit.

— Je fais de mon mieux pour Steffi.

— Tu es formidable avec ta fille. Tu mérites le prix du meilleur père de l'année.

— Il ne me reste plus qu'à décrocher celui de meilleur shérif de l'année, répondit-il en riant. Tiens, ajouta-t-il en lui tendant un autre verre. Détends-toi.

Quand leurs yeux se croisèrent, elle eut envie de se noyer dans ses prunelles bleues.

Il soutint un instant son regard avant de gagner la cuisine.

— Je me charge de la vaisselle.

Elle s'empara de son ordinateur portable.

— Tu te rends compte qu'il n'y a pas de télévision dans cette maison ?

— J'ai remarqué, répondit-il en faisant couler l'eau dans l'évier. Steffi n'y resterait pas cinq minutes.

Kendall retira ses bottes et posa ses pieds sur la table basse tout en s'exerçant à accéder aux images enregistrées par les caméras de surveillance installées par le shérif de l'année.

— C'est évident.

Coop réapparut.

— Que dis-tu ? Je n'ai pas entendu ?

— Rien, rien. Retourne à ta vaisselle, dit-elle en le chassant d'un geste de la main.

Lorsqu'il revint, elle avait inspecté les abords de la maison et le parc à l'arrière. Il vint s'asseoir près d'elle.

— Merci pour le dîner, il était délicieux. Te sens-tu plus détendue maintenant que tu as vérifié que la propriété était en sécurité et que Buddy dormait sagement dans la cuisine ?

— Et n'oublions pas le principal : j'ai le shérif de Timberline, celui qui va décrocher le titre de shérif de l'année, près de moi. Et, cerise sur le gâteau, il est en congé !

Coop lui prit son verre des mains et le posa sur la table basse avant de mêler ses doigts aux siens.

Un frisson de plaisir la traversa. Elle battit des paupières, et un petit soupir s'échappa de ses lèvres. Mais elle tenait à être honnête avec lui.

— Cela ne durera pas toujours, Coop. Je ne resterai pas dans cette ville.

— Je l'ai compris, répondit-il. Mais je n'ai pas besoin d'éternité. J'ai juste besoin de vivre quelque chose avec toi… Là, maintenant. Et toi ?

Elle passa les mains sous son T-shirt pour caresser son torse.

— Moi aussi !

Coop l'attira à lui. Mais il se contenta de lui effleurer les lèvres comme s'il lui demandait jusqu'où elle était prête à s'engager.

Sans hésiter, elle l'embrassa à pleine bouche. Elle avait envie d'aller loin avec lui et elle voulait qu'il le sache.

Quand leurs langues entamèrent une danse sensuelle, un désir si puissant la souleva qu'elle dut s'écarter un instant de lui, le souffle court.

Les yeux bleus de Coop brillèrent dans la pénombre.

— Est-ce une façon de me dire non ? Dois-je m'en aller ?

Peut-être s'en mordrait-elle les doigts par la suite, peut-être regretterait-elle cette folle nuit sa vie durant. Peut-être, par la suite, tous les hommes qu'elle croiserait lui sembleraient-ils ternes et sans intérêt par comparaison. Peut-être ses souvenirs dans les bras de Coop la tortureraient-ils à son retour en Arizona. Pourtant, Kendall ne pouvait réprimer le désir fou dont elle était la proie.

Nouant ses bras à son cou, elle chuchota à son oreille :

— Cela veut dire oui.

Il enfouit ses mains dans ses cheveux, faisant basculer sa tête en arrière. Quand il pressa ses lèvres à la base de son cou, il sentit les battements de son cœur s'accélérer.

La gorge serrée, elle parvint à balbutier.

— La chambre…

Il l'entraîna dans l'escalier. Parvenus à l'étage, ils restèrent un moment face à face, incapables de se quitter du regard. Chacun d'eux dut voir la même chose briller dans le regard de l'autre, car Kendall étreignit Coop avec force tandis qu'il l'enlaçait plus étroitement. Leurs baisers devinrent brûlants.

Sans cesser de l'embrasser, elle promena ses mains sous son T-shirt, caressant les pectoraux sur lesquels elle avait tant fantasmé. Poursuivant son exploration, elle s'attaqua ensuite à la boucle de son ceinturon et glissa ses doigts dans son pantalon.

Le souffle court, il l'attira dans la chambre, près du lit. Il lui passa son pull par-dessus la tête. En constatant qu'elle portait un T-shirt dessous, il secoua la tête.

— Tu es couverte comme un oignon !

— Je vais me déshabiller.

Mais, pour aller plus vite, il le lui retira lui-même.

Lorsqu'il fit glisser les bretelles de son soutien-gorge, il afficha un sourire satisfait.

— Voilà, on y arrive !

Kendall pouffa comme une collégienne à son premier rendez-vous.

D'une main experte, Coop dégrafa son soutien-gorge puis il enveloppa ses seins de ses mains, en excitant les mamelons du bout des pouces avant de planter une myriade de petits baisers sur sa gorge.

Kendall se hissa sur la pointe des pieds pour lui mordiller le lobe des oreilles. Elle avait hâte de se retrouver nue contre lui, peau contre peau. Aussi souleva-t-elle son T-shirt dans l'espoir d'accélérer le mouvement.

— Enlève ça ! ordonna-t-elle.

Il obéit aussitôt avant de la reprendre dans ses bras. Quand il la plaqua contre lui, écrasant ses seins contre son torse, Kendall ne put réprimer un gémissement de plaisir.

Cette nuit serait peut-être sans lendemain mais il n'était pas question pour eux de l'expédier. Comme ils n'auraient peut-être pas la possibilité de la revivre, ils tenaient à ce qu'elle soit inoubliable. L'un et l'autre voulaient que ce premier — et peut-être seul — moment ensemble leur procure une overdose de plaisir.

En un clin d'œil, Coop retira son jean et son caleçon. Entièrement nu, il allongea Kendall sur le lit et finit de la déshabiller.

Penché au-dessus d'elle, il promena ses lèvres sur son corps de femme, la faisant se tordre de plaisir.

Il lui sourit.

— Laisse-moi prendre mon temps, chérie. J'ai besoin de me constituer un stock de souvenirs pour survivre aux longues nuits en solitaire qui m'attendent.

Elle chuchota.

— Je me disais la même chose.

Lorsqu'il s'étendit sur elle, frottant son érection contre son bas-ventre, un long frisson la parcourut.

Elle lui caressa le dos, les fesses, le plaquant plus étroitement contre elle. Elle n'en pouvait plus. Elle le voulait en elle mais elle s'abandonna, acceptant de le suivre, de le laisser la guider vers le septième ciel.

Il lui fit l'amour de sa bouche, allumant un feu qui l'embrasa tout entière. Ses baisers l'enivraient mais, lorsqu'il parvint à sa grotte secrète et lécha délicatement le centre de son intimité, elle crut devenir folle de plaisir. Un orgasme la souleva.

Quand il la pénétra, elle n'était pas encore revenue de cette première vague de jouissance et elle repartit vers l'extase, étouffant ses hurlements dans son épaule.

Il murmura à son oreille.

— Pourquoi retenir tes cris ? Offre-les-moi.

Un long gémissement s'échappa de ses lèvres tandis qu'elle remuait la tête de droite à gauche. Coop allait et venait entre ses cuisses, et elle noua ses jambes autour de lui. Elle se mit à hurler.

Son sexe en feu échappait à tout contrôle. Comme un autre orgasme la traversait, Coop accéléra encore.

Jusqu'alors, il avait gardé les yeux clos mais, soudain, il les rouvrit pour planter ses prunelles bleues dans les siennes. Elle le regarda tandis qu'il la menait au ciel. Leurs cris se rejoignirent jusqu'au moment où il s'effondra sur elle avec un rugissement rauque.

Quand tous deux furent repus l'un de l'autre, Coop roula sur le côté et la prit tendrement dans ses bras.

— Je savais que ce serait bon mais je n'imaginais pas que ce serait à ce point-là. Et je voulais mémoriser chaque parcelle de ton corps au cas où nous n'aurions pas la possibilité de refaire l'amour avant ton départ.

Kendall sentit des larmes brûler ses paupières.

— Mais tu seras très occupé à la fin de tes vacances. Tu n'auras plus le temps d'y penser.

La sonnerie d'un téléphone se fit soudain entendre.

— C'est forcément ton portable, dit-elle. J'ai mis le mien sur silencieux.

Coop lui embrassa le bout du nez et se leva pour attraper son jean. Il fouilla ses poches pour en extraire son téléphone.

Kendall s'assit et sentit une vague d'appréhension la parcourir. Qui pouvait appeler Coop à cette heure-ci alors qu'il était en vacances ?

— C'est le bureau ? demanda-t-elle.

— Non, dit-il en regardant le nom qui s'affichait sur l'écran. C'est Britt. J'espère que Steffi n'est pas malade pour s'être trop empiffrée de pop-corn, de bonbons et de sodas toute la soirée. Salut, Britt. Tout va bien ?

Kendall tira le drap sur sa poitrine en voyant le sang se retirer du visage de Coop.

— Coop ? Que se passe-t-il ? demanda-t-elle.

Quand il planta ses yeux dans les siens, elle vit la férocité briller dans ses prunelles bleues.

— Steffi… Il a enlevé Steffi.

15

L'obscurité engloutit Coop. Plongé dans un état second, il n'entendait plus Kendall, même s'il voyait ses lèvres articuler quelque chose. Il ne percevait pas davantage les paroles de Britt au bout du téléphone.

Ce n'était pas possible. Pas Steffi. Sa petite fille n'avait pas pu se faire kidnapper.

En titubant, il chercha son jean et l'enfila.

Kendall se redressa aussitôt.

— Je te conduis là-bas.

Il regarda son corps encore alangui du plaisir qu'il lui avait donné. Il avait l'impression que leur folle étreinte remontait à des années.

Comment avait-il pu laisser tomber Steffi, sa puce chérie ? Il n'aurait jamais dû la quitter des yeux.

Vingt-cinq ans plus tôt, trois enfants avaient été enlevés. Deux fillettes et un garçonnet. Le Trio de Timberline. L'histoire se répétait. Il aurait dû le prévoir, il aurait dû se douter que le ravisseur frapperait encore et s'attaquerait à une petite fille.

Suivant son regard, Kendall rougit comme si elle prenait conscience pour la première fois qu'elle était nue.

Elle s'enveloppa dans le drap pour sortir du lit.

— Donne-moi un instant pour me rhabiller. Tu n'es pas en état de conduire.

Qu'en savait-elle ? Comment le voyait-elle ? Il tourna la

tête vers le miroir du dressing-room. Il ne ressemblait pas à un homme qui venait de tout perdre. Pas encore.

Il serra les poings. Il allait faire regretter à cette ordure de s'en être pris à Steffi. Oui, il lui ferait passer un sale quart d'heure. S'il parvenait à mettre la main sur lui…

Une fois habillée, Kendall lui tendit sa chemise.

— Enfile ça et allons-y. Plus vite nous aurons les détails, plus vite nous pourrons nous lancer à la recherche de Steffi.

Il considéra sa chemise comme s'il avait oublié son utilité.

— Kayla n'a jamais été retrouvée, n'est-ce pas ? Ni Harrison. Ni Cheri.

— Arrête, dit-elle en le saisissant par les poignets. Nous allons la retrouver, nous allons tous les retrouver. Ce type vient de commettre une erreur colossale.

Comme un automate, Coop acheva de s'habiller. Il se sentait à la fois terrifié, tétanisé par une panique viscérale, et en proie à des désirs de meurtre. Il avait envie de frapper ce salopard, de l'étrangler de ses propres mains.

Kendall le ramena sur terre en lui ordonnant d'un ton sans réplique :

— Donne-moi les clés du camion.

Il chercha son trousseau dans ses poches et le lui tendit.

L'entraînant dehors, elle s'installa au volant.

Il se souvint alors qu'elle avait bu de l'alcool.

— Es-tu sûre d'être en état de conduire ?

— J'ai bu deux verres de vin, pas deux bouteilles de whisky. Et comme j'ai eu… une certaine activité physique depuis, les vapeurs de l'alcool ont largement eu le temps de se dissiper. Tout ira bien.

Il la guida jusqu'à la maison des Fletcher devant laquelle deux voitures de patrouille étaient garées, leurs gyrophares plongeant l'endroit dans une atmosphère étrange. Il vit les parents de Genevieve, serrant leurs enfants en larmes dans leurs bras.

Dès qu'elle le reconnut, Britt cessa de sangloter et se jeta sur lui, alternant excuses et explications.

Coop l'embrassa. Il ne pouvait rien lui reprocher. Il était seul responsable de la tragédie, seul coupable. Il aurait dû veiller sur Steffi au lieu de…

— Coop, suivez-moi à l'intérieur, intervint le sergent Payton en l'arrachant à l'étreinte de Britt. Nous allons vous résumer ce que nous avons. L'agent Maxfield est en route avec ses hommes.

— Voilà près d'un mois que Maxfield et sa bande de gratte-papier cherchent les deux autres enfants. En vain. Je ne lui fais pas franchement confiance pour retrouver Steffi.

Il prit la main de Kendall, la seule qui pouvait lui permettre de rester debout.

— Viens avec nous, Kendall. J'ai besoin de toi.

Mêlant ses doigts aux siens, elle le suivit. Au milieu du chaos, il l'entendit murmurer.

— Je suis là, Coop. Avec toi.

Lorsqu'ils entrèrent dans la maison, Rob les conduisit dans la bibliothèque dont il ferma la porte.

— Ma femme est hystérique. Mieux vaut qu'elle reste à l'extérieur avec sa sœur pour le moment. De toute façon, dans l'état où elle est, elle ne pourrait pas nous être d'une grande utilité.

Coop se mit à arpenter la pièce.

— Britt m'a dit que les filles étaient dans le jardin au moment où le ravisseur a frappé. Rob, bon sang, que faisaient des gamines de cinq ans dehors à cette heure-là ?

Rob se couvrit le visage.

— Elles sont sorties en douce. Genevieve, Molly et Steffi. D'après ce que nous avons compris, quelqu'un a lancé des cailloux sur la fenêtre de leur chambre. Elles ont cru… qu'il s'agissait d'un esprit de la forêt tout droit sorti du dessin animé *Les Fées de la vallée* qu'elles ont vu dernièrement. Elles sont obsédées par ce film débile.

Accablé, Coop croisa les bras, les épaules basses. Il connaissait ce film. Le ravisseur aussi, sans doute, puisqu'il avait su comment attirer les petites à l'extérieur. Mais pourquoi avait-il jeté son dévolu sur Steffi ? S'agissait-il d'une coïncidence ou avait-il ciblé sciemment la fille du shérif ?

Payton s'éclaircit la gorge.

— Et vous ne les avez pas entendues quitter la maison ?

— Britt et moi étions dans notre chambre, porte fermée, répondit Rob en rougissant. Nous serions montés faire un tour un peu plus tard mais elles ne faisaient pas de bruit. Nous pensions qu'elles jouaient sagement à l'étage.

Manifestement, Rob et Britt avaient occupé leur soirée de la même façon que Coop et Kendall.

— Comment vont les autres filles ? demanda Coop en se massant la nuque.

Un sanglot secoua Rod.

— Elles sont bouleversées, traumatisées.

Kendall plongea son visage dans ses mains.

Revivre ce cauchemar devait être une terrible épreuve pour elle, songea Coop. Depuis vingt-cinq ans, elle faisait tout pour échapper à cet enfer mais, quoi qu'elle fasse, elle retombait sans cesse dedans.

Il déglutit avec difficulté.

— Les petites ont-elles vu quelque chose ?

— Il faisait sombre. Comme elles marchaient sous les arbres, un homme au visage dissimulé sous une cagoule et tout vêtu de noir est apparu devant elles. Sans dire un mot, il s'est emparé de Steffi. Les filles sont rentrées en hurlant à la maison.

Quelqu'un frappa à la porte, rompant les tensions dans la pièce.

— L'agent Maxfield est là.

Coop regarda Payton et soupira.

— Allez le chercher.

L'agent du FBI entra dans la pièce, ses sous-fifres sur les talons.

— Shérif, je suis désolé de ce qui est arrivé à votre fille. Nous allons coincer ce criminel, comptez sur nous. Qu'avons-nous jusqu'ici ?

Rob répéta son histoire, et Payton lui résuma les recherches effectuées à l'arrière de la maison.

— J'ai vu que vous aviez installé des projecteurs dans le jardin. C'est très bien, sergent, mais nous avons apporté notre propre matériel et nous allons l'utiliser à partir de maintenant.

Les agents ne cessaient de pérorer, de parler pour ne rien dire, et dégoûté, Coop finit par se diriger vers la porte.

— Assez de bavardages, il faut agir, maintenant, dit-il à Payton. J'aimerais voir l'endroit où Steffi s'est fait attraper. Si ce fumier a laissé ne serait-ce qu'un cheveu sur place, je veux le retrouver et m'en servir pour le coincer.

Payton lui emboîta le pas pendant que Rob allait réconforter sa femme et ses enfants.

Coop n'avait ni femme ni enfant à réconforter.

Il se tourna vers Kendall.

— Tu peux rester à l'intérieur si tu préfères.

Elle secoua la tête.

— J'ai besoin de prendre l'air.

Les policiers avaient envahi les alentours, et des parents du quartier les regardaient faire, le regard teinté d'inquiétude. Ils étaient revenus après avoir mis leurs enfants en sécurité chez eux.

Coop contourna la maison et jeta un coup d'œil vers la fenêtre de la chambre où les filles avaient joué, visionné des films en s'empiffrant de pop-corn. N'avait-il pas répété mille fois à Steffi qu'elle ne devait jamais suivre des inconnus ? Le message n'était visiblement pas passé. Il n'avait pas été à la hauteur, il avait échoué sur toute la ligne.

Ses hommes avaient ramassé plusieurs cailloux que le ravisseur aurait pu utiliser pour frapper la vitre. Mais, si ce type portait des gants, il était inutile d'espérer y trouver des empreintes. Quant aux traces de pas, elles étaient quasi invisibles.

Coop examina le sol à s'en crever les yeux mais, très vite, il dut se rendre à l'évidence. Il n'y avait rien pour lui permettre d'avancer.

Levant le nez, il considéra les gens du coin rassemblés sur les lieux de la tragédie. Il scruta l'obscurité, à la recherche de Kendall, mais elle s'était volatilisée, elle aussi.

Toutes les personnes qui comptaient pour lui allaient-elles disparaître ainsi, les unes après les autres ?

Kendall relut le texto qui brillait dans le noir.

Je t'offre une autre chance, Kendal. Vas-tu la saisir ? As-tu envie de sauver Kayla ? Rends-toi derrière la maison neuve et remonte le sentier forestier jusqu'au bout. Viens seule et n'en parle à personne. Ou ils mourront tous.

Le message n'était pas signé, et son auteur ne savait pas écrire son prénom correctement, mais le sens était clair.

Le cœur battant à tout rompre, Kendall leva les yeux de l'écran de son téléphone portable. Beaucoup de parents s'étaient réunis dans le jardin pour discuter des derniers développements de l'affaire. Coop travaillait toujours à l'arrière, avec les agents du FBI et le sergent Payton.

Personne ne faisait attention à elle. Devait-elle y aller ? Essayer de sauver la fille de Coop ?

Depuis le départ, le ravisseur voulait qu'elle s'implique. Peut-être s'agissait-il du même criminel que vingt-cinq ans plus tôt, peut-être pas, mais elle avait une carte à jouer.

Kendall avait rendu à Coop les clés de son camion. Fallait-il lui laisser un mot sur son pare-brise pour le mettre au courant du texto ? Elle promena les yeux autour d'elle. Le ravisseur était-il là, à l'espionner ? Elle ne pouvait prendre le risque qu'il la voie prévenir Coop. La vie de trois enfants était en jeu.

Elle s'élança sur le trottoir mouillé. Comme elle se hâtait vers la maison neuve, elle tenta de répondre au message mais son correspondant l'avait déjà bloquée.

Les bruits et les lumières devant la maison des Fletcher se dissipaient dans la nuit. Kendall se dirigea vers les bois plongés dans l'obscurité.

Ses bottes s'enfonçaient dans la boue. Parvenue au bout du sentier, elle appela.

— Hello ? Il y a quelqu'un ?

Un bras la saisit par-derrière tandis qu'une main plaquait un mouchoir imbibé de chloroforme contre son visage. Elle essaya de se débattre, de se défendre. Mais ses efforts furent inutiles.

Elle perdit connaissance.

16

Un doigt poisseux passa sur les joues de Kendall.

— Réveille-toi !

Mais elle serra plus fort les paupières, refusant de revenir à la conscience. Elle avait trop mal au crâne. L'estomac au bord des lèvres, elle gémit.

— Kendall, insista son bourreau. Il faut te réveiller.

Luttant contre les haut-le-cœur, Kendall roula sur le dos. Une mèche de cheveux chatouillait sa joue mais elle n'avait pas l'énergie de l'écarter.

Elle se sentait nauséeuse. Comme si elle avait été droguée.

Un frisson de peur lui parcourut l'échine tandis que les souvenirs remontaient à sa mémoire. Du chloroforme. On l'avait endormie.

Elle ouvrit lentement les yeux.

Un visage en forme de cœur encadré par d'épaisses boucles blondes apparut dans son champ de vision.

— Steffi ?

Kendall s'efforça de s'asseoir. Était-elle en plein rêve ? Des petites mains tapotaient ses bras pour la forcer à rester éveillée.

Un garçonnet aux cheveux noirs se pencha vers elle.

— Enfin ! Ça va ?

La gorge serrée, Kendall le regarda avec attention.

— Harrison ? Es-tu Harrison Keaton ?

Il se gratta la tête d'un air perplexe.

— Oui ! Comment le sais-tu ?

Agenouillée près de Kendall, Steffi se tourna vers lui.

— Tout le monde te connaît, Harrison. Tu as été kidnappé.

Tentant d'adapter sa vue à la pénombre, Kendall s'adossa contre une paroi rocheuse.

— Et Cheri ? Elle est là, elle aussi ?

— Elle dort là-bas, répondit Steffi en désignant une petite silhouette roulée en boule dans un coin.

Kendall enlaça les enfants pour les embrasser avec force.

— Que je suis heureuse de vous voir, de vous savoir sains et saufs, tous les trois ! Allez-vous bien ?

— J'ai faim, grommela Harrison. Il ne nous donne que du fast-food. Et ma maman m'interdit d'en manger.

— J'espère pourtant que tu en as pris, chéri, dit-elle en caressant les joues sales du garçonnet. Voilà près d'un mois que tu as été kidnappé. As-tu été enfermé ici depuis le début ?

Il haussa les épaules.

— Je n'en sais rien.

Kendall promena les yeux autour d'elle.

— Où sommes-nous, d'ailleurs ? Dans une sorte de grotte, apparemment. Steffi, étais-tu réveillée quand il t'a amenée ici ?

— Non… Il m'a collé quelque chose sur le nez, et je me suis endormie.

— L'avez-vous vu ? Avez-vous vu le visage de votre ravisseur, les enfants ?

Steffi secoua la tête.

— Il portait un masque et des gants.

— Il en met toujours, renchérit Harrison. Lorsqu'il nous apporte à manger, il a une cagoule sur la figure et les mains couvertes. Nous ne l'avons jamais vu.

Kendall s'appuya sur la paroi rocheuse pour essayer de se lever.

— Où est l'entrée ? poursuivit-elle. Par où entre-t-on là-dedans ?

— Par-là, dit Harrison en désignant une trappe au plafond.

Kendall comprit qu'ils se trouvaient dans une mine abandonnée.

À l'époque où l'extraction de l'argent enfoui dans le sous-sol représentait l'essentiel de l'activité de Timberline, beaucoup de galeries avaient été creusées.

— As-tu essayé de grimper là-haut, Harrison ?

— Oui, répondit-il. Mais quelque chose bloque la sortie, une planche très lourde ou une grosse pierre.

Kendall considéra le boyau. Le ravisseur avait-il condamné l'entrée de la mine à l'aide d'un rocher ?

Reportant son attention sur les deux enfants — Steffi, curieusement calme après son kidnapping, et Harrison, posé et crasseux —, elle demanda.

— Descend-il parfois ici ? Vous a-t-il déjà parlé ou... approchés ?

Le petit garçon secoua la tête.

— Il ne descend jamais. Il doit avoir peur de ma force de guerrier Ninja.

— Certainement.

Kendall sourit mais, en réalité, elle s'interrogeait sur les mobiles du ravisseur. Que voulait-il ? Faisait-il partie d'un réseau pédophile et attendait-il qu'un malade intéressé par ses prises lui propose un bon prix ? Ou avait-il voulu d'abord kidnapper un troisième enfant ?

Et pourquoi l'avoir enlevée, elle ? Qu'espérait-il ? Était-il vraiment celui qui avait emporté Kayla, il y a vingt-cinq ans ?

Steffi renifla.

— Kendall ?

— Oui, chérie, dit-elle en caressant ses boucles blondes.

— Mon papa va venir bientôt ?

La gorge serrée, Kendall hocha la tête.

— Je l'espère. En tout cas, beaucoup de gens sont à notre recherche.

Une grosse larme roula sur la joue de la fillette.

— Je veux m'en aller. Il fait sombre ici. Et s'il se met à pleuvoir ?

— Il pleut tout le temps, répliqua Harrison. Ce n'est pas une affaire.

— Dans la galerie aussi ? demanda Steffi d'une voix blanche.

Devinant la peur de sa petite compagne, Harrison hésita.

— En fait, non… Pas vraiment.

Comme Steffi commençait à trembler, Kendall l'attira à elle.

— Viens avec moi, chérie. Harrison, as-tu froid ?

— Nan, répondit-il en se laissant tomber près de Kendall.

Elle posa sa veste sur les épaules de Steffi et l'enlaça tendrement. La petite fille se blottit dans ses bras.

— Je veux rentrer dans ma maison.

— Je sais, chérie. Quand cet homme reviendra, je lui parlerai. Je lui demanderai ce qu'il veut pour nous faire sortir d'ici.

Sur ces entrefaites, la petite Cheri se réveilla. Elle s'assit en se frottant les yeux. À la vue de Kendall, elle recula, visiblement terrifiée

Le cœur serré, Kendall lui fit signe de s'approcher.

— Viens, ma puce. N'aie pas peur. Je m'appelle Kendall, je ne veux pas te faire de mal. Nous allons nous tenir chaud tous ensemble.

Harrison se tourna vers Cheri pour lui expliquer la situation.

— Elle s'est fait kidnapper, elle aussi. Elle va nous aider à sortir d'ici.

Kendall se mordit les lèvres. Pourquoi avait-elle été enlevée ? Que comptait faire d'elle son ravisseur ? Voulait-il lier ces rapts à ceux perpétrés il y a vingt-cinq ans ? Dans quel but ?

Et parviendrait-elle à faire sortir les enfants d'ici ?

La fillette se traîna vers eux, serrant une serviette de bain contre elle.

— Ça va, Cheri ? Tu n'es pas blessée, n'est-ce pas ?

Malgré ses six ans, elle suçait encore son pouce. Elle se pelotonna contre Kendall et posa sa tête sur ses genoux.

— Maintenant que nous sommes tous ensemble, aimeriez-vous jouer à un jeu ? proposa Kendall.

— Aux guerriers Ninja ? lança Harrison, plein d'espoir.

— Ou aux devinettes ? Je commence : Je suis gris, je suis gros, j'ai une trompe. Qui suis-je ?

— Facile ! Un éléphant ! répondit Steffi.

— Bravo ! À toi de nous poser une colle.

L'enfant réfléchit, un doigt dans la bouche.

— Je vis au pôle Nord, je suis noir et blanc et je mange des poissons. Qui suis-je ?

Cheri et Harrison se regardèrent, et Cheri finit par retirer son pouce de sa bouche pour lever la main.

— Je sais ! Un pingouin ! A moi… Qu'est-ce qu'on lance blanc et qui retombe jaune ?

— C'est trop difficile ! protesta Harrison.

— Il n'y a rien qui change de couleur quand on le lance, renchérit Steffi.

— Sauf peut-être… un œuf ? suggéra Kendall en souriant.

— Oui !

À tour de rôle, ils cherchèrent à identifier des animaux, des objets ou des métiers. Pour corser le jeu, ils en vinrent à imaginer des détails cocasses ou invraisemblables. Ils s'amusaient tant que des rires joyeux emplirent bientôt la galerie. Kendall s'esclaffait tellement qu'elle en eut un point de côté.

À la fin, Harrison lui dit.

— Je suis content que tu aies été enlevée avec nous, Kendall.

— Moi aussi, assura Cheri en se pelotonnant un peu plus étroitement contre elle.

— Moi aussi, murmura Steffi.

Tandis que les enfants s'endormaient tranquillement, Kendall se remit à réfléchir. Se pouvait-il que ce soit elle que le ravisseur ait voulu enlever vingt-cinq ans plus tôt ? S'était-il trompé de jumelle ? Allait-il l'emporter et laisser les petits ici ? Il ne leur avait fait aucun mal… jusqu'ici.

Elle caressa les joues de Harrison et passa les doigts dans

les boucles de Steffi. Tant qu'elle serait là, cette ordure ne toucherait pas à un cheveu des enfants. Elle donnerait sa vie pour les protéger, pour sauver la fille de Coop.

Mais peut-être était-ce ce qu'il espérait…

Coop frappa à la porte de Kendall, mais seul Buddy se manifesta en jappant et en aboyant.

— Kendall ?

Quand il regarda par la fenêtre, Buddy sauta sur le bord pour appuyer ses pattes sur la vitre.

— Où est ta maîtresse ?

Un grincement dans son dos le fit se retourner. Binder remontait l'allée sur son vieux vélo.

— Avez-vous vu Kendall ? demanda Coop.

— J'arrive à l'instant, répondit Binder en appuyant sa bicyclette contre un arbre. J'ai appris de ce qui était arrivé à votre petite fille, shérif. Je suis désolé.

Coop le considéra d'un air soupçonneux.

— Avez-vous consulté un médecin ?

— Non, répondit Binder en enfonçant sa casquette sur son crâne. Ma mère m'a préparé une soupe, et j'ai bu beaucoup d'eau. Je me sens mieux maintenant et je suis venu finir le travail que j'avais commencé.

— Kendall n'est pas chez elle.

— Cela ne m'empêchera pas d'avancer. Elle m'a confié la clé de la remise où sont rangés les outils.

Où était passée Kendall ? s'interrogeait Coop. Elle avait laissé le camion chez les Fletcher. Était-elle rentrée à pied chez elle ? Quelqu'un l'avait-il reconduite ?

La veille au soir, il l'avait rapidement cherchée des yeux avant de suivre l'agent Maxfield pour dresser un plan de bataille dans le bureau de Rob. Plus tard dans la soirée, il avait essayé de la joindre mais elle avait éteint son appareil.

Devait-il faire pister son téléphone portable ou nageait-il en plein délire ?

Coop attendit que Binder se dirige vers la remise pour se glisser à l'arrière de la maison. Il brisa alors la vitre de la porte-fenêtre de la cuisine pour pénétrer à l'intérieur. Au moins elle avait maintenant un système d'alarme qui lui dirait qui était entré chez elle par effraction.

En l'entendant, Buddy arriva au galop, si vite que ses pattes de chiot patinèrent sur le lino. Il aboya avec force.

— Calme-toi, Buddy. Tu me reconnais, non ? Où est ta maîtresse ?

Le chien dans les bras, il inspecta la cuisine. La vaisselle qu'il avait lavée la veille après le dîner était toujours sur l'égouttoir. Visiblement, Kendall n'avait pas pris de petit déjeuner ce matin, ni même bu un café…

Buddy gigotait, et Coop le posa à terre. Le chien trottina vers sa gamelle vide, et le cœur de Coop se serra. Kendall n'aurait jamais laissé son petit protégé sans eau et sans nourriture.

Il se précipita dans le salon. Le verre de vin vide de Kendall était toujours sur la table basse. Il grimpa quatre à quatre l'escalier pour gagner la chambre à coucher. En voyant les draps froissés, disposés exactement comme ils l'étaient lorsqu'ils avaient quitté la chambre après avoir fait l'amour, la veille, Coop frappa le chambranle de la porte.

Pourquoi Kendall n'était-elle pas rentrée chez elle ? Où était-elle ? Épuisé, il ne parvenait plus à réfléchir. Il avait passé une nuit blanche à chercher Steffi, à écumer la région avec ses hommes, comme ils l'avaient fait pour les deux autres enfants. Avec le même résultat.

Dans un état second, il fit sortir Buddy dans la cour et remplit les gamelles d'eau et de granulés pour chiots. Puis il appela l'agent Maxfield pour faire le point sur l'enquête et lui apprendre que Kendall manquait à l'appel.

— Soupçonnez-vous un acte criminel ?

Coop promena les yeux autour de lui.

— Non, je ne vois aucun signe de violence. Mais elle n'a pas passé la nuit chez elle.

— C'est une jolie femme. Peut-être a-t-elle un petit ami quelque part.

Coop préféra ne pas s'aventurer sur ce terrain.

— Peut-être. Avez-vous du nouveau ? reprit-il.

— Si nous en avions, je vous aurais mis au courant. Nous faisons de notre mieux, shérif.

Coop mit rapidement un terme à la conversation. Le « Nous faisons de notre mieux » du FBI ne lui suffisait pas.

Ne sachant pas quand Kendall reviendrait, il enferma Buddy à l'arrière. Où pouvait-elle être ? Et pourquoi ne répondait-elle pas au téléphone ?

Des souvenirs de la fusillade dont elle avait été la cible à Port-Angeles lui firent serrer un peu plus les mâchoires. Kendall avait-elle voulu partir seule à la recherche de Steffi ? Avait-elle eu des ennuis ?

Si elle avait été victime d'un accident de la route ou s'était tordu la cheville dans les bois, il le saurait, à présent. Sa batterie de téléphone s'était-elle déchargée ? Avait-elle éteint l'appareil ? Ou une raison plus grave expliquait-elle qu'elle ne prenne pas ses appels ?

Il caressa le chiot.

— Ne t'inquiète pas, vieux. Je t'ai laissé à boire et à manger.

Il se redressa, secoua la poussière de son jean et se dirigea vers l'avant de la maison.

Binder avait cessé de travailler. Penché sur sa vieille bécane, une bouteille d'eau à ses pieds, il regardait avec attention quelque chose qu'il tenait à la main.

À l'approche de Coop, il redressa brusquement la tête et fourra ce qu'il examinait dans la sacoche de son vélo.

Coop avait travaillé assez longtemps dans la police pour reconnaître un comportement suspect.

Il s'approcha de lui à grandes enjambées.

— Qu'avez-vous mis là-dedans, Binder ?

— Rien, je prends juste un peu d'eau.

— Que teniez-vous dans votre main ?

Binder regarda sa main comme si elle appartenait à quelqu'un d'autre.

— Rien.

— Vous venez de mettre quelque chose dans votre sacoche.

— Non ! Pas du tout !

Coop se jeta sur lui pour l'écarter. Il arracha la sacoche et l'ouvrit avant de la fouiller. Finalement, il renversa son contenu sur le sol.

Les yeux exorbités, il découvrit une petite figurine de dinosaure et un ruban rose.

Binder étendit les mains dans une position défensive.

— Je… Je ne comprends pas. Ce n'est pas à moi. Je ne sais pas ce que ces trucs font là.

Coop lâcha les jouets et, à bout de nerfs, serra les poings pour ne pas frapper Binder.

17

Kendall frissonna et serra plus fort les enfants contre elle. Comment ces pauvres petits avaient-ils résisté au froid alors qu'ils n'avaient que des serviettes de bain pour se couvrir ?

Au moins Harrison et Cheri avaient leurs manteaux sur eux quand ils avaient été kidnappés. Steffi, par contre, était vêtue de son seul pyjama rose trop léger pour la garder au chaud.

Kendall l'enveloppa dans sa propre veste et se frotta les bras pour se réchauffer.

Coop avait-il déjà compris qu'elle avait disparu ? Sans doute s'inquiétait-il trop pour sa fille pour s'intéresser au sort d'une femme avec qui il avait connu une nuit d'amour sans lendemain, et ce au moment précis où Steffi se faisait kidnapper. Culpabilisait-il à ce sujet ?

Elle regrettait de ne pas lui avoir envoyé un texto ou laissé un mot sur le pare-brise de son camion, mais elle avait eu peur que le ravisseur ne la voie faire et ne s'en prenne aux enfants.

Fermant les yeux, elle se mordit les lèvres. Une psychothérapeute digne de ce nom avait le devoir de se regarder en face avec sincérité et lucidité. Kendall avait conscience que sa conduite avait été dictée par des raisons moins altruistes que ne le laissaient penser les apparences. Elle avait décidé de sauver Steffi pour rendre le sourire à Coop. Elle avait voulu arracher les trois enfants des griffes de leur ravisseur pour se racheter de ne pas avoir été capable de protéger sa sœur, vingt-cinq ans auparavant.

Lorsqu'elle rouvrit les yeux, Steffi la regardait fixement de ses grands yeux bleus, si semblables à ceux de son père.

Elle lui sourit.

— Tu es réveillée, chérie ?

— Je n'ai plus peur, répondit l'enfant. Je n'ai plus peur parce que tu es là et qu'il fait jour. Mon papa va nous retrouver aujourd'hui, non ?

— En tout cas, il est plus facile de chercher quelqu'un le jour que la nuit.

Harrison grommela.

— J'ai faim.

Kendall promena les yeux autour d'eux.

— Vous a-t-il donné des réserves de nourriture ?

— Il avait laissé un carton rempli de barres de céréales mais il n'en reste plus.

— Peut-être va-t-il nous apporter quelque chose ce matin. J'en profiterai pour lui parler.

Elle avait l'intention de tout faire pour obtenir la libération de petits. Elle lui démontrerait que les enfants ne pouvaient pas lui nuire. Ils n'avaient pas vu son visage, ils ne lui avaient pas parlé. Ils seraient incapables de le reconnaître.

Un bruit se fit entendre au-dessus de leurs têtes, et Harrison prit le bras de Kendall.

— C'est lui !

Kendall se mit sur pied et cria vers le haut du puits.

— Eh, vous ! Laissez-nous sortir !

— Kendall ? Kendall ? C'est bien toi ?

Un intense soulagement s'empara de Kendall. Submergée par l'émotion, elle s'appuya sur les rochers.

— Wyatt ?

— Que fais-tu ici ? demanda celui-ci. Les enfants sont-ils avec toi ?

Cheri explosa en sanglots, Steffi se leva, serrant de toutes ses forces la main de Kendall, et Harrison sautilla sur place, tout excité.

— Je suis là, je suis là !

— Oui, tout le monde est là, Wyatt : Harrison, Cheri, Steffi et moi.

— Dieu soit loué, je vous ai retrouvés ! s'exclama-t-il. Mais je n'arrive pas à bouger ce rocher. Il est trop lourd. J'ai besoin d'aide.

— Je t'en prie, ne nous laisse pas, Wyatt. Il peut revenir à tout moment.

— Qui ? Qui vous a enfermés ici ?

— Je n'en ai aucune idée. Je ne l'ai pas vu, les gosses non plus. Je t'en prie, ne nous abandonne pas, ajouta-t-elle en prenant la petite Cheri par les épaules.

— Je ne vais pas loin, ne t'inquiète pas. J'ai mon téléphone portable avec moi et la couverture réseau est bonne par ici. Je vais appeler le 911 et demander de l'aide pour vous tirer de là.

— Assure-toi qu'ils préviennent bien le FBI et Coop. Je t'en prie, téléphone à Coop.

— Bien sûr.

Kendall serra les petits contre elle et les embrassa avec force. Harrison dressait déjà la liste de tout ce qu'il ferait, une fois libre.

Wyatt interrompit bientôt leurs effusions.

— Les secours sont en route. À cause du rocher, je n'arrive pas à voir à l'intérieur. Tout le monde va bien ?

— Les enfants sont en bonne santé, nous allons tous bien.

Elle écrasa une larme sur sa joue et reprit.

— Comment nous as-tu trouvés ?

— J'ai cru voir quelque chose hier soir mais il faisait trop sombre. J'ai décidé de revenir ce matin.

Avant qu'il ne puisse lui donner plus d'explications, des sirènes retentirent au loin.

Bientôt, Kendall perçut des bruits de pas. Des hommes s'activaient au-dessus de leurs têtes, poussaient le rocher qui obstruait l'ouverture de la grotte. Et, soudain, la lumière envahit la galerie.

Le sauvetage commença. Les cris de joie que Kendall entendait chaque fois qu'un enfant était remonté à la surface lui réchauffèrent le cœur. Elle fut la dernière à sortir du puits. Avant même que les pompiers n'aient eu le temps de déboucler son harnais, Coop l'embrassa avec force.

— J'étais mort d'inquiétude à ton sujet, dit-il avec émotion. Merci, merci pour tout.

Elle désigna Wyatt, entouré par les membres du FBI.

— C'est Wyatt que tu dois remercier. C'est grâce à lui que nous sommes libres.

— Je l'ai fait, crois-moi, mais Steffi m'a raconté que tu les avais réconfortés, rassurés.

À travers ses larmes, Kendall vit Harrison et Cheri dans les bras de leurs parents. Ces derniers les étreignaient comme s'ils ne voulaient plus jamais les laisser s'éloigner. Un peu plus loin, Steffi, assise à l'arrière d'une ambulance lui envoya un petit baiser de la main.

— Ces enfants ont fait preuve d'un courage incroyable, dit Kendall.

Quand elle fut enfin débarrassée du harnais, Coop l'étreignit tendrement.

— Kayla est certainement fière de toi, Kendall. Et Stevie aussi doit être fier de Wyatt, ajouta-t-il en se tournant vers ce dernier.

Quelques jours plus tard, à la fin de sa brocante de garage, Kendall constata avec plaisir qu'elle avait vendu la plupart des meubles et bon nombre des bibelots de Tante Cass. Elle empaqueta ceux qui restaient.

Wyatt était arrivé assez tard à sa vente. Il lui avait promis de l'aider à tout ranger. En le voyant parcourir des yeux des livres et des disques exposés sur une petite table, elle sourit.

— Sers-toi, Wyatt. Prends tout ce qui t'intéresse. Cela me fait plaisir de te les offrir.

— Non, non. Il n'en est pas question. Je te paierai, Kendall. Je ne me sentirais pas honnête autrement.

— Arrête. Tu es le héros de Timberline. Le maire va te remettre la médaille de la ville.

Wyatt haussa les épaules comme s'il s'en moquait mais il rougit de plaisir.

Sur ces entrefaites, Coop surgit à son tour au volant de son camion.

En le reconnaissant, Wyatt le salua de la main avant d'envoyer un clin d'œil complice à Kendall.

— Voilà ton amoureux. Tu as certainement envie de lui parler seule à seul, et je vais en profiter pour mettre ce carton à l'intérieur. Buddy est-il toujours enfermé à l'arrière ?

— Oui, oui, ne t'inquiète pas.

Kendall leva les yeux au ciel. Comment des hommes adultes pouvaient-ils avoir peur d'un petit chien ? Cela dépassait l'entendement.

Son cœur s'accéléra soudain tandis qu'une question revenait la tarauder. L'un d'eux avait-il une raison de craindre l'animal ?

Coop sauta de son camion et vint l'embrasser.

— Comment s'est passée ta journée ?

— La vente a bien marché. Les meubles se sont particulièrement bien vendus.

— La maison n'est peut-être plus maudite.

Kendall enfonça les mains dans les poches arrière de son jean.

— Le FBI est-il toujours convaincu que Gary Binder a quelque chose à voir avec les kidnappings du Trio de Timberline, il y a vingt-cinq ans ? Plus j'y réfléchis, plus cette hypothèse me semble absurde.

— En tout cas, ils n'ont rien pour prouver sa culpabilité pour les enlèvements actuels. Raylene lui fournit alibi sur alibi.

— Une mère défend toujours son fils…

Kendall était partagée. D'un côté, elle avait envie de croire Gary coupable pour que les habitants de la ville se sentent enfin en sécurité, et d'un autre côté, elle ne parvenait pas à imaginer l'ex-taulard sous les traits d'un criminel. Il était si gentil, si serviable, si poli.

— Raylene ferait n'importe quoi pour protéger son enfant, même s'il a quarante-cinq ans et un lourd passé derrière lui.

Coop la serra contre lui et embrassa ses cheveux.

— J'ai hâte d'aller te retrouver à Phoenix.

— Moi aussi, répondit-elle en lui enlaçant la taille. Même si la police de Phoenix n'embauche pas actuellement, il y a beaucoup d'autres métiers que tu pourrais exercer là-bas.

— Je ne m'inquiète pas, je me débrouillerai. Bon, ajouta-t-il en promenant les yeux autour de lui. Veux-tu que je t'aide à empaqueter ce qui reste ?

— Inutile, merci. Wyatt a accepté de me donner un coup de main. Et puis je n'oublie pas que tu travailles. Les vacances sont finies, monsieur le shérif, ajouta-t-elle en l'embrassant dans le cou.

— Et quelles vacances ! Peux-tu m'embrasser encore comme ça ? Cela me rend dingue.

Elle éclata de rire.

— Nous continuerons à Phoenix.

— Vivement que nous y vivions tous, dit-il. Te conduire demain à l'aéroport ne va pas être facile. Tu me manques déjà. Enfin, nous nous retrouverons vite. En attendant, n'oublie pas que tu dînes avec Steffi et moi, ce soir. Et ne t'inquiète pas pour Buddy. Nous prendrons soin de lui jusqu'à nos retrouvailles à Phoenix.

— Comment va Steffi ?

— Elle va bien. Grâce à toi. Tu as été d'une aide immense pour tous les enfants. Même Harrison et Cheri semblent se remettre de leurs épreuves. Les parents de Harrison vont l'emmener à Disneyland, et la maman de Cheri a décidé de partir pour quelques jours à Seattle dans sa famille.

— J'en suis heureuse. Maintenant, retourne travailler pour avoir les moyens de m'offrir un bon dîner ce soir.

Ils s'embrassèrent à nouveau longuement.

Lorsque Coop s'en alla, Kendall agita la main par la vitre et lui envoya un baiser.

Dès que le camion eut disparu dans un nuage de poussière, elle se remit au travail. Il lui fallait finir d'empaqueter tout ce qui n'avait pas été vendu. Comme elle portait un carton à l'intérieur, Wyatt lâcha le livre qu'il feuilletait pour lui ouvrir la porte moustiquaire.

— Il en reste un à rentrer si cela ne t'ennuie pas de t'en charger.

— Bien sûr.

Il sortit en sifflotant et revint, le carton sous le bras.

— Je le pose par terre ?

— Oui, merci. Quel est donc cet air que tu siffles ? Je le trouve particulièrement entraînant.

— C'est une chanson extraite d'un dessin animé… qui parle de fées, je crois.

Un frisson parcourut l'échine de Kendall. Manifestement, il faisait allusion au film culte de Steffi et de ses amies, *Les Fées de la vallée.*

— J'ignorais que tu étais fan de dessins animés pour enfants, dit-elle.

Il se mit à rire.

— J'ai effectué des travaux de plomberie chez les Kendrick, le mois dernier, et leurs gosses passaient ce DVD en boucle.

Kendall se frotta les bras pour en chasser la chair de poule.

— Si tu veux emporter ces cartons, tu peux. Mais, si ça t'ennuie, ne t'embête pas. Rebecca, mon agent immobilier, est d'accord pour les déposer à l'Armée du Salut.

— Tu t'envoles pour Phoenix demain matin alors ?

— Il le faut bien.

Elle avait hâte qu'il s'en aille pour pouvoir finir ses rangements, se préparer pour le dîner et surtout faire entrer Buddy qui se morfondait dehors depuis des heures.

— Prends tout, Wyatt. Et ce qui ne t'intéresse pas, tu pourras le donner ou le vendre sur Internet.

— Non, non. Je ne me sentirais pas honnête d'embarquer toutes ces affaires gratuitement.

— Pourquoi ? demanda-t-elle en lui tapotant le dos. Tu n'as rien volé. Tu es mon héros et celui de toute la ville.

— Je l'ai fait pour Stevie. J'en suis heureux. C'est comme si une boucle se fermait.

— Oui, je comprends bien.

— Ecoute, dit-il en cherchant son portefeuille. Je te prends ces cartons pour vingt dollars, d'accord ?

— Si tu y tiens…

Elle retourna dans la cuisine, et Wyatt la suivit.

— Cela t'ennuie si je te fais un chèque ? Je n'ai pas assez de liquide.

— Comme cela t'arrange, Wyatt.

De toute façon, elle ne l'encaisserait pas. Elle se lava les mains et les essuya avec un torchon pendant qu'il rédigeait son chèque.

— Tiens, dit-il en le lui tendant.

— Buddy, calme-toi !

Depuis qu'ils étaient entrés dans la cuisine, le chien ne cessait de sauter contre le mur en aboyant.

— Je ne sais pas ce qu'il a. Sans doute en a-t-il assez d'être enfermé.

Wyatt haussa les épaules mais ses mains tremblaient quand il posa son crayon.

Comme Kendall s'emparait du chèque, elle vit qu'il avait rempli la ligne indiquant le bénéficiaire.

Et brusquement, elle se figea.

Il avait écrit « Kendal Rush » avec un seul l. Comme sur le texto que le FBI ne parvenait pas à tracer. Le texto envoyé par le ravisseur et qu'ils ne pouvaient pas relier à Gary parce que ce dernier n'avait pas de téléphone portable et n'en avait jamais eu…

Les lettres dansaient devant ses yeux. Et elle prit soudain conscience que le dessin animé *Les Fées de la vallée* venait de sortir au cinéma. Wyatt n'avait donc pas pu entendre la musique du générique chez qui que ce soit. Il n'était pas encore disponible en DVD.

Lentement, elle releva la tête.

— D'accord, merci Wyatt. Pour le chèque… Et pour tout.

— Quelque chose ne tourne pas rond, Kendall, je le vois bien. Ça n'a pas l'air d'aller du tout.

18

— Boucle ta ceinture de sécurité, ma puce.

Coop regarda sa fille dans le rétroviseur, résistant difficilement au désir impérieux de l'embrasser avec force. Dire qu'il avait été à deux doigts de la perdre…

Après avoir quitté Kendall, il avait décidé de passer chercher Steffi chez les Fletcher au lieu de retourner travailler. La petite sautait de joie sur son siège à la perspective de dîner avec Kendall. Depuis leur nuit dans l'ancienne mine, la fillette ne cessait de parler d'elle.

Des gouttes de pluie se mirent à frapper le pare-brise, et il sourit à Steffi d'un air rassurant.

— Il ne pleut pas en Arizona… En tout cas, beaucoup moins qu'ici. La plupart du temps, le soleil brille et le ciel est bleu.

— Tant mieux !

Le front contre la vitre de sa portière, elle souffla pour faire apparaître de la buée. Elle se mit à dessiner.

— Papa ?

— Oui, ma chérie.

— Qui est Stevie ?

— Stevie ? Je n'en sais rien. Je ne connais pas de Stevie. Est-ce un nouvel élève de ta classe ?

— Non, le monsieur parlait de Stevie.

Coop sentit son cœur s'accélérer dans sa poitrine.

— Le monsieur ? Quel monsieur ?

— Tu sais bien !

— Le monsieur qui t'a enlevée ?

— Oui, voilà.

— Je croyais qu'il ne t'adressait jamais la parole.

— Il ne me parlait pas à moi. Mais quand il m'a mis un mouchoir qui sentait mauvais sur le nez, je l'ai entendu parler tout seul.

— Et que disait-il ? Qu'a-t-il dit à propos de Stevie ?

Le cœur de Coop battait si fort à présent qu'il dut s'arrêter sur le bas-côté de la route.

— Il disait : « C'était toujours toi, Stevie. Il n'y en avait que pour toi ». Alors ? C'est qui Stevie, papa ?

Coop sentit sa gorge se serrer. Il s'agissait de Stevie Carson, le frère de Wyatt, le garçonnet kidnappé avec la sœur de Kendall et avec l'autre petite fille, Heather Brice, vingt-cinq ans plus tôt.

Tout collait. Wyatt qui avait peur de Buddy. Wyatt qui chassait. Wyatt, le héros qui avait réussi miraculeusement à retrouver les enfants. Wyatt qui était seul avec Kendall dans la maison de sa tante.

Rapidement, Coop manœuvra pour faire demi-tour.

— J'ai oublié quelque chose au travail, ma puce. Cela ne t'ennuie pas de retourner chez Genevieve pour une heure de plus ?

— Non, mais alors qui est Stevie ? Tu ne me l'as pas dit.

— C'était un petit garçon qui vivait ici, il y a longtemps.

— Il n'aimait pas la pluie, lui non plus ?

— Je crois bien.

Coop laissa Steffi chez les Fletcher, essayant de ne rien révéler de son inquiétude. Puis il fonça chez Kendall. Mais, en arrivant, il se gara à l'extérieur de la propriété. Son cœur faillit exploser de joie quand, en remontant l'allée à pied, il vit la camionnette de plombier de Wyatt et le vieux tacot de Tante Cass devant la maison.

Peut-être Steffi s'était-elle trompée, peut-être Binder était-il bien coupable. Coop n'en savait rien mais il ne voulait pas prendre le moindre risque.

Trois ans plus tôt, il avait refusé de voir les signes avant-coureurs de la maladie de sa femme. À présent, il n'était pas question de rester sourd à ses instincts.

Il contourna la maison. Enfermé à l'intérieur, Buddy aboyait comme un fou. Il bondissait contre la porte de la cuisine comme s'il espérait la détruire.

En le reconnaissant, l'animal se calma aussitôt, et Coop grimaça. Le brusque silence du chien ne risquait-il pas de mettre la puce à l'oreille de Wyatt ?

Il se glissa le long du mur jusqu'à la porte arrière. Un carton remplaçait la vitre qu'il avait cassée deux jours plus tôt pour entrer dans la maison. Il en déchira un morceau pour pouvoir jeter un œil à l'intérieur.

Une folle colère s'empara de lui en découvrant Kendall ligotée sur une chaise dans le salon. Un couteau à la main, Wyatt se tenait devant elle. Apparemment, il lui parlait.

Coop sortit son 45 et pointa le canon vers lui.

De là où il se dissimulait, il ne voyait pas toujours Wyatt — qui allait et venait dans la pièce — mais il l'entendait très bien.

— Kayla et Stevie, Stevie et Kayla. Et Heather, n'oublions pas Heather. Les parents nous rebattaient les oreilles avec ces trois-là, Kendall. Leurs photos faisaient la une de tous les journaux. Les gens laissaient des fleurs et des dessins devant la maison. Et je me souviens surtout de mes parents qui me regardaient comme s'ils regrettaient que le ravisseur ait pris Stevie et pas moi.

Il secoua son couteau devant le visage de Kendall.

— Ne me dis pas que tes vieux ne t'ont pas fait le même cinéma, Kendall. Ta mère est même devenue folle après le drame.

— Ton frère et ma sœur ont été kidnappés, Wyatt. Pourtant, tu parais jaloux de leur triste sort.

— Jaloux ? Je l'ai été, oui… Un moment. Puis, les journalistes se sont enfin intéressés à nous, t'en rappelles-tu ? Nous étions devenus « les survivants ». Cela m'a fait du bien.

— Du bien ? Cette idée ne m'a jamais fait du bien.

— Pendant quelque temps, j'ai été content mais très vite l'excitation est retombée. Stevie, Kayla et Heather n'ont pas été retrouvés, et les gens ont fini par se lasser du Trio de Timberline… Puis la famille d'Heather a déménagé. Toi, tu es devenue la fille la plus populaire de l'école et moi… un rien du tout.

— Un rien du tout ? Arrête, Wyatt ! Tu es un homme bien.

Quand il se mit à rire, d'un rire de dément, Coop serra les mâchoires.

— Non, Kendall. Je faisais semblant d'être quelqu'un de bien. Je jouais un rôle… C'est moi qui avais tué ces animaux. Je ne déteste pas les chiens et les chats, note bien. À l'exception de Buddy. Mais j'adore les regarder mourir. Et le plaisir de la chasse ne me suffisait plus.

— Mais pourquoi avoir kidnappé Harrison, Cheri et Steffi ?

— Pour créer un autre Trio de Timberline, bien sûr. J'ai été interviewé quand Harrison a été enlevé. M'as-tu vu à la télévision ?

— Non…

— J'étais content que les médias s'intéressent de nouveau à moi… Je n'avais aucune envie de tuer ces gamins. Tuer un gosse n'est pas comme tuer un animal. J'ai eu une meilleure idée. Enlever un troisième enfant puis les libérer, être leur sauveur. Et mon plan a marché au-delà de mes espérances.

— Cela n'aurait pas marché longtemps, Wyatt. Actuellement, Binder est dans le collimateur de la police mais ils n'ont rien de sérieux contre lui.

— C'est un ex-taulard, un ex-camé ! Cela devrait suffire.

— Pourquoi m'as-tu mêlée à toute cette histoire ? Pourquoi ce ruban, ce mannequin, ces photos enterrées sur ma propriété ?

Comme Wyatt se rapprochait de Kendall, Coop leva son arme. Mais Wyatt s'écarta.

— Pour rendre l'affaire plus excitante. Je t'ai rendu un grand service, Kendall. Reconnais-le. Grâce à moi, tu as eu ton heure de gloire. Toute la ville ne parlait que de toi. Au milieu de toute cette histoire, tu as même réussi à séduire le shérif ! Tu devrais me remercier, ajouta-t-il en riant.

— Mais tu as essayé de me tuer à Port-Angeles. C'était toi, reconnais-le.

— J'avoue. Ce n'était pas mon plan initial mais je suis allé voir cette femme que tu m'as recommandée, le Dr Shipman. Je ne sais pas ce qui s'est passé. Elle a dû me jeter un sort. En tout cas, elle est parvenue à me tirer les vers du nez. Je lui ai raconté ce que j'éprouvais suite au rapt de Stevie. Je lui ai parlé des animaux que j'avais tués. Quand tu es allée la voir, ce jour-là, j'ai eu peur qu'elle te répète tout, qu'elle me dénonce.

— Elle ne l'aurait jamais fait. Elle est tenue par le secret professionnel.

— Le secret professionnel ne tient pas s'il concerne quelqu'un qui a commis un crime. Je me suis renseigné sur la question.

— Lui as-tu dit que tu avais enlevé ces enfants ?

— Non, mais à son expression, j'ai compris qu'elle l'avait deviné… Exactement comme j'ai vu sur ton visage que mon chèque m'avait trahi. Qui sait que ton prénom s'écrit avec deux l ?

— Et Chuck Rawlings ? Que lui est-il arrivé ?

— C'était un accident. Il m'avait vu avec le ruban rose et j'avais remarqué qu'il te suivait en ville. Je me suis douté qu'il allait t'en parler, me balancer. Alors, je suis allé te trouver en mimant la panique… J'ai toujours eu un temps d'avance. Ma seule erreur aura été ce chèque.

— Tu n'as jamais trouvé de dinosaure sur le pas de ta porte.

— Non, mais je devais m'assurer que Rawlings ne te dirait rien de compromettant. Je savais qu'il n'oserait pas venir chez toi. Bref, je suis allé chez lui pour m'expliquer, nous nous sommes disputés. Nous en sommes venus aux mains. Il est tombé, s'est cogné la tête dans sa chute et, comme il ne se relevait pas, j'ai préféré filer en vitesse. C'était un accident. Mais son clebs m'avait vu. J'aurais dû le buter.

— Arrête, Wyatt. S'il est vrai que la mort de Rawlings était un accident, cela signifie que tu n'as tué personne. Comme tu n'as pas fait de mal aux enfants, qu'as-tu à te reprocher finalement ? Pas grand-chose. Je témoignerai en ta faveur. Tu pourras te faire aider…

Coop hocha la tête. Kendall était maligne.

— Tu n'avais pas l'intention de tuer Gary, n'est-ce pas ? poursuivit-elle. Tu voulais juste lui faire porter le chapeau pour les kidnappings. Je me trompe ?

— Non. J'avais mis de la mort-aux-rats dans son sandwich pour qu'il soit malade, qu'il s'en aille, et qu'on le soupçonne d'être l'auteur de la fusillade de Port-Angeles. En réalité, il ne ferait pas de mal à une mouche. Il n'a pas inventé l'eau chaude, c'est la seule chose qui puisse lui être reprochée.

— Comment as-tu fait pour arriver si vite à Port-Angeles après avoir empoisonné son sandwich ?

— J'ai pris le vieux raccourci, Kendall.

— Tu n'as tué personne, Wyatt, répéta-t-elle. Rends-toi à la police et tu ne seras pas gravement condamné. Ce que tu as fait est compréhensible. L'enlèvement de Stevie t'a perturbé, personne ne t'en voudra. Je t'aiderai.

— C'est trop tard, Kendall. Avec deux l. Maintenant que je suis devenu un héros, je refuse de tomber de mon piédestal. La ville veut organiser une manifestation en mon honneur.

— Tu ne vas pas t'en tirer, Wyatt…

— Si, si… Il n'y a plus qu'un petit problème à régler.

— Lequel ?

— Comme tu l'as fait remarquer, je n'ai encore tué personne, et il m'est difficile d'assassiner quelqu'un.

— Bien sûr, Wyatt. Tu n'es pas un tueur. Arrêtons tout, il est encore temps.

— Désolé, Kendall. Nous allons juste jouer la fin de cette histoire un peu différemment. Tu sais que je suis un bon chasseur. Je suis capable d'abattre une cible au loin… Et c'est ainsi que je vais te tuer. En te chassant sur les terres de Tante Cass.

— Non, Wyatt ! Tu ne vas pas faire ça.

— Mais si ! J'ai mon fusil dans le camion. Celui que j'ai utilisé à Port-Angeles. Si Coop ne t'avait pas protégée, je t'aurais descendue.

— Si tu me tires dessus, les gens vont entendre les coups de feu et prévenir la police.

— Il n'y a personne dans le coin. Il me suffira de détruire le système de sécurité que tu viens d'installer avant de disparaître.

Comprenant qu'il était temps d'intervenir, Coop s'éclaircit la voix.

— Les mains en l'air, Wyatt. Laisse tomber ton couteau.

Au lieu d'obtempérer, Wyatt se jeta sur Kendall.

Un coup de feu claqua, et Wyatt s'effondra sur le lino.

Passant la main par la vitre cassée, Coop ouvrit la porte et alla couper les liens qui retenaient Kendall.

Elle bondit sur ses pieds et se jeta dans ses bras en sanglotant.

— Je savais que tu reviendrais.

Une main dans ses cheveux, il embrassa son visage ruisselant de larmes.

Elle regarda le corps de Wyatt.

— Il va obtenir ce qu'il n'a cessé de chercher depuis vingt-cinq ans : la gloire.

— Non, corrigea Coop. Il est mort dans le déshonneur.

Épilogue

Un verre de limonade dans chaque main, Kendall ouvrit la porte moustiquaire traversa la terrasse, ses tongs claquant sur les dalles. Elle s'assit sur le bord de la chaise longue sur laquelle Coop était allongé.

Elle posa les verres et caressa son torse.

— Tu vas bronzer très vite.

— Tu as les mains froides, dit-il en l'attrapant par les poignets. Mais un cœur chaud et généreux, ajouta-t-il.

— Comment va Gary ?

— Que vient-il faire dans la conversation ? Je te parlais de ton cœur !

Il avala une gorgée de limonade et poursuivit.

— Binder va bien. Avec le pick-up et les outils que tu lui as donnés, il a monté une petite entreprise de jardinage.

Elle l'embrassa et poursuivit.

— Les nouveaux propriétaires ont décidé de raser la maison de Tante Cass, n'est-ce pas ?

— Oui, répondit-il en lui caressant la joue. Qu'en penses-tu ?

— Cette maison a été le théâtre de trop de tragédies. Et je me réjouis surtout de ne pas avoir complètement perdu la tête dans cette histoire. Comme Wyatt.

— Ne crois-tu pas qu'il avait déjà de sérieuses failles et que c'est le kidnapping de son frère qui l'a fait basculer dans la folie ?

— Je n'en sais rien, mais je ne pense pas qu'il tuait des

animaux avant les enlèvements du Trio de Timberline et, bien sûr, il était trop jeune pour être impliqué dans ces kidnappings.

— En tout cas, je me félicite que Steffi se soit souvenue de ce que Wyatt avait dit à propos de Stevie et qu'elle m'en ait parlé avant qu'il ne soit trop tard.

— Moi aussi. Je l'avais aidée et elle m'a aidée. Toutes les conditions sont réunies pour que nous ayons une formidable relation, elle et moi. Est-elle contente d'emménager bientôt en Arizona ? ajouta-t-elle en se blottissant contre lui.

— Elle est un peu triste de quitter ses amies mais elle a hâte de vivre ici, au soleil. Mais pas autant que moi, ajouta-t-il en caressant ses cheveux. Et le soleil n'est que la cerise sur le gâteau.

— Nous avons bien fait de décider de vivre dans deux endroits séparés pour commencer, non ? dit-elle en l'embrassant dans le cou.

— Quand tu me fais ça, je me dis qu'il est stupide de ne pas vivre sous le même toit. Mais, pour Steffi, il vaut sans doute mieux ne rien précipiter. Nous allons faire les choses comme il faut… Vivre chacun chez soi dans un premier temps, nous marier avant la fin de l'année et faire un bébé dans la foulée.

Elle déposa un baiser sur sa joue.

— Puis deux, puis trois…

— Tu voudrais lui faire des frères et sœurs ?

— Pourquoi pas ?

— Tu as changé d'avis alors ? Tu m'avais dit que les enfants n'étaient pas ton truc.

— Tout a changé dans ma vie le jour où tu y es entré, Coop.

Après lui avoir rendu son baiser, Coop vida son verre de limonade.

— Tu sais, nous n'avons jamais été aussi près de comprendre ce qui était arrivé au Trio de Timberline il y a vingt-cinq ans.

Kendall regarda le soleil qui jouait dans l'eau de la piscine et elle s'étira.

— Quelqu'un d'autre résoudra le mystère. Je sais que la

petite Kendall a fait tout ce que pouvait faire une gamine de cinq ans pour sauver sa jumelle. Et la Kendall adulte n'a rien à prouver.

— Pas si vite, Kendall adulte, dit Coop en lui caressant le dos. C'est ma dernière nuit à Phoenix avant que je retourne dans la pluie et le froid de Timberline, et tu as encore quelque chose à me prouver.

Elle se leva et lui prit la main.

— Qu'attendons-nous, alors ?

CAROL ERICSON

L'ombre de la vérité

Traduction française de
CATHERINE VALLEROY

BLACK ROSE

HARLEQUIN

Titre original :
SUDDEN SECOND CHANCE

Ce roman a déjà été publié en 2017.

1

Le cœur battant, Beth s'engagea sous la voûte des grands arbres. Une odeur de terre et de végétation en décomposition assaillit ses narines. Elle inspira profondément et songea que c'était le parfum de la vie : la naissance, la mort, la renaissance. Son odorat avait déjà été agressé par des choses bien pires.

Une feuille lui effleura le visage, la faisant sursauter. Elle la repoussa vivement. Si elle paniquait chaque fois qu'elle s'aventurait dans la forêt, elle allait avoir du mal à réaliser ce reportage — et à découvrir la vérité sur sa naissance.

Redressant les épaules, elle tira sur sa doudoune sans manches et soupira. Elle enjamba un tronc couché, faisant craquer des brindilles. La brume montant du sol lui caressa la joue, une odeur de pin flottait autour d'elle, et elle remplit ses poumons d'air frais. Certes, elle était avant tout une citadine mais ce décor sylvestre semblait la revigorer.

À moins que ce ne soit l'accumulation d'adrénaline, attendant de la jeter dans une crise d'angoisse sans précédent.

Elle poursuivit son chemin sous le feuillage dense, sentant ses forces lui revenir à chaque pas. Elle allait y arriver. L'espoir de découvrir enfin sa véritable identité lui donnait des ailes, freinant l'anxiété que la forêt suscitait en elle.

Elle avait persuadé Scott, le producteur de *Cold Cases Chronicles*, de la laisser prendre les devants pour faire des repérages et réaliser quelques interviews. Grâce à la caméra qu'elle avait emportée, elle pourrait donner des indications à

Adam, son cameraman. Enthousiasmé par le record d'audience de la saison précédente, Scott lui avait accordé tout ce qu'elle voulait. Bien sûr, elle prétexterait qu'elle devait préparer le terrain pour freiner l'arrivée de l'équipe.

Le feuillage des arbres bruissait tout autour d'elle. S'immobilisant, elle tendit l'oreille. Peut-être aurait-elle dû se renseigner sur la faune de la côte nord-ouest du Pacifique. Y avait-il des ours ? Des loups ? Elle était presque sûre qu'aucun tigre ne rôdait dans les forêts de l'État de Washington. *Presque* seulement…

Au moment où elle se remettait en marche, elle entendit un crissement de feuilles mortes. Elle se figea, sentit ses poils se dresser sur ses bras et ses vieilles peurs refaire surface.

Tournant la tête, elle poussa une exclamation. Un homme à vélo la fixait, les yeux écarquillés dans un visage émacié.

— M'dame ?

Le soulagement éprouvé en constatant qu'il ne s'agissait pas d'un tigre s'éloigna quand elle prit conscience de l'allure de l'homme. Il avait les traits durs de ceux qui sont allés en prison, une expression qu'elle avait plusieurs fois relevée dans ses reportages.

— Ah, bonjour… Mon mari et moi faisons une promenade. Il est un peu plus loin.

L'homme hocha la tête.

— Z'êtes venus voir l'endroit du kidnapping, pas vrai ?

Le rouge monta aux joues de Beth à l'idée d'être prise pour une curieuse avide de morbide, mais quelle importance après tout ?

— Nous passions dans le coin, et c'est très joli par ici.

Elle agita la main en direction du sentier.

— C'est encore loin ?

— Pas trop.

Faisant rouler son vélo, l'homme contourna le tronc qu'elle avait enjambé.

— Y m'ont embêté, pendant quelque temps.

— Pardon ?

Fourrant la main dans sa poche, elle palpa le contour de sa bombe au poivre.

— Le kidnapping, dit-il en haussant ses maigres épaules. Comme quoi, c'était moi qu'aurais volé les gosses.

— Ça... Ça a dû être traumatisant, balbutia Beth, le doigt sur le bouton du spray. Pourquoi la police pensait-elle ça ?

— Parce que... — il regarda à droite et à gauche — j'ai eu des p'tits ennuis dans le temps.

Reculant d'un pas, Beth banda ses muscles. Elle pourrait sans doute le maîtriser si elle l'aspergeait d'abord de poivre.

— Et aussi parce que j'étais là la première fois.

— Quoi ?

Elle referma la bouche pour ne pas rester bouche bée. Voulait-il dire qu'il vivait à Timberline quand le trio avait été kidnappé ? Il était incontestablement assez vieux pour ça.

— Vous savez...

Il s'essuya la bouche de la main.

— La première fois, quand les trois gosses ont disparu, y a vingt ans...

Vingt-cinq ans, corrigea Beth mentalement.

— Vous viviez ici à l'époque ?

— J'étais pas le seul. Y avait plein de gens dans le coin.

Son ton devint méfiant.

— C'est juste parce que j'ai eu ces ennuis. C'est pour ça qu'y m'ont embêté — et à cause du chien mort, sauf qu'il était pas mort.

Beth sentit un frisson courir le long de son dos. S'il disait la vérité, il lui faudrait absolument avoir un entretien avec lui, mais pas à cet instant, ni dans cette forêt impénétrable, où seuls les tigres entendraient ses cris.

— Eh bien, je ferais mieux de rattraper mon mari. Vous... Vous allez aussi par là ?

— Non, m'dame. J'ai juste pris un raccourci pour rentrer chez moi.

Il leva une main et fit pivoter son vélo dans la bonne direction. Laissant retomber ses épaules, Beth lâcha son spray.

— M'dame ?

Elle s'immobilisa sans se retourner.

— Oui ?

— Faites attention. Les Indiens quileutes, y disent que la forêt est hantée.

— Je serai prudente et je… Nous n'avons pas peur des fantômes, mon mari et moi.

Avec un petit ricanement, il s'engagea sur un autre sentier, faisant craquer les feuilles mortes sur son passage.

Beth rejeta ses cheveux en arrière et se remit en marche. Il ne serait pas difficile à retrouver : un ex-prisonnier à vélo, interrogé par la police. Peut-être savait-il quelque chose sur l'affaire.

Elle continua son chemin, s'enfonçant plus avant dans la forêt. Il était visible que ce sentier était fréquemment utilisé. Qu'est-ce qui attirait les gens sur les lieux où trois enfants et une femme avaient été retenus en otage ?

Si elle n'avait pas eu elle-même de très bonnes raisons pour être là, elle aurait préféré visiter la ville ou se prélasser devant la cheminée de l'hôtel, avec un chocolat chaud et un bon livre… Oui, d'accord, cela aurait sans doute été un roman policier ou la biographie d'un tueur en série. Il semblait y en avoir à la pelle dans cette région.

Un bout de rubalise détrempé et agité par la brise l'avertit qu'elle avait atteint le site. Les autorités avaient planté des cônes de signalisation autour de la mine et en avaient barré l'accès avec des planches. Plus personne ne s'en servirait pour quelque abominable raison.

Elle donna un petit coup de pied dans l'un des cônes et, les mains sur les hanches, survola l'endroit du regard. Rien de ce qu'elle voyait ne lui parlait.

Elle n'en fut pas surprise. C'était par hasard que Wyatt Carson avait choisi cet endroit pour dissimuler ses victimes, non parce qu'il le connaissait depuis son enfance marquée par l'enlèvement de son propre frère, Stevie.

Mais un kidnapping pouvait en cacher un autre. Le trio Timberline avait peut-être été retenu ici avant… Avant quoi ? Si elle-même faisait partie du trio, les enfants n'étaient pas morts. Alors pourquoi les avait-on enlevés ? Pourquoi avait-elle été kidnappée ?

Il y avait quelque chose à Timberline qui faisait vibrer une corde en elle. Dès qu'elle avait aperçu la grenouille en peluche dans le reportage sur l'enlèvement, elle avait compris qu'elle devait venir. Elle était peut-être Heather Brice, et elle devait en avoir le cœur net.

S'accroupissant, elle s'approcha de l'ouverture de la mine. Carson l'avait bloquée avec un rocher pour en faire une cache, mais on l'avait ôté depuis.

À plat ventre, elle rampa entre les cônes. Une planche avait été retirée pour permettre de jeter un coup d'œil à l'intérieur. Elle sonda du regard l'obscurité en dessous. Elle aurait aimé se glisser dans le trou pour examiner les lieux elle-même. Les auxiliaires du shérif le lui permettraient peut-être, si elle leur promettait de montrer leurs visages à la télé.

Un froissement derrière elle la fit sursauter. Elle s'était mise dans une position vulnérable, une grossière erreur avec un ex-condamné dans les parages. Une branche craqua. Elle glissa la main dans sa poche et agrippa son spray au poivre.

— Hé ! cria une voix masculine.

Soudain elle sentit une main enserrer sa cheville comme dans un étau. *On y était.* D'un seul geste, elle sortit la bombe, roula sur le dos et pressa le spray en visant le mieux possible.

L'homme la lâcha immédiatement et vacilla en arrière, un bras en travers des yeux.

Beth sauta sur ses pieds, brandissant le spray d'une main tremblante. Son agresseur jurait et crachait. Elle s'aperçut tout de suite qu'il était moins grand que l'ex-condamné… Et manifestement moins méchant.

Laissant retomber les mains, il lui lança un regard noir, brouillé par les larmes. Puis il ferma les yeux et jura sourdement.

— Beth St. Regis ! s'exclama-t-il au milieu des quintes de toux et des raclements de gorge. J'aurais dû me douter que c'était toi.

Stupéfaite, Beth laissa tomber le spray et plaqua une main sur sa bouche. Mieux aurait valu tomber sur un tigre que sur Duke Harper, l'homme qu'elle avait aimé et trahi.

2

Le nez et la gorge en feu, Duke inspira péniblement. Même à travers ses larmes, impossible de se tromper sur l'identité de la femme qui se tenait devant lui, avec ses longs cheveux et ses traits réguliers, déformés pour l'heure par la surprise et… la peur.

Une peur qu'elle avait toutes les raisons d'éprouver, après la manière dont elle s'était servie de lui.

Il donna un coup de pied dans le spray qui gisait à leurs pieds, dans la mousse.

— C'est la bombe que je t'ai donnée ?

— Je… Je crois bien.

— Alors j'ai de la chance, parce qu'elle a dépassé la date de péremption. Tu aurais dû la remplacer l'année dernière. Mais si tu l'avais fait, je ne serais pas en train de te parler.

Relevant le bord de son T-shirt, il s'essuya les yeux et le nez. Miss Parfaite devait être dégoûtée qu'il s'en serve comme d'un mouchoir. Tant mieux. Il la dévisagea entre deux éternuements et constata qu'elle avait toujours l'air irréprochable.

Maudite soit-elle ! songea-t-il.

— Désolée, dit-elle en plissant le nez. J'ai cru que c'était un ex-condamné qui m'attaquait.

Elle devait faire allusion à Gary Binder, à moins qu'il n'y ait d'autres anciens prisonniers dans les parages. Duke était au courant, mais il n'avait pas l'intention de le lui faire savoir. Naturellement, elle était là pour les mêmes raisons que lui.

— J'imagine que tu fais un reportage sur le trio Timberline pour ta stupide émission ?

— Cette « stupide émission », comme tu dis, a un indice d'écoute de six cent mille spectateurs depuis l'année dernière, plus de la moitié de la cible, rétorqua-t-elle en rejetant ses cheveux en arrière comme elle seule savait le faire.

— De la télé poubelle !

Elle plaqua une main sur sa bouche, les yeux écarquillés.

— Oh ! mon Dieu ! C'est pour ça que tu es ici. Toi aussi, tu enquêtes sur le trio Timberline !

— Et pour quelle autre raison serais-je ici ? répondit-il en haussant les épaules. Tu ne t'imagines quand même pas que je t'ai suivie ?

— Bien sûr que non, dit-elle en rougissant. Pourquoi le croirais-je ? Ce que nous avons vécu est…

— Terminé.

— Oui, terminé.

Elle agita la main devant le visage de Duke comme pour dissiper l'effet du poivre.

— Ça va ? J'ai vraiment cru que c'était l'ex-condamné qui m'attaquait. Pourquoi m'as-tu attrapé la jambe ?

— J'ai cru que tu allais tomber là-dedans.

— Dans ce petit trou ?

— Je ne voyais pas sa taille de là où j'étais.

— Tout allait bien. Mais dès que je t'ai entendu, je me suis préparée à une agression. Tu m'as dit une fois que je devais faire plus attention, être plus consciente de ce qui m'entoure.

— Ravi de voir que tu suis mes conseils… de temps en temps.

Il se passa de nouveau la main sur le visage et renifla.

— Où est le reste de ton équipe ? Tu fais un one woman show, maintenant ? Beth St. Regis n'a pas besoin des autres, ce qui ne l'empêche pas de se servir d'eux !

Beth leva les yeux au ciel mais ne réagit pas à cette pique.

— Je fais des repérages. Mon producteur et mon cameraman viendront plus tard.

— Et le cirque commencera.

— Si le FBI s'en mêle, c'est qu'il y a anguille sous roche.

Elle brossa son jean, qui la moulait un peu trop bien au goût de Duke.

— Ce n'est pas pour ça que tu t'y intéresses ? demanda-t-elle. Tu dois avoir entendu parler des nouvelles découvertes concernant les derniers enlèvements.

Il pencha la tête.

— En parlant de ça, j'ai du mal à croire que cette vieille affaire soit assez sexy pour les *Cold Cases Chronicles*. C'est peut-être *toi* qui m'as suivi jusqu'ici, après tout.

Elle écarquilla les yeux une fraction de seconde, puis pouffa nerveusement.

— Je n'ai pas la moindre idée de ce que tu fais, Duke Harper. Figure-toi que je ne surveille pas tes faits et gestes comme une obsédée.

Duke sentit un frisson de plaisir le traverser devant ce mensonge évident. Donc elle l'avait effectivement pisté. Pourquoi cette idée lui faisait-elle autant plaisir ? Mais cela signifiait qu'elle était aussi au courant du plantage magistral qui avait abouti à la mort de Tony, son coéquipier.

— Pas de problème. Je ne regarde pas non plus tes émissions.

En voyant un léger sourire apparaître sur son visage, il comprit qu'elle avait saisi qu'il mentait aussi.

— Je suppose que ça ne t'intéresse pas de t'associer avec moi ? reprit-elle. De joindre nos forces ? Ensemble, nous formions une équipe imbattable, nous l'avons prouvé.

Duke ricana sans se donner la peine de répondre. Ils avaient aussi formé une équipe imbattable au lit, mais cela n'avait pas empêché Beth de se jouer de lui.

— Pourquoi est-ce que tu rampais comme ça ? lui demanda-t-il en désignant l'ouverture de la mine.

— Je faisais des repérages, dit-elle d'un air vague. Tu loges où ?

— À l'Hôtel Timberline.

— Moi aussi, dit-elle en levant la main.

— Tu m'en diras tant, rétorqua Duke avec la mine impassible d'un joueur de poker.

— Tu as un équipier avec toi ou tu es venu tout seul ?

Un équipier ? Le FBI aurait eu du mal à lui trouver quelqu'un, après ce qui était arrivé à Tony. Il fourra les mains dans ses poches et donna un coup de pied dans une souche.

— Oh ! Je t'en prie ! s'exclama-t-elle. Ce n'est tout de même pas un renseignement classifié !

Il haussa les épaules. Il n'avait pas l'intention de donner la moindre parcelle d'information à cette femme. Elle aurait dû savoir qu'être affecté aux affaires non résolues, c'était comme être exilé en Sibérie — pour lui, en tout cas. C'était un châtiment, et il n'avait pas envie d'en parler.

— Tu suivras tes pistes et je suivrai les miennes. Depuis combien de temps es-tu ici ? s'enquit-il.

— Quelques jours seulement. J'essaie de repérer un peu les lieux. J'ai apporté ma propre caméra.

Une bande d'oiseaux prit son envol en piaillant, et Duke tressaillit. Se pliant en deux, il avança vers le rideau d'arbres.

— Qu'est-ce que tu fais ?

La voix de Beth résonna comme un cri, et il mit un doigt sur ses lèvres.

Leurs voix portaient loin, et ces oiseaux s'étaient envolés parce que quelque chose ou quelqu'un les avait dérangés. La mine abandonnée était située dans une clairière, entourée d'un bois épais. Le sentier qui y menait continuait de l'autre côté. C'était là que les oiseaux s'étaient manifestés.

Il fit quelques pas sur le sentier, tendant l'oreille. On entendait des crissements de feuilles mortes et des craquements de branches, mais c'étaient peut-être des animaux. Il survola du regard la verdure environnante et ne repéra aucun mouvement, aucune tache de couleur inattendue.

En ville, il était toujours en alerte, mais la nature présentait tout autant de dangers, même s'ils étaient différents.

Il soupira lentement et retourna dans la clairière où Beth l'attendait, les mains sur les hanches.

— Qu'est-ce qui se passe ?

Il désigna le ciel.

— Les oiseaux se sont envolés comme si quelque chose leur avait fait peur.

— Je t'ai dit que j'avais vu un type à l'air louche sur un vélo. C'était peut-être lui.

— Ce qui n'explique pas pourquoi il traîne par là. Cela dit, je me demande pourquoi tu te balades toute seule dans les bois. Tu n'es pas vraiment du genre sportif, termina-t-il avec un ricanement.

Elle leva la jambe pour lui montrer ses lourdes chaussures de marche.

— Je suis équipée.

Il ouvrait la bouche pour répliquer avec impertinence quand des bruits s'élevèrent à proximité, les faisant sursauter tous les deux. Soudain tendu, Duke prit son arme sous sa veste.

Trois adolescents pénétrèrent dans la clairière, en riant et en se poussant les uns les autres. Leurs chamailleries s'interrompirent net quand ils aperçurent Duke et Beth.

Le plus grand des trois s'avança vers eux, dissimulant une canette derrière son dos.

— Euh, vous faites une enquête ou un truc du genre ?

Les deux autres firent mine de battre en retraite vers les arbres, en camouflant eux aussi leurs bières.

— Pas du tout. Nous partions. Mais j'espère que tu n'as pas l'intention de prendre le volant, dit Duke en levant l'index.

— Prendre le volant ? Bien sûr que non, monsieur.

Beth adressa un sourire éclatant au trio.

— Vous vivez par ici, les garçons ? Je fais partie de l'équipe de *Cold Cases Chronicles*, et nous allons faire une émission sur l'affaire du trio Timberline.

— C'est vrai ? dit le plus grand, ma mère la regarde tout le temps.

L'un des adolescents, visage boutonneux et tignasse brune, imita le slogan de l'émission d'une voix grave.

— *Cold Cases Chronicles*… « La justice à tout moment. »

— C'est nous, approuva Beth. Alors qu'est-ce que vous en dites ? L'un de vous sait-il quelque chose sur l'affaire ? Vos parents vivaient ici, à l'époque ?

Celui qui avait pris la parole le premier déclara :

— Nan, on s'est installés il y a quelques années, quand ma mère a été embauchée par Evergreen Software.

— Nous aussi, dit le second.

Le troisième, un brun au teint mat qui était resté silencieux jusque-là, passa la main dans ses courts cheveux noirs.

— Mes parents étaient là, mais ils n'en parlent pas. *On* n'en parle jamais.

— *On ?*

Duke leva les yeux au ciel en voyant Beth pencher la tête. Ce simple mot impliquait une avalanche de questions. Le garçon aurait mieux fait de partir.

Mais ce fut le plus grand qui répondit pour lui.

— Levon est quileute. Ils croient au vaudou et aux esprits.

Levon donna un coup de poing dans le bras de son ami, qui lâcha sa bière, laquelle se répandit dans la poussière.

— Hé, mon vieux !

Les trois garçons repartirent comme ils étaient venus, écrasant les broussailles, s'injuriant avec de grands rires et effrayant les oiseaux au passage.

— Eh bien, c'était très intéressant, dit Beth en tapant le sol de la pointe de sa botte. Je me demande ce qu'il voulait dire sur les Quileutes. La police a-t-elle interrogé les gens de la tribu ?

— Pas que je sache, mais je laisse ça à tes talents d'enquêtrice, ironisa Duke. Et maintenant, il faut que j'y aille, conclut-il.

— Je suppose qu'on se croisera de nouveau, Duke. Après tout, on est dans le même hôtel et on enquête sur la même affaire.

— Inutile de me le rappeler.

Agitant la main par-dessus son épaule, Duke reprit le sentier pour s'éloigner aussi vite que possible de Beth. Il avait l'esprit aussi confus que le tapis de feuilles mortes sous ses pieds.

En dehors de sa tenue, Beth n'avait pas changé. Quand il l'avait connue, elle avait le look Barbie : robe, talons hauts, maquillage, brushing, vernis. Le jean, les grosses chaussures et la doudoune lui allaient bien. De toute façon, même vêtue d'un sac elle l'aurait fait craquer : elle avait le genre de beauté qui mettait sa libido en feu.

Né dans la banlieue de Philadelphie, il fantasmait, à l'adolescence, sur les filles des beaux quartiers, le genre de filles qui ne lui auraient même pas donné l'heure à moins de vouloir contrarier leurs parents en s'affichant avec un voyou.

Beth l'avait attiré comme un aimant, pour toutes sortes de mauvaises raisons. Par définition, il valait mieux éviter d'essayer de réparer ce qu'on avait raté dans son enfance. Mais aussi brève qu'elle ait été, leur relation lui avait laissé un souvenir impérissable.

Quand il était au lit avec elle, il ne pouvait se rassasier de sa peau immaculée, de ses seins ronds, de ses cheveux fins comme de la soie, de ses jambes fuselées qui s'enroulaient autour de sa taille.

Ces souvenirs lui donnèrent un début d'érection et il se mit à courir pour évacuer la pression.

Arrivé à sa voiture, il s'affala derrière le volant et avala une demi-bouteille d'eau. C'était bien sa chance d'être tombé sur la femme de ses rêves au milieu de ce cauchemar.

Repêchant son portable au fond de sa poche, il appela son patron, Mickey Tedesco.

— Je pensais justement à toi, mon vieux. Ça y est, tu es installé ? On dit que c'est un très beau coin.

— Pas la peine de me faire l'article, Mick. J'ai pris une chambre et je suis allé faire un tour pour repérer les lieux. Cela dit, les dernières victimes n'avaient rien à voir avec le trio Timberline, même si la première d'entre elles s'est révélée être le kidnappeur.

Il reprit son souffle.

— Qu'est-ce que je fais ici ? Le FBI n'a pas une affaire plus urgente à me confier ?

— Tu sais pourquoi ils t'ont envoyé là-bas, Duke, dit Mick en toussant. C'est toujours une bonne idée de reprendre en douceur après un… Hum, un problème.

— Je suis bon pour le service, Mickey, lança Duke en crispant ses doigts sur le volant. Quel besoin de creuser une affaire vieille de vingt-cinq ans sur la base d'un élément qui n'est même pas nouveau ?

— Je ne sais pas. Ce n'était pas très prometteur au départ, mais, qui sait, tu vas peut-être décrocher le gros lot.

L'image de Beth braquant son spray au poivre — spray qu'il lui avait offert — traversa l'esprit de Duke.

— Ça, pour décrocher le gros lot, c'est gagné. Cette fichue émission, *Cold Cases Chronicles*, est en train de fouiner partout.

Mick aspira une bouffée d'air.

— Beth St. Regis est à Timberline ?

— Ouais.

Mick était en partie au courant du drame qui s'était joué entre eux… Mais seulement en partie.

Mick siffla.

— Ah, je comprends maintenant.

— Vraiment ? dit Duke en serrant les dents. Ils font déjà la promotion de l'émission ? Elle n'a même pas encore fait venir son équipe.

— Non. Je comprends parce que quelqu'un nous a envoyé un mail à son sujet, hier.

Duke sentit son cœur manquer un battement.

— Au sujet de Beth ? Qu'est-ce qu'il disait ?

— « Stoppez Beth St. Regis ». Intraçable, bien sûr.

3

Beth gara sa voiture de location dans la rue principale de Timberline et coupa le contact. La présence de Duke Harper allait tout faire rater.

Elle se mordilla la lèvre inférieure. Bien sûr, on l'avait affecté à cette affaire à cause de ce qui s'était passé à Chicago. Elle avait lu dans les journaux le récit du kidnapping, dont les négociations ratées avaient abouti à la mort du coéquipier de Duke. Mais l'enfant, lui, avait été sauvé.

Elle sentit des larmes lui piquer les yeux. Duke avait un don pour secourir les enfants… Mais il ne pouvait pas les sauver tous.

Cueillant les clés d'une main, elle ouvrit sa portière de l'autre. Il était hors de question de s'amouracher de nouveau de Duke. Elle avait l'occasion unique de découvrir son identité, et elle n'allait pas laisser un beau ténébreux se mettre en travers de son chemin.

Elle verrouilla la voiture avec sa télécommande, puis laissa tomber le trousseau dans son sac. Saisie par le froid automnal, elle resserra son manteau autour d'elle et se dirigea vers les vitrines illuminées.

Si elle se remémorait correctement le reportage, le magasin de souvenirs était situé entre un glacier et une agence immobilière. Elle traversa la rue et longea quelques restaurants déjà ouverts, un bar tranquille et un coffee-shop environné d'une odeur délicieuse de café torréfié. Elle s'était juré de renoncer à la caféine, mais la côte du Pacifique n'était pas le meilleur endroit pour ça.

De l'autre côté de la rue, un cornet de glace clignotant attira son attention. Laissant passer une voiture, elle mit le cap vers la boutique.

Le magasin de souvenirs, Timberline Treasures, était niché à côté. Beth poussa la porte, faisant ainsi tinter la clochette.

À l'intérieur, un couple qui examinait des attrapeurs de rêve lui jeta un regard distrait.

— Bonjour, dit une vendeuse, apparaissant derrière le comptoir. Vous cherchez quelque chose en particulier ?

— En effet.

Agrippant la lanière de son sac en bandoulière, Beth survola du regard les étagères et les présentoirs.

— Je voudrais voir la grenouille que vous avez en vitrine.

— Ah, la rainette faux-criquet de l'Ouest, dit la femme en souriant. La mascotte de Timberline.

Le regard de Beth se posa sur une série de grenouilles sur un petit présentoir.

— Ah, les voilà.

Contournant le comptoir, la vendeuse s'approcha des mascottes et redressa le chapeau de l'une d'elles.

— Elles sont très populaires, et celles-là sont originales.

Beth la rejoignit et prit une des grenouilles.

— Originales ?

— Elles sont faites à la main, par une artiste locale.

Elle tapota un bac en plastique rempli d'autres grenouilles.

— Celles-là sont produites en série, mais nous vendons toujours la version locale.

— Il y a une grosse différence entre elles ? demanda Beth en pressant la grenouille contre sa joue.

La vendeuse en prit une dans le bac.

— Celles-ci sont faites en Chine, comme vous pouvez le voir sur l'étiquette.

— Et leur couleur est différente, ajouta Beth en retournant l'animal et en lui caressant le ventre de son pouce.

Elle souleva d'un doigt l'étiquette attachée à une patte.

— Libby Love…

— C'est comme ça que nous les distinguons, dit la vendeuse en chaussant ses lunettes pendues à son cou. Toutes celles qui sont faites à la main portent cette étiquette.

— Qu'est-ce que ça veut dire, Libby Love ?

— C'est le nom de l'artiste, ou plutôt de sa mère, Elizabeth Love. C'est sa fille, Vanessa, qui les fait à présent.

Beth inspira profondément pour se calmer. Elle s'était toujours doutée que la grenouille de son enfance venait de Timberline mais, à présent, elle en avait la preuve.

— Et quand sa mère a-t-elle commencé à en fabriquer ? demanda-t-elle.

— Il y a plus de quarante ans, quand Timberline était encore une ville minière.

La femme ôta ses lunettes en voyant le couple s'approcher du comptoir.

— Vous avez fait votre choix ?

Tandis qu'elle encaissait les achats des touristes, Beth étudia les deux grenouilles. Et alors ? Sa grenouille à elle ne venait pas forcément de ce magasin. Et même si c'était le cas, il serait impossible, après vingt-cinq ans, de retrouver la trace de cet achat.

La vendeuse revint vers elle, la tête penchée.

— Je peux vous donner d'autrcs rcnscignements ?

— Alors, ces grenouilles…

Beth en fit danser une, en la tenant par une patte.

— On ne peut pas les acheter ailleurs qu'ici ?

— On ne trouve les grenouilles Libby Love qu'en ville, mais Vanessa en vend aussi sur Internet.

— Depuis combien de temps ? questionna Beth en retenant son souffle.

— Dix ans peut-être, dit pensivement la vendeuse en se tapotant le menton.

— Est-ce le seul magasin qui en vend, à Timberline ?

— Oh non ! Tous les magasins de souvenirs en vendent, quelques restaurants également. Mais elles sont toutes au même prix, ajouta la femme en plissant les yeux.

— Je vais vous en acheter une, dit Beth.

Elle contempla le visage ouvert de la vendeuse et eut soudain envie de tout lui avouer.

— Je… J'avais une grenouille comme celle-là quand j'étais enfant.

— Vraiment ? Vos parents sont-ils venus visiter Timberline ou l'ont-ils acquise autrement ?

— Je l'ignore.

Les parents adoptifs de Beth auraient effectivement pu passer à Timberline et acheter la grenouille, mais ils n'étaient pas du genre à visiter l'Amérique rurale en voiture.

— C'est toujours agréable de se remémorer des souvenirs d'enfance, reprit la femme. Puis-je vous encaisser ou voulez-vous voir d'autres articles ?

Elle regarda sa montre.

— C'est que je ferme dans une demi-heure.

Bien entendu, elle ne voulait pas laisser repartir Beth sans une grenouille sous le bras. Mais celle-ci n'avait pas l'intention de s'en aller sans sa peluche.

— Je vais regarder un peu ce que vous avez, dit-elle.

Qui sait ce qu'elle pourrait découvrir d'autre ? Le cœur battant, elle flâna dans la boutique. Elle avait l'impression d'être au seuil d'une grande découverte.

Dans une semaine ou deux, peut-être se sentirait-elle prête à aller voir les Brice et à se présenter à eux comme leur fille disparue vingt-cinq ans auparavant. Cela ferait un sacré sujet pour l'émission !

Elle ne devait pas oublier son métier. Sa carrière d'animatrice télé lui avait offert la reconnaissance et l'attention que ses parents ne lui avaient jamais accordées. Comment aurait-elle pu expliquer cela à Duke, deux ans auparavant, sans avoir l'air pathétique ?

S'arrêtant devant un présentoir de porte-clés, elle en décrocha un et le déposa sur le comptoir vitré.

— Je vais prendre ça aussi.

Tout en tapant le prix de la grenouille et du porte-clés, la femme lui jeta un regard curieux.

— Vous êtes ici pour faire un reportage sur le trio Timberline ?

Beth en laissa tomber sa carte de crédit.

— Quoi ?

La femme la ramassa et fit courir son doigt sur les lettres dorées.

— Vous êtes Beth St. Regis, l'animatrice de *Cold Cases Chronicles*, n'est-ce pas ? Je vous ai reconnue tout de suite. Ma sœur et moi adorons votre émission.

— M... Merci.

N'était-ce pas ce que Beth avait toujours voulu ? Qu'on la reconnaisse dans la rue et qu'on la complimente sur son émission ? N'était-ce pas pour cela qu'elle avait trahi Duke Harper ?

— Je... Nous...

— Eh bien, j'ai pensé qu'il devait s'agir de l'affaire du trio Timberline. Nous n'avons pas d'autre affaire non résolue par ici. Notre ancien shérif, Cooper Sloane, y a veillé. J'ai été sidérée quand il a découvert que c'était Wyatt Carson qui avait enlevé ces enfants. Comment a-t-il pu faire ça, alors que son propre frère faisait partie du trio ?

— Certes, c'est... étonnant.

La femme posa un doigt sur ses lèvres.

— Je sais garder un secret quand il le faut, mais je pense que la plupart des gens, ici, vont très vite comprendre pourquoi vous êtes là. Timberline est encore une petite ville, malgré la présence d'Evergreen Software. La rumeur va se répandre.

— Ce n'est pas un secret. Je vais interviewer les habitants et visiter les lieux où les événements se sont déroulés, répondit Beth en prenant son ticket. Je fais seulement un peu de reconnaissance. Mon équipe me rejoindra plus tard.

Bien sûr, les habitants de Timberline allaient se douter du but de sa visite. La rumeur s'était sans doute déjà répandue, grâce aux trois adolescents. Bientôt, tout le monde serait au courant de sa présence en ville. Mais personne ne se douterait de son objectif secret, pas même Duke Harper.

Elle aurait pu lui en parler, deux ans auparavant, mais il y avait désormais trop de non-dits entre eux. Elle avait noté qu'il ne lui avait pas expliqué pourquoi un as du FBI perdait son temps sur une affaire vieille de vingt-cinq ans. Mais elle n'avait pas éprouvé le besoin de le savoir.

Elle pressa le sachet contre sa poitrine.

— Je vous remercie, madame… ?

— Linda. Linda Gundersen.

— Vous semblez en savoir beaucoup sur la ville. Viviez-vous ici quand les trois enfants ont été enlevés ?

— Non. Ma sœur et moi étions dans l'enseignement et, quand nous avons pris notre retraite, c'est elle qui m'a suggéré d'ouvrir un magasin ici avec elle. Elle connaissait déjà la région car elle avait fréquenté un homme d'ici pendant quelque temps et le pays lui avait plu.

Croisant les bras, elle se pencha au-dessus du comptoir.

— C'était il y a quatorze ans, quand les terrains étaient bon marché. Et c'était une bonne décision, car dès qu'Evergreen a construit sa succursale les prix ont grimpé en flèche.

Beth prit une carte de visite dans son sac et la glissa à Linda.

— Si vous connaissez quelqu'un qui aimerait parler de l'affaire, dites-lui de m'appeler.

— Je le ferai. Louise, ma sœur, adorerait passer dans votre émission.

— Sait-elle quelque chose à ce sujet ?

— Non, mais elle avait engagé Wyatt Carson à une époque

pour faire des travaux de plomberie chez nous, dit Linda d'une voix où perçait l'espoir.

— Je verrai si c'est utile pour mon enquête. Merci encore.

— Profitez bien de votre grenouille.

Beth fit au revoir de la main et sortit dans l'air froid du soir. La nuit était tombée pendant qu'elle était dans le magasin, et les gargouillements de son estomac lui rappelèrent qu'elle avait sauté le déjeuner.

L'hôtel où elle logeait ne possédait pas de restaurant, et les lumières de chez Sutter, de l'autre côté de la rue, l'attirait comme une phalène.

Cela ne la dérangeait pas de manger seule. Son métier l'obligeait à passer la moitié de son temps sur la route, et quand elle était chez elle, elle n'avait guère de vie sociale.

Elle décida de faire un détour par sa voiture pour y déposer le sac en plastique. Il n'y avait plus de place dans son sac à main pour sa nouvelle amie en peluche et elle ne voulait pas l'exhiber au restaurant. Mieux valait garder cette histoire pour elle, jusqu'à ce qu'elle ait des preuves.

Combien de gens avaient fait le pèlerinage jusqu'à Timberline, pensant comme elle qu'ils étaient Stevie, Kayla ou Heather ? Pourtant, elle avait le pressentiment qu'elle était déjà venue là.

Elle prit la grenouille et l'embrassa sur le nez avant de la remettre dans le sac et de la laisser tomber sur le siège passager. Peut-être ce crapaud-ci allait-il réaliser ses rêves, se dit-elle en riant pour elle-même.

Après avoir verrouillé la voiture, elle retourna au restaurant. Il venait juste d'ouvrir, et un océan de tables vides l'accueillit. Elle choisit une place près de la fenêtre, commanda un verre de vin et se mit à vérifier ses mails sur son téléphone.

En levant les yeux, elle constata que la salle s'était remplie et que, de part et d'autre, on lui jetait des regards furtifs. Linda avait raison : les nouvelles circulaient vite dans la région.

Si les habitants de Timberline s'intéressaient à l'histoire, l'émission n'en serait que plus captivante. Son équipe et elle ne tablaient jamais sur la résolution des mystères, mais ils avaient parfois de la chance. Elle-même en avait eu quand elle avait croisé le chemin de Duke, et plutôt deux fois qu'une.

L'enquête au cours de laquelle ils s'étaient rencontrés avait conduit à l'arrestation du meurtrier qui, depuis son crime, vivait tranquillement au milieu des familles éplorées. Beth en avait tiré une gloire certaine… Mais cela lui avait coûté sa relation naissante avec Duke.

En parlant du loup… Beth vit ce dernier pénétrer dans le restaurant au moment où la serveuse lui apportait une assiette de soupe.

Rentrant vivement la tête, elle jeta un coup d'œil prudent derrière le dos de la serveuse.

Celle-ci haussa les sourcils.

— Tout va bien ?

— Oui, j'ai cru voir une ancienne connaissance.

— À Timberline, ce n'est pas difficile. Même si vous êtes de Hollywood.

— De Los Angeles.

— Vous êtes l'animatrice de *Cold Cases Chronicles*, non ? dit la serveuse, une main posée sur la hanche dans une attitude de défi.

— Oui, c'est moi, mais je ne vis pas à…

Elle haussa les épaules.

— Oui, je viens de Hollywood.

— Je n'étais pas là au moment des premiers enlèvements, dit la serveuse, mais…

Elle regarda à droite et à gauche et mit sa main devant sa bouche.

— … je pourrais vous dire pas mal de choses sur Wyatt Carson. Je sortais avec lui.

— Vraiment ?

Tout le monde semblait avoir quelque chose à dire sur Wyatt, mais cette information pouvait être utile.

— Vous a-t-il parlé de son frère et de ce qu'il avait pu devenir ?

Les yeux de la femme brillèrent.

— Un peu. Je pourrais vous en parler… devant la caméra. Je m'appelle Chloe Rayman, à propos.

— Il faudra que nous en discutions avant de vous filmer, Chloe.

Beth lui tendit sa carte entre deux doigts.

— S'il y a quelque chose que nous pouvons utiliser, je demanderai à mon cameraman de vous interviewer quand il arrivera.

— Oh ! je suis sûre que vous pourrez vous en servir, dit Chloe en cueillant la carte pour la fourrer dans la poche de son tablier.

Même si elle n'avait rien d'important à dire, Chloe voulait naturellement son quart d'heure de gloire. Il était toujours difficile de distinguer ceux qui aspiraient seulement à passer à la télé de ceux qui avaient réellement des révélations à faire. Parfois, les deux se mélangeaient.

Beth approcha une cuillère de bisque de homard de sa bouche et souffla dessus.

— Déjà en train de creuser ton trou, hein ?

Elle faillit s'étouffer en croisant les yeux chocolat de Duke.

— Je m'immerge dans le milieu, dit-elle en se tapotant les lèvres avec sa serviette. C'est la seule manière de faire.

— La seule manière que tu connaisses.

— Je t'inviterais bien à t'asseoir, dit-elle en désignant la chaise en face d'elle, mais je suis sûre que tu as d'importantes affaires à traiter ailleurs.

La chaise en bois racla le sol quand il la tira.

— La seule affaire importante que j'ai à traiter pour l'instant, c'est le dîner.

Beth engloutit une nouvelle cuillerée de soupe, qui lui brûla la gorge. Qu'est-ce qui pouvait bien pousser Duke à vouloir manger avec elle ? Peut-être était-ce elle qu'il voulait passer au gril, cette fois.

— La bisque est bonne, dit-elle en traçant un cercle autour de son assiette avec sa cuillère.

Chloe revint, visiblement dévorée de curiosité.

— Vous êtes le cameraman de Beth ?

— Si c'était le cas, ça me permettrait d'avoir une bière plus vite ? dit Duke en levant un sourcil, ce qui fit rougir Chloe.

— Bien sûr que non. Je veux dire… Quel genre de bière aimeriez-vous ?

— Vous servez de la pression ?

— Oui.

— Alors j'en prendrai une, avec des travers de porc et de la purée de pommes de terre. Et apportez-moi aussi de cette soupe que madame aspire avec tant de bruit.

Beth laissa tomber sa cuillère dans son assiette.

— Pourquoi t'assoies-tu à ma table si c'est pour dire des choses désagréables ?

— Ce n'était pas désagréable. Tu es devenue susceptible ? Tu étais plutôt coriace, autrefois.

Haussant les épaules, Beth poussa un soupir exaspéré. Duke aimait la taquiner. Cela ne l'ennuyait pas autrefois, quand ils étaient amoureux. Mais à présent elle avait du mal à supporter la moindre critique de sa part.

— Ne te gêne surtout pas, je sais encaisser, dit-elle en crispant la mâchoire.

— Détends-toi, Beth. J'ai pensé que la soupe était bonne. C'est tout ce que je voulais dire.

Détends-toi ? Était-il en train de se moquer de son anxiété ? Elle ferma les yeux une seconde. Si elle ne cessait pas de voir des sous-entendus dans toutes ses phrases, le dîner allait être très long.

Elle reprit sa cuillère, la plongea dans la soupe et la lui tendit d'une main étonnamment sûre.

— Goûte.

Duke ouvrit la bouche et referma les lèvres sur la cuillère.

— Mmm…

Beth sentit une vague de chaleur se répandre dans son ventre. Mon Dieu, elle ne pouvait pas se trouver à un mètre de cet homme sans éprouver cette attirance magnétique pour lui. Et il le savait.

Elle retira la cuillère juste au moment où Chloe apportait la bière et la bisque de Duke.

— Vous avez terminé, Beth ?

— Oui, merci, répondit-elle.

Quand Chloe disparut dans la cuisine, Duke but une gorgée et demanda :

— Qu'est-ce qui se passe avec la serveuse ? C'est ta nouvelle amie, ou quoi ?

— Elle est sortie avec Wyatt Carson et elle pense que cela va lui valoir d'être interviewée.

— Tu as toujours cet effet sur les gens, hein ? Ils se mettent en quatre quand tu es là.

Elle lui tira la langue et prit une gorgée de vin. Il fallait qu'elle tienne jusqu'au bout de ce repas.

— Un cas intéressant, ce Wyatt Carson, reprit Duke en donnant une pichenette à son verre.

— C'est vrai, dit Beth en se penchant vers lui. Pourquoi crois-tu qu'il a fait ça ? C'est dur d'imaginer qu'il ait voulu faire vivre cet enfer à d'autres familles, alors que lui-même avait tant souffert de la perte de son frère.

— Eh bien, de deux choses l'une, répondit Duke. Soit il a trouvé qu'on ne lui accordait pas assez d'attention quand son frère a disparu et il a voulu jouer les héros. C'est pourquoi il a enlevé les gosses et a fait semblant de les retrouver par la suite. Soit c'est la culpabilité de n'avoir pas pu sauver son frère qui l'a poussé à agir ainsi.

— C'est un raisonnement tordu, commenta Beth en se tapant sur le front.

— Tu en veux un peu ?

Il lui tendait une cuillerée de soupe.

— Non, merci. On va m'apporter mon poisson, j'avais une faim de loup.

— Bien sûr. Il faut que tu gardes la forme. Tu cours toujours ?

— Il y a des sentiers formidables par ici. Tu as apporté tes chaussures de course ?

— Naturellement. Courir est la seule chose qui m'empêche de devenir dingue dans ce boulot.

— Même chose pour moi.

La perte de son coéquipier devait peser lourdement sur lui, se dit Beth. Souffrait-il de la même culpabilité que Wyatt Carson ?

— Et tu t'en sors comment dans toute cette…

Duke agita la main en l'air.

— … panique.

— Je me débrouille.

Qu'est-ce que cela pouvait lui faire ? Dans la forêt, il s'était comporté comme s'il voulait l'étrangler. Bien sûr, elle l'avait aspergé de poivre périmé.

— Comment vont tes yeux ? demanda-t-elle. Ils sont toujours un peu rouges.

— Je me débrouille.

Chloe apporta leurs plats en même temps et s'attarda plusieurs secondes.

— Je peux vous apporter autre chose ?

— Pas pour moi.

— Non, merci, dit Beth en secouant la tête.

Tout en coupant son travers de porc et en le recouvrant de purée, Duke promena un regard circulaire sur la salle.

— Alors toute la ville sait pourquoi tu es ici ?

— Toute la ville, je n'en sais rien, mais tout le monde dans le restaurant, sans doute, grâce à Chloe.

— Tu penses que c'est une bonne idée ? dit-il en pinçant les lèvres.

— Comment pourrais-je enquêter, sinon ?

Elle fit tomber quelques gouttes de jus de citron sur son poisson et se lécha les doigts.

Duke détourna le regard et s'éclaircit la gorge.

— J'imagine que c'est ta manière habituelle de fonctionner. Remuer la boue, causer des maux de tête sur ton passage et passer à autre chose.

Beth fit la moue.

— Aucune des familles d'origine n'est plus ici. Wyatt Carson était le dernier parent de Stevie à Timberline. Kendall Rush, la sœur de Kayla, s'est laissé entraîner dans la folie de Wyatt puis s'est empressée de quitter la ville. Quant à la famille d'Heather… Ils ont déménagé dans le Connecticut, je crois.

— Tu as bien révisé à ce que je vois.

— Je le fais toujours, Duke.

— Ce que je ne comprends pas, reprit-il en remuant sa purée, c'est pourquoi cette affaire t'excite autant. Elle n'a pas les caractéristiques que tu recherches d'habitude.

— De quoi parles-tu ?

— Tu sais bien… Le sexe, la drogue, les familles en deuil, la célébrité…

Beth mâcha lentement son poisson. Duke détestait son travail. Il le détestait quand ils s'étaient rencontrés, et il le détestait encore aujourd'hui. Mais elle n'avait pas à se justifier aux yeux de l'agent spécial Duke Harper, ni de quiconque d'ailleurs. Elle vida son verre de vin.

— J'ai suivi l'histoire des derniers enlèvements et je me suis intéressée aux premiers, comme beaucoup de gens. L'intérêt pour le trio Timberline a été ravivé, et je me suis dit que j'allais en tirer parti. C'est mon rayon.

— Excusez-moi, dit une voix derrière eux, madame St. Regis ?

Beth se retourna et croisa le regard bleu délavé d'une vieille dame. Près d'elle se tenait une femme du même âge.

— Oui ?

— Je m'appelle Gail Fitzsimmons et voici mon amie

Nancy Heck. Nous voulions vous dire que nous vivions ici à l'époque du kidnapping du trio Timberline et que nous serions ravies de vous en parler.

— Merci.

Ignorant le ricanement de Duke, Beth prit une carte de visite dans son sac.

— Voici ma carte. Je vais faire quelques interviews préliminaires avant l'arrivée de mon équipe.

Nancy lui arracha presque la carte.

— Vous voulez dire que nous ne passerons pas à la télé ?

Duke se mit à tousser, et Beth lui décocha un coup de pied sous la table.

— Je ne peux pas vous le dire maintenant. Nous verrons comment se passent les interviews.

Quand les deux dames se furent éloignées, Duke se mit à glousser.

— Ça va être un de ces cirques !

— Et que fais-tu, toi, pour résoudre l'affaire ?

— J'ai les dossiers originaux. Je pars de là.

Il leva les mains.

— Ne me pose même pas la question. Toi, tu peux faire tes interviews avec le cousin au deuxième degré de la femme de ménage de l'ex-petite amie de Wyatt Carson.

— Ne dénigre pas ce que je fais. J'ai aidé le FBI à résoudre l'affaire des Masters.

— Tu t'es rendu service à toi-même, Beth.

Chloe revint à leur table.

— Vous prendrez des desserts ?

— Pas moi, dit Beth en jetant sa serviette sur la table.

— Juste l'addition, se contenta de dire Duke en sortant son portefeuille.

— C'est toi qui payes ? demanda Beth en prenant son sac. Je peux faire une note de frais, tu sais.

— Et tu vas t'en servir pour ton propre repas. Moi, je paye le mien. Il ne faut pas tout mélanger.

Beth baissa les yeux et tira sa carte de crédit de son portefeuille.

— Et voilà, dit-elle en plaquant la carte sur la nappe. Chacun pour soi.

À cet instant, une voix forte s'éleva au bar, et les bavardages baissèrent suffisamment pour qu'on entende les paroles du client.

— Cette fouineuse ferait mieux de dégager ! Le premier qui lui parle aura affaire à moi !

L'homme se tourna vers la salle, renversant du même coup son tabouret. Quelqu'un qui se tenait près de lui lui posa la main sur l'épaule, mais il se dégagea d'un geste brusque.

— Où elle est, d'abord ? Je vais la virer vite fait. La rouler dans le goudron et les plumes, voilà ce qu'on devrait faire. Qui est avec moi ? beugla-t-il en levant le poing.

Quelques personnes ricanèrent, mais la plupart revinrent à leur repas. Duke, quant à lui, se leva et se dirigea vers le bar.

Beth signa en vitesse le reçu et s'empressa de lui emboîter le pas. Duke avait toujours été une tête brûlée et, manifestement, cela n'avait pas changé.

— Qu'est-ce que vous venez de dire ? dit Duke en redressant les épaules. Vous avez menacé une dame ?

— Tu fais aussi partie de l'émission ? hoqueta le soûlard en le regardant de haut en bas.

Son ami redressa le tabouret et le força à se rasseoir.

— Allons, Bill, calme-toi. Qui sait, ce passage à la télé va peut-être faire monter le prix des biens immobiliers ?

Il secoua la tête et tendit la main à Duke.

— Désolé. Mon ami est agent immobilier et il a un peu trop bu. Je m'appelle Jordan Young.

— Duke Harper. Et voici Beth St. Regis, l'animatrice de *Cold Cases Chronicles*, la femme que votre ami vient de menacer.

Jordan Young fit un geste évasif de la main.

— C'était l'alcool qui parlait. Il n'a pas fait de très bonnes ventes dernièrement, mais cela n'a rien à voir avec la publicité. La maison de la tante de Kendall Rush s'est très bien vendue. C'est juste qu'il est contrarié qu'elle ne soit pas passée par son agence.

Il serra la main de Beth.

— Je suis un de vos fans, madame St. Regis.

— Merci, dit Beth en tirant la veste de Duke. Vous êtes aussi agent immobilier ?

— Moi ? Non, pas vraiment, dit-il en riant. Je suis développeur informatique, et j'ai beaucoup plus à perdre que Bill si les choses tournent mal par ici, mais ça n'arrivera pas. Evergreen Software y veillera.

— En tout cas, dites à votre ami de la fermer à propos de Beth, martela Duke.

— Duke…

Beth posa une main sur son bras. Sa relégation en « Sibérie », comme il disait, ne lui avait pas appris à tempérer ses ardeurs.

— Je suis certaine qu'il n'était pas sérieux — du moins en ce qui concerne le goudron et les plumes…

— Je suis ravi que vous ayez le sens de l'humour, madame St. Regis, dit Young en clignant de l'œil, mais je comprends que votre… collègue se montre protecteur.

Duke ne le corrigea pas. Si les habitants de Timberline semblaient être au courant des visées de *Cold Cases Chronicles* sur l'affaire du trio, ils ne paraissaient pas savoir que le FBI s'intéressait également à l'affaire.

— Appelez-moi Beth, dit-elle. Vous étiez là au moment du premier kidnapping ?

— Oui. C'était une bien triste époque.

Prenant un porte-cartes argenté dans la poche de sa veste, Young l'ouvrit.

— Si vous voulez m'interviewer, je ne dirai pas non, mais je ne sais pas bien ce que je pourrais vous apporter.

Beth prit sa carte et passa le doigt sur les lettres gravées en or.

— Vous seriez bien le premier en ville à ne pas détenir une information cruciale.

— Qui pourrait le leur reprocher ? dit-il en écartant les mains. Ils ne vont pas laisser passer une chance de passer à la télé et de s'entretenir avec une belle animatrice…

— Merci.

L'homme savait s'exprimer, bien que ses manières soient un peu mielleuses. Mais Beth était ravie que ses attentions agacent Duke, qui n'avait pas encore décoléré.

— Vous devriez vous occuper de votre copain, disait-il justement en désignant Bill, dont la tête reposait sur le bar.

— Je vais le raccompagner chez lui, sa femme l'attend, dit Young. Je vous souhaite une bonne soirée.

Young se tourna vers le bar.

— Serena, mon trésor, tu peux servir un café à Bill ? Bien noir, s'il te plaît.

Duke mit une main au creux des reins de Beth et la poussa vers la sortie, sous le regard des dîneurs. Comme il lui ouvrait la porte, Chloe se précipita vers eux en lissant son tablier.

— Je vous appellerai, Beth. Je me fiche de ce que dit Bill Raney.

— Je m'en réjouis à l'avance, Chloe.

Quand ils furent dans la rue, Duke pencha la tête vers Beth.

— Vraiment ? Tu as hâte de parler de Wyatt Carson avec Chloe ?

— On ne sait jamais ce qui va sortir d'une conversation. Wyatt lui a peut-être donné un détail dont il n'a jamais fait part aux flics.

— Et pourquoi n'en aurait-il pas parlé ?

Beth remonta la fermeture Éclair de sa doudoune.

— Parce qu'il est devenu fou.

— Apparemment, les détraqués ne manquent pas dans cette ville, marmonna Duke.

Il serra sur lui son blouson en daim et se frotta les mains.

— Où es-tu garée ?

— Au bout de la rue. Mais on est à Timberline. Tu n'as pas besoin de me raccompagner.

— Il se trouve que je suis garé par là, moi aussi, répliqua-t-il en lui donnant un petit coup de coude. Et je te rappelle qu'il y a eu deux enlèvements majeurs à Timberline. À ta place, je ne prendrais pas ma sécurité à la légère. Il y a peut-être d'autres gens qui pensent comme Bill.

— Je ne crois pas que je risque vraiment de me retrouver couverte de goudron et de plumes… Ou enlevée.

Beth s'éloigna, les mains dans les poches et la tête rentrée dans les épaules, en songeant qu'elle avait peut-être déjà été enlevée dans cette ville. Il était peu probable que cela se reproduise…

Duke la suivit jusqu'à sa voiture. De temps à autre, leurs épaules se heurtaient, mais il ne lui prit pas la main. À quoi s'attendait-elle donc ? À ce qu'ils reprennent leur liaison là où ils l'avaient interrompue ? Avant qu'il ne l'accuse de s'être servie de lui ? Avant qu'elle ne se serve de lui ?

Au moment où ils atteignaient son véhicule, Beth sentit quelque chose crisser sous la semelle de ses bottes.

— Bon sang, dit-elle en relevant la tête. On a cassé la vitre de ma voiture !

— Alors comme ça, tu ne risques rien, hein ? s'exclama Duke. Bill a dû faire ses petites affaires avant de rentrer dans le restaurant.

Duke se pencha en avant pour examiner les dégâts.

— Tu n'avais pas laissé ton ordinateur sur le siège passager, j'espère ?

— Non, mais…

Saisie d'une intuition soudaine, Beth ouvrit la portière et regarda à l'intérieur.

Se laissant tomber sur le siège conducteur, elle tapa des deux mains sur le volant.

— Ma grenouille. On m'a pris ma grenouille !

4

Duke haussa les sourcils en entendant Beth étouffer un sanglot. On avait brisé la vitre de sa voiture et elle s'inquiétait d'une grenouille ?

— Beth ?

Il lui caressa la nuque sous sa doudoune.

— Quelle grenouille, Beth ?

Elle renifla et s'essuya le nez du revers de la main.

— Une grenouille que j'avais achetée dans un magasin de souvenirs. Je… C'est la mascotte de Timberline.

— Je suis sûr qu'ils en ont d'autres.

La lâchant, il s'appuya contre la voiture. Pourquoi faisait-elle toute une histoire d'une grenouille ? Elle avait dû se surmener une fois de plus, peut-être même souffrait-elle d'une de ses crises de panique habituelles.

Elle ignorait de toute évidence l'avertissement que le FBI avait reçu à son sujet. Duke s'était demandé s'il fallait lui en parler, mais il ne voulait pas l'inquiéter inutilement. Qui d'autre était au courant ? L'émetteur du mail avait pu l'adresser également à Beth ou à sa boîte de production. Peut-être était-ce pour cela qu'elle semblait inquiète.

— Tu pourras acheter une autre grenouille. Ton assurance va prendre en charge la réparation de la vitre, non ?

— Oui, je suis sûre d'être couverte pour le bris de glace.

Elle se pencha en travers du siège passager et regarda sous le siège.

— Elle n'est pas là ?

— Non.

Du bout de la chaussure, Duke remua les morceaux de verre.

— Tu ne t'es pas assise sur des éclats de verre, si ? Il y en a forcément à l'intérieur.

— Non, il n'y en a pas.

Elle sortit de la voiture et agrippa la portière comme pour se stabiliser.

— Celui qui a fait ça a dû les balayer.

— Il faut signaler l'incident.

Duke prit son téléphone, chercha un numéro et appela le bureau du shérif.

— Nous voudrions signaler un cas de vandalisme, une vitre de voiture cassée, au coin de Main et River Street.

Il donna son nom et fit une description de la voiture de Beth.

— Ils vont venir ? interrogea celle-ci en jouant avec ses clés de voiture.

— Bien sûr. On n'est pas à Los Angeles ici.

Il lui saisit la main et l'éleva pour inspecter une tache de sang au bout de son annulaire.

— Il y avait bien du verre. Tu es sûre que ça va ?

Les yeux écarquillés, elle fixa la tache de sang en chancelant — encore une réaction disproportionnée. Elle semblait prendre cette effraction très au sérieux. Peut-être était-elle au courant des menaces dont elle faisait l'objet — et Duke ne pensait pas aux menaces avinées de Bill.

Saisissant son poignet, il lui dit :

— Viens jusqu'à ma voiture. J'ai des mouchoirs en papier et de l'eau.

Mais avant qu'ils atteignent son propre véhicule, elle avait repris contenance.

— Imbécile ! Pourquoi fracturer ma vitre juste pour voler un souvenir ?

— Tu n'aurais pas dû laisser le sac en vue.

Duke ouvrit sa voiture et prit à l'intérieur une boîte de mouchoirs en papier et une bouteille d'eau à moitié pleine.

— Combien de fois t'ai-je dit de ne jamais rien laisser dans ta voiture ?

— Voyons voir… Au moins une centaine de fois, dit-elle en levant la main.

— Très drôle. Montre-moi ton doigt.

Au moins, elle semblait émerger de son état de choc. Il humidifia un mouchoir avec de l'eau et l'appliqua sur la blessure.

— Presse bien. Tu as d'autres coupures ?

— Non, pas que je sache. Les auxiliaires du shérif sont là, dit-elle en désignant du menton la voiture de patrouille qui venait d'entrer sur le parking.

En voyant les deux hommes descendre de voiture, Duke lui murmura à l'oreille :

— C'est ce que j'aime ici. Deux flics pour enquêter sur une vitre cassée et une grenouille volée.

Beth se raidit, mais laissa échapper un gloussement.

Bizarrement, elle semblait s'être attachée à cette grenouille en très peu de temps… À moins qu'il n'y ait eu autre chose dans le sac, dont elle ne voulait pas parler. Avec Beth, tout était possible.

Un des adjoints s'approcha d'eux en rajustant son ceinturon.

— Vous avez appelé pour une vitre brisée ?

— Et un vol. J'avais laissé un souvenir de Timberline Treasures dans la voiture.

Le deuxième pointa un doigt vers elle.

— Vous êtes Beth St. Regis, de *Cold Cases Chronicles.*

— Vous regardez l'émission ?

— Non, mais j'ai entendu dire que vous étiez venue exhumer l'affaire du trio Timberline.

— À mon avis, Wyatt Carson l'a déjà fait.

Elle désigna Duke du pouce.

— Vous savez bien sûr que le FBI a rouvert le dossier ?

Le policier salua Duke de la tête et lui tendit la main.

— Adjoint Stevens. On m'a dit que le FBI avait dépêché un agent spécialisé dans les affaires non résolues. Le shérif vous a transmis nos dossiers, n'est-ce pas ?

— Agent spécial Duke Harper. J'ai les dossiers, en effet, répondit Duke en lui serrant la main.

Le deuxième homme s'avança et tendit la main à son tour.

— Adjoint Unger. Nous ferons tout ce que nous pourrons pour vous aider. Mme Brice était une amie de ma mère, à l'époque du kidnapping. J'avais cinq ans de plus qu'Heather quand elle a disparu. Ses parents n'ont plus jamais été les mêmes. Ils ont dû quitter la région.

À côté de lui, Beth trépignait d'enthousiasme.

— Monsieur Unger, pourrais-je vous interviewer pour l'émission ?

— Madame, sans vous manquer de respect, je suis ici pour aider le FBI. Ça ne m'intéresse pas de participer à une émission de téléréalité. Nous avons eu assez de sensations de ce genre par ici.

— Mais…

— Vous voulez voir la voiture ? coupa Duke en lui enfonçant un coude dans les côtes.

— Bien sûr. Nous allons faire un rapport pour la société de location et pour l'assurance. Il s'agit sans doute d'un adolescent ou d'un drogué.

— Vous avez des problèmes de stupéfiants par ici ? questionna Duke.

— De la méthamphétamine, comme dans toutes les zones rurales, répondit le policier en ouvrant son calepin.

Quand les deux hommes eurent fini leur rapport, ils serrèrent de nouveau la main de Duke.

— N'hésitez pas, agent Harper.

— Eh bien, ils n'étaient pas très amicaux, dit Beth en posant un poing sur sa hanche.

— Moi j'ai trouvé que si.

— Oui, bien sûr. Toi, tu te mets la police dans la poche

et moi, il me reste le cousin de la femme de ménage de l'ex-petite amie de Wyatt Carson.

— Cousin au deuxième degré.

— Bien sûr.

Jetant son sac sur le siège passager, elle agrippa le haut de la portière.

— Merci d'être resté pour la paperasse… Et pour les conseils.

Elle était assez proche pour qu'une bouffée de son parfum flotte vers lui.

— Tu veux un autre conseil, Beth ?

— Vas-y, balance à tout hasard, dit-elle en cillant.

— Cherche une autre affaire pour ton émission. Laisse tomber le trio. Puisqu'on m'a relégué aux affaires non résolues, je peux te tuyauter sur des affaires plus intéressantes.

— Pourquoi ferais-tu ça ? questionna-t-elle en plissant les yeux. Tu veux vraiment m'écarter de cette histoire, on dirait.

— Ce n'est pas moi, dit-il en fourrageant dans ses cheveux avec un soupir. C'est quelqu'un d'autre.

— Comment ça ?

— Nous avons reçu un mail anonyme, et je ne pense pas qu'il était de Bill Raney.

— C'est dingue. Le FBI a reçu un mail au sujet de ma petite personne ? Comment savait-on que je faisais une émission sur le trio Timberline ?

— Depuis combien de temps es-tu ici ?

— Deux jours.

— Nous l'avons reçu il y a deux jours.

— Tu penses que c'est quelqu'un d'ici qui l'a envoyé ? dit-elle en se mordant la lèvre inférieure.

— C'est forcément le cas, à moins que ta chaîne n'ait fait la promotion de l'émission.

— Pas encore. On ne peut pas faire la pub d'une émission qui n'est pas encore produite. Elle ne sera peut-être jamais diffusée.

— Alors c'est un habitant de Timberline, ou un de ses parents ou amis. Tu n'as pas vraiment fait preuve de discrétion sur les raisons de ta présence ici.

— Ce n'était pas utile. Mais pourquoi contacter le FBI ?

Elle claqua dans ses doigts.

— Ça doit être quelqu'un qui sait que le FBI enquête sur l'affaire. Il croit sans doute que vous pouvez faire pression sur moi.

— Alors M. Anonyme ne te connaît pas, ricana Duke.

— Tu sais ce qu'il y a de bizarre ?

— Quoi ?

— Pourquoi ce type ne menace-t-il pas aussi le FBI ? Pourquoi est-ce seulement moi qu'il met en garde ?

— Je n'en sais rien. Peut-être croit-il que *Cold Cases Chronicles* a une meilleure chance de résoudre l'affaire que le FBI. Je plaisante, ajouta-t-il vivement en voyant son air pensif.

— C'est bizarre, Duke. Je suppose que tu as essayé de retrouver l'auteur du mail ?

— En vain.

— Ce doit être quelqu'un qui s'y connaît en informatique, ce qui n'est pas difficile à trouver en ville avec Evergreen Software installé ici.

Duke saisit une mèche des cheveux soyeux de Beth et l'enroula autour de son doigt.

— Ecoute, Beth, pourquoi ne renonces-tu pas ? Je te trouverai une meilleure affaire.

— Tu ne crois pas sérieusement que je suis en danger à cause d'un mail anonyme, si ? J'en reçois des tas, Duke. Je rougirais si je devais répéter ce qu'il y a dans certains.

— Mais réfléchis un peu ! dit-il en frappant le toit de la voiture. On t'a menacée et maintenant on casse ta voiture. Tu crois que c'est une coïncidence ?

— C'est peut-être juste un toxico, comme le disait Unger. En outre, ça pourrait t'être utile.

— Comment ça ?

— S'il a quelque chose à voir avec la disparition du trio Timberline, tu pourras l'arrêter et résoudre l'affaire.

— Et tu crois que je me servirais de toi, que je te mettrais en danger pour résoudre une affaire vieille de vingt-cinq ans ? questionna Duke en serrant les dents.

Beth déglutit avec difficulté.

— Je…

— Ce n'est pas parce que tu t'es servie de moi que je vais faire pareil. Sois prudente sur la route, conclut-il en tournant les talons.

Beth essuya ses larmes et regarda les phares de Duke dans son rétroviseur. Malgré son inquiétude apparente, il ne lui avait pas pardonné.

Mais cette inquiétude était peut-être feinte. Et cette histoire de mail anonyme était peut-être une invention. Pourquoi aurait-on voulu la mettre en garde à propos de cette affaire, sans s'occuper de l'intervention du FBI ?

À moins que l'auteur du mail ne connaisse sa véritable identité. Se doutait-il de ses raisons de s'intéresser à l'affaire Timberline ?

Elle se gara dans le parking de l'hôtel, immédiatement imitée par Duke. Ils descendirent de voiture ensemble, et Duke la suivit à l'intérieur sans dire un mot.

L'idée de prendre l'ascenseur avec lui la crispait, mais il obliqua heureusement vers l'escalier. Dans la cabine, elle se laissa aller contre la paroi.

Cette menace était-elle liée au cambriolage de sa voiture ? Le voleur avait-il pris la grenouille parce qu'elle l'avait laissée en vue ou pour lui faire passer un message ? Et, dans ce cas, quel était ce message ?

Arrivée devant sa chambre, elle glissa la carte dans la serrure et poussa la porte. Laissant tomber son sac sur l'unique chaise, elle croisa les bras et s'approcha de la fenêtre. Le front appuyé contre la vitre, elle contempla le parking.

Duke avait-il une meilleure vue de sa chambre ? S'il avait pris l'escalier, c'était sans doute qu'il logeait dans les étages inférieurs — l'hôtel en avait cinq. Mais Duke pouvait gravir cinq étages en courant sans reprendre son souffle. C'était un véritable athlète, bien qu'il n'ait pas la musculature d'un bodybuilder.

Elle heurta la vitre de la tête. Mieux valait ne pas laisser ses pensées prendre cette direction. Duke avait exprimé une inquiétude, mais cela ne voulait pas dire qu'il ne voulait pas se débarrasser d'elle.

Ce qu'il ignorait, c'est qu'il y avait beaucoup plus en jeu dans cette affaire qu'un bon score d'audience.

Elle aurait pu lui dire, tout lui avouer… Ou presque. Il savait déjà qu'elle avait été adoptée et ne connaissait pas ses parents biologiques. Si elle lui expliquait ses soupçons sur Heather Brice, peut-être pourrait-il l'aider ? Peut-être lui montrerait-il ses dossiers ?

Se détournant, elle songea que, si elle lui disait tout, il la soupçonnerait de lui servir un mensonge pour mettre la main sur ses infos. Pas question de refaire la même erreur.

Avec un soupir, elle prit la télécommande et alluma la télévision. Puis elle se prépara à se coucher en écoutant d'une oreille le journal télévisé. Enfin, vêtu du pyjama en flanelle qu'elle avait acheté pour le voyage, elle s'assit au bord du lit et regarda les nouvelles. On ne parlait pas d'elle — pas encore.

Elle changea de chaîne et choisit la rediffusion d'une série connue. Puis elle ouvrit les draps et eut un coup au cœur. Posée sur le drap, la tête de la grenouille Libby Love la regardait d'un air crâne, sa casquette de mineur inclinée sur l'œil.

5

Beth abattit la tête de la grenouille sur le comptoir, faisant tomber son chapeau.

— D'où vient ceci ?

Le réceptionniste la regarda d'un air égaré.

— Je suis navré, madame. J'ignore comment elle a atterri dans votre lit. Elle a peut-être été lavée avec les draps, et la femme de chambre a cru qu'elle vous appartenait.

— Ce truc, martela-t-elle en secouant la tête de la grenouille jusqu'à ce qu'elle laisse échapper son rembourrage, n'a pas l'air d'avoir été lavé en machine. Elle est toute neuve et elle vient d'être arrachée.

— Je ne comprends pas, madame. Je demanderai à la femme de chambre demain matin.

— Que se passe-t-il ?

Reprenant sa respiration, Beth tourna la tête, étonnée de trouver Duke à côté d'elle.

— J'ai trouvé ceci dans mon lit en me couchant, dit-elle en lui montrant la tête de la grenouille.

Il tendit la main et la saisit.

— Qu'est-ce que c'est que cette histoire ? Ce n'est pas la grenouille qu'on a volée dans ta voiture ?

— Volée ? dit le réceptionniste, l'air confus. Je peux vous assurer qu'on ne nous a signalé aucun vol.

Beth poussa un grand soupir.

— Je ne sais pas si c'est la même, mais elle lui ressemble

comme deux gouttes d'eau. Alors si ce n'est pas le voleur qui l'a mise dans ma chambre, c'est une sacrée coïncidence !

Le réceptionniste tendit la main vers le téléphone.

— Dois-je appeler le shérif ?

Duke pencha la tête en arrière pour inspecter le plafond du hall.

— Vous avez des caméras de sécurité, ici ?

— Seulement dans le parking, monsieur. Nous pouvons visionner les bandes, si vous voulez.

— C'est une bonne idée. Ça a dû se passer au cours de la dernière heure. Vous avez un agent de sécurité de garde… Gregory ? conclut-il en lisant le badge du réceptionniste.

— Nous sommes à Timberline, il n'y a pas d'agents de sécurité, répondit l'homme en levant les mains d'un air désolé. Je peux appeler le bureau du shérif…

— Vous croyez qu'ils vont se déplacer pour une grenouille en peluche ? demanda Beth.

Elle croisa les bras, consciente du ridicule de la situation. Du moins avait-elle moins l'impression d'étouffer. Duke avait cet effet sur elle, un effet apaisant. Dommage qu'elle-même ait l'effet inverse sur lui.

— Tu as entendu Gregory, lui répondit-il avec un sourire en coin. On est à Timberline et la police se déplace pour une grenouille en peluche. Ce n'est pas seulement la grenouille, c'est le fait que quelqu'un se soit introduit dans ta chambre… Et, avant ça, il y a la vitre de ta voiture. Il faut le signaler et faire une déposition.

Gregory prit le téléphone.

— Je vais les appeler. Nous en saurons peut-être plus demain, quand l'équipe des femmes de chambre arrivera. Je veillerai à ce qu'on les interroge toutes. L'équipe de nuit était encore là il y a une heure, donc elles étaient sans doute présentes quand on a… euh, déposé la grenouille dans votre chambre.

— Merci, Gregory.

Beth repoussa ses cheveux derrière ses oreilles et lui adressa son plus beau sourire télévisuel.

— Je suis désolée de m'être montrée désagréable, tout à l'heure. Cette grenouille m'a mis les nerfs en boule.

— Je comprends, madame. Si vous et… ce monsieur souhaitez boire quelque chose en attendant le shérif, servez-vous, ce sera aux frais de la maison.

— Merci, Gregory, j'accepte votre proposition.

Faisant signe à Duke de la suivre, Beth traversa le hall d'un pas vif et s'arrêta devant un petit distributeur offrant des boissons et des en-cas.

Duke se pencha vers elle tandis qu'elle étudiait les étiquettes des petites bouteilles de vin.

— Tu es encore en pyjama.

— Désolée, mais je n'ai pas pris le temps de me coiffer et de m'habiller après avoir constaté que quelqu'un s'était faufilé dans ma chambre pour décapiter une grenouille.

Empoignant une bouteille de chardonnay glacée, elle se retourna et faillit atterrir dans les bras de Duke. Elle lui mit la bouteille sous le menton.

— Et toi, pourquoi rôdais-tu dans le hall ?

Duke écarquilla les yeux.

— Tu es en train de m'accuser ? demanda-t-il, l'air outré. J'étais avec toi, tu te rappelles ?

— Et maintenant, qui est-ce qui prend la mouche ? Cette pensée ne m'a jamais traversé l'esprit, mais la dernière fois que je t'ai vu, tu montais l'escalier.

— Je suis sorti pour respirer. Il faisait une chaleur étouffante dans ma chambre, et je n'arrivais pas à dormir.

Il lui mit la tête de la grenouille sous les yeux.

— Et heureusement que je l'ai fait. Tu avais l'air prête à arracher les yeux de ce pauvre Gregory.

— J'avais peur. Tu veux une bière ou du vin ? demanda-t-elle en se tournant vers le réfrigérateur.

— Je vais prendre une bière. Tu as dû avoir un sacré choc

en voyant ça dans ton lit, dit-il en laissant courir sa main sur son bras.

Elle lui tendit une bouteille de bière.

— En effet. Et c'était encore pire parce que ce n'était que la tête. Tu crois que c'est une sorte d'avertissement ?

— Et toi, tu crois que cette histoire en vaut la peine ?

Il lui prit la bouteille de vin des mains et dévissa le bouchon.

— Pour une raison quelconque, on ne veut pas que tu mettes ton nez dans cette histoire, et ce « on » est prêt à t'en faire voir de toutes les couleurs jusqu'à ce que tu saisisses le message.

— Tu renoncerais si quelqu'un te menaçait ?

Il ôta la capsule de sa bière et but une gorgée.

— C'est différent. Si quelqu'un menaçait le FBI à propos d'une affaire non résolue, ça nous donnerait une raison de croire que nous sommes sur la bonne piste.

— Peut-être que je suis sur la bonne piste.

— Tu viens d'arriver. Il est probable que certaines personnes n'ont pas envie que tu réalises une émission sur Timberline. Une enquête du FBI, c'est une tout autre chose. Ces avertissements sont peut-être destinés à t'empêcher de braquer les projecteurs sur la ville. Tu vois ce que je veux dire : ça risquerait de faire baisser le prix de l'immobilier, comme disait Bill.

Beth but une gorgée de vin.

— Mais tu as vu les gens, au restaurant. La plupart étaient ravis de m'aider.

— Il y a peut-être deux groupes en ville, l'un qui a envie d'être sous les feux de la rampe et l'autre, non. Et ceux-là ont pu entamer une campagne contre toi.

Il choqua sa bouteille contre la sienne.

— Laisse tomber, Beth. Passe à autre chose. Je te l'ai dit, je peux te fournir une affaire bien plus excitante.

Beth fit la grimace.

— Je ne suis pas prête à renoncer, Duke. Je veux enquêter sur cette affaire.

— Bonsoir, madame St. Regis.

L'agent Unger retira sa casquette.

— Gregory nous a dit que vous aviez eu d'autres ennuis, ce soir ?

— C'est la grenouille volée dans sa voiture, expliqua Duke en tendant la tête de la peluche. Quelqu'un l'a mise dans son lit.

Unger émit un sifflement.

— Apparemment, on veut vraiment vous faire partir.

— Vous pourriez visionner les bandes-vidéo du parking ? demanda Beth en cachant sa bouteille derrière son dos — inutile que Unger la prenne pour une ivrogne hystérique. Gregory nous a dit qu'il y avait des caméras de sécurité. On verra peut-être quelqu'un qui n'aurait pas dû se trouver là.

— Je lui ai parlé en passant à la réception. Il est en train de les préparer. En attendant, allons dans votre chambre, pour voir s'il y a des signes d'effraction.

Duke exhiba la tête de la grenouille sur sa paume ouverte.

— Elle a été manipulée par un tas de gens, mais on peut peut-être encore relever des empreintes.

Unger prit un sachet en plastique dans le sac qu'il portait à l'épaule et le secoua.

— Mettez-la dedans. On va l'examiner.

Ils montèrent à la chambre de Beth, et celle-ci introduisit la carte dans la serrure en se demandant avec angoisse si une nouvelle mauvaise surprise ne l'attendait pas de l'autre côté de la porte.

Mais il n'y avait rien. Tout était resté comme elle l'avait laissé, les couvertures repliées au pied du lit, et la télévision en marche. Elle prit la télécommande et baissa le son.

— Elle était là, au milieu du lit, sous les draps.

Unger, qui étudiait la porte, leva les yeux.

— Aucune trace d'effraction. Et vous êtes au quatrième étage. La fenêtre s'ouvre ?

— Non.

Sortant son kit à empreintes, Unger saupoudra la poignée et le chambranle de la porte. Quand il eut fini de poser ses questions, il remballa ses affaires.

— Je vais aller regarder les bandes. S'il y a quelque chose, je vous le ferai savoir.

Duke l'arrêta sur le pas de la porte.

— Encore une chose, Unger. Un agent immobilier du nom de Bill Raney a menacé Beth ce soir, chez Sutter.

— On va lui parler. Ce type est sur une mauvaise pente. Je ne l'imagine pas en train de casser une vitre de voiture ou s'introduire dans une chambre d'hôtel, mais on ne sait jamais ce dont les gens sont capables quand ils se sentent acculés.

Beth soupira. Pourquoi devait-elle endurer ce genre de choses dans l'enquête la plus importante de sa vie ? Si elle s'expliquait publiquement, peut-être que… En toute honnêteté, elle se fichait de savoir qui l'avait enlevée, vingt-cinq ans auparavant, et elle n'avait aucun intérêt à faire parler de Timberline. Elle voulait seulement découvrir sa véritable identité. Elle voulait aller voir les Brice avec une preuve. Elle voulait retrouver un foyer.

Elle avait déjà commis une erreur. Elle aurait dû se renseigner en cachette, jouer les touristes et faire semblant d'être venue pêcher ou randonner. Croyant avoir la meilleure des couvertures, elle s'était dit que personne ne s'intéresserait à ses motivations réelles. Que rien n'arriverait aux oreilles des Brice avant qu'elle ne soit sûre d'elle.

— Madame St. Regis ?

Levant les yeux, elle regarda l'agent.

— Est-ce que ça va ? Gregory propose de vous attribuer une autre chambre.

— Excellente idée, dit Duke en s'emparant de sa valise pour la poser sur le lit. En fait, la chambre à côté de la mienne est libre.

Beth resta bouche bée. Duke devait vraiment s'inquiéter s'il voulait qu'elle dorme dans la pièce voisine de la sienne.

— Ce n'est peut-être pas une mauvaise idée si vous vous entêtez dans ce projet, dit Unger en remontant la bandoulière de son sac sur son épaule.

— À votre avis, monsieur Unger, qui n'a pas envie que cette vieille affaire refasse surface ? demanda Beth.

Elle le dévisagea en retenant son souffle. *Lui*, au moins, n'en avait pas envie, il l'avait déjà clairement fait savoir.

Unger haussa les épaules.

— Des gens comme Bill. Des gens qui ont beaucoup à perdre : leur maison, leur réputation, leur commerce… Ce sont eux qui veulent oublier tout ça. Les cadres d'Evergreen ont piqué une crise quand Wyatt Carson a enlevé les enfants. Ils avaient promis une bonne qualité de vie et la sécurité à leurs employés, et voilà que tout le monde était terrorisé.

— Je ne vois pas comment un crime qui s'est produit il y a vingt-cinq ans pourrait ternir la réputation de la ville, dit Beth en prenant sa doudoune pour la poser près de son sac.

— Allons, Beth, dit Duke en se grattant le menton. Tu fais de la télé depuis assez longtemps pour savoir ce qui se passe dans une ville quand on déballe le linge sale.

— Eh bien, je finirai peut-être par renoncer à ce projet. Je ne ferai pas venir mon équipe… Mais ce ne sera pas parce qu'un dingue veut me faire peur. Ce sera parce que j'ai décidé de le faire.

— C'est comme vous voudrez, madame.

Unger ouvrit la porte.

— N'hésitez pas à nous appeler, surtout si des incidents de ce genre se reproduisent et si la situation s'aggrave.

— S'aggrave ?

Beth s'humecta les lèvres.

— Ce n'est qu'une farce, pas une tragédie.

— Vous seriez surprise de voir jusqu'où les gens peuvent aller pour protéger leurs biens et leur réputation.

Duke et elle suivirent Unger jusqu'à la réception, pour y prendre la clé de l'autre chambre. Tandis qu'ils attendaient, Unger visionna les bandes de sécurité. Au bout d'un instant, il ressortit de la petite pièce en secouant la tête.

— Rien qui sorte de l'ordinaire. Ce sont tous des clients de l'hôtel.

Gregory donna une nouvelle clé à Beth.

— Comme je vous l'ai dit, madame St. Regis, je poserai la question demain aux femmes de chambre, et nous finirons par savoir qui est entré dans votre chambre. Cela ne se reproduira plus.

— Ça, c'est sûr, approuva Duke — et elle reconnut l'air féroce et déterminé qu'il avait dans les bas-fonds de Philadelphie.

Elle frissonna, et Gregory lui-même parut un peu inquiet.

— Je vous tiendrai au courant, madame St. Regis.

Duke s'empara de sa valise et la traîna jusqu'à l'ascenseur. Elle le suivit en bâillant et en traînant des pieds.

— Je crois que je vais bien dormir, finalement.

Il lui lança un regard en coin en tapant sur le bouton du deuxième étage.

La cabine se mit en mouvement et Beth ferma les yeux. Le vin l'avait rendue somnolente, et elle avait envie d'un lit confortable et sûr. Encore qu'un prince au lieu d'une grenouille ne lui aurait pas déplu.

Soudain, la cabine s'arrêta net. Beth rouvrit les yeux.

— Oh non, pas ça, maintenant !

Elle jeta un coup d'œil à Duke, dont l'expression était impassible, quoique toujours crispée.

— C'est moi qui ai stoppé l'ascenseur, dit-il.

— Quoi ? Mais pourquoi ? Tu es fou ? s'exclama Beth, en s'appuyant d'une main à la paroi.

Duke croisa les bras et écarta les jambes comme si elle allait s'enfuir.

— Tu vas me dire ce que tu es réellement venue faire à Timberline, ou cet ascenseur n'ira nulle part.

6

Duke éprouva un pincement de culpabilité en voyant Beth pâlir. Était-elle claustrophobe ? Elle avait parfois des crises de panique, et si c'était le cas, il savait qu'il céderait. Pas de doute, il avait un faible pour cette femme.

— Je… Je ne sais pas de quoi tu parles. Je suis juste venue tourner un épisode de *Cold Cases Chronicles* sur le trio Timberline.

— Abrège, Beth. Ce n'est pas le genre d'histoire qui t'intéresse, tu le sais aussi bien que moi.

Il pointa un doigt accusateur vers elle.

— Tu mijotes quelque chose. Je me suis fait avoir, il y a deux ans mais, maintenant, je sais quand tu racontes des bobards.

— J'ai des raisons personnelles, dit Beth en plissant les yeux.

— Ah, nous y voilà, dit Duke. Je savais bien qu'il y avait autre chose. Vas-y, accouche…

— Si je le fais, tu m'aideras ?

— C'est bien de toi d'inverser les rôles, répliqua Duke en levant les yeux au ciel. Je ne promets rien du tout. Je veux juste savoir la vérité. Tu ne crois pas que c'est le moins que tu puisses faire pour moi ?

Les yeux de Beth se mirent à briller. Duke inspira à fond. Si elle laissait couler ne serait-ce qu'une larme, il était fichu. C'est comme ça qu'elle le manipulait autrefois, en l'attendrissant.

— Allons, Beth. Qu'es-tu venue faire ici ?

Elle se couvrit les yeux de la main et poussa un long soupir.

— Tu as raison, ce n'est pas seulement le trio Timberline qui m'a amenée ici, même si ça un rapport avec cette histoire.

— On va jouer aux devinettes, alors ?

— Non, dit-elle en reniflant. Je te dois la vérité, d'accord, mais il faut vraiment que je parle ici, comme si j'étais une suspecte ?

Duke pressa le bouton du deuxième étage.

— Désolé. Je voulais juste avoir ton attention pleine et entière. Tu n'es pas…

— Claustrophobe ? dit-elle avec un sourire tremblant. Si, un peu.

Les portes de l'ascenseur s'ouvrirent. Beth sortit, et Duke fit rouler la valise dans le couloir, le regard fixé sur ses fesses moulées par le pantalon de flanelle. Beth était sans doute la seule femme au monde à rester sexy en pyjama.

Elle s'arrêta devant la chambre voisine de la sienne et fit glisser la carte dans la fente. La voyant tâtonner, il passa un bras devant elle et poussa la porte.

— Tu veux que je regarde s'il y a des grenouilles dans le lit ?

— Celui qui me harcèle ne connaît pas cette chambre, mais fais-le si tu veux.

En trois enjambées, il rejoignit le lit et repoussa les couvertures.

— Pas de grenouille.

Beth s'installa sur le matelas, les jambes repliées sous elle.

— Tu es prêt ?

Tirant une chaise de sous le bureau, Duke s'assit à califourchon.

— Je suis toujours prêt pour la vérité.

— Tu sais que j'ai été adoptée…

— Et que tu as gagné le gros lot avec des parents fortunés, dit-il. Je sais que ce n'étaient pas les meilleurs parents du monde, mais au moins ils t'ont offert le confort que ton adolescente de mère ne pouvait pas te donner.

— Je n'ai pas eu de mère adolescente.

— Quoi ? dit Duke en se penchant en avant. Tu m'as raconté que ta mère biologique était une jeune fille qui t'avait donnée à un couple de richards avant de disparaître.

— J'ai menti.

Il tressaillit comme si elle lui avait lancé un couteau en plein cœur. À propos de quoi n'avait-elle pas menti ?

— D'accord. Alors qui était ta mère et qu'est-ce que ça a à voir avec Timberline ?

— Duke, je ne sais pas qui sont mes parents biologiques. Mes parents adoptifs ne me l'ont jamais dit.

— Ils ne voulaient peut-être pas que tu te lances à leur recherche et que tu sois déçue.

— J'en doute, répliqua-t-elle avec un ricanement.

— Ils ne t'ont donné aucune information ? Et l'agence d'adoption ? Ton acte de naissance ?

— Je… Je pense que mon adoption était illégale. Mon acte de naissance est un faux. Les King y sont inscrits comme mes parents biologiques. C'est en surprenant une de leurs conversations que j'ai compris. Je les ai sommés de s'expliquer et ils ont admis qu'ils m'avaient adoptée, mais ils ont refusé de me donner toute autre information.

— C'est bizarre, mais qu'est-ce que cela a à voir avec Timber…

Soudain, les implications de ce qu'elle venait de dire le frappèrent. Il la regarda, stupéfait. Ce n'était pas possible.

— C'est ça, dit-elle en prenant un coussin pour le presser contre elle. Je pense que je suis un des enfants du trio Timberline, sans doute Heather Brice.

Duke repoussa sa chaise et fit le tour de la pièce.

— Comment diable es-tu arrivée à cette conclusion ?

Elle se lança dans un récit incohérent à propos de grenouilles en peluche et de souvenirs de forêt jusqu'à ce qu'il en ait le tournis.

— Attends un peu, dit-il en s'asseyant au bord du lit. À partir d'une grenouille en peluche que tu avais quand tu étais enfant, et qui se trouve être la mascotte de Timberline, tu penses que tu as été enlevée ? Et puis quoi ? Tu as été vendue au marché noir ?

— Ne fais pas comme si ça n'existait pas. Nous savons tous les deux que si, et que les King étaient tout à fait capables de faire ce genre de choses. Les règles ne s'appliquaient pas à eux. Leur fortune leur donnait le sentiment qu'ils pouvaient faire tout ce qu'ils voulaient.

— D'après ce que tu m'as raconté, je suis d'accord. Mais, Beth…

Il tendit le bras et tirailla le bas de son pantalon de pyjama.

— Tu avais peut-être cette grenouille parce que tes parents sont passés dans la région.

— J'y ai pensé, même si j'ai du mal à les imaginer séjournant ici. Mais la séance d'hypnose ? Je suis allée voir un hypnotiseur à Los Angeles, et j'ai vu cet endroit — la forêt, la végétation luxuriante — et ça m'a terrifiée.

— Il y a tout un tas d'endroits dans le monde qui ressemblent à Timberline.

— Mais combiné à la grenouille ?

— Il s'est peut-être produit quelque chose ici, qui t'a traumatisée. Tes parents ont pu avoir un accident de voiture ou tu t'es perdue durant une promenade… Dieu sait que tu es le genre de gamine à faire ça, et c'est un compliment.

— Les King ne m'ont jamais parlé d'une chose pareille.

— Mais pourquoi l'auraient-ils fait ? Tu dis toi-même qu'ils étaient distants et taciturnes.

— Je le sens ici, Duke, dit-elle en se frappant la poitrine du poing. Dès que j'ai vu l'histoire de Wyatt Carson et les images de Timberline à la télévision, je l'ai senti au plus profond de moi. Cet endroit a quelque chose à voir avec moi.

— Tu as essayé de contacter les Brice ?

— Non. Je ne voulais pas leur donner de faux espoirs ou les laisser penser que je jouais avec eux. Je voulais d'abord faire mes propres recherches.

— Je croyais que tu étais convaincue que tu étais Heather Brice.

— En être convaincue est une chose, le prouver en est une autre. Je suis venue ici pour trouver des preuves.

— Ce serait facile avec un test ADN.

— Je ne peux pas leur demander ça tant que je ne suis pas sûre.

— Et que crois-tu qu'il va se passer ? Tu vas avoir une sorte de révélation ? Tout ce qui t'est arrivé à l'âge de deux ans va te revenir comme ça, d'un seul coup ?

Beth étendit les jambes devant elle et joignit les pieds.

— Je n'en sais rien. Je sais juste que je dois être ici et que je dois enquêter.

— Tu ne peux même pas aller chez les Brice. Leur maison et les maisons voisines ont été démolies pour construire un centre commercial.

— Je sais.

Elle remonta ses genoux et les entoura de ses bras.

— Ça veut dire que tu vas m'aider ?

Duke eut un mouvement de recul. Comment s'était-il laissé entraîner si vite dans cette histoire ? Disait-elle la vérité au moins ? Peut-être n'était-ce qu'un nouveau tour pour l'obliger à avouer ce qu'il savait du trio et s'attribuer tout le mérite, comme la dernière fois.

Voyant le doute naître sur son visage, Beth posa le front sur ses genoux. Ses cheveux se répandirent autour de sa tête comme un rideau d'or rouge, et elle dit d'une voix étouffée :

— Je n'essaie pas de te rouler, Duke.

Il sentit une douleur aiguë lui enserrer la nuque. La fatigue sans doute.

— Ecoute, tu as eu une dure journée. Couche-toi et on en discutera demain.

Il se dirigea vers la porte. S'immobilisant sur le seuil, il la vit rouler hors du lit comme pour le suivre.

— Il faut que je me brosse les dents. Merci d'avoir suggéré

que je dorme dans cette chambre. Je sais que ce n'est rien de plus qu'une grenouille et une vitre cassée, mais je me sens mieux près de toi.

— Bonne nuit, Beth.

Au moment de refermer la porte, il saisit néanmoins ce qu'elle murmura d'une voix ensommeillée :

— Je me suis toujours sentie mieux près de toi.

Le matin suivant, Beth ouvrit les yeux et s'étira avec un sentiment de légèreté. Il y avait eu un moment, à la fin de la soirée, où Duke avait eu l'air de vouloir prendre ses jambes à son cou, mais dans l'ensemble il avait bien pris sa confession.

Elle ne lui avait cependant pas tout dit. Parce qu'elle n'y était pas encore prête… Et lui non plus. Peut-être se sentirait-elle encore mieux quand elle lui aurait avoué le reste.

S'asseyant dans son lit, elle prit son téléphone et vérifia ses messages. Scott lui demandait quand elle aurait besoin du cameraman et du reste de l'équipe. *Peut-être jamais*, songea-t-elle. Si elle s'y prenait bien et ne faisait pas trop de vagues, le type qui en avait après elle cesserait de la harceler et elle pourrait alors se consacrer à sa véritable enquête.

Un coup frappé à la porte lui fit remonter les couvertures jusqu'au menton.

— Beth, tu es levée ? J'ai parlé aux femmes de chambre et je sais comment l'intrus est entré dans ta chambre.

— Je suis réveillée. Une minute.

Sortant du lit, elle se précipita vers la porte.

— On fait la grasse matinée ? la taquina Duke quand elle lui eut ouvert.

— J'étais épuisée, répondit-elle. Entre donc. Qu'ont dit les femmes de chambre ?

Duke posa un doigt sur ses lèvres et referma la porte.

— Inutile de le crier sur les toits. Elles étaient à ton étage à l'heure où on a vraisemblablement déposé la grenouille.

Elles se servent de passes pour entrer dans les chambres, et Gregory pense que ce type a dû passer près du chariot et en subtiliser un.

— Ce n'est pas un bon point pour la sécurité.

— L'hôtel va modifier les choses. Les femmes de chambre auront désormais leur propre passe, ce qui ne les obligera plus à en laisser un sur le chariot. De toute façon, je ne pense pas qu'elles étaient censées faire ça.

— J'espère que je ne leur ai pas causé d'ennuis.

Beth se passa la main dans les cheveux, songeant qu'elle aurait dû demander à Duke de patienter pendant qu'elle se douchait et s'habillait.

— Tu as déjà déjeuné ?

— Non. Je suis allé courir et j'ai croisé Gregory.

— J'aurais bien aimé aller avec toi, dit-elle en regardant son réveil. On prend le petit déjeuner ensemble ?

— Pour continuer notre discussion d'hier soir ?

— Ou pour se nourrir…

— Tape contre le mur quand tu seras prête.

Après le départ de Duke, Beth poussa un long soupir. Il était toujours sur la défensive, mais semblait davantage prêt à lui accorder du crédit. Elle devait faire en sorte de rétablir la confiance entre eux. L'aide de Duke lui serait précieuse… De même que sa protection.

Elle prit une douche en un temps record, puis enfila un jean et un pull. Avant de quitter la chambre, elle mit ses chaussures de marche et appela l'agence de location de véhicules pour signaler le bris de la vitre.

Au lieu de cogner contre le mur, elle tapa à la porte de Duke. Il lui ouvrit, un dossier à la main.

— Toi, tu ne penses qu'à manger, mais moi je dois travailler. Hier, je n'ai rien fait de la journée.

— Il y a un restaurant à quelques kilomètres d'ici, qui sert de bons petits déjeuners, dit-elle en détournant les yeux.

S'il voulait lui montrer le dossier, il le ferait sans qu'elle le lui demande.

— On prend ma voiture. Tu as appelé l'agence de location ?

— Je viens de le faire. Ils vont m'en donner une autre. Ils ont eu l'air surpris que je leur parle de vandalisme et de vol.

— J'imagine que c'est rare dans cette ville.

— Tu sais ce que je me suis dit ?

Elle se faufila dans l'escalier en passant sous le bras de Duke, qui tenait la porte.

— J'aurais dû venir ici comme une simple touriste et effectuer mes recherches sans publicité.

— Sans les projecteurs, beaucoup des gens n'auraient vu aucun intérêt à te parler de l'affaire. Et ils t'auraient reconnue quand même, ça les aurait rendus méfiants. Tu n'as tout simplement pas compris que tout le monde n'est pas ravi de voir arriver la télé en ville.

— J'ai l'habitude, tu sais, dit-elle en ouvrant la porte coupe-feu du hall. Je vais oublier ces mauvaises blagues et me concentrer sur mon but. Rien ne m'arrêtera.

En passant devant la réception, elle vit qu'un autre réceptionniste avait remplacé Gregory. Puis, sur le parking, elle aperçut l'ex-condamné qu'elle avait croisé la veille, toujours à vélo. Il portait une casquette de base-ball verte et était en train d'examiner sa vitre brisée.

— C'est le type que j'ai vu dans la forêt, dit-elle en donnant un coup de coude à Duke.

Elle s'approcha et cria :

— Eh, je vous ai vu hier.

L'homme se tourna vers elle.

— C'est votre voiture ?

— C'est un véhicule de location.

— Si c'est pas malheureux !

Il se gratta le menton.

— Les ados dans les bois, y m'ont dit pourquoi vous êtes là.

— Vous voulez aussi passer à la télé ?

— Non, m'dame. Y a certaines choses qu'y vaut mieux laisser tranquilles.

Sur quoi, il enfourcha son vélo et s'éloigna en pédalant.

— Tu sais qu'on l'a interrogé sur les enlèvements Carson ?

Duke agita le dossier.

— Je sais. Son nom est Gary Binder, c'est un ancien prisonnier et un ancien drogué.

— Et tu avais l'intention de me parler de lui ?

Elle se dirigea vers sa voiture et il la suivit.

— Je l'ai fait hier.

Il lui ouvrit la portière en haussant les épaules.

— Tu ne peux pas me reprocher de garder mes recherches pour moi.

Avant qu'elle puisse répliquer, il fit demi-tour pour passer du côté conducteur. Le temps qu'il s'assoie au volant, elle avait décidé de ne pas tenter le diable. Si Duke voulait l'aider, il le ferait. Elle ne l'y forcerait pas. Quand elle avait commencé ce voyage, elle ignorait qu'il serait là. Sa présence la réconfortait, mais elle était déterminée à exhumer la vérité avec ou sans son aide.

Quand ils eurent démarré, elle lui indiqua la direction du petit café situé au bord de la rivière.

Ils entrèrent dans l'établissement au moment où une serveuse sortait de la cuisine, chargée d'assiettes.

— Asseyez-vous où vous voulez. Je suis tout de suite à vous.

Ils prirent une table d'angle et Duke retourna sa tasse.

— Tu bois toujours du déca ? demanda-t-il.

— Tu t'en souviens ?

Pour une raison quelconque, cela lui fit chaud au cœur.

— Je suis déjà venue prendre le petit déjeuner ici, ils ont un menu tentant, ajouta-t-elle.

La serveuse approcha avec la cafetière.

— Café ?

— Pour moi. Noir, demanda Duke en poussant sa tasse vers le bord de la table.

— Je vais prendre un thé, s'il vous plaît, ajouta Beth.

Duke souffla sur sa tasse fumante.

— Qu'est-ce que tu sais au juste de Heather Brice ?

— C'était la plus jeune des victimes, elle n'avait que deux ans. On l'a enlevée dans son lit pendant que la baby-sitter dormait sur le canapé, devant la télé.

— C'était aussi la dernière du trio Timberline, dit Duke.

— À l'époque, le FBI a écarté tout lien entre les trois enfants, reprit Beth. Ils n'avaient pas les mêmes baby-sitters, ni les mêmes institutrices, ils ne fréquentaient pas les mêmes garderies, leurs amis non plus n'étaient pas les mêmes, seules Kayla Rush et Stevie Carson se connaissaient.

— On dirait que tu as bien appris ta leçon.

Duke prit une gorgée de café tandis que la serveuse revenait avec une théière d'eau chaude et un assortiment de thés en sachet.

— Mais il y a une chose que je ne sais pas, conclut Beth.

— Quoi ?

— La nature du nouvel élément. Après la résolution de l'affaire Carson, les autorités ont déclaré que quelque chose de nouveau avait émergé, sans dire de quoi il s'agissait.

Elle tapota le dossier posé entre eux.

— Je suppose que c'est là-dedans.

— Ne t'attends pas à une révélation extraordinaire, il n'y a ni aveux, ni empreintes sanglantes, ni traces d'ADN.

— Mais c'est assez pour que le FBI dépêche un agent.

— Un agent qui n'a rien de mieux à faire pour l'instant.

— J'ai entendu parler de ce qui s'est passé, Duke. Je suis désolée que tu aies perdu ton coéquipier.

— Mais nous avons sauvé l'enfant. Tony n'aurait pas voulu que ça se passe autrement, et je ne cherche pas à justifier nos actes. Nous sommes entrés dans cet entrepôt les yeux grands ouverts, sachant les risques que nous courrions. Crois-moi, j'aurais volontiers pris cette balle à sa place, si cela avait pu sauver l'enfant.

— Personne ne te l'a reproché, au FBI.

— Non, pas vraiment, mais regarde où j'en suis.

Il écarta les bras.

— Je suis contente que tu sois là, dit-elle en trempant son sachet de thé dans l'eau chaude. Ton patron s'attend à des résultats ?

— Mick attend toujours des résultats. L'affaire du trio a porté un coup à la réputation du FBI.

— Et il pense que tu es l'homme de la situation ?

— J'en doute.

La serveuse apparut à leur table.

— Vous êtes prêts à commander ?

— Je n'ai pas encore regardé, dit Duke en ouvrant le menu.

— Alors je passe la première, dit Beth. Je vais prendre des flocons d'avoine avec du sucre roux, des noix, de la banane... Et vous avez des fruits des bois ?

— Des myrtilles fraîches.

— Parfait.

Duke commanda du pain perdu et du bacon. Quand la serveuse se fut éloignée, il enveloppa sa tasse de ses mains.

— Je ne comprends pas pourquoi tu n'as pas pris contact avec les Brice pour leur raconter ton histoire.

— Tu sais qui ils sont, n'est-ce pas ?

— Des gens très riches ? Oui, je sais.

— Et tu ne crois pas qu'ils se méfieraient de quelqu'un qui sort de nulle part en prétendant être leur fille disparue ? Cela leur est sans doute déjà arrivé.

— Tu es riche, toi aussi. Tu n'as pas besoin de leur argent.

— Mais je suis loin de jouer dans la même cour qu'eux. Tu sais combien mes parents adoptifs ont légué à des organismes de charité ?

— Tu me l'as déjà dit, mais ce que je veux dire, c'est que tu n'es pas une miséreuse essayant de t'approprier la fortune des Brice.

— Je ne peux pas leur demander ça en me fondant sur une simple intuition.

— Maintenant, c'est une simple intuition ? releva Duke en penchant la tête. Hier soir, tu étais sûre à cent pour cent d'être Heather Brice.

— C'est juste logique, dit Beth en croisant les mains devant elle. Je ne peux te dire pourquoi. Même si ces enlèvements n'avaient jamais eu lieu, j'aurais quand même été attirée ici. Le fait qu'une petite fille ait disparu il y a vingt-cinq ans ne fait que renforcer ma conviction.

— Je ne vois pas pourquoi je ne te révélerais pas le nouvel élément. Ça n'a rien de top secret, reprit Duke en tirant le dossier vers lui. Il s'agit de stupéfiants — du marché de la méthamphétamine, pour être exact.

— De la méthamphétamine ? répéta Beth en posant sa tasse si brusquement que du thé se répandit dans la soucoupe. Qu'est-ce que ça a à voir avec ces enlèvements ?

— C'est pour le découvrir que je suis ici. À l'époque des kidnappings, la police n'enquêtait pas sur le trafic de stupéfiants dans la région. Le shérif de Timberline n'était pas particulièrement communicatif sur le sujet. Qui sait pourquoi ? Il y a toujours des rivalités entre la police locale et le FBI dans des affaires comme celle-ci.

— Donc, le FBI a découvert, pendant l'enquête sur les nouveaux kidnappings, que le trafic de drogue était florissant à Timberline ?

— Oui, et Binder, l'ex-condamné, nous a fourni pas mal d'informations à ce sujet.

— Ce n'est pas difficile de l'imaginer impliqué dans le trafic de stupéfiants. Ce n'est pas pour ça qu'il a été emprisonné ?

— Il a fait pas mal de séjours en prison, la plupart du temps pour des petits délits, mais il compensait le manque d'envergure par la fréquence.

Beth passa pensivement l'index autour de son verre d'eau.

— Tu penses que le trafic de stupéfiants pourrait être lié à un trafic d'êtres humains ?

— C'est une possibilité.

— C'est horrible ! s'exclama Beth en frissonnant. Mais pourquoi ces enfants-là ?

— C'est peut-être l'occasion qui a fait le larron, comme on dit. Ces gosses ont été assez malchanceux pour se trouver au mauvais endroit au mauvais moment. Beaucoup de crimes se produisent ainsi.

— Ce qui ne nous dit pas grand-chose.

— Je te l'ai dit, les affaires non résolues, c'est la Sibérie. Et maintenant, dit-il en posant les coudes sur la table, dis-moi ce que tu crois pouvoir faire. Comment vas-tu déterminer si tu es Heather ?

En voyant la serveuse arriver avec leurs plats, ils s'interrompirent.

— Je peux vous apporter autre chose ? demanda-t-elle.

— Encore du café ? demanda Duke en lui tendant sa tasse.

— Ça me gêne un peu de l'admettre, mais je croyais qu'il me suffirait d'arriver ici pour que tout me revienne, dit Beth sans lever les yeux.

Elle saupoudrait soigneusement ses flocons avec du sucre, sentant le regard de Duke fixé sur elle.

— Je suis désolé, Beth.

— Vraiment ? dit-elle en le regardant avec étonnement.

— Je suis désolé que tes parents aient été si froids et distants. Je me suis toujours dit que ton enfance avait été meilleure que la mienne, avec tout ce fric, ces écoles privées et ces super vacances mais, en fait, tu as souffert tout autant que moi.

— Je ne pourrais jamais comparer ma vie de luxe à ce que tu as subi de la part de ton père, Duke.

— Au moins, ma mère m'aimait, même si je n'ai pas pu les sauver, elle et ma sœur.

— Ton père et le mien ressemblent aux deux faces d'une même médaille, tu ne crois pas ?

— Et maintenant, tu es résolue à découvrir ta vraie famille. Mais si ça ne se passe pas bien ?

— Tu veux dire si je ne suis pas Heather Brice, leur fille chérie ?

— Tu pourras supporter cette déception ?

— Bien sûr.

Elle attaqua ses flocons pour cacher sa confusion. Elle s'était si bien persuadée d'être Heather qu'elle avait repoussé tous ses doutes à ce sujet — jusqu'à cet instant.

— Quand vas-tu commencer les interviews ? Je peux sans doute faire en sorte qu'Unger accepte de te parler. Et si sa mère vit toujours à Timberline, elle pourrait te parler de la famille d'Heather.

Beth but un peu de thé pour faire passer la boule qu'elle sentait dans sa gorge. Elle s'était dit qu'elle n'obtiendrait rien de Duke, et voilà qu'il lui offrait à nouveau son aide. Malgré sa carapace, il avait le cœur tendre. C'était pour cette raison qu'il croyait pouvoir sauver tous les enfants du monde.

— Je croyais… Je croyais que tu ne voulais plus m'aider dans une affaire non résolue.

— Je ne considère pas ça comme une enquête de *Cold Cases Chronicles*. C'est l'enquête personnelle de Beth St. Regis.

— Je pensais que, pour toi, ce serait pareil.

— Peut-être que ça devrait l'être, dit-il en découpant un morceau de son bacon.

— Duke, je n'avais pas l'intention de te soutirer des informations, dit-elle en se penchant en avant. Je ne sais pas comment tu peux penser cela, après tout ce que nous avons vécu.

— Tu t'es servi de moi, Beth… Sans aucun scrupule.

— J'ai pris les dossiers après avoir passé la nuit avec toi, mais ce n'était pas mon objectif. Comment peux-tu penser cela ?

— Ce n'est pas sorcier. On a fait l'amour et tu as filé au petit matin en emportant mes documents.

Beth soupira. Si seulement il la laissait lui prouver qu'elle le désirait sans arrière-pensée, elle arriverait à le convaincre de passer une autre nuit avec elle.

Elle laissa tomber sa cuillère dans son bol quand la vérité se fit jour en elle. Elle désirait toujours Duke Harper. Elle n'avait jamais cessé de le désirer. Mais elle avait autre chose à lui avouer, et elle ignorait comment il allait le prendre.

— Tu veux le regarder ? questionna Duke en tournant le dossier vers elle. Ou tu préfères attendre d'être dans ma chambre ?

— Je vais y jeter un coup d'œil.

Tandis que Duke engloutissait le reste de son petit déjeuner, Beth feuilleta les documents. Apparemment, le trafic de stupéfiants avait pris de l'ampleur à mesure que l'économie de Timberline sombrait. Beaucoup d'argent avait changé de mains, et les crimes s'étaient multipliés. Les trafiquants de drogue s'étaient-ils lancés dans le trafic d'êtres humains ? Cela arrivait dans le monde entier, pourquoi une petite ville de l'État de Washington y aurait-elle échappé ?

Elle referma le dossier.

— C'est assez effrayant.

— Tu vois que ce n'est pas tiré par les cheveux d'imaginer que cette bande de trafiquants ait pu se livrer à d'autres activités.

La serveuse coinça l'addition entre le poivre et le sel. Beth s'en empara.

— Je vais mettre ça sur ma note de frais en échange de tes informations. Tu vois ? C'est gagnant-gagnant.

— Ça me paraît juste.

Duke se leva et s'étira.

— Bon, j'ai quelques réunions avec la police, ce matin. Tu vas passer des appels aux prochaines stars de la télé ?

— Je suppose qu'il faut bien commencer par quelque chose.

Elle tendit sa carte de crédit à la serveuse.

— Qui sait ? Quelqu'un va peut-être reconnaître Heather en moi.

Après avoir signé le reçu, elle sortit du restaurant avec Duke.

— J'espère que l'agence de location a déjà remplacé ma voiture.

— Je vais te déposer à l'hôtel, déclara Duke en posant une main au creux de ses reins. Mais sois prudente. Ne laisse rien dans la voiture et assure-toi qu'on ne te suit pas.

— Me suivre ? dit Beth en nouant les bras autour de son torse comme pour se protéger. Je n'avais pas pensé à ça ! C'est effrayant.

Duke démarra et sortit du parking. Mais ils n'avaient pas parcouru cinq cents mètres que la circulation ralentit. Des gyrophares lancèrent leurs éclairs dans la lumière grise.

— Un accident ?

Duke sortit la tête par la fenêtre et tendit le cou.

— Je ne vois rien, en dehors des voitures.

Beth baissa sa propre vitre et sortit aussi la tête.

— Il y a un vélo au bord de la route… Un vélo tordu.

Puis elle les vit : un corps recouvert d'un drap sur une civière et une casquette de base-ball verte sur le sol.

— Oh mon Dieu ! C'est Gary Binder. Je crois qu'il est mort.

7

— Quoi ? Comment le sais-tu ?

Duke freina brusquement.

— C'est son vélo là-bas, dit Beth, et il y a un corps sur la civière.

— Comment sais-tu que c'est Binder ? Son vélo est peut-être là parce qu'il donne un coup de main.

— Sa casquette. Elle est posée sur le sol, près de la civière.

Beth mit une main sur sa bouche.

— On venait de lui parler. Il a sans doute été renversé juste après avoir quitté l'hôtel.

— Qui sait s'il a été renversé ? Je ne vois pas de voiture, en dehors des pompiers.

Il engagea le 4x4 sur la bande d'arrêt d'urgence.

— Qu'est-ce que tu fais ?

— Je suis policier, je vais voir ce qui se passe.

Le gravier du bas-côté fit tinter la carrosserie tandis qu'il roulait doucement, dépassant peu à peu les voitures coincées sur la route.

Un policier s'avança pour lui bloquer le passage. Il mit le moteur au point mort et saisit la poignée de la portière.

— Reste ici, dit-il à Beth en descendant de voiture.

Mais en fermant sa portière, il entendit l'autre claquer et vit Beth se diriger vers le lieu de l'accident. Fallait-il s'attendre à autre chose de sa part ?

La rattrapant, il lui prit le bras et murmura :

— Laisse-moi leur parler.

— Retournez à votre véhicule, leur lança le policier.

Duke exhiba son insigne.

— Agent spécial Harper. Je suis en mission pour le FBI et je pense que la victime que vous avez là est un de mes témoins.

L'adjoint du shérif examina l'insigne.

— Gary Binder, c'est votre homme ?

— C'est lui, affirma Duke. Que s'est-il passé ?

— Il a été renversé par un automobiliste qui a pris la fuite.

Beth prit le bras de Duke et le serra fort.

— Des témoins ?

— Pas encore. Suivez-moi, dit l'homme en montrant l'ambulance. Ce n'est vraiment pas de chance, il commençait juste à s'en sortir, le pauvre.

Beth garda la main sur le bras de Duke tandis qu'ils avançaient vers la civière, recouverte d'un drap blanc. On voyait nettement le contour d'un corps dessus, et une tache de sang se voyait au niveau de la tête. Nul besoin de confirmation, en ce qui la concernait.

— Qui a appelé la police ?

— Une femme nous a prévenus de son portable. Elle a d'abord remarqué le vélo puis, en ralentissant, elle a vu le corps de Binder sur le bas-côté.

— Il y a des indices ? Des traces de pneus ? De dérapage ?

— Rien encore, mais on va laisser les techniciens faire leur boulot.

L'adjoint du shérif secoua la tête.

— Il y a ici trop de gens de la ville qui viennent perturber notre calme.

Duke se retint de réagir à ce commentaire qu'il jugeait totalement inadapté.

— Quelqu'un a peut-être été témoin de la scène, ou le conducteur aura des remords, qui sait ?

— Vous avez besoin d'autre chose, agent Harper ? demanda le policier. On vous enverra le rapport, une fois terminé.

— Ça me serait utile, merci.

Duke tourna les talons pour retourner à sa voiture, Beth toujours accrochée à son bras. Mais à mi-chemin, il se retourna.

— Euh ? Vous avez une idée de ce que faisait Binder ici sur son vélo ?

— Je n'en sais rien. Il faisait des petits boulots, surtout en ville. Et il circulait toujours sur cette fichue bécane. Quelqu'un lui avait donné une camionnette, mais il préférait pédaler.

— Et il aura pédalé jusqu'au bout.

Duke remonta en voiture et se tourna vers Beth, dont les yeux écarquillés lui mangeaient le visage.

— Ça va ?

— C'est tellement… horrible. On venait juste de lui parler, dit-elle en se tordant les mains. Qu'est-ce qu'il faisait à l'hôtel Timberline ?

— Il allait sans doute au travail, dit pensivement Duke en tapotant le volant. Ou bien il faisait des travaux pour l'hôtel.

— Mais s'il était à l'hôtel…

— Tu te dis que c'est peut-être lui qui est entré dans ta chambre ?

Elle hocha la tête.

— Mais pourquoi aurait-il fait ça ?

— Pour te mettre en garde.

— Il ne s'inquiétait sûrement pas pour ses biens immobiliers. Pourquoi aurait-il voulu m'effrayer ?

— Il était peut-être plus impliqué dans la disparition du trio Timberline qu'il ne l'a laissé entendre lors de son interrogatoire, répondit Duke en mettant le contact. Cela dit, j'ai du mal à imaginer Gary Binder envoyant un mail anonyme au FBI.

— Tu penses que sa mort est une coïncidence ?

— Peut-être, peut-être pas. Elle n'est pas forcément liée aux enlèvements ou aux menaces contre toi. C'est Binder qui a parlé du trafic de drogue à la police.

Beth serra les mains si fort que ses jointures blanchirent.

— Tu penses qu'on a voulu le faire taire ?

— C'est possible, même si c'est un peu tard. Il avait déjà craché le morceau. À moins que…

— À moins qu'il n'ait eu d'autres choses à révéler.

Beth sentit ses mains trembler.

— Tu as raison, déclara Duke, c'est peut-être pour ça qu'il est venu à l'hôtel. Il savait que tu y séjournais et il voulait te voir. Il n'a pas voulu parler devant moi, alors il a fait semblant de regarder la vitre brisée. Je vais relire soigneusement son interrogatoire.

Il s'engagea sur la chaussée et dépassa le lieu de l'accident.

— Mais s'il avait d'autres informations, je ne sais pas pourquoi il n'en a pas parlé la première fois.

— Moi non plus, Duke, mais il semble y avoir des forces mauvaises à l'œuvre à Timberline.

En dépassant la dernière voiture de pompier, Duke regarda dans le rétroviseur et vit les portes de l'ambulance se refermer sur le cadavre de Gary Binder. Il frissonna.

Quel que soit le mal à l'œuvre à Timberline, il ferait son possible pour l'éloigner de Beth… Même si elle courait au-devant des ennuis.

Quand ils arrivèrent à l'hôtel, la voiture de location avait été remplacée. Duke en fit le tour et posa sa main sur le toit.

— Ne laisse rien sur le siège, cette fois-ci.

— Allons, Duke. Tu sais aussi bien que moi que le vandale aurait cassé la vitre avec ou sans sac.

— Merci de me le rappeler. Je vais t'acheter un autre spray au poivre, puisque tu as prouvé que tu savais t'en servir.

— Tu vas à ta réunion ?

— Je vais d'abord passer à la réception pour me renseigner sur Binder. Tu viens avec moi ?

C'était une façon de gagner du temps, car il n'avait pas envie de quitter Beth. Étonnant comme il avait fait volte-face depuis la veille. Les menaces avaient parfois cet effet.

— Bien sûr. Mes interviews peuvent attendre.

Ils entrèrent côte à côte dans le hall. Tammy, la réceptionniste, leva les yeux de son ordinateur et les salua.

— Bonjour. Puis-je vous aider ? J'ai entendu parler de ce qui s'était passé dans votre chambre, madame St. Regis, et nous allons faire en sorte que votre séjour se déroule désormais sans incident. On a briefé les femmes de chambre pour qu'elles soient encore plus attentives.

— Je vous en suis reconnaissante.

Duke posa les coudes sur le comptoir.

— Tammy, vous connaissez un habitant de Timberline nommé Gary Binder ?

La jeune femme hocha la tête.

— Je viens d'apprendre la nouvelle. Il a été renversé par un chauffard. Qui a pu faire ça ? Je n'ai jamais beaucoup aimé Gary, mais on n'écrase pas quelqu'un sans s'arrêter !

Les nouvelles circulaient vite, à Timberline.

— Je suis d'accord avec vous, aquiesça Duke. J'espère qu'on va rattraper très vite ce salopard.

La réceptionniste écarquilla les yeux.

— Que... Que vouliez-vous me demander à propos de Gary ?

— Est-ce que l'hôtel l'employait pour de petits travaux ?

— Sûrement pas. La direction connaissait sa réputation. Kendall Rush lui a donné sa chance quand elle était ici, mais...

Beth s'éclaircit la gorge.

— Kendall Rush n'est-elle pas la sœur de l'un des enfants enlevés ?

— Sa jumelle, rectifia Tammy. Elle était venue vendre la maison de sa tante, et elle s'est retrouvée impliquée dans cette histoire avec Wyatt Carson. Mais durant son séjour, elle a engagé Gary pour des travaux dans la maison. J'imagine qu'il a fait du bon travail, mais la direction de l'hôtel ne voulait pas en entendre parler.

— Et savez-vous pourquoi il était ici, tout à l'heure ? Dans le parking, précisa Duke en tendant le menton dans cette direction. Nous l'avons vu, juste avant qu'il ne soit renversé.

— Vraiment ? dit Tammy d'un ton étonné. Je ne sais pas pourquoi. Il ne faisait que passer, j'imagine. Vous pensez que le shérif va vouloir visionner nos bandes-vidéo ?

— Sans doute. En fait, reprit Duke en déposant son insigne sur le comptoir, j'aimerais aussi y jeter un coup d'œil.

— Je comprends. Je vois que vous êtes du FBI, mais cela ne vous dérange pas si j'appelle d'abord la direction ?

— Bien sûr. Tu peux y aller, si tu veux, ajouta-t-il en lançant un regard à Beth.

— Je pense que je préfère voir les bandes, dit celle-ci.

Puis, se penchant vers lui, elle lui murmura à l'oreille :

— Qu'est-ce qui a pu pousser Kendall Rush à l'engager ?

— Je ne sais pas. Elle a peut-être eu pitié de lui.

— Mon directeur est d'accord, annonça Tammy en raccrochant.

Elle les invita à passer dans une pièce minuscule derrière le comptoir et se pencha vers une rangée d'écrans. Choisissant un fichier, elle lança la vidéo.

— Celle-ci est d'aujourd'hui. Il y a combien de temps que vous avez vu Gary ?

— Un peu plus de deux heures.

Tammy fit défiler la bande et, au bout de quelques secondes, Gary Binder et son vélo apparurent à l'écran.

Beth pointa l'écran du doigt.

— Il est en train de parler à quelqu'un, non ?

Binder ne cessait de regarder par-dessus son épaule, mais Duke ne voyait pas ses lèvres bouger.

— Je n'en sais rien. Peut-être qu'il surveille seulement la circulation, mais apparemment il avait un but en venant là.

— Oui, il examine ma voiture.

Après avoir regardé une nouvelle fois derrière lui, Binder roula jusqu'au véhicule de Beth et passa la tête par la vitre brisée. Une minute plus tard, Duke et Beth apparurent dans le cadre.

Ils continuèrent à regarder, mais Binder ne revint pas après leur départ.

Tammy plissa le nez.

— On dirait qu'il voulait juste regarder votre voiture de plus près.

— Alors pourquoi regardait-il sans cesse derrière lui ? Il n'y a pas tant de circulation sur cette route, si ? demanda Beth en croisant les bras. Parce que, s'il y en avait, quelqu'un aurait vu la voiture le renverser.

— Peut-être est-ce le cas, répondit Duke en sortant du réduit. Merci, Tammy. Je dirai au shérif que j'ai vu Binder et ils voudront sans doute visionner aussi la bande.

La jeune femme fit voler ses doigts sur le clavier pour refermer les enregistrements.

— J'aurais bien aimé qu'il y ait quelque chose. Je suppose qu'on l'a annoncé à la mère de Gary, maintenant. C'est une vieille dame plutôt coriace, mais Gary était son seul enfant.

— Apparemment, il n'a jamais eu de chance, dit Duke avant de se tourner vers Beth. Tu y vas ? Je serai au bureau du shérif, si tu as besoin de moi.

— Et moi, je vais m'installer quelque part pour faire ces interviews.

— Tu pourrais les faire dans ta chambre, ou dans le hall.

— Non, s'il y a quelque chose que j'ai appris en faisant cette émission, c'est que les gens sont plus à l'aise chez eux.

— Alors ne va pas chez Bill Raney pour l'interviewer, dit-il en poussant la porte vitrée de l'hôtel.

— Je n'interroge pas les gens qui n'ont pas envie de parler.

— Et comment sais-tu s'ils sont honnêtes ? reprit Duke en déverrouillant sa voiture à l'aide de la télécommande.

— Je vais seulement interviewer ceux à qui j'ai donné ma carte hier soir : Chloe et les vieilles dames. Tu ne penses pas que je risque quelque chose avec elles, si ?

— Sois prudente, Beth. Si celui qui t'a mise en garde est le même que celui qui a renversé Binder, il vient d'ajouter le meurtre à son curriculum vitæ.

Elle se frotta les bras.

— Si on a tué Gary, c'est parce qu'il savait quelque chose. Moi, je ne sais rien.

— Pas encore. Et il vaudrait mieux que ça reste comme ça.

— Je ferai attention, Duke.

Elle se mit au volant de sa nouvelle voiture de location et pressa la paume de sa main sur la vitre.

Duke agita la main en retour. Il n'avait pas d'autre choix que de la laisser partir.

Quand il repassa sur le lieu de l'accident, il vit que l'ambulance était déjà repartie avec sa triste cargaison. Il ne restait qu'un agent de police, réglant la circulation.

La mort de Binder avait-elle été causée par ses révélations sur le trafic de stupéfiants à Timberline ? Unger avait parlé de toxicomanes. Cela voulait-il dire que les consommateurs étaient nombreux dans la ville ?

Il se prit à espérer que Beth n'entende que des histoires déjà rabâchées mille fois sur Wyatt Carson. Elle n'avait pas besoin de se trouver plus impliquée dans cette affaire qu'elle ne l'était déjà.

Il avait été presque soulagé en l'entendant avouer son but secret. Quand elle aurait découvert qu'elle n'était pas Heather Brice, peut-être laisserait-elle tomber toute l'histoire.

Et si elle était bien Heather Brice ? Quel serait le danger ? Elle quitterait Timberline, reprendrait contact avec la famille qu'elle avait perdue, dans le Connecticut, et vivrait heureuse... Ou non.

Son intuition de flic lui disait que ce scénario était peu probable. Que se passerait-il si les Brice la rejetaient ? Beth jouait les dures à cuire, mais il savait qu'elle était vulnérable.

Il pouvait accélérer le processus en leur demandant un échantillon d'ADN dans le cadre de son enquête. Ils ne sauraient rien de l'existence de Beth. Et une fois qu'elle saurait la vérité — quelle qu'elle soit — elle arrêterait de fouiner à Timberline.

Il se gara devant les bureaux du shérif et y pénétra, dossiers sous le bras. Il n'avait pas encore rencontré Musgrove, nommé depuis peu au poste de shérif.

Unger le salua de son bureau.

— Je viens voir le shérif, annonça Duke.

— Il vous attend. Premier bureau à droite, au fond du couloir.

Duke le remercia et se dirigea vers le bureau qu'il lui avait indiqué. En arrivant, il tapa sur la porte ouverte. Un homme corpulent se leva derrière le bureau.

— Agent Harper ? Je suis le shérif Musgrove.

Duke se pencha pour lui serrer la main.

— Ravi de vous rencontrer, shérif. Que pensez-vous de l'accident qui a tué Gary Binder ?

— C'est ça que j'aime chez vous, les fédéraux, dit le shérif en tapant du poing sur son bureau. Vous allez droit au but. Je pense que Gary Binder était un drogué, qui ne prêtait aucune attention à la circulation. Il n'était sans doute pas en possession de tous ses moyens quand il s'est fait renverser, si vous voyez ce que je veux dire.

Le cœur serré, Duke contempla le visage rougeaud de l'homme. Manifestement, il était incapable de remettre en question ses idées toutes faites. Dommage que Sloane, l'ancien shérif, ne soit plus en poste. L'agent Maxfield, qui avait travaillé sur l'affaire Carson, ne disait que du bien de lui.

Il inspira à fond et se lança.

— Vous ne trouvez pas étrange le fait que Binder venait juste de nous renseigner sur le trafic de stupéfiants à l'époque du premier kidnapping. Curieuse coïncidence, non ?

— Le monde est rempli de coïncidences, Harper. Je ne trouve pas qu'un drogué renversé par une voiture soit un événement si bizarre que ça.

Duke fourra les mains dans les poches et roula les épaules.

— Mais à ce qu'on dit, Binder était *clean* depuis plus d'un an.

— Drogué un jour, drogué toujours, dit le shérif en fendant l'air de sa grosse main. C'est donc votre approche, Harper ? Vous voulez déterrer le passé sordide de la ville ?

— Aucune ville, aussi petite soit-elle, n'est exempte de drogue, shérif. Vous-même, vous êtes du parti de ceux qui préfèrent qu'on ne braque pas de projecteur sur Timberline ? ajouta-t-il en plissant les yeux.

— C'est un parti ? Dieu nous en préserve. Ce que je sais, c'est que la ville a fait de gros efforts pour se sortir du marasme, et que nous sommes à l'aube d'une nouvelle ère. J'ai l'intention de travailler main dans la main avec le maire et les édiles locaux pour accompagner cet essor.

Le regard de Duke s'égara sur le mur derrière le shérif. Il était recouvert de récompenses et de citations, témoignant d'un carriérisme affirmé. À n'en pas douter, le shérif faisait partie de ces policiers qui guignaient les honneurs et une retraite confortable en se gardant de faire des vagues. Il lui faudrait informer Mick que Musgrove allait être davantage un obstacle qu'un soutien dans cette affaire.

Il reposa les yeux sur le visage du shérif.

— Vous n'étiez pas là au moment des kidnappings de Carson, n'est-ce pas ?

— Non, j'étais en poste à Spokane. Mais j'ai suivi l'affaire dans les journaux. Un sacré fils de pute. J'ai été engagé quand Sloane est parti à Phoenix — avec la sœur d'un des gosses du trio Timberline. Vous parlez d'un mélange de genres ! dit-il en secouant la tête.

Musgrove, lui, ne risquait pas de mélanger les genres. Nul doute qu'il respectait strictement les horaires de travail. Duke n'avait jamais compris les types comme lui. Le travail était une vocation pour lui, un devoir. C'était la même chose pour Tony DeLuca, feu son coéquipier. Mais ils étaient nombreux à ne pas le comprendre.

— Je crois savoir que la fille du shérif Sloane a été la dernière victime.

— Ouais, ouais. Un coup dur. Je suppose qu'il a eu du mal à l'encaisser.

Il bomba le torse comme pour montrer que lui pouvait tout encaisser.

— Unger était là au moment des enlèvements, et c'est lui qui a interrogé Binder. Il est à la réception si vous voulez lui parler. En dehors de ça, vous avez carte blanche ici, agent Harper. Nos dossiers vous sont ouverts, et on vous fera passer le rapport Binder, si ça vous intéresse.

— Ça m'intéresse. Merci, shérif Musgrove.

Ils se serrèrent à nouveau la main et Musgrove se laissa lourdement tomber dans son fauteuil, le regard déjà fixé sur son ordinateur. Duke ne vit pas ce qu'il lisait, mais il était certain que ce n'était pas lié au travail.

En retournant à la salle de garde, il s'arrêta devant le bureau d'Unger.

— Je peux vous poser quelques questions sur Gary Binder et l'affaire Wyatt Carson ?

— Bien sûr, dit Unger en jetant un regard derrière lui. On pourrait peut-être le faire devant un café ?

Duke saisit l'allusion.

— Shérif Musgrove ? dit le policier, l'agent Harper et moi-même allons prendre un café pour discuter de l'interrogatoire de Binder.

— Vous avez fini ces rapports ? cria le shérif depuis son bureau.

— Ils sont sur votre bureau depuis deux heures, monsieur, répondit Unger en levant les yeux au ciel.

On entendit des froissements de papier.

— Je les ai. Tenez-moi au courant, Unger.

— Certainement, monsieur.

Une fois dans la rue, Unger remua la tête d'un côté et de l'autre, comme pour remettre ses vertèbres cervicales d'aplomb.

— Pénible, hein ? hasarda Duke.

— Je ne vais pas dire du mal d'un supérieur, mais c'est certain qu'il ne ressemble pas à Coop Sloane.

— J'ai entendu dire beaucoup de bien de Sloane par l'agent Maxfield.

— Ce qui prouve combien il était professionnel, parce que Maxfield et lui ne voyaient pas toujours les choses du même œil.

— C'est courant entre le FBI et la police locale. En tout cas, c'est un bon point qu'ils aient pu collaborer et épingler Carson.

Ils longèrent plusieurs bâtiments avant que Unger ne pointe le doigt devant lui.

— Je vous offre un café ?

— Avec plaisir.

À l'intérieur, quelques clients étaient penchés sur leurs ordinateurs. Un vieux monsieur leva brièvement les yeux de son livre en les voyant entrer. Ils commandèrent leurs boissons, puis s'assirent à une table près de la fenêtre. Duke allongea les jambes tout en retirant le couvercle de son gobelet.

— Qu'est-ce que vous pensez de la mort de Binder ?

— Je pense que c'est sacrément bizarre, dit Unger en prenant une gorgée de son café. J'ai entendu ce que vous disait Musgrove, et il se trompe. Quoi qu'il ait pu faire par le passé, Binder était *clean* et sobre depuis un bon bout de temps.

— Vous pensez que c'est à cause de ses révélations sur le milieu de la drogue qu'on l'a tué ?

— Ça rimerait à quoi ? On l'avait déjà interrogé et il nous a dit tout ce qu'il savait. C'était totalement inutile de le tuer.

— À moins qu'il ne vous ait pas tout dit. Il avait encore des choses à révéler et on a voulu le faire taire.

— Cette idée m'a traversé l'esprit, dit pensivement Unger. C'est drôle que ce soit arrivé juste après votre arrivée et celle de l'animatrice télé.

Duke sentit son pouls accélérer.

— Justement, que savez-vous des réactions au fait que *Cold Cases Chronicles* veuille faire un épisode sur l'affaire ?

— Les opinions sont partagées. Il y a un groupe qui veut son quart d'heure de gloire et un autre qui s'inquiète de la réputation de la ville et qui n'a pas envie qu'on ressasse ça tous les cinq ans. La plupart des gens préfèrent oublier. De toute façon, les familles concernées ne vivent plus ici.

— Vous pensez que Beth St. Regis court un danger ?

— Honnêtement, je pense que le jeu n'en vaut pas la chandelle. Les habitants actuels ne sont pas en mesure de lui faire des révélations croustillantes. Elle devait chercher un autre sujet. J'ai déjà regardé son émission, et je suis sûr qu'elle peut faire mieux que ça.

— Oui, c'est aussi ce que je lui ai dit, mais elle est têtue.

Parce qu'elle était persuadée que Timberline recelait la clé de son passé. Duke songeait toujours à son idée de test ADN. En fait, elle lui semblait de plus en plus séduisante, parce que, même s'il n'avait pas envie que Beth s'en aille, il avait le sentiment que de gros ennuis se profilaient à l'horizon.

8

Beth finit de positionner la caméra sur son trépied et sourit à Gail et Nancy.

— Vous pouvez me dire vos noms ?

Gail montra la caméra du doigt.

— Ça veut dire qu'on passe à la télé ?

Se retenant de grincer des dents, Beth sourit à nouveau.

— Ce sont des essais, Gail. S'ils sont utiles au scénario, on les inclura dans l'émission.

La vieille dame tapota sa permanente argentée et sourit.

— Je m'appelle Gail Fitzsimmons.

— Et je m'appelle Nancy Heck, dit son amie en se penchant vers elle.

— Vous n'avez pas besoin de vous pencher, Nancy, vous êtes toutes les deux sur l'image.

Beth s'éclaircit la voix.

— Vous connaissiez toutes les deux les familles des victimes ?

— Ma fille gardait parfois les jumelles, répondit Gail.

Beth sentit son cœur bondir.

— Heather Brice aussi ?

— Non, Heather était trop jeune. Ma fille avait dix-sept ans à l'époque, et ça ne l'intéressait pas de garder des bébés. Kayla et Kendall, elles, avaient cinq ans : elles étaient propres, elles parlaient, vous voyez…

— Mais elle ne les gardait pas la nuit où Kayla a été kidnappée, n'est-ce pas ?

— Non, Dieu merci. Les parents avaient laissé les filles à leur tante. Je ne sais pas pourquoi, parce que Cass était un peu tête en l'air. Tu ne trouves pas, Nancy ?

— Oh si, elle était très étourdie.

Nancy semblait hypnotisée par la caméra.

— Et la famille de Wendy Simons vit toujours ici ? demanda Beth en jetant des notes sur un bloc devant elle.

— La fille qui gardait Heather Brice ? Je ne crois pas. Est-ce que les Simons sont toujours ici ? demanda Gail en se tournant la tête vers son amie.

— C'était une famille nombreuse. C'est pour ça que Wendy voulait bien garder les petits. Comme elle était plus grande, elle aidait sa mère à s'occuper de ses frères et sœurs.

— Je sais, mais est-ce qu'ils vivent toujours en ville ? C'est ce que Beth veut savoir.

Nancy fit la moue.

— Je... Je n'en sais rien. Non, je ne crois pas.

— Qu'ont pensé les autorités à l'époque du kidnapping ?

Beth s'était adressée à Gail. C'était visiblement elle la meneuse et elle n'hésitait pas à reprendre Nancy, la réduisant ainsi au silence.

— Pour Kayla, la police a soupçonné le père pendant quelque temps. Les parents avaient des problèmes, dit Gail en poussant un soupir théâtral.

— Mais une fois que Stevie Carson a été enlevé, ils ont compris que c'était quelque chose de plus... plus sinistre, ajouta Nancy en posant les mains sur son cœur.

Gail leva les yeux au ciel.

— Je ne sais pas pour toi, mais un père qui kidnappe ou tue sa propre fille, c'est déjà assez grave.

— Gail Fitzsimmons, je n'ai pas dit que ça ne l'était pas. Pourquoi est-ce que tu déformes toujours mes paroles ?

— Je comprends ce qu'elle a voulu dire, Gail, intervint

Beth en agitant la main. Donc, il y avait des problèmes dans la famille de Stevie... Et dans celle d'Heather ?

Nancy avait repris contenance.

— Il y avait toujours des problèmes chez Stevie. C'est peut-être pour ça que Wyatt a mal tourné. Mais la famille d'Heather ? Elle était parfaite.

Beth braqua le regard sur Gail, attendant qu'elle désapprouve. Mais celle-ci hocha la tête avec un sourire.

— Les Brice étaient une famille formidable, c'est vrai. Les parents s'adoraient et ils adoraient leurs enfants. Cela faisait plaisir à regarder... Et c'est devenu si triste... après.

Beth sentit son nez la démanger. Des parents formidables, qui adoraient leurs enfants : exactement le genre de famille dont elle avait toujours rêvé.

— Ouh-ouh ? Beth ?

Elle émergea en sursaut de sa songerie.

— Oui, continuez...

— Vous avez d'autres questions ? Parce que nous avons encore tout un tas de choses à dire.

Les vieilles dames ne lui avaient pas révélé grand-chose qu'elle ne sache déjà, mais elle aurait pu rester des heures à les écouter parler des Brice.

Elle continua à les interroger pendant trois quarts d'heure. Elle récolta quelques commentaires savoureux, éventuellement exploitables dans le scénario, mais leurs réponses ne firent rien pour éclaircir le mystère ni renforcer sa conviction qu'elle était Heather.

Enfin, elle mit un terme à l'interview, et Nancy la raccompagna à la porte avec une boîte de biscuits et la promesse implicite de lui en offrir encore si Gail et elle passaient à la télé.

Beth envoya un texto à Duke pour lui dire où elle se trouvait. Il avait paru très inquiet quand elle était partie, et cela lui plaisait assez.

Mâchonnant un biscuit à la cannelle, elle roula jusqu'à l'appartement de Chloe Rayman, situé dans un nouveau complexe, à proximité des locaux d'Evergreen Software. Elle descendit de voiture, la boîte de biscuits sous le bras.

Chloe lui ouvrit la porte, avec un maquillage des grands jours, les cheveux relevés en chignon.

— Bonjour. Je suis prête pour les gros plans, comme on dit.

— Eh bien, allons-y. Biscuit ? proposa-t-elle en tendant la boîte. C'est Nancy Heck qui les a faits.

— Ses biscuits à la cannelle sont célèbres, mais je ne préfère pas. Je viens de me brosser les dents.

Elle installa la caméra et prit place sur une chaise, face à Chloe, assise sur le sofa.

— Dites-moi comment vous vous appelez, s'il vous plaît.

— Chloe Rayman. 682 Treeline Boulevard, appartement 5, Timberline, Washington.

Elle plaqua une main sur sa bouche vermillon.

— Je n'aurais peut-être pas dû donner mes coordonnées à la télévision !

— Nous… Euh, nous couperons ça au montage, dit Beth en croisant les jambes et en poussant un soupir.

L'interview allait lui sembler longue. Pendant la demi-heure suivante, elle laissa Chloe jacasser à propos de Wyatt Carson. Elle n'avait que peu à dire sur sa personnalité, ignorait quels étaient ses rêves et ne l'avait jamais entendu parler de son frère. L'interview ne valait rien, ni pour l'émission ni pour les recherches de Beth.

Alors qu'elle cherchait un moyen d'abréger, un coup retentit à la porte, qui fit sursauter Chloe.

Elle bondit sur ses pieds.

— C'est mon petit ami, Jason. Il est très jaloux, alors je ne veux pas qu'il sache que j'ai parlé de Wyatt.

— Bien sûr, dit Beth en éteignant la caméra. Je pense que j'ai tout ce qu'il me faut.

Pendant que Chloe allait ouvrir la porte, elle démonta le trépied et fourra son bloc-notes dans son sac. Du coin de l'œil, elle vit un homme massif envelopper Chloe dans une étreinte d'ours. Mais il la lâcha en croisant le regard de Beth.

— Désolé. Je ne savais pas que tu avais de la compagnie.

Chloe agita la main en direction de son invitée.

— Je te présente Beth St. Regis de l'émission *Cold Cases Chronicles*. Quand elle a découvert que je connaissais Wyatt, elle m'a pratiquement suppliée de m'interviewer. Beth, voici mon petit ami, Jason Foster.

Jason coinça ses longs cheveux derrière ses oreilles et tendit la main à Beth.

— Bonjour.

— Ravie de vous rencontrer, Jason. J'étais sur le point de partir. Un biscuit ? demanda-t-elle en lui tendant la boîte.

— Merci.

Il lui prit la boîte des mains et l'ouvrit.

— Vous avez interviewé Nancy Heck, je vois. Ses biscuits à la cannelle sont fameux par ici.

Il mordit dans un biscuit et fit tomber les miettes de son menton.

— Beaucoup de gens sont furieux, à cause de cette histoire.

— Et vous en faites partie ?

— Moi, je m'en fiche, dit-il en haussant les épaules, mais les anciens en font tout une histoire.

— Les anciens ?

— Jason est quileute, et l'affaire du trio rend les gens comme lui nerveux, intervint Chloe.

— J'ai rencontré un adolescent dans les bois qui m'a dit la même chose. Qu'est-ce qui les met tellement en colère ?

— Je peux en avoir un autre ? demanda Jason en désignant la boîte de biscuits, qu'il avait posée sur la table de salon.

— Bien sûr, dit Beth. J'imagine que les gens qui savent pourquoi ne voudront pas me le dire.

— Sans doute pas. Du moins, pas les vieux.

— Et les jeunes, comme vous, ne savent pas pourquoi c'est un sujet tabou ?

— Moi non, c'est sûr, mais ma cousine sait peut-être quelque chose, dit-il en se frottant les mains. C'est la chamane de la tribu, alors elle est plus au courant que nous.

— Elle vit à Timberline ?

— Oui, et elle est ici en ce moment. Elle voyage beaucoup pour ses expositions.

— Ses expositions ?

Chloe passa un bras autour de la taille de Jason.

— Scarlett est peintre, elle fait des expos dans le monde entier.

— Très impressionnant, lâcha Beth, sentant des démangeaisons d'excitation courir sur sa peau.

Une chamane ? Qui avait entendu parler de l'affaire ? Peut-être pourrait-elle lui être utile.

— Et vous pensez que votre cousine…

— Scarlett. Scarlett Easton.

— Vous pensez que Scarlett sera d'accord pour me parler ?

— Sans doute. Son atelier est à la sortie nord de la ville. Vous pouvez lui dire que c'est moi qui vous envoie.

— Ça vous ennuierait de me donner son numéro de téléphone ?

Jason prit son portefeuille dans la poche arrière de son jean.

— Je crois que j'ai une de ses cartes. Elle n'a qu'un portable et la réception n'est pas géniale par là, mais vous pouvez essayer.

Sortant plusieurs cartes, il en choisit une.

— La voilà.

Beth contempla le rectangle noir sur lequel était reproduite une aquarelle.

— Si c'est une de ses œuvres, c'est très beau.

— Oui, c'est son style habituel. Elle fait des paysages, mais aussi d'affreuses peintures abstraites — ce sont celles-là qu'elle expose et qu'elle vend très cher. Je n'accrocherais pas ça dans mon salon pour un empire.

— Ne dis pas ça à Scarlett, dit Chloe en enfonçant un doigt dans son bras tatoué.

— Merci, Jason, dit Beth en levant la carte. Au cas où je n'arriverais pas à la joindre, vous pourriez me donner son adresse ?

— Chloe, tu as du papier et un crayon ?

— Le dos d'une enveloppe, ça ira ? demanda celle-ci.

Faisant deux pas en direction de sa kitchenette, elle prit une enveloppe et un stylo, qu'elle tendit à son petit ami. Il s'accroupit près de la table basse pour esquisser un plan.

— Je ne suis pas aussi doué que Scarlett pour le dessin, mais si vous suivez la route principale, vous verrez un chemin signalé par une boîte aux lettres toute peinturlurée. Suivez-le et vous tomberez sur l'atelier de Scarlett.

Beth plissa le nez en contemplant le schéma.

— Il me faut un 4x4 pour arriver là-bas ?

— Non. Ce n'est pas tout près, mais le chemin est carrossable.

Beth fourra la carte improvisée dans sa poche.

— Vous voulez garder les biscuits ou je les apporte à Scarlett ?

— On les garde, dit Jason en serrant la boîte contre lui. Scarlett est végétarienne ou vegan, un truc comme ça. Elle ne mange pas de biscuits.

— Tu n'exagères pas un peu ? lança Chloe en levant les yeux au ciel.

— Vous pouvez les garder, de toute façon, déclara Beth en coinçant le trépied sous son bras. Merci de m'avoir accordé de votre temps, Chloe.

Jason lui ouvrit la porte.

— Vous voulez que je vous aide à transporter tout ça ?

— Ça ira, merci.

Après avoir rangé le matériel dans son coffre, Beth s'assit au volant et prit son téléphone. Elle composa le numéro de Scarlett et tomba tout de suite sur la messagerie.

— Scarlett, je m'appelle Beth St. Regis et je suis l'animatrice de *Cold Cases Chronicles*. Je suis à Timberline pour faire un reportage sur l'affaire du trio. Votre cousin, Jason Foster, m'a dit que vous pourriez peut-être me donner un aperçu de la manière dont les Quileutes appréhendent cette histoire. J'aimerais beaucoup vous parler.

Elle laissa son numéro et vérifia ensuite ses textos. Rien de Duke. Il devait toujours être chez le shérif.

Elle décida d'accorder une heure à Scarlett avant de se rendre à son atelier et, dans l'intervalle, d'aller déjeuner à nouveau chez Sutter. Elle prit son ordinateur avec elle.

Un brouhaha de conversations remplissait l'établissement. À en juger par leurs poches de chemises pleines de stylos et la dextérité avec laquelle ils manipulaient leurs engins électroniques, la plupart des clients devaient être des employés d'Evergreen Software.

Beth héla une serveuse.

— Je pourrais avoir une table pour une personne ?

— À cette heure-ci, il vaut mieux vous installer au bar. Nous y servons aussi à déjeuner.

— Parfait.

Remontant la bandoulière de son portable sur son épaule, Beth se fraya un chemin entre les tables jusqu'au bar et s'assit sur un tabouret, entre deux clients.

Elle ouvrit la housse de son portable et en sortit l'appareil, tandis que la serveuse posait un menu devant elle.

— Vous voulez déjeuner ?

— Oui, et je vais prendre une tasse de thé.

— Je vous sers tout de suite.

La serveuse se pencha et posa une tasse sur le bar en acajou.

— Dites-moi, vous savez que Bill Raney ne vous menaçait pas sérieusement ?

Beth examina le visage de la femme et comprit que c'était également elle qui tenait le bar la veille, quand cette brute de Raney s'était manifestée.

— Vous voulez dire qu'il ne voulait pas vraiment me

rouler dans le goudron et les plumes ? Je m'en suis doutée. Comment vous appelez-vous ?

— Serena Hopewell. Et non, je n'étais pas là il y a vingt-cinq ans.

Elle versa un flot d'eau chaude dans la tasse de Beth.

— Pourquoi prenez-vous la défense de Bill, Serena ?

L'intéressée haussa les épaules.

— Il est dans une passe difficile. Il boit trop. Les flics l'ont interrogé ce matin. Il ne faudrait pas qu'il ait encore des ennuis.

— Je n'ai pas accusé Bill, mais j'ai eu quelques... problèmes et les auxiliaires du shérif ont mentionné son nom.

Elle trempa son sachet de thé dans l'eau.

— Il ne s'agissait sans doute que de questions de routine. Je ne pense pas qu'il soit vraiment suspect.

— Ça a suffi pour lui attirer des problèmes avec sa femme, mais il n'en faut pas beaucoup en ce moment, remarqua Serena en tapotant le menu. Je vous laisse faire votre choix ?

— Oui, merci.

Tandis que Beth ouvrait le menu, quelqu'un lui effleura l'épaule.

— Je croyais que vous alliez voir Scarlett, dit la voix haut perchée de Chloe, ce qui poussa plusieurs personnes, dans la salle, à tendre le cou pour voir de quoi il s'agissait.

Beth lui adressa un sourire crispé.

— Je me suis dit que j'allais déjeuner d'abord. Je lui ai laissé un message.

— Eh bien, bonne chance, parce que Scarlett n'aime pas beaucoup les mondanités.

Jason apparut à côté de sa petite amie.

— Notre table est prête. Oh ! salut Beth. Vous avez réussi à joindre ma cousine ?

— Je lui ai laissé un message, et j'irai la voir cet après-midi.

— C'est sans doute ce que vous avez de mieux à faire.

Jason prit la main de Chloe.

— Viens, chérie. On a notre table favorite.

Quand Beth leva les yeux de son menu, elle croisa le regard de Serena. La serveuse haussa un sourcil.

— Vous avez drôlement avancé, dites-moi !

— C'est mon travail. Je suis ici pour réaliser une émission.

Refermant le menu, elle le lui tendit.

— Je vais prendre la formule soupe et sandwich. Chili végétarien et poulet grillé.

— C'est parti.

Beth ouvrit son ordinateur et vérifia sa boîte mail. Elle répondit à une question sur l'émission précédente, rassura un Scott anxieux et ouvrit un document pour prendre des notes sur les interviews du jour.

Quand son déjeuner arriva, elle vérifiait de nouveau ses messages téléphoniques. Rien de Scarlett ni de Duke.

Elle mordit dans son sandwich. Depuis que Jason lui avait parlé des capacités extrasensorielles de sa cousine, un plan se formait dans son esprit.

Elle avait vu un hypnotiseur à plusieurs reprises pour essayer de retrouver des souvenirs refoulés. C'était ainsi qu'elle avait eu la vision d'une forêt qui lui avait donné un sentiment de terreur. Mais elle n'avait pas pu aller plus loin. Quelqu'un comme Scarlett Easton pourrait sans doute l'aider à retrouver d'autres souvenirs. Il fallait qu'elle fasse une tentative… Si Scarlett était d'accord.

Ayant fini son sandwich et sa soupe, elle s'apprêtait à remettre son ordinateur dans sa housse quand un homme s'assit à côté d'elle.

— Donne-moi une bière, Serena, lança-t-il.

Beth glissa un regard dans sa direction et reconnut Jordan Young.

— Hé ! bonjour, madame St. Regis. Comment se passe votre reportage ?

— Ça se passe bien, merci.

Serena servit sa boisson à Young.

— Il est un peu tôt pour l'alcool, tu ne trouves pas ?

— J'ai eu une dure matinée, chérie.

Il leva son verre en direction de Serena et but une gorgée.

— J'ai le sentiment que je devrais faire quelque chose pour réparer la grossièreté de Bill, madame St. Regis. Je serai ravi de vous parler de l'affaire du trio Timberline quand vous le voudrez. J'étais là à l'époque… Avec un peu plus de cheveux sur la tête, plaisanta-t-il en se tapotant le crâne.

— Tout ce que vous pourrez m'apprendre m'intéresse, et vous pouvez m'appeler Beth.

— Joli prénom. Appelez-moi donc Jordan.

— Merci, Jordan.

En descendant de son tabouret, elle entendit Serena demander :

— Hé ! Jordan, qu'est-ce que tu penses de l'accident qui a tué Gary ?

Sans attendre la réponse de Jordan, Beth gagna la porte, impatiente de rencontrer Scarlett.

En arrivant à sa voiture, elle inspecta les portières et les vitres. Rien à signaler ce jour-là. Elle rangea son ordinateur dans le coffre et prit la carte de Jason dans sa poche.

Assise au volant, elle lissa l'enveloppe sur ses genoux et mémorisa les premières indications.

À la sortie de la ville, elle quitta la route principale et dépassa plusieurs chemins vicinaux avant d'apercevoir une boîte aux lettres sur laquelle on avait peint des poules. Pourquoi des poules ?

Elle s'engagea sur le chemin indiqué. Le gravier crissa sous ses pneus et elle sentit la voiture cahoter dans les ornières. Le chemin s'enfonça sous de grands arbres qui lui cachèrent la lumière. Soudain, elle aperçut un morceau de toit entre les arbres. Il aurait fallu un autre véhicule pour arriver jusqu'au bungalow de Scarlett, mais ce n'était pas loin et Beth vit un sentier serpenter entre les arbres.

Elle descendit de voiture, claqua sa portière et lança un

regard hésitant au coffre. Duke l'avait avertie de ne pas laisser ses affaires dans la voiture, mais son ordinateur n'était pas visible. Qui pouvait passer par là, de toute façon, au milieu des bois ?

Tirant sur sa doudoune, elle prit la direction du bungalow en faisant crisser les feuilles mortes sous ses pieds. Un tronc couché l'obligea à faire une grande enjambée. Au moment où elle se redressait, elle entendit quelque chose siffler à son oreille et perçut un craquement au loin.

— Hé ! cria-t-elle en tombant à quatre pattes.

C'était un coup de feu — et c'était elle qu'on visait, aucun doute à ce sujet.

9

Duke entendit l'écho du coup de feu par sa vitre ouverte. *Beth est quelque part par là*, se dit-il, paniqué. Il pressa l'accélérateur, et son 4x4 prit de la vitesse, projetant du gravier derrière lui. Au bout du chemin, il freina brusquement, manquant de heurter la voiture de Beth.

— Beth ? appela-t-il en descendant en hâte de voiture.

— Je suis là. Fais attention. Il y a un imbécile qui tire au fusil.

— Est-ce que ça va ?

— Je suis par terre, à une quinzaine de mètres de ma voiture.

Duke se plia en deux au cas où le tireur déciderait de récidiver, et aperçut Beth, recroquevillée sur le sol, les yeux écarquillés, le visage très pâle.

— J'ai crié quand j'ai entendu la détonation et je me suis jetée à terre, murmura-t-elle. J'ai reconnu tout de suite le bruit, bien sûr.

— Tu as vu quelqu'un ? Un chasseur ? La saison de la chasse est ouverte.

— Mais qu'est-ce qu'il se passe ? cria une voix de femme à proximité du bungalow.

— Quelqu'un tire au fusil ! cria Duke, mettant sa main en porte-voix.

— Tout le monde va bien ? reprit la voix.

— Oui !

Beth se redressa.

— Tu crois qu'il n'y a plus de danger ? demanda-t-elle.

— Ces crétins de chasseurs ont bien dû se rendre compte qu'il y avait des humains par ici, pas seulement des bêtes sans défense.

Il l'aida à se relever et elle s'accrocha à son bras.

— Qu'est-ce que tu fais ici ?

— Je suis passé chez Sutter, et Jason m'a dit que tu avais l'intention d'aller voir sa cousine cet après-midi.

Il passa un bras autour de ses épaules et la guida vers une petite clairière, où une femme aux longs cheveux noirs se tenait devant un bungalow rustique, les mains sur les hanches.

— Qui êtes-vous ? cria-t-elle.

— Nous sommes bien chez Scarlett Easton ? questionna Beth en brossant son jean de la main.

— Qui la demande ? reprit la femme.

Elle se redressa de toute sa taille, comme pour les défier d'approcher davantage.

— Je m'appelle Beth St. Regis. Votre cousin Jason m'a donné votre numéro. J'ai essayé de vous appeler, mais Jason m'a dit que vous n'aviez pas toujours de réseau par ici.

D'un coup de tête, la femme rejeta sa chevelure noire dans son dos.

— Je suis Scarlett, en effet, et j'ignore pourquoi mon cousin pense que j'ai besoin de compagnie. Mais puisqu'un débile vous a tiré dessus, entrez donc.

Beth et Duke la suivirent sous une véranda en bois, assez large pour faire office de terrasse.

— Mon nom est Duke Harper, dit ce dernier. Est-ce que ça arrive souvent, ces tirs à l'aveugle ?

Scarlett tourna la tête en poussant la porte d'entrée.

— Oui, c'est assez fréquent.

Duke échangea un regard avec Beth. Cela voulait-il dire que le coup de feu ne lui était pas destiné ?

En tout cas, Scarlett Easton ne semblait pas avoir envie

d'une visite, moins encore d'une interview. Pourquoi Beth était-elle venue ?

Celle-ci désigna un portable sur une table basse taillée dans un tronc d'arbre.

— Vous allez appeler le shérif pour le lui signaler ?

— La réception n'est pas bonne aujourd'hui, déclara Scarlett en prenant l'appareil. Si je n'ai pas reçu votre message, qu'est-ce qui vous fait penser que je peux appeler les flics ?

Duke essaya son propre téléphone. Sans résultat.

— Elle a raison.

— Cela dit, quand vous retournerez en ville, je veux bien que vous disiez à cet idiot de Musgrove que quelqu'un tire au fusil près de chez moi. Je vous en serais reconnaissante.

Duke se retint de sourire. Le shérif n'était pas en poste depuis deux mois qu'elle l'avait déjà catalogué.

— Je peux vous offrir quelque chose à boire ? De l'eau ? Un soda ? Une rasade de whisky ? Vous êtes aussi pâle qu'une morte, commenta Scarlett en se tournant vers Beth.

— Un peu d'eau, merci, répondit celle-ci en plaquant les mains sur ses joues. Cette balle est passée tout près de ma tête.

— Des crétins, affirma Scarlett en secouant la tête. Et vous ? demanda-t-elle à Duke.

— Rien, merci.

Elle ouvrit le robinet de l'évier et remplit un verre d'eau.

— L'eau d'ici est meilleure que l'eau en bouteille. Des glaçons ?

— Non, merci.

Scarlett tendit le verre à Beth.

— Alors qu'est-ce qui vous amène ? Vous êtes une amie de Jason ?

— Non, je viens seulement de le rencontrer.

Beth but une gorgée et jeta un coup d'œil à Duke.

— J'anime une émission appelée *Cold Cases Chronicles*.

— Jamais entendu parler.

Duke survola du regard l'ameublement du bungalow : un

mélange de meubles artisanaux, de tissages amérindiens et de peintures originales. C'était une véritable explosion de couleurs et de textures. L'un des murs était couvert d'étagères chargées de livres de toutes sortes, mais il n'y avait pas de télévision.

— C'est une émission de téléréalité, dit Beth en inspirant à fond. Nous enquêtons sur des affaires non résolues.

— Laissez-moi deviner, dit Scarlett en levant les yeux au ciel. Vous faites un reportage sur le trio Timberline…

Beth s'humecta les lèvres avec nervosité.

— Jason m'a dit que cette affaire rendait les Quileutes méfiants et que vous pourriez peut-être m'en expliquer les raisons.

— S'il pense que j'accepterai de parler de notre tribu dans une émission de téléréalité, il doit fumer la moquette en ce moment ! dit Scarlett en ricanant.

Duke contempla Beth qui, pour une fois, semblait hésiter. En temps normal, elle aurait déjà persuadé Scarlett qu'une interview était la meilleure chose qui puisse lui arriver. Il devait y avoir une autre raison à sa visite.

— Je comprends, dit-elle en portant son verre à ses lèvres. Ce n'est pas pour cela que je suis ici.

Duke haussa les sourcils.

— Ah non ?

— Ah non ? dit également Scarlett.

— Pouvons-nous nous asseoir ? demanda Beth en se rapprochant d'un petit canapé.

— Naturellement.

Prenant un coussin peint à la main dans ses bras, Scarlett se laissa tomber dans un fauteuil.

— Laissez-moi seulement vous avertir que je ne ferai rien qui soit en rapport avec une émission de téléréalité et que je me refuse à exploiter de quelque manière que ce soit les traditions et les coutumes de ma tribu.

En temps normal, Duke se serait perché sur le bras d'un fauteuil, mais il ne voulait rien abîmer dans cette pièce, par crainte de devoir payer des milliers de dollars de dédommagement. Il prit place prudemment aux côtés de Beth.

— Ce que je veux vous demander n'a rien à voir avec l'émission. C'est à propos de moi.

— Je vous écoute, dit Scarlett en tapotant le sol de la pointe de sa botte.

Beth se redressa un peu.

— Mon passé est mystérieux. J'ai été adoptée, mais mes parents adoptifs refusent de me dire d'où je viens, et mon acte de naissance porte leur nom.

— Continuez, dit Scarlett en fronçant les sourcils.

— J'ai essayé des séances d'hypnose pour tenter de me remémorer certaines choses, mais tout ce que j'ai découvert, c'est un sentiment de terreur associé à une forêt.

Sentant monter son agacement, Duke croisa les bras. Manifestement, Beth voulait que Scarlett accomplisse une sorte de rituel sur elle.

Scarlett leva un doigt.

— L'hypnose ne peut pas marcher avec des souvenirs datant des premiers mois.

— C'est le problème. Même si je pouvais remonter très loin dans ma mémoire, mes souvenirs ne me diraient pas qui je suis ni d'où je viens.

— Exactement. Alors qu'êtes-vous venue faire à Timberline ? C'est en tant qu'artiste que je suis connue, pas en tant que chamane. Vous n'êtes pas ici pour me voir, moi.

Duke retint son souffle et chercha le regard de Beth. Mais elle était lancée et il n'y avait plus de retour en arrière possible.

— Je pense que je suis Heather Brice.

Scarlett émit un sifflement incrédule.

— Vous plaisantez ?

— Toutes sortes d'indices m'orientent vers Timberline : une rainette du Pacifique que j'avais dans mon enfance, le paysage, la réaction qu'il provoque en moi, le kidnapping des enfants… Je le sens, c'est tout.

— Racontez-moi tout ça, dit Scarlett en se levant. Mais je vais d'abord me mettre à l'aise. Duke, vous voulez boire quelque chose ? Une bière ? Un petit whisky ?

— Un whisky ? Non, mais je vais prendre une bière. Je sens que je vais en avoir besoin.

Scarlett alla dans la cuisine, ses longs cheveux dansant derrière elle, et revint avec une canette de bière, une bouteille de whisky et deux petits verres. Elle tendit la bière à Duke, posa les verres sur la table en bois et les remplit à moitié de liquide ambré. Elle en passa un à Beth.

— Je vous écoute, dit-elle en levant son verre, que Beth choqua avec le sien.

Elles engloutirent l'alcool d'un seul geste, et Beth se lança dans le récit qu'elle avait déjà fait à Duke, mis à part l'hypnothérapie, dont elle ne lui avait pas parlé.

Scarlett l'interrompait de temps à autre pour poser une question ou faire un commentaire. Visiblement, elle envisageait d'aider Beth.

— Vous n'avez plus la grenouille originale, n'est-ce pas ?

— Non. Mais je me souviens d'elle et elle figure sur les photos de mon enfance. En revanche, je ne sais pas ce que mes parents en ont fait. Ils l'ont sans doute jetée.

— Il vous reste quelque chose de cette époque ?

— Oui, un médaillon, répondit Beth.

Surpris, Duke tourna la tête. Elle ne lui avait jamais parlé de ce médaillon. D'un autre côté, ils ne savaient pas tout l'un de l'autre.

Il avait rompu en découvrant qu'il ne pouvait pas faire confiance à Beth, mais il commençait à comprendre pourquoi elle avait du mal à se confier.

— Vous êtes sûre que ce médaillon date de l'époque qui a précédé votre adoption ?

— Je l'ai toujours eu avec moi. Ce n'est pas le genre de choses qu'on donne à un enfant d'un ou deux ans, et mes parents adoptifs ne m'auraient sûrement pas offert un bijou pareil.

— Ils n'en ont jamais parlé avec vous ?

— Ma mère m'a seulement dit que c'était à moi et que quelqu'un me l'avait donné quand j'étais bébé.

— Vous l'avez avec vous ?

— Il est dans ma chambre d'hôtel, dit Beth. C'est important ?

— Qu'est-ce que vous voulez que je fasse pour vous ? demanda Scarlett en lui lançant un regard pénétrant.

— Je voudrais que vous vous serviez de votre... sensibilité pour m'aider à prouver que je suis Heather Brice. Vous pensez que c'est possible ?

— Je peux accomplir certains rituels. Ce ne sera pas forcément agréable.

— Agréable pour moi ? Peu importe.

— Non, pour moi, précisa Scarlett en se versant une nouvelle dose de whisky qu'elle avala aussi vite que la première. C'est moi qui vais sonder votre passé, pas vous.

Duke sentit Beth se raidir à côté de lui.

— Je ne peux pas vous demander cela, si cela doit vous mettre en danger.

— Je n'ai pas dit que c'était dangereux, reprit Scarlett, juste que ce n'est pas une sensation très agréable.

Les coudes sur les genoux, Duke se pencha en avant.

— Et qu'est-ce que vous en retirez ? De l'argent ?

Scarlett lui lança un regard furibond.

— Vous vous croyez dans le genre de réserve où les Indiens font des passes magiques pour les hommes blancs ?

Duke leva les mains en signe d'excuse.

— J'essaie juste de comprendre pourquoi vous vous mettez en quatre pour une inconnue.

Scarlett rassembla ses cheveux et les enroula autour de sa main.

— Disons que j'ai mes raisons.

— C'est vrai ce que disait Jason sur la méfiance des Quileutes à propos de cette histoire ? Un garçon m'a dit la même chose, dans la forêt.

— Oui, c'est vrai.
— Et je peux vous demander pourquoi ?
— Il existe une légende quileute qui parle de la Dask'iya, la dame au panier, qui vole les enfants pour les manger. La plupart des anciens sont persuadés que c'est elle qui les a enlevés.
— Mais aucun d'eux n'était amérindien.
— Peu importe. L'idée qu'elle soit revenue a terrifié les vieux, répondit Scarlett.
— Mais ? relança Duke en faisant tourner sa bière dans la bouteille. Vous pensez qu'il y a autre chose.
— Je ne sais pas pourquoi cette peur a engendré autant de silences et de secrets.
— Alors vous pensez qu'elle est fondée sur quelque chose de plus… concret ?
— On pourrait dire ça, dit Scarlett en s'étirant. Si nous décidons de faire ça, Beth, je vais avoir besoin du médaillon. Et, à propos, il y a quelque chose dedans ? Des photos ?
— Des cheveux.
— Des cheveux comme…
Scarlett enroula une de ses mèches autour de son doigt.
— Ceux-ci ?
— D'un côté, il y a une boucle de cheveux blonds, et de l'autre, une boucle…
Beth secoua la tête pour faire danser ses cheveux.
— … de la même couleur que les miens.
— Les vôtres donc, et ceux de quelqu'un d'autre.
— J'imagine. Vous êtes sûre que vous voulez le faire, Scarlett ?
— Comme je vous l'ai dit, j'ai mes raisons, mais en retour, vous devrez faire quelque chose pour moi.
— Dites-moi.
— M. l'agent du FBI et vous, vous signalerez le coup de feu en retournant en ville.
Duke esquissa un sourire.

— Comment savez-vous que je suis du FBI ?
— J'ai entendu parler de vous. Je ne suis pas aussi isolée que le pense ma famille, et Cody Unger est un de mes amis.
— C'est quelqu'un de bien.
— De toute façon, la parole d'un agent du FBI aura plus de poids que celle d'une artiste écervelée qui se plaint tout le temps des chasseurs.
Beth posa son verre sur la table et se leva.
— Nous l'aurions signalé de toute façon, puisqu'il a failli m'atteindre. Y a-t-il autre chose que nous puissions faire ?
— Je vais voir. Quant à vous, Beth, réfléchissez bien de votre côté… Vous n'allez peut-être pas aimer ce que vous allez découvrir.

Le temps que Duke et Beth reviennent en ville, signalent le coup de feu aux auxiliaires du shérif et retournent à leur hôtel, une pluie légère s'était mise à tomber.

Duke prit le parapluie qu'il gardait toujours sur le siège arrière et escorta Beth jusqu'à l'entrée.

Son père était un alcoolique et un homme violent, mais Duke avait néanmoins appris la galanterie. Sans doute durant son service militaire. Quand elle l'avait rencontré, Beth avait immédiatement été attirée par lui. Mais c'était un homme qui exigeait une honnêteté totale, ce qui, pour elle, représentait une gageure.

Peut-être était-ce pour mettre fin à leur relation qu'elle lui avait volé ses dossiers. Referait-elle la même erreur aujourd'hui ? Aurait-elle d'ailleurs l'occasion de commettre cette erreur ? Duke n'avait pas changé. Mais *elle* ?

Dans le hall de l'hôtel, une belle flambée réchauffait l'atmosphère. Gregory leur fit signe de la réception.

— Bonsoir. Nous offrons un vin chaud à nos clients, ce soir. Corsé ou pas corsé, au choix.

Tout en prenant la direction du chariot de boissons, près de la cheminée, Beth lança par-dessus son épaule :

— Tu vas me traiter d'ivrogne si je prends un vin chaud corsé après les whiskys de Scarlett ?

— Pas du tout, tant que tu ne me juges pas, toi non plus.

Duke salua de la tête un couple assis devant le feu.

— Ça ne vous dérange pas si nous nous asseyons avec vous ?

L'homme leva son verre en guise de salut.

— Le vin est bon, et pas trop fort.

Beth servit deux verres de vin et se laissa tomber dans un fauteuil, près de Duke.

— Voilà le tien.

Il le prit et le posa sur la table entre eux.

— La pêche a été bonne aujourd'hui ? demanda-t-il à l'homme.

Celui-ci leva les yeux.

— Comment savez-vous que je suis pêcheur ?

— Vous avez l'air d'un pêcheur.

— Vous voulez dire qu'il a l'air d'un fanatique de pêche ! lança sa femme en riant.

— Alors, ça a mordu ? demanda Duke.

— Comme ci, comme ça.

— Vous chassez aussi ?

Beth se redressa et dévisagea Duke par-dessus le rebord de son verre. Comme l'avait prévu Scarlett, le shérif n'avait pas pris au sérieux le coup de feu. Unger, lui, avait déclaré que les chasseurs avaient l'obligation de rester dans les zones réservées à la chasse.

— Ça m'arrive, mais pas cette fois-ci, dit l'homme, en se levant à demi pour tendre la main. Walt Carver, et voici ma femme, Sue.

— Je m'appelle Duke Harper, et voici Beth St. Regis.

Beth agita la main en retenant son souffle, mais ni Walt ni Sue ne parurent la reconnaître. Ils ne devaient pas être de grands fans de téléréalité.

— Pourquoi me posez-vous la question, Duke ? Vous êtes chasseur ?

— Non, mais Beth a failli se faire tuer par un chasseur.

Sue se couvrit la bouche.

— Quelle horreur ! Je suis bien contente que Walt ne chasse plus.

— Certaines personnes ne suivent pas les règles et il y a des accidents, déclara sobrement Walt.

— Et c'est fréquent les accidents de chasse ? questionna Duke en soufflant sur son verre.

— Je ne connais pas les statistiques, mais ça arrive, répondit Walt en tapotant le genou de sa femme. J'ai toujours fait très attention, Sue. Tu n'as aucune raison de t'inquiéter.

— Ces journées de pêche m'épuisent, dit sa femme en bâillant. Je ne crois pas que j'ai assez d'énergie pour aller dîner.

— On va commander un plat à consommer dans la chambre.

Walt prit le verre des mains de sa femme et le posa sur le plateau.

— Ravi de vous avoir rencontrés. Vous restez longtemps ici ?

— Ça dépend, sourit Beth, en pensant à la chamane.

Le couple leur dit au revoir, et Duke s'installa à leur place pour contempler les flammes.

— À quoi tu penses ? demanda Beth en le rejoignant.

— Je me demandais si ce coup de feu était un accident, ou s'il t'était destiné.

— Scarlett semble penser que cela avait à voir avec elle, remarqua Beth en tendant une main vers le feu. Le shérif nous a dit qu'elle appelle souvent pour se plaindre des chasseurs et qu'elle a même lancé une pétition pour déplacer les terrains de chasse plus au nord. Elle n'aime pas les chasseurs et ils le lui rendent bien.

Duke se gratta le menton.

— Il y a eu d'autres incidents autour de chez elle, mais je n'aime pas ça, Beth.

— Moi non plus, mais je suis à ça de mon but, dit-elle en

rapprochant son pouce et son index. Avec l'aide de Scarlett, je vais enfin découvrir qui je suis et d'où je viens.

— Et comme dans les contes de fées, tu penses que tu es la fille du roi et de la reine ?

— Je suis prête à tout, Duke.

— Tu en es sûre ? Si quelqu'un te disait demain que tu es Heather Brice, tu quitterais Timberline ?

— Si je suis Heather, je contacterai immédiatement les Brice pour aller les voir dans le Connecticut — à condition qu'ils veuillent me voir.

— Et tu n'es *pas* Heather Brice ?

— Je retravaillerai le scénario et je prendrai une autre direction.

S'adossant aux coussins, elle posa les pieds sur la table devant eux. À l'entendre, Duke tenait à ce qu'elle laisse tomber cette histoire, pour son propre bien.

— Par une autre direction, tu veux dire une autre affaire ?

— Mon producteur, Scott, n'était pas très emballé par cette histoire, de toute façon. Si je laissais tomber, il ne pleurerait pas. En fait, il serait même très content, car il a tenté de me décourager. Ce serait un bon point aux yeux de son père, le propriétaire de la société de production.

— Apparemment, tout le monde veut que tu abandonnes ce projet.

Duke vida son verre de vin.

— C'était bien bon. Tu en veux un autre ou tu préfères aller manger un morceau ?

— Je préfère imiter Sue et Walt. On pourrait commander quelque chose. Une pizza ou des plats chinois ?

— Demandons à Gregory ce qu'il recommande.

Duke tendit la main pour l'aider à se lever. Beth aurait voulu ne pas la lâcher, mais il fit quelques pas pour poser leurs tasses sur le plateau.

— Gregory, mon ami… Nous voudrions commander à dîner. Vous avez quelque chose à nous recommander ?

— Il y a une bonne pizzeria sur l'avenue, qui fait aussi des salades et des pâtes. Vous avez leur menu là-bas, dit-il en montrant l'extrémité du comptoir.

Beth prit un menu et l'agita.

— Chez Vincenzo ?

— C'est ça.

Duke la rejoignit et se pencha sur son épaule pour lire.

— Comment se fait-il qu'il n'y ait pas de restaurant à l'hôtel ?

— Je crois que M. Young a passé un accord avec les restaurateurs pour ne pas nuire à leurs affaires.

— Jordan Young ? dit distraitement Beth en suivant du doigt les ingrédients des pizzas.

— Lui-même. Il y a quelques années, il a racheté l'ancien hôtel, l'a rénové et agrandi.

— Il aurait dû aussi améliorer la sécurité et mettre des caméras, dit Duke en tapotant le menu. Pizza et salade ?

— Ça marche, répondit Beth en lui mettant le menu dans les mains. Choisis la garniture, moi je vais prendre deux quarts de vin au distributeur.

— J'ai une meilleure idée. Je vais chercher la pizza et je m'arrête en route pour acheter une bonne bouteille.

— Parfait. Tu veux que je vienne avec toi ?

— Je vais me débrouiller.

Beth voulut lui donner de l'argent, mais il refusa. Elle gravit l'escalier, songeant avec un peu de vague à l'âme que la proximité de leurs chambres aurait pu faciliter un rapprochement entre eux. Mais avant d'espérer rétablir l'intimité dont ils jouissaient auparavant — et dont elle avait découvert qu'elle n'était pas aussi grande qu'elle l'avait cru — elle avait encore quelque chose à avouer à Duke.

Faire l'amour n'était pas toujours synonyme de complicité. Elle n'avait jamais partagé de sentiments aussi profonds avec quiconque, et cette proximité l'avait terrifiée au point de saboter leur relation naissante.

Elle lui avait menti et l'avait trahi. Et il avait réagi comme elle s'y attendait, en rompant. Pour le récupérer, il fallait qu'elle lui avoue son secret.

Cette soirée serait peut-être l'occasion ou jamais : pizza, vin rouge et confidences. Après avoir pris une douche et enfilé un jean et un T-shirt de l'académie du FBI donné par Duke, elle se sentit un peu plus sûre d'elle. Au moment où elle allumait la télévision, Duke frappa à la porte.

— C'est le livreur de pizza !

Elle regarda par le judas avant d'ouvrir.

— J'espère que tu as pris des assiettes et des serviettes.

— Elles sont dans le sac, répondit-il en exhibant une bouteille de vin. Et voilà une bouteille du vignoble de Washington.

— Ce doit être ma troisième boisson alcoolisée de la journée. Vraiment, ça ne me ressemble pas.

Duke posa la nourriture sur la commode et se retourna, les mains sur les hanches.

— Tu n'as pas besoin de t'excuser sans arrêt, Beth. Moi aussi, ça m'arrive de boire. Ce ne sont pas quelques verres qui rendent dépendant.

— Bien sûr, répliqua-t-elle en sortant les assiettes et les serviettes. Mais je ne veux pas que tu te fasses une fausse idée de moi.

— Je me suis déjà fait une fausse idée de toi.

— Je sais, dit-elle en ôtant le couvercle en plastique de la salade. Tu croyais pouvoir me faire confiance et je t'ai trahi.

— Tu te trompes, lâcha Duke en sortant un tire-bouchon du sac.

— Comment ça, je me trompe ? demanda-t-elle en croisant les bras.

— J'ai eu tout le temps de réfléchir à ce qui s'est passé entre nous, et ton histoire n'a fait que confirmer ce que je pensais de notre relation.

— Je crois qu'il me faut un peu de vin pour écouter ça.

Duke avait débouché la bouteille, et Beth en versa dans une tasse en plastique subtilisée dans le hall.

— Rien de bien sorcier. À l'époque, je n'ai pas compris que tu avais fait ça pour me repousser, parce que les choses allaient trop vite entre nous.

Beth faillit s'étouffer avec sa première gorgée et se couvrit la figure d'une serviette en papier.

— Alors tu joins la psychologie à tes autres talents ?

— Dis-moi que ce n'est pas vrai, rétorqua-t-il en écartant la serviette pour la dévisager.

— Je n'en étais pas consciente à ce moment-là. Je voulais seulement les dossiers.

— Tu aurais pu me les demander.

— Tu aurais dit non.

— Probablement.

Il coupa une part de pizza et la posa sur une assiette.

— Toutes ces analyses me donnent faim.

Elle le regarda par-dessus le rebord de sa tasse.

— Est-ce une manière de dire que tu me pardonnes cet acte incroyablement stupide ?

— Eh bien, cet acte incroyablement stupide a contribué à résoudre l'affaire, non ?

— Seulement parce que je ne t'ai pas parlé de ce que j'avais appris par ailleurs.

— Tu veux te faire passer pour plus mauvaise que tu n'es ?

— Je veux seulement que tu me voies telle que je suis… cette fois-ci. S'il y a lieu de dire « cette fois-ci », ajouta-t-elle.

Duke mordit dans sa pizza au lieu de répondre, et elle laissa tomber le sujet.

Lorsqu'il était adolescent, Duke avait bénéficié d'une thérapie ordonnée par le tribunal après la mort de sa mère sous les coups de son père et l'accident qui avait coûté la vie à sa jeune sœur. C'est pourquoi il était plus doué pour l'introspection que la plupart des hommes. Duke avait vécu une véritable tragédie, et il en était ressorti meilleur et plus fort. Beth ne pourrait pas le récupérer si elle ne résolvait pas sa propre tragédie, elle en était consciente.

Ils mangèrent la pizza et la salade en regardant la télévision, elle sur le lit, et lui dans un fauteuil. Beth avait l'impression de n'avoir jamais rien mangé de meilleur, mais elle s'en tint à deux verres de vin. Elle devait garder les idées claires pour sa confession.

Finalement, Duke rassembla leurs assiettes et leurs serviettes et les fourra dans le sac en plastique.

— Tu veux encore un peu de vin ?

— Non, merci. Garde-le pour plus tard. J'en aurai peut-être besoin demain, après ma séance avec Scarlett.

— Demain ? dit Duke en vérifiant son téléphone. C'est demain que tu y vas ?

— Tu attends un message ?

— Le boulot.

Il jeta son téléphone sur le lit.

— À quelle heure y vas-tu et quand avez-vous pris rendez-vous ?

— Quand tu es sorti inspecter les alentours. Et j'y vais au crépuscule, avec mon médaillon.

— Au crépuscule, hein ?

— Le jour, elle profite de la lumière pour peindre. C'est elle qui l'a proposé. Au moins, ce n'est pas en pleine nuit, à l'heure des sorcières.

— Je ne pense pas que tu devrais traiter Scarlett de sorcière. Elle te le fera payer, c'est sûr.

— Ce n'était pas mon intention. On garde le reste pour le petit déjeuner ? demanda-t-elle en désignant la boîte de pizza.

— D'accord.

De la langue, Beth cueillit une miette au coin de ses lèvres. Si seulement ils avaient pu se mettre d'accord aussi facilement sur la suite des événements ! Elle avait envie de suggérer à Duke de passer la nuit avec elle, mais ne voulait pas brusquer les choses.

Il reprit son téléphone et le posa sur la commode.

— Je vais descendre la poubelle. Tu n'as sûrement pas envie de t'endormir avec une odeur d'ail dans ta chambre.

Il prit le sac et quitta la pièce.

Beth soupira : il n'avait pas dit « *nous* endormir », sans doute prévoyait-il de dormir de son côté.

Elle essuyait la commode quand le téléphone de Duke se mit à vibrer. Était-ce le texto qu'il attendait ?

En le faisant pivoter vers elle, elle effleura au passage l'écran et aperçut le message. Il était de Mick Tedesco. Un mot sauta aux yeux de Beth : Brice.

Elle lança un regard à la porte et, sans réfléchir, lut le message :

Demande approuvée et adressée aux Brice.

Une main pressée sur le cœur, elle recula d'un pas. Quelle demande ? Duke ne lui avait parlé de rien. Avait-il l'intention de lui voler la vedette ?

Elle entendit un bruit de pas dans le couloir et battit en retraite dans la salle de bains. Comment pouvait-elle interroger Duke sans avouer qu'elle avait lu son message ?

Il entra dans la chambre.

— Voilà, c'est mieux.

Elle pointa la tête hors de la salle de bains.

— Ça ne te dérange pas d'emmener le reste de la pizza quand tu retourneras dans ta chambre ?

Duke parut hésiter, mais se reprit très vite.

— Bien sûr. Tu veux que je te laisse le vin ?

— Oui, merci.

Elle rentra dans la salle de bains et cria :

— N'oublie pas ton téléphone.

— Je l'ai.

Quelques minutes plus tard, il s'approcha de la salle de bains, le carton dans les mains, son téléphone posé dessus.

Beth retint son souffle en contemplant l'appareil. Avait-il déjà pris connaissance du texto ?

— À demain, Beth. Et ne t'imagine pas que tu vas aller chez Scarlett sans moi !

— Bien sûr que non, dit-elle en souriant. Nous sommes associés, non ?

Une petite ride se forma entre les sourcils de Duke.

— Évidemment. Bonne nuit !

— Bonne nuit. Merci pour la pizza et le vin.

Quand la porte se fut refermée, elle alla tirer le verrou et revint à la commode. Débouchant la bouteille, elle remplit sa tasse.

Puis elle s'assit en tailleur sur le lit et avala une grande gorgée. C'était une bonne chose qu'elle n'ait pas révélé son dernier secret à Duke… Parce que, de toute évidence, il en avait un, lui aussi.

10

Duke laissa tomber le carton à pizza sur le lit et déverrouilla son téléphone pour lire le texto de Mick. Il s'allongea sur le lit avec un soupir et tapa :

En urgence ?

Quelques minutes plus tard, Mick confirma. Duke mangea une part de pizza pour fêter la nouvelle. Il avait espéré célébrer les choses d'une autre manière, mais Beth lui avait clairement fait comprendre qu'elle n'était pas prête à passer la nuit avec lui. Peut-être n'avait-elle pas cru à son pardon, qu'il lui avait pourtant offert en toute franchise.

Il ne pouvait pas le lui reprocher. Deux jours auparavant, à peine, il avait vertement critiqué son comportement passé. Mais c'était avant qu'il ne découvre les vraies raisons de sa présence à Timberline.

Il finit la pizza et alla se laver les dents. Devant le lavabo, il se pencha pour se regarder dans le miroir. Peut-être était-ce elle qui avait raison, après tout. Ils devaient y aller doucement, cette fois, et ne pas tirer de conclusions trop rapides.

Il s'en sentait tout à fait capable. Mais qu'en était-il d'elle ?

Duke passa la journée du lendemain au bureau du FBI, en grande partie au téléphone avec l'Agence de lutte antidrogue. Il contacta Beth plusieurs fois au cours de la journée, et apprit ainsi qu'elle avait réalisé d'autres interviews et visité la maison où s'était déroulé l'enlèvement de Kayla Rush.

Il voulait juste s'assurer qu'elle n'allait pas toute seule chez Scarlett, car il ne se fiait ni aux chasseurs ni à quiconque d'autre en ville.

Il finit la journée dans les bureaux du shérif, discutant avec Unger. Musgrove était parti jouer au golf avec le maire et Jordan Young.

— Les chasseurs du coin n'aiment pas beaucoup Scarlett, n'est-ce pas ?

— Elle se plaint tout le temps d'eux. C'est sûr qu'elle ne les aime pas non plus.

— Et ça leur arrive souvent de tirer à proximité de son terrain ?

— Bien sûr, mais jusque-là personne ne s'était trouvé dans la ligne de tir.

— Hum, hum, dit Duke, l'air dubitatif.

— Vous pensez que c'était voulu ?

— Je n'en sais rien. On a peut-être essayé de lui faire peur, comme avec la vitre cassée et la tête de grenouille, mais c'est un peu exagé.

— Si c'était un bon tireur et qu'il n'avait pas l'intention de la toucher, on ne peut dire que c'est exagéré, reprit Hunger.

— Mais on pourrait y voir une tentative de meurtre.

— D'un point de vue légal, oui. Mais le tireur… Eh bien, ça ne lui a peut-être pas traversé l'esprit, conclut le policier en haussant les épaules.

— J'ai promis à Beth de vous demander si votre mère serait d'accord pour lui parler des enlèvements.

— Je détesterais voir ma mère à la télévision.

— Je comprends. Et si je vous garantis que Beth gardera cet entretien pour elle ?

— Mais pourquoi voudrait-elle l'interviewer si ce n'est pas pour inclure son témoignage dans l'émission ?

— Pour les informations qu'elle pourra lui fournir, répondit Duke en jouant avec le bord d'un dossier.

— C'est pour ça qu'elle est allée voir Scarlett ? Pour obtenir des informations ? Parce que j'ai du mal à l'imaginer acceptant de passer à la télévision. À ma connaissance, elle ne la regarde même pas.

— Question de perspective. Les équipes de télévision rassemblent des tas d'informations et d'interviews qu'elles n'utilisent pas, en fin de compte.

— Je verrais ce que je peux faire, concéda Unger en rentrant la tête dans les épaules.

— Merci, mon vieux.

Duke vérifia l'heure sur son téléphone. Pouvait-on considérer 17 heures comme le crépuscule ?

— Je vais y aller. Tenez-moi au courant des suites de l'affaire Gary Binder.

— Bien sûr.

En arrivant sur le parking de l'hôtel, il repéra tout de suite la voiture de Beth. Il se détendit, car il avait craint toute la journée qu'elle ne parte sans lui.

Il salua Gregory à la réception, évita Walt et Sue qui flânaient dans le hall et gravit les deux étages d'un pas leste.

— Beth, c'est Duke, lança-t-il en frappant à la porte.

— J'ai croisé Scarlett en ville, dit Beth en lui ouvrant. Nous avons décidé de nous retrouver à 19 heures.

— Tu veux t'arrêter en chemin pour dîner ?

— J'ai déjà mangé un bout en ville. Je taperai à ta porte quand je serai prête. Dans une demi-heure ?

— D'accord.

Elle lui referma la porte au nez. Surpris par la sécheresse de son ton, Duke se demanda si elle avait correctement interprété son attitude, la veille. Peut-être avait-il conclu à tort que le désir qu'il éprouvait à son égard était réciproque.

Elle ne lui donnerait peut-être pas de deuxième chance,

après tout. Mais il veillerait quand même à ce qu'elle ne prenne pas de risque inconsidéré dans cette chasse aux chimères.

Ayant bien déjeuné avec ses collègues du FBI, il songea qu'il pouvait sauter le dîner, et décida plutôt de se doucher et se changer. Quelle était la tenue adéquate pour une séance d'envoûtement, il l'ignorait, mais un costume n'était sûrement pas approprié.

À 18 h 45, Beth frappa à sa porte. Il l'accueillit en faisant tinter les clés de son véhicule.

— Prenons ma voiture, elle a quatre roues motrices. Le chemin n'est pas si bon que ça, même selon les critères de Timberline.

— D'accord, dit Beth en jouant nerveusement avec le bijou qu'elle avait autour du cou.

— C'est le médaillon ?

— Oui.

Elle l'écarta de son cou et il vit un cœur en or suspendu à une chaîne.

— J'ai parfois eu affaire à des médiums au FBI, lui dit Duke tandis qu'ils s'engageaient dans l'escalier. Ils n'ont jamais résolu nos affaires, mais je ne peux pas nier qu'ils avaient des capacités étonnantes.

— J'espère que Scarlett pourra me révéler quelque chose. Même si cela n'a qu'un lien ténu avec les Brice, ça pourrait suffire.

— Suffire pour quoi ? demanda Duke en poussant la porte du hall.

— Pour justifier que je prenne contact avec eux, bien que, comme je te l'ai dit, je ne veuille pas leur donner de faux espoirs.

— Les faux espoirs ne font jamais de bien, surtout dans des affaires comme celle-ci.

La tête penchée, Beth lui lança un regard énigmatique avant de monter en voiture.

— J'imagine que tu n'as pas réussi à interviewer Jordan Young aujourd'hui ? lui dit-il en démarrant.

— En effet. Comment le sais-tu ?

— Je suis passé au bureau voir Cody — l'adjoint Unger — et il m'a dit que Musgrove était parti jouer au golf avec Young et le maire. Burton, c'est le nom du maire. Tu l'as déjà rencontré ?

— Pas encore. J'ai passé la journée à filmer différents lieux… Et j'ai remplacé ma grenouille.

— Tu en as acheté une autre ?

— Je voulais demander à Linda, la propriétaire de la boutique, si on était venu se renseigner sur moi.

— Et tu as appris quelque chose ?

— Rien de suspect. Quelques personnes lui ont parlé de l'émission, mais elle les connaissait. En tout cas, elle était ravie de me vendre une autre grenouille.

— Et tu vas la garder sous clé, celle-là ?

Duke quitta la route principale et s'avança sous l'ombre des grands arbres.

— Je la protégerai au péril de ma vie, dit Beth.

Il lui glissa un regard de biais, s'attendant à la voir sourire, mais elle arborait une expression féroce qui le déstabilisa. Depuis combien de temps était-elle obsédée par cette histoire ? Il n'avait jamais noté cela chez elle.

Malgré le temps qu'ils avaient passé ensemble, malgré le nombre de fois où ils avaient fait l'amour, il ne la connaissait pas vraiment.

Le 4x4 rebondit sur un nid-de-poule, et Beth serra le médaillon.

— Tu es sûre de toi ? demanda Duke, si tu veux, on peut encore faire demi-tour…

— Non. Scarlett me l'a dit : ce sera plus dur pour elle que pour moi.

— Mais ce ne sera pas une partie de plaisir pour toi non plus, surtout si tu découvres quelque chose d'imprévu.

— Je dois le faire.

— Je sais, dit-il en lui pressant la cuisse. Et c'est pour toi que je suis là.

Beth hocha sèchement la tête sans répondre.

Duke se gara devant la rangée d'arbres entourant la maison de Scarlett.

— Si quelqu'un tire à nouveau, jette-toi à terre, reprit-il. Et je ne plaisante qu'à moitié.

— Pourquoi, tu m'as entendue rire ?

Il l'entraîna vers la maison, un bras passé autour de ses épaules, sentant sa raideur. Cette rencontre avec Scarlett la rendait nerveuse et il craignait qu'elle ne tombe de très haut.

Dès qu'ils atteignirent la véranda, Beth se dégagea. Elle n'avait pas besoin d'être protégée, surtout par quelqu'un qui lui cachait des choses. Quand allait-il lui révéler ce qu'il traficotait avec les Brice ? Leur avait-il parlé de ses recherches ?

Le heurtoir en forme de tête d'ours brillait dans la lumière de la véranda. Duke le souleva et frappa plusieurs fois.

Scarlett vint leur ouvrir, vêtue d'un pantalon de yoga noir et d'un pull de la même couleur, si long qu'il lui cachait presque les genoux.

— Vous avez apporté le médaillon ?

— Je l'ai ici, répondit Beth en le lui montrant.

— Entrez et asseyez-vous près du feu. Cet incapable de shérif vous a dit quelque chose à propos du coup de feu d'hier ? dit-elle à Duke en le toisant.

— Il a demandé à quelques-uns de ses auxiliaires de chercher la douille, mais c'est comme chercher une aiguille dans une botte de foin. Il a aussi rappelé les chasseurs à l'ordre.

Elle rejeta sa longue natte sur son épaule.

— Voyez-vous ça ! Vous voulez boire quelque chose avant de commencer ?

— Vous n'allez pas recommencer à avaler des whiskys, j'espère ? s'exclama Duke en esquissant un sourire.

Scarlett lui répondit d'un petit rire. Beth les observa l'un après l'autre et sentit son cœur se serrer. Duke aimait bien Scarlett. Et pourquoi ne l'aurait-il pas aimée ? Elle était magnifique avec ses longs cheveux noirs et sa peau mate.

Elle avait une silhouette tout en courbes douces, un corps fait pour porter des enfants. Beth passa les mains sur ses hanches étroites et retint un sanglot.

— Je bois une tisane spéciale ce soir, dit Scarlett en posant la main sur le bras de Beth. Je vous en sers une tasse ? Vous êtes toute pâle.

— Ce serait gentil, merci.

— Quant à vous, continua Scarlett en s'adressant à Duke, vous n'avez pas l'air du genre à boire de la tisane. Vous voulez un whisky ?

— Je ne touche pas aux alcools forts, mais une bière ne me déplairait pas.

Scarlett se dirigea vers la cuisine, lançant par-dessus son épaule :

— Je parie que vous en voudrez une autre quand ce sera fini.

Beth prit place dans un fauteuil près de l'énorme cheminée en pierre et tendit les mains vers le feu.

— Ça vous va si je m'installe ici ?

— Je vais m'asseoir devant la cheminée, par terre.

La tisane devait déjà être infusée, car Scarlett ressortit de la cuisine en portant deux tasses.

— Vous voulez du sucre ou du lait ?

— Rien, merci.

Beth prit la tasse et renifla l'odeur légèrement amère qui montait du liquide doré.

Scarlett posa sa tasse au bord du foyer et retourna à la cuisine chercher une bière pour Duke. Puis elle s'installa sur un tapis devant le feu et but une gorgée de tisane.

— Y a-t-il des époques qui sont plus favorables pour ce genre de choses ? questionna Beth.

— Vous voulez dire la pleine lune par exemple ? Non. On a le don ou on ne l'a pas, dit Scarlett en haussant les épaules.

Beth but un peu de tisane et plissa le nez. Peut-être aurait-elle dû prendre du sucre. Scarlett l'observait par-dessus le rebord de sa tasse.

— Ce n'est pas très bon, n'est-ce pas ? Mais on finit par s'y habituer. Je la prépare moi-même, avec des racines et des baies. C'est une vieille recette de ma tribu, qui se transmet de génération en génération.

— Je suppose que vous voulez voir le médaillon, dit Beth en essayant de le détacher de ses doigts tremblants.

— Laisse-moi faire, proposa Duke en s'accroupissant près d'elle.

Il repoussa ses cheveux sur sa nuque. Malgré la situation, la chaleur de ses doigts donna un frisson d'excitation à Beth. Son contact la faisait toujours réagir.

— Ça y est.

Il tendit la main au creux de laquelle reposait la chaîne, et la remit à Scarlett.

— Je peux ? demanda celle-ci en posant l'ongle de son pouce sur la fente du médaillon.

Beth hocha la tête et Scarlett ouvrit le cœur en or.

— Ces cheveux-là pourraient être les vôtres, blond vénitien. Quant aux cheveux blonds, ce sont peut-être les vôtres quand vous étiez petite.

— Ça va vous aider, non ? D'avoir des cheveux en plus du médaillon.

— Peut-être.

Scarlett s'assit en tailleur et tendit les mains vers le feu, dont les flammes firent scintiller ses yeux noirs.

— Je dois vous informer d'une règle.

— Une règle ? dit Beth en lançant un coup d'œil à Duke.

— Oui. Quoi qu'il se passe, ne me faites pas sortir de ma transe.

— Vous allez être en transe ?

— À quoi vous attendiez-vous ? s'exclama Scarlett en haussant des sourcils étonnés. À ce que je cherche votre médaillon sur Internet ?

— Mais une transe, ce n'est pas dangereux ? insista Beth en se mordant la lèvre.

— C'est épuisant, mais ce n'est pas dangereux — sauf si vous m'en faites sortir en sursaut.

Scarlett tirailla sa natte.

— Quoi qu'il se passe, quoi que je dise ou fasse, même si j'ai l'air d'avoir des convulsions, ne me touchez pas.

— Des convulsions ? Oh ! mon Dieu, s'exclama Beth. Je ne peux pas vous laisser faire ça, Scarlett.

— J'ai déjà décidé de le faire. Et comme je vous l'ai dit, j'ai mes propres raisons.

Duke s'assit sur le plancher près de Beth et posa la main sur sa jambe.

— Laisse-la décider, Beth. Elle sait ce qu'elle fait.

— Ecoutez votre compagnon.

Scarlett ferma les yeux et saisit sa tasse à deux mains. Elle prit une longue gorgée, puis la reposa sur la pierre de la cheminée.

Les yeux mi-clos, elle glissa un doigt derrière la chaîne et la fit se balancer devant le feu. Le médaillon parut s'enflammer au bout de ses doigts. Elle referma la main et le tint serré dans son poing. Puis elle expira lentement et ferma les paupières.

Beth l'entendit murmurer quelque chose sans pouvoir saisir les mots. Elle lança un regard interrogateur à Duke, qui secoua la tête.

Les murmures se firent inaudibles et les jointures de Scarlett devinrent blanches. Elle renversa la tête en arrière et sa longue natte balaya le tapis derrière elle. Puis ses paupières tressaillirent et ses lèvres se crispèrent à plusieurs reprises.

Beth se laissa glisser sur le sol, près de Duke, et glissa une main au creux de son bras.

— J'espère qu'elle va bien, murmura-t-elle à son oreille.

— J'espère aussi.

Scarlett laissa tomber le menton, le corps parfaitement immobile.

— Elle s'est endormie ? murmura Beth. C'est la transe dont elle parlait ?

Duke lui passa un bras autour de la taille et la serra contre lui.

— Chut. Je ne sais pas, Beth. Je n'ai jamais vu ça avant.

Le corps de Scarlett semblait entouré de flammes. Ses longs cheveux dansaient autour de son visage.

Beth posa deux doigts sur sa tempe.

— Ça ne va pas ? questionna Duke dans un chuchotement.

— Je me sens bizarre. Tu crois que cette tisane a des effets particuliers ? dit-elle en regardant le reste du breuvage.

— Tu veux dire comme du peyotl ou des champignons hallucinogènes ?

— Je ne sais pas.

Elle fit tourner sa langue dans sa bouche qui lui parut soudain anormalement sèche.

— Je me sens toute drôle.

— Il fait très chaud ici.

Scarlett laissa échapper un petit cri et renversa la tête en arrière. Ses paupières s'ouvrirent sur des yeux révulsés.

— Duke ! s'exclama Beth en lui prenant la main. Fais quelque chose !

— Tu as entendu ce qu'elle a dit. Nous lui ferions plus de mal que de bien en l'interrompant.

Scarlett posa une main sur sa gorge, qu'elle étreignit comme si elle cherchait son souffle.

Beth planta ses ongles dans la main de Duke. Elle ne pouvait pas rester impassible devant ce spectacle. Et s'il arrivait quelque chose à Scarlett ?

Duke resserra son bras autour d'elle, comme s'il avait lu ses pensées.

— Attends.

Scarlett poussa un cri étouffé et tendit soudain la main

gauche. Elle agrippa le bras de Beth et le serra comme dans un étau pour l'attirer vers elle.

Duke retint Beth, qui se sentit comme écartelée.

— Lâche-moi, Duke !

Il la laissa aller et Scarlett l'attira sur le tapis. La chamane s'empara de sa main et entremêla ses doigts aux siens.

Soudain, Beth eut l'impression qu'une sorte d'éclair lui traversait le corps. Sans cesser d'entendre la voix de Duke, qui l'appelait à des millions de kilomètres, elle se sentit dériver à toute allure dans une obscurité trouée de points de lumière. La chaleur du feu ne parvenait plus jusqu'à elle, et un froid glacial l'envahit. L'obscurité se transforma soudain en une forêt luxuriante qui défilait autour d'elle.

Puis tout s'arrêta. Les bruissements du feuillage se muèrent en voix fortes, qui criaient et pleuraient.

Elle sentit, avant de le voir, l'odeur âcre et métallique du sang. Des flots de sang, épais et écarlate. Un bébé se mit à pleurer.

Beth eut un haut-le-cœur et arracha sa main à Scarlett.

Celle-ci laissa tomber le médaillon et pressa ses paumes sur sa tête.

— Du sang, tellement de sang…, gémit-elle.

Duke se pencha et souleva Beth pour la serrer contre lui.

— Ça va ? Qu'est-ce que c'était que ça ?

Beth avait les paupières si lourdes qu'elle put à peine lever les yeux vers lui.

— Du sang…

— Assieds-toi.

Il la poussa dans le fauteuil, puis se pencha vers Scarlett.

— Ça va, Scarlett ? Vous voulez que je vous apporte quelque chose ?

— De l'eau, donnez-nous de l'eau.

Elle s'allongea sur le dos, un bras en travers des yeux.

Une minute plus tard, Duke pressa un verre d'eau contre les lèvres de Beth.

— Bois.

Elle but avec tant d'avidité qu'une partie de l'eau coula sur son menton, sans qu'elle y prête attention. Après avoir vidé le verre, elle leva les yeux en cillant et croisa le regard de Scarlett.

— Vous l'avez vu aussi, n'est-ce pas ? lui dit celle-ci.

Beth hocha la tête.

Duke se mit à faire les cent pas dans la pièce, fourrageant dans ses cheveux noirs.

— Mais qu'est-ce qui s'est passé, bon sang ? Vous avez entraîné Beth dans votre transe ? Vous l'avez droguée ?

— Une minute cow-boy, dit Scarlett en levant un doigt. Cette tisane n'est pas un hallucinogène. Oui, ça augmente mes perceptions, mais j'ignorais totalement que cela allait avoir un effet sur Beth. Ça n'était jamais arrivé auparavant.

— Qu'est-ce qui n'était jamais arrivé avant ? Que vous donniez votre breuvage de sorcière ou que vous entraîniez quelqu'un dans votre transe ?

Scarlett pinça les lèvres et claqua des doigts.

— Comment vous sentez-vous, Beth ?

— Je me sens bien, parfaitement bien. C'était comme une expérience hors du corps.

— Vous pouvez lui apporter encore de l'eau, Duke, au lieu d'user mon plancher inutilement ?

Duke ouvrit la bouche, la referma, et s'en fut en grommelant chercher de l'eau à la cuisine.

— Tout ira bien, Beth, dit Scarlett. Je suis désolée de vous avoir pris la main comme ça. Je vous ai dit la vérité. Je n'ai jamais fait ça avant, je ne savais même pas que c'était possible.

— Peu importe. Que s'est-il passé ?

— Dites-le moi, vous. Qu'avez-vous vu ?

Beth battit des paupières.

— J'ai vu… J'ai senti du sang. J'ai entendu des gens crier. J'ai entendu un bébé ou un enfant pleurer.

— Stupéfiant, commenta Scarlett en secouant la tête. C'est aussi ce que j'ai perçu. Vous avez partagé ma vision.

— Qu'est-ce que ça signifie, Scarlett ? demanda Beth en souriant à Duke qui lui tendait son verre.

Il n'avait plus l'air d'aimer autant la jeune chamane, songea-t-elle.

— Qu'en pensez-vous ? répliqua Scarlett en s'adossant à la cheminée.

— Si c'est lié au médaillon, alors c'est une image du passé. Serait-ce la scène de mon enlèvement ?

— Waouh, attendez une minute, intervint Duke en levant la main. Personne n'a parlé de sang à propos des kidnappings.

Beth tapota un ongle contre son verre d'eau.

— Est-ce que ça pourrait être une représentation symbolique de la violence de mon enlèvement, Scarlett ?

— Je n'en sais rien. J'imagine.

Elle se leva et s'étira.

— Vous avez reconnu le lieu ?

— Le lieu ?

— Le bungalow. Je suis presque sûre que c'était un bungalow.

— Oh ! dit Beth en s'adossant aux coussins. Non, je ne l'ai pas vu, je n'ai senti que le sang et entendu les cris.

— C'est un autre problème. Heather a été enlevée dans la maison de ses parents, qui n'avait rien d'un bungalow, dit Duke. Comment sais-tu que ce… Cette vision a quelque chose à voir avec toi ? Elle pourrait être liée à la propriétaire précédente du médaillon. N'est-ce pas Scarlett ?

— Je suppose, mais j'ai eu l'impulsion de prendre la main de Beth et de l'entraîner avec moi.

— Le fait est que vous ne savez pas ce que vous faites. Vous buvez de la tisane, vous marmonnez des trucs incompréhensibles, vous avez des visions, et vous laissez vos clients avec plus de questions que de réponses.

— Mes clients ? releva Scarlett en écartant sa natte d'un

geste brusque. Mes seuls clients sont ceux qui achètent mes peintures et financent mes expositions.

— Duke, Scarlett a accepté de faire ça parce que je le lui ai demandé. Ce que j'ai vu et entendu m'a effrayée, mais je suis satisfaite de ce que nous avons fait ce soir.

— D'accord, admit Duke en faisant jouer ses vertèbres cervicales. Je suis désolé, Scarlett. C'est juste que je ne vois pas en quoi ça aide Beth.

Celle-ci se plia en deux pour ramasser son médaillon.

— Qu'est-ce que vous avez vu d'autre, Scarlett ? Je ne vous ai rejoint dans votre transe qu'assez tard. Vous avez dû percevoir plus de choses que moi.

— C'était un joli bungalow, avec une porte rouge. Je ne peux pas vous en dire plus. Je n'ai pas vu où il était situé, comment il était meublé, ni les gens qu'il y avait dedans.

Duke ricana, et Beth lui jeta un regard d'avertissement.

— Mais j'ai vu deux oiseaux…

— En train de voler ? Très utile !

Beth enfonça un doigt dans les côtes de Duke pour le punir, mais Scarlett ne parut pas s'en apercevoir.

— Il y avait deux oiseaux… Je me souviens de deux oiseaux, peut-être sur une peinture, à moins qu'il ne s'agisse de ces horribles trucs empaillés…

— Quelque chose d'autre ?

— Les gens… Il y avait un homme, une femme et un enfant, non ?

— J'ai entendu des voix, mais je n'arrivais pas à les distinguer, dit Beth. Mais j'ai entendu un enfant ou un bébé pleurer.

— Et les cheveux, ajouta Scarlett en soulevant une des mèches de Beth. La femme avait des cheveux blond vénitien, comme les vôtres.

11

Beth arpentait sa chambre d'hôtel.

— Qu'est-ce que ça veut dire, à ton avis ? Une femme aux cheveux blond vénitien ?

— Qui sait ? Scarlett n'est pas vraiment une spécialiste de l'interprétation, si ?

— Elle n'a jamais prétendu l'être, déclara Beth en mettant les mains sur les hanches. Pourquoi l'as-tu agressée, alors qu'elle essayait seulement de m'aider ?

— T'aider ? En t'entraînant dans sa transe ? Je me suis dit…

Il passa sa main dans ses cheveux.

— Je me suis inquiété pour toi.

Beth lui lança un regard en coin.

— Et moi, je me suis dit que tu en pinçais pour elle.

— Scarlett n'est pas mon type de femme, elle est trop artiste, trop solitaire, trop… bizarre.

S'adossant à la fenêtre, il croisa les bras.

— Ça t'embêterait si je craquais pour Scarlett ?

Avant qu'il ne lui cache des choses ? Oh oui. Mais à présent ?

Beth agita les mains devant elle en signe de dénégation.

— C'est une belle femme. Je pourrais comprendre que tu sois attiré par elle.

Duke fit un pas vers elle.

— Qu'est-ce que tu vas faire de ces informations ? Qu'est-ce que ça prouve ?

Visiblement, il était sceptique.

— Ça prouve, dit-elle en se laissant tomber sur le lit, que j'ai vécu dans un bungalow lorsque j'étais enfant, avant que les King m'adoptent. J'ai l'intention de retrouver ce bungalow.

— Et tu vas faire comment ? En sillonnant Timberline pour visiter tous les bungalows avec une porte rouge ?

— C'est un début.

— Et ensuite ?

Elle s'allongea sur le dos et fixa le plafond.

— Pourquoi essaies-tu de me décourager ? Je pensais que tu étais de mon côté. Je croyais que tu allais m'aider.

— Ça, c'était avant que Gary Binder se fasse renverser et qu'on te tire dessus dans les bois.

— La mort de Gary n'a rien à voir avec moi, et ce coup de feu était sûrement destiné à Scarlett.

— Tu recommences, Beth…

Le matelas se creusa quand il s'assit à côté d'elle.

— Tu te focalises tellement sur cette histoire que tu oublies d'envisager la situation dans son ensemble.

— Je me fiche de la situation dans son ensemble, déclara Beth en soufflant sur une mèche qui lui tombait sur les yeux. Je dois le faire. Scarlett m'a donné ma première vraie piste, et je vais la suivre jusqu'au bout.

Duke remua, et elle retint son souffle. S'il la prenait dans ses bras et l'embrassait, elle lui rendrait son baiser, et au diable les secrets — les siens ou ceux de Duke !

Mais il se leva simplement et la contempla en secouant la tête.

— Quelle tête de mule ! D'accord, je t'aiderai.

Se redressant sur les coudes, elle lui lança :

— Je le ferai avec ou sans toi, mais merci quand même.

— Dors un peu, conclut-il en lui pinçant un orteil avant de marmonner, en marchant vers la porte : et qu'est-ce que je pourrais faire d'autre, te laisser errer toute seule dans les bois comme le Petit Chaperon rouge ?

La porte claqua derrière lui et Beth plissa les yeux.

Il aurait pu commencer par lui dire la vérité sur ce qu'il mijotait avec les Brice, par exemple.

Le lendemain, à la faveur de ses interviews, elle posa discrètement quelques questions sur les bungalows de la région. Elle visionna aussi ses vidéos pour repérer d'éventuelles portes rouges, en vain.

Après sa troisième interview, elle se laissa tomber dans sa voiture et appela à nouveau le bureau de Jordan Young. Son assistante décrocha à la première sonnerie.

— Beth St. Regis, à l'appareil. Je voulais savoir si M. Young serait disponible aujourd'hui pour une interview.

— Je suis désolée, madame St. Regis, M. Young est absent aujourd'hui. Mais il m'a dit qu'il était impatient de vous parler.

— Je sais qu'il est très occupé. Dites-lui simplement que j'ai appelé et que je me tiens à sa disposition.

— Ça sera fait.

Beth entendit son estomac gargouiller. Elle avait sauté le petit déjeuner, craignant d'être mal à l'aise face à Duke. L'autre soir, il avait dû croire qu'ils se rapprochaient, qu'ils mettaient leur différend de côté. Il s'était même excusé de l'avoir critiquée, en admettant avoir mal compris ses motivations.

Si elle n'avait pas lu le texto de Mickey Tedesco, ils auraient sans doute repris leur liaison. Bien sûr, elle aurait pu interroger Duke à ce sujet, mais il aurait fallu pour cela reconnaître qu'elle s'était de nouveau mêlée de ce qui ne la regardait pas.

Et qu'y avait-il de mal à ça, après tout ? se dit-elle. C'était comme l'adultère. Si votre mari vous trompait, n'était-ce pas normal de vérifier ses messages et ses mails ?

Elle descendit de voiture et remonta son col pour se protéger du vent. Une goutte de pluie s'écrasa sur sa main, et elle pressa le pas pour se mettre à l'abri dans la sandwicherie.

Une fois à l'intérieur, elle secoua les gouttes d'eau qui

parsemaient sa chevelure. L'endroit était un simple débit de plats à emporter, mais il y avait quelques tables en fer forgé.

Elle commanda un sandwich à l'italienne au comptoir, acheta un sachet de chips et attendit devant le distributeur de boissons que le client précédent ait fini. Enfin, celui-ci se retourna, manquant de renverser sa boisson sur elle.

— Désolé… Madame St. Regis.

— Monsieur Unger, comment allez-vous ? s'écria-t-elle en le reconnaissant, malgré sa chemise en flanelle et son jean. Vous êtes en congé ?

— Oui, je fais des provisions pour une partie de chasse cet après-midi, expliqua-t-il en soulevant un sac en plastique plein de victuailles.

— Oh ! vous chassez aussi, dit-elle en plissant le nez.

Comme Scarlett, elle avait ce soi-disant sport en horreur.

— La plupart des gens chassent depuis l'enfance par ici, et j'ai toujours mangé du gibier. Je chasse la dinde sauvage, expliqua-t-il en désignant le comptoir. Ça ressemble beaucoup à ce qu'il y a dans votre sandwich.

— Je vous avoue que je suis une vraie citadine. Je ne comprends pas quel plaisir il y a à chasser.

Unger posa un couvercle en plastique sur son gobelet et prit une paille.

— J'ai parlé de votre émission à ma mère. En fait, elle est d'accord pour que vous l'interviewiez.

Beth sentit son cœur bondir.

— Formidable ! Merci beaucoup de lui en avoir parlé.

Unger tapota sa paille sur le comptoir.

— Je pense qu'elle vous aurait contactée de toute façon. Elle a entendu parler de votre reportage.

— Je suis certaine que vous m'avez facilité la tâche en le lui suggérant.

De même que Duke la lui avait facilitée en en parlant à Unger. Celui-ci prit une serviette et demanda un stylo au serveur.

— Voici son numéro. N'hésitez pas à l'appeler. Elle est à la retraite et elle passe ses journées dans des clubs de tricot et de lecture ou à faire du bénévolat à la bibliothèque, mais je crois qu'aujourd'hui elle est libre, si vous avez le temps.

— C'est le cas.

Beth replia la serviette et la mit dans son sac.

— J'essaie d'obtenir un rendez-vous avec Jordan Yong, mais il n'est jamais disponible.

— Ah oui, Jordan. C'est un poids lourd dans les affaires depuis des années. Il se débrouille toujours pour obtenir les meilleurs contrats. Tout le monde le taquine en feignant de croire qu'il détient des informations sur tous les fonctionnaires publics.

— Il connaît tous les secrets de la ville, alors ?

— Il vit ici depuis longtemps, bien qu'il ne soit pas né à Timberline. Il est arrivé un jour de nulle part, a épousé une fille du coin et s'est établi en un rien de temps. Un type qui connaît le secret de la réussite.

— Sans doute la raison pour laquelle il est si difficile à joindre. Merci encore, conclut-elle en tapotant son sac, où elle avait rangé le numéro de la mère de Unger.

— Gardez vos remerciements pour plus tard. Ma mère va sûrement vous soûler de paroles.

Prenant une gorgée de son soda, il agita la main et quitta la boutique.

Beth se servit un gobelet de ginger-ale avec de la glace et alla récupérer son sandwich au comptoir. Il faudrait qu'elle remercie Duke pour son intervention.

Au moment où elle s'asseyait, Jason Foster franchit la porte.

— Bonjour, Beth, dit-il en s'approchant de sa table. Comment ça s'est passé avec ma cousine ?

— Nous avons… euh, parlé.

— C'est un sacré numéro, non ?

Un sacré numéro, oui, c'était exactement l'expression qu'elle aurait utilisée.

— Je l'aime bien.

— Certains l'aiment, d'autres non. Elle vous a dit quelque chose d'utile ?

Il fit signe au serveur derrière le comptoir.

— Mon pastrami est prêt ?

— Elle s'est montrée très serviable, dit Beth.

— *Serviable*, ce n'est pas le mot que j'utiliserais pour qualifier ma cousine ! Je suis juste venu chercher mon sandwich, faut que je retourne bosser, dit-il en désignant le comptoir. Je suis content que Scarlett ait pu vous aider.

Après avoir payé, il quitta la boutique.

Beth ignorait quels rapports Jason entretenait avec Scarlett, mais elle ne s'était pas sentie libre de parler de ce qui s'était passé chez cette dernière. En fait, elle ne savait même pas vraiment ce qui s'était passé.

Elle finit son déjeuner sans nouvelle interruption, puis sortit de son sac la serviette en papier sur laquelle elle avait inscrit le numéro de Mme Unger.

Son enthousiasme fut un peu douché quand elle tomba sur son répondeur. Elle laissa un message et se leva pour remplir à nouveau son verre.

À cet instant, son téléphone se mit à sonner et Beth revint précipitamment à sa table.

— Allô ?

— Vous êtes Beth St. Regis de *Cold Cases Chronicles* ?

— Oui. Madame Unger ?

— Vous pouvez m'appeler Dorothy.

— Merci de m'avoir rappelée, Dorothy.

Beth tira sa chaise et s'assit.

— Votre fils m'a dit que vous seriez d'accord pour me parler de l'affaire du trio Timberline, surtout des Brice, que vous avez bien connus.

— Quelle triste époque, dit la vieille dame en claquant de la langue. Je serai ravie de vous en parler, Beth. Vous pensez que je passerai à la télévision ?

Beth esquissa un sourire.

— Je n'en sais rien. Cela dépend. D'après votre fils, cela ne vous intéressait pas.

— Oh ! ça c'est du Cody tout craché. Qui ne voudrait pas passer à la télé ?

— Pouvons-nous nous rencontrer chez vous ou dans un autre lieu ?

— Vous pouvez venir tout de suite, si vous voulez. J'ai un club de tricot à 15 heures, mais je suis libre jusque-là.

— Parfait.

Dorothy donna son adresse à Beth, qui la nota immédiatement sur son téléphone.

Un peu plus tard, elle atteignit la maison, située sur l'un des nouveaux axes routiers. Elle se gara dans l'allée, derrière une petite voiture qui n'était pas de la première jeunesse mais semblait en excellent état, et sortit du coffre sa caméra et son trépied.

Avant de s'avancer vers la porte d'entrée, elle adressa un court texto à Duke, pour le remercier d'avoir persuadé Unger de la laisser rencontrer sa mère.

Hissant la caméra sur son épaule, elle gravit les deux degrés de la véranda et sonna à la porte.

Une petite femme à la mise soignée lui ouvrit la porte.

— Bonjour, Beth.

— Bonjour, Dorothy. Merci d'avoir accepté de me recevoir.

— Je vous en prie. Entrez donc. Du café ? De l'eau ? Quelque chose de plus fort ? demanda-t-elle en clignant de l'œil.

Qu'avaient donc ces femmes de l'État de Washington avec leur whisky ? s'interrogea Beth. Ce devait être le froid et l'humidité.

— Non merci, je viens juste de déjeuner.

— Il faut que vous installiez cette caméra ?

— Oui, en effet.

Beth désigna le canapé où gisait un magazine retourné.

— Asseyez-vous là où vous en avez l'habitude.

Dorothy lui obéit et croisa les mains sur ses genoux.

— La lumière est bonne à cet endroit ?

Beth déplia le trépied de l'autre côté de la petite table.

— Je ne suis pas cameraman. C'est quelqu'un d'autre qui fait ça pour moi. Je ne fais que les interviews préliminaires, sans formalisme.

— Oh ! tant mieux. Alors je n'ai pas de raison d'être nerveuse !

— Bien sûr que non.

Les doigts tremblants, Beth fit les réglages nécessaires. C'était elle qui était nerveuse. Cette femme l'avait peut-être connue bébé.

Elle débuta l'interview à la manière habituelle. Dorothy énonça son nom, son adresse et la date du jour, et Beth la questionna sur ses souvenirs de l'époque.

Le récit de la vieille dame ne différa guère de ce qu'elle avait déjà entendu. Les soupçons à propos du père de Kayla, le choc de la disparition de Stevie, et la terreur quand la petite Heather avait été enlevée à son tour.

— Trois enfants disparus comme ça, dit Dorothy en faisant claquer ses doigts. Ceux qui avaient de jeunes enfants étaient épouvantés. Pendant les mois qui ont suivi les kidnappings, je n'ai pas quitté mes garçons des yeux une seule seconde.

— Et vous étiez proche des Brice à l'époque ?

— Nous avions des rapports amicaux. Timberline n'était pas aussi peuplée à ce moment-là. C'est Evergreen Software qui a attiré beaucoup de gens ici.

— Vous vous souvenez d'Heather ?

— C'était une petite fille adorable.

— Elle était blonde, n'est-ce pas ? questionna Beth en prenant conscience qu'elle entortillait autour de son doigt une mèche de ses propres cheveux. J'ai vu des photos d'elle un peu floues, dans le journal.

— Oui, comme sa mère, bien que Patty, elle, le doive au coiffeur.

— Sa mère ?

Beth sentit ses entrailles se nouer.

— Mme Brice était blonde ?

— Oui, comme je l'ai dit, elle s'éclaircissait les cheveux. Je pense que sa vraie couleur était châtain clair.

Beth tripota le médaillon autour de son cou. Châtain clair et non blond vénitien ? Elle lâcha le collier sur sa poitrine. Cela ne voulait rien dire. La femme que Scarlett avait vue pouvait être la ravisseuse.

— Pourquoi, la couleur des cheveux joue un rôle ? demanda Dorothy.

— Non, non. Je pensais simplement aux photos que j'ai vues de l'affaire.

Beth lui posa autant de questions qu'elle put sans éveiller ses soupçons.

Elle acheva l'interview avec un sentiment de contentement. Au dire de tous, les Brice formaient une famille solide et aimante. De toute évidence, ils allaient accueillir à bras ouverts leur fille disparue.

En éteignant la caméra, elle ajouta cependant :

— M. Brice était-il déjà fortuné quand ils vivaient ici ?

— Ils avaient de l'argent, parce que Charlie avait déjà vendu son premier brevet, mais rien de comparable à leur niveau de vie actuel.

Dorothy posa le magazine sur ses genoux et en lissa la couverture glacée du plat de la main.

— Si la petite Heather avait été kidnappée la première, tout le monde aurait pensé que c'était pour une rançon.

— Vous avez gardé le contact avec eux depuis leur départ ?

— Nous avons échangé quelques cartes de vœux, mais je pense que Charlie et Patty avaient envie de tourner la page.

— Avec leurs moyens, ils n'ont pas engagé un détective privé pour retrouver Heather ?

— Je suis sûre qu'ils l'ont fait, mais Patty ne m'en a jamais parlé. Ils ont déménagé deux ans plus tard.

Dorothy se leva.

— Et maintenant, vous ne voulez toujours rien boire ? demanda-t-elle.

— Je prendrais volontiers un verre d'eau.

— Je pense que j'ai quelques photos d'Heather avec mes fils, si ça vous intéresse, cria Dorothy depuis la cuisine, mais il faudra que je les cherche.

Beth sentit son cœur battre plus vite. Elle n'avait vu d'Heather que de vieux clichés dans le journal. Ils n'avaient déclenché aucune sensation de reconnaissance chez elle, mais cela ne voulait rien dire. Des photos plus nettes et en couleur pourraient en révéler davantage.

— J'adorerais les voir si vous arrivez à les trouver.

Dorothy revint avec un verre d'eau.

— Je regarderai et je vous appellerai si je les trouve.

Beth but un peu d'eau.

— Vous savez s'il y a par ici des bungalows qui ont des portes rouges ?

— Plus maintenant.

Le verre à mi-chemin des lèvres, Beth se figea.

— Plus maintenant ? Il y en avait avant ?

— Il y en avait plusieurs. C'était la mode.

— Quand était-ce, Dorothy ? demanda Beth en s'essuyant la bouche du dos de la main.

— Il y a peut-être trente, trente-cinq ans. Il y a toujours des modes dans le design, n'est-ce pas ? Vous vous souvenez de ces horribles appareils électroménagers vert olive ? Maintenant tout se doit d'être en inox brossé.

— Combien de bungalows avaient des portes rouges ?

— Une dizaine ou une quinzaine ?

Elle observa Beth.

— Pourquoi ? Ça aussi, ça compte ?

— Je ne peux pas vous le dire, pour le moment. Ces bungalows étaient-ils éparpillés ou situés dans la même zone ?

— Je ne m'en souviens pas, Beth. Ils étaient ici et là. Qui

aurait pensé à l'époque qu'un détail pareil pouvait avoir de l'importance ?

— Il y en a encore ? Des bungalows avec des portes de cette couleur ?

— Quelques-uns peut-être. Vous devriez demander à un agent immobilier, pas à cet imbécile de Bill Raney, bien sûr, mais peut-être à Rebecca Geist. C'était une fille formidable. Elle vient juste de vendre la maison de Cass Teagan.

— Je le ferai sans doute. J'ai vu quelques-uns de ses panneaux en ville.

— Quand prendrez-vous la décision par rapport à mon interview ?

— Je vais soumettre tous les enregistrements à mon producteur et c'est lui qui décidera. Ensuite, le reste de mon équipe viendra me rejoindre, et nous mettrons l'émission en forme.

— Vous ne résoudrez pas l'affaire, dit Dorothy. Ni vous ni ce bel agent du FBI.

Elle posa un doigt sur ses lèvres et chuchota :

— Je commence à croire que c'est vraiment cette dame quileute qui a volé les enfants et les a mangés.

Beth se laissa tomber dans sa voiture, assaillie par les émotions. À qui appartenaient les cheveux blond vénitien dans son médaillon ? Étaient-ce les siens ? Et si oui, qui était la femme que Scarlett avait vue ? Peut-être était-ce elle-même, à l'âge adulte.

Ses pensées prirent une autre direction, ajoutant une nouvelle information à l'ensemble, comme dans un kaléidoscope.

Y avait-il un moyen de retrouver ces bungalows aux portes rouges ? Si elle les localisait un par un, réussirait-elle à découvrir celui que Scarlett avait vu dans sa transe ?

Elle passa la marche arrière et recula dans l'allée de Dorothy. Il fallait qu'elle reprenne contact avec Scarlett. La chamane s'était peut-être souvenue d'autre chose.

Elle fit le trajet inverse et rejoignit la rue principale. Puis elle prit la route perpendiculaire menant chez Scarlett, en surveillant les boîtes aux lettres.

Duke ne voulait pas qu'elle aille là-bas toute seule, mais il était occupé toute la journée, et elle ne pouvait pas attendre. Elle s'arrêta en apercevant la boîte aux lettres peinte et composa le numéro de Duke.

— Où étais-tu ? Je t'envoie des textos depuis une demi-heure ! dit-il d'un ton bourru.

— Je ne les ai pas reçus. Je suis en route pour aller voir Scarlett.

— Bon sang, Beth ! Tu ne pouvais pas m'attendre ?

— Il fait grand jour.

— Il faisait aussi grand jour, la dernière fois. Ne bouge pas, je te rejoins.

— Je suis à l'entrée du chemin qui mène chez Scarlett. Je vais rouler jusqu'à sa maison et t'attendre. Je ne sais même pas si elle est chez elle.

— Reste dans ta voiture.

— Duke, je pense que tu dramatises.

— Pense ce que tu veux, ça m'est égal tant que tu restes à l'abri.

Beth mit fin à l'appel et s'engagea sur le chemin menant à la maison. Sa voiture cahotait dans les trous et elle roula aussi vite que le permettait l'état du sol.

Enfin, elle s'arrêta et entrouvrit sa portière. Elle avait promis à Duke de l'attendre à l'intérieur de son véhicule — une précaution ridicule, mais à laquelle elle se conformerait.

Posant la tête contre l'appui-tête, elle tambourina des doigts sur le volant, puis vérifia l'heure sur son portable. Scarlett ne devait pas être chez elle, sinon elle serait sortie en entendant le bruit du moteur.

Elle ouvrit sa portière en grand et respira l'odeur des pins. La brume effleurait la cime des arbres autour de la maison, donnant à l'endroit une ambiance mystérieuse qui convenait bien à son habitante.

Soudain, un gémissement brisa le silence, la faisant frémir de tout son corps. Elle sauta de voiture et se tint à la portière.

— Il y a quelqu'un ? Scarlett ?

Un cri perçant déchira l'air. Beth se rua sur le sentier menant au bungalow. Entre les arbres, elle aperçut la véranda et accéléra le pas.

Soudain elle sentit quelque chose se refermer sur sa cheville avec un claquement. Elle tomba à quatre pattes et heurta le sol en criant.

Sans perdre de temps, elle roula sur le dos pour soulager la douleur et, les yeux larmoyants, contempla sa jambe. Sa cheville était prise entre les mâchoires d'un piège.

12

Duke poussa un juron en apercevant la voiture de Beth, portière ouverte. Pourquoi n'était-il pas surpris qu'elle ne lui ait pas obéi ? Beth avait-elle jamais opté pour la sécurité ?

Descendant de voiture, il claqua sa portière et s'avança vers le véhicule de location. Pointant la tête à l'intérieur de l'habitacle, il fronça les sourcils. Pourquoi Beth avait-elle laissé sa clé sur le contact et son téléphone dans le vide-poches ?

Il entendit alors un gémissement venant du couvert des arbres et releva brusquement la tête, le cœur battant.

— Beth ?

— Duke ! Je suis ici. Au secours !

Il se mit à courir vers elle et, la voyant recroquevillée sur le sol, se précipita pour s'agenouiller à ses côtés.

— Oh ! bon sang ! s'exclama-t-il en voyant le piège qui retenait son pied. Tu as la cheville cassée ?

— Je n'en sais rien, dit Beth. J'ai le pied engourdi tellement ça fait mal. J'avais peur de bouger, sinon j'aurais rampé jusqu'à la voiture pour prendre mon téléphone.

— Où est Scarlett ? questionna Duke en tournant la tête.

— Je ne sais pas. Je n'ai vu personne depuis que je suis arrivée, articula-t-elle avec un gémissement de douleur.

— Allonge la jambe. Je vais essayer de t'enlever ce truc.

Beth tendit lentement sa jambe emprisonnée et Duke ouvrit les mâchoires métalliques en les tenant solidement. Le ressort claqua et le piège s'ouvrit.

La chaussure de Beth était lacérée, mais il ne vit pas de sang.

— Apparemment, il n'a pas atteint la chair, mais on va laisser un médecin s'occuper de ça.

— Heureusement que je portais ces chaussures ! Ça fait un mal de chien, et je ne sais pas si ma cheville est cassée ou seulement contusionnée.

— Je t'emmène à l'hôpital.

Il la prit dans ses bras et revint sur ses pas, inspectant le sol à chaque pas, de peur de marcher sur un autre piège.

— On a posé le piège exprès, Duke, et on m'a attirée hors de ma voiture.

— Comment ça ?

Il resserra les bras autour d'elle et sentit les battements de son cœur contre sa poitrine.

— J'ai entendu un gémissement. On aurait dit un animal blessé, mais c'était peut-être un être humain.

Elle tira sur un pan de la veste de Duke.

— Il faut prévenir Scarlett. Il y a peut-être d'autres pièges autour de sa maison.

— Je vais appeler le bureau du shérif.

Il la déposa sur le siège passager et embrassa sa tête, là où la rosée s'était déposée sur ses cheveux.

— Ce piège était peut-être destiné à Scarlett, murmura-t-elle.

— Ou à toi.

S'installant au volant, il prit son téléphone dans sa poche. Comme Beth insistait, il appela d'abord Scarlett.

— Allô ?

— Scarlett, c'est Duke Harper. Je viens de trouver Beth près de chez vous, la jambe prise dans un piège.

Scarlett inspira brusquement.

— Un piège ? Quel genre de piège ?

— Je n'en suis pas sûr, mais ça ressemble à un piège à ours.

— Est-ce qu'elle va bien ?

— Je l'emmène aux urgences, mais soyez prudente. Il y en a peut-être d'autres autour de chez vous.

— Vous avez appelé la police ? demanda Scarlett.

— Je vais le faire maintenant. Où êtes-vous ?

— Chez ma grand-mère, dans la réserve. Comment ce truc est-il arrivé sur mon terrain ?

— J'espérais que vous pourriez me le dire, dit Duke.

— On l'a sans doute mis là pour moi. Ça n'a rien à voir avec Beth.

— Sauf que c'est elle qui a marché dessus, marmonna Duke avant de raccrocher.

Il composa le numéro du bureau du shérif et lui expliqua la situation.

— Scarlett pense que le piège lui était destiné, dit-il à Beth en reposant le téléphone sur le tableau de bord.

— Ce n'était peut-être pour aucune de nous deux, répliqua Beth en tressaillant et en se frottant sa cuisse.

— Ça va ? Accroche-toi, l'encouragea Duke en démarrant.

Il retourna en ville à vive allure et prit un raccourci pour rejoindre le nouvel hôpital, situé près d'Evergreen Software. Se garant devant les urgences, il porta Beth à l'intérieur.

— Il lui faut un fauteuil roulant. Elle a marché sur un piège, lança-t-il à l'accueil.

Un aide-soignant franchit en hâte les portes battantes, poussant un fauteuil roulant. Duke installa Beth dedans et suivit l'homme jusqu'à la salle d'examen.

L'aide-soignant hissa Beth sur la table d'examen puis s'en fut en disant :

— Une infirmière va venir.

Beth se redressa sur les coudes, faisant crisser le papier qui recouvrait la table d'examen.

— Qui a pu faire ça, Duke ? Ce piège a été posé là exprès.

— Bien sûr, mais qui était visé ? Scarlett ou toi ?

Beth croisa les bras comme pour se protéger.

— C'est la maison de Scarlett. Personne ne pouvait savoir que je reviendrais.

— C'est bizarre tout de même que ces deux agressions se

soient produites quand tu étais là. Et je me demande si Scarlett est réellement en conflit permanent avec les chasseurs ? J'ai eu l'impression qu'elle n'était pas souvent chez elle.

— Peut-être, commença Beth en jetant un coup d'œil à la porte, peut-être que c'était Scarlett la cible, mais ça n'a sûrement aucun rapport avec les chasseurs.

— Pourquoi, dans ce cas ? Ses peintures sont-elles si affreuses ?

— Je pense que c'est à cause de cette cérémonie, hier soir.

Cette remarque fit battre le cœur de Duke. Comme Beth y avait participé, cela faisait également d'elle une cible. Il se frotta la mâchoire.

— Alors le poseur de piège veut que Scarlett et toi arrêtiez de vous occuper de l'affaire du trio. Il se fiche peut-être de savoir à laquelle il nuit en particulier.

— Ce que je voudrais comprendre, c'est pourquoi moi ? Pourquoi me met-il en garde, et pas toi ? Le FBI enquête aussi sur l'affaire !

— Parce que prendre le FBI pour cible est bien plus sérieux que d'effrayer une journaliste et une artiste qui joue les chamanes.

Beth lui donna une tape sur le bras.

— Scarlett ne joue pas les chamanes, c'en est une.

— Pour le bien qu'on en a tiré…

— C'était très utile. Tu sais que j'ai parlé à Dorothy Unger, aujourd'hui.

— J'ai eu ton texto. Alors elle t'a prise par les épaules et t'a dit que tu étais le sosie d'Heather Brice ?

— Chut ! dit Beth en jetant un nouveau coup d'œil à la porte. Non, elle n'a pas fait ça, mais elle m'a dit que beaucoup de bungalows avaient des portes rouges à Timberline, autrefois. Apparemment, c'était la mode.

— Mais ce n'est plus le cas.

— Ça, je l'ai compris, mais elle m'a donné le nom d'un agent immobilier qui pourra peut-être m'aider à déterminer quels bungalows en avaient. Avec cette information, je pourrai les retrouver.

— À supposer qu'ils existent toujours. Même l'ancienne maison des Brice a été démolie.

— Je sais, dit-elle en se laissant retomber sur la table d'un air découragé.

Duke n'aimait pas anéantir les espoirs de Beth, mais il fallait qu'elle quitte cette ville. Les menaces contre elle semblaient de plus en plus violentes.

Il posa une main sur sa jambe et la caressa. Peut-être aurait-il bientôt des nouvelles qui la détourneraient de cette quête de plus en plus dangereuse.

L'infirmière entra rapidement dans la pièce et, touchant le bout de la chaussure de Beth, déclara :

— Et, en plus, vous avez perdu une jolie paire de souliers. On va l'enlever.

Prenant un scalpel, elle trancha la couture à l'arrière de la chaussure et la retira.

— Vous avez la cheville enflée, ça c'est sûr, dit-elle en claquant la langue, mais je ne vois pas de sang. Je ne pense pas que les dents du piège aient touché la chair.

— Et moi, je n'ose pas imaginer à quoi ça aurait ressemblé si ça avait été le cas, commenta Beth en frissonnant.

L'infirmière retira la chaussette en laine de Beth qui grommela :

— Ce n'est pas beau à voir.

— C'est enflé et vous allez avoir un fameux bleu.

Duke se pencha pour examiner la cheville de Beth.

— Elle est cassée ?

— Le médecin va sans doute demander des radios, dit l'infirmière en désinfectant le pied et la cheville de Beth. Comment évaluez-vous la douleur, sur une échelle de un à dix, dix correspondant aux douleurs de l'accouchement ?

Une vague de rougeur monta aux joues de Beth.

— Je n'ai jamais accouché, mais je dirais six pour la douleur actuelle. Et neuf au moment où c'est arrivé.

L'infirmière lui tendit une petite soucoupe avec des gélules vertes.

— Je vous donne un analgésique pour la douleur. Le médecin vous en prescrira des plus forts.

À cet instant, celui-ci pointa la tête dans la pièce.

— Bonjour, je suis le Dr Thallman. Un auxiliaire du shérif veut vous voir, mais nous allons d'abord vous faire passer des radios.

— Je vais lui parler, intervint Duke en se penchant pour caresser le visage de Beth. Je ne serai pas loin.

Il regarda l'infirmière pousser le fauteuil de Beth, puis s'en fut dans la salle d'attente, où l'adjoint Stevens parlait à la réceptionniste.

— On fait passer des radios à Beth, dit-il en lui serrant la main.

— Nous avons demandé aux agents de ratisser la zone située autour de la maison de Scarlett, et ils ont trouvé un autre piège, plus près de chez elle.

Duke se pinça l'arête du nez.

— Quelle blague sinistre. Il y a moyen de retrouver l'origine de ces pièges ?

— Probablement pas, dit l'adjoint en ôtant sa casquette. Mais si on trouve qui s'amuse à ça, non seulement il n'aura plus jamais de permis de chasse dans l'État de Washington, mais on l'enverra en prison.

— Vous pensez que c'est lié à la guerre de Scarlett contre les chasseurs ? questionna Duke en serrant les dents.

Si seulement il avait pu y croire lui-même.

— Peut-être, mais on ne peut pas écarter l'hypothèse que ce soit à cause du reportage de Beth. Il y a beaucoup de gens que cette idée met mal à l'aise, sans parler du fait que Bill Raney est aussi chasseur.

— Je pensais que vous l'aviez innocenté à propos des autres… incidents.

— On va examiner chaque cas en détail.

À cet instant, Scarlett franchit en trombe les portes des urgences.

— Où est Beth ? Elle va bien ?

— On lui fait des radios. Il vous a dit qu'on a trouvé un autre piège sur votre terrain ? questionna-t-il en désignant Stevens.

— Oui. Il y en avait peut-être un pour elle et un pour moi.

— Vous n'avez rien à voir avec l'enquête de Beth à Timberline, n'est-ce pas ?

— Moi ? dit Scarlett d'un ton étonné. Ça ne risque pas.

Une infirmière se montra à la porte menant aux salles d'examen.

— Beth va bien. Le Dr Thallman regarde ses radios, alors si vous voulez venir, monsieur Stevens…

Duke et Scarlett emboîtèrent le pas au policier, guidés par l'infirmière.

Beth désigna le pansement rose appliqué sur son pied et sa cheville.

— Joli, vous ne trouvez pas ?

Scarlett pénétra dans la pièce et lui passa un bras autour des épaules.

— Je suis désolée.

— Ce n'est pas votre faute, Scarlett.

— Ma maison a l'air de vous porter la guigne.

— C'est vous qui auriez pu marcher sur ce piège.

Stevens s'éclaircit la gorge.

— *L'un* de ces pièges : on vient d'en trouver un autre.

— Oh Seigneur ! s'exclama Beth, si celui-là ne m'avait pas eue, je serais tombée sur l'autre.

— Et il était plus gros, il aurait causé plus de dégâts, précisa Stevens.

— C'était vraiment une bonne idée d'acheter ces chaussures, marmonna Beth.

Le Dr Thallman se glissa dans la pièce.

— En effet, commenta-t-il. Elles vous ont évité une belle fracture.

— Je n'ai pas la cheville cassée ?

— Vous avez surtout un gros hématome. Gardez le pied pansé et en hauteur, je vais vous prescrire des antalgiques, au cas où.

Il gribouilla une ordonnance et l'arracha de son bloc.

— Alors elle peut partir ? questionna Duke.

— Oui.

Stevens tira une chaise près de la table d'examen.

— Avant cela, j'aimerais vous poser quelques questions, madame St. Regis.

— Nous allons vous laisser, dit Duke en prenant le bras de Scarlett. Nous serons dans la salle d'attente, Beth.

Une fois dans la salle d'attente, Scarlett se laissa tomber sur une chaise.

— Je ne dormirai pas chez moi ce soir. J'avais l'intention de partir pour Seattle demain, puis de prendre un vol jusqu'à San Francisco, pour assister au vernissage d'une de mes amies. Je ne peux rien faire de plus pour Beth, de toute façon.

— Vous en avez déjà fait beaucoup.

Elle lui lança un regard aigu.

— J'ai juste besoin de passer chez moi faire ma valise, et ensuite j'irai dormir chez ma grand-mère, dans la réserve. C'est Jason qui va me conduire à Seattle.

— Si on a besoin de vous, on peut vous joindre au numéro que vous avez donné à Beth ?

— Oui. Et prévenez-moi quand je pourrai rentrer chez moi sans courir le moindre danger.

Stevens saisit la fin de leur conversation en entrant dans la salle d'attente.

— Nos agents passent votre terrain au peigne fin, Scarlett. S'ils trouvent quelque chose, nous vous tiendrons au courant.

— Et si je me rappelle un détail, je vous appellerai, Quentin.

Beth apparut dans un fauteuil roulant poussé par une aide-soignante. Duke s'accroupit à côté d'elle.

— Tu peux t'appuyer sur ta cheville pour marcher ?

Elle désigna l'aide-soignante, qui tenait une paire de béquilles.

— Je vais devoir me déplacer avec ça, mais quand l'hématome se sera un peu résorbé, ça devrait aller.

La femme tendit les béquilles à Duke et disparut derrière les portes battantes.

— Nous vous tiendrons aussi au courant, Beth, déclara Stevens en coiffant sa casquette. Bonne soirée à tous.

— Stevens ? appela Beth, Scarlett retourne chez elle faire ses bagages. Ce serait peut-être une bonne idée que vos agents restent jusqu'à son départ.

— Je le leur dirai.

Quand il fut parti, Scarlett se tourna vers Beth.

— Pourquoi vouliez-vous me voir, au fait ?

— Oh mon Dieu, j'ai failli oublier, dit Beth en pressant les doigts sur son front. La femme que vous avez vue, avec les cheveux blond vénitien ? Est-ce que cela pourrait être moi, à l'âge adulte ?

— Je ne sais pas. Comme l'a fait remarquer Duke, je ne suis pas très douée pour interpréter mes visions. Je n'ai pas eu l'impression que c'était vous. Pourquoi me posez-vous la question ?

— J'ai parlé à quelqu'un qui connaissait les Brice, et Patty Brice n'a jamais eu les cheveux de cette couleur.

— Je n'ai pas dit que cette femme était Patty Brice. Je ne peux pas vous aider davantage, dit Scarlett en se mordant la lèvre. Ce que je ne vous ai pas dit, ni à vous ni à Quentin, c'est que ce piège a pu être posé par mon propre peuple en guise d'avertissement.

— Les Quileutes ? Mais pourquoi ? dit Beth en écarquillant les yeux.

— Parce qu'ils ne veulent pas qu'on parle de la Dask'iya

ou de l'affaire du trio. Je vous l'ai déjà dit. La tribu ne l'évoque jamais.

— Ils seraient capables d'aller aussi loin ? questionna Duke.

— C'est possible. Tout ce que je sais, c'est qu'il faut que je m'en aille. Et vous devriez faire de même, ajouta-t-elle en prenant la main de Beth.

— Merci, dit Duke. Ça fait plusieurs jours que je le lui conseille.

— Nous sommes deux du même avis, reprit Scarlett. Trouvez un autre sujet, Beth. D'aussi longtemps que je me souvienne, les kidnappings de Timberline n'ont jamais cessé d'engendrer des tragédies.

Beth lui pressa la main.

— Merci de vous inquiéter pour moi, et merci de votre aide. Mais j'essaie de joindre un agent immobilier qui va m'aider à retrouver les portes rouges.

Scarlett leva les yeux au ciel et se tourna vers Duke.

— Il n'y a rien à faire, pas vrai ?

— Oh ! mais je n'abandonne pas la partie ! dit Duke en riant. Ça ne vous dérange pas si nous partons maintenant ?

— Allez-y. Vous avez entendu Quentin. La police sera encore là quand j'arriverai chez moi.

— Ma voiture ! Elle est toujours chez vous, dit brusquement Beth en claquant des doigts.

— Tu ne peux pas conduire avec ce pied bandé.

— Ne vous inquiétez pas. Je demanderai à Jason de la ramener à l'hôtel et de laisser les clés à la réception.

Duke sortit les clés de la voiture de Beth de sa poche et les tendit à Scarlett.

— Bon voyage.

Ils se séparèrent pour retourner à leurs véhicules respectifs, Beth maniant maladroitement les béquilles.

En l'aidant à monter dans le 4x4, Duke lui demanda :

— Je t'ai bien entendue dire que tu avais déjà appelé l'agent immobilier ?

— Je l'ai fait après mes radios et je lui ai laissé un message. Si elle est libre pour dîner, ça te dirait de te joindre à nous ?

— Comment pourrais-je manquer une discussion sur les bungalows équipés de portes rouges ? Bien sûr. Et tu as besoin d'un soutien de toute façon, jusqu'à ce que tu apprennes à te servir de ces béquilles.

Le trajet de retour à l'hôtel fut silencieux. Duke avait cessé d'essayer de convaincre Beth, car il aurait un autre moyen de pression quand Mick le rappellerait.

Le téléphone de Beth se mit à sonner quand il se gara dans le parking. Elle répondit et il descendit de voiture pour attendre. Quand elle sortit à son tour, elle leva l'appareil.

— Dîner avec Rebecca Geist à 19 heures chez Sutter. Tu viens ?

— Je viens.

Quand elle l'eut rejoint, il lui posa un bras sur les épaules et ils se dirigèrent vers l'entrée.

— J'ai bien failli perdre mes moyens en te voyant par terre, la cheville bloquée dans ce fichu piège.

Il la sentit trembler contre lui.

— C'était... terrifiant. Ce claquement sinistre... Je vais l'entendre longtemps dans mes cauchemars.

— Qu'est-ce que tu attends, Beth ?

— Pour quitter Timberline ? Je veux découvrir la vérité. Je partirai quand j'aurai découvert le secret de mon identité. Autrement, qu'est-ce qu'il me restera ?

— Moi, dit-il simplement avant de poser ses lèvres sur les siennes et d'enfouir une main dans ses cheveux.

Elle se laissa aller contre lui et lui rendit son baiser. Mais au bout de quelques secondes, elle se dégagea et recula.

— Je crois que tu ne comprends pas ce que ça représente pour moi, Duke. J'ai derrière moi toute une vie de doute et de questions qui prennent soudain forme ici, dans cet endroit. Tout dans ma vie m'a poussée vers Timberline.

— Tu n'en sais rien, Beth. Tout cela, ce sont des suppositions basées sur des pressentiments, des portes rouges et des grenouilles.

— C'est un début.

Duke ferma les yeux et inspira profondément. Il n'avait pas envie de lui ôter tout espoir, mais il l'aurait fait sans scrupule, si cela avait pu la mettre hors de danger.

— D'accord. On a au moins une heure avant d'aller dîner. Je vais prendre une douche et je passe te prendre à 18 h 45.

Beth agrippa le devant de sa chemise.

— Merci de ne pas me brusquer, Duke.

Voulait-elle parler de sa quête d'identité ou du baiser qu'ils venaient d'échanger ? se demanda-t-il. Parce qu'en réalité il avait envie de la brusquer sur les deux tableaux, surtout le dernier.

Une heure plus tard, ils se rendirent en ville en voiture et prirent une table pour trois chez Sutter. En dehors de Jordan Young et de quelques autres, Beth avait interviewé tous ceux qu'elle y avait rencontrés. En la voyant boiter jusqu'à sa table, les clients présents dans la salle lui jetèrent des coups d'œil et se mirent à chuchoter. L'accueil était bien moins chaleureux que la première fois.

Les incidents dont elle avait été victime avaient-ils déjà fait le tour de la ville ?

Le regard de Duke se posa sur Beth, qui lisait le menu, et il sentit son cœur se serrer. Elle s'accrochait à son but, sans se soucier de quiconque, y compris de lui.

À cet instant, une jeune femme aux cheveux d'un blond éclatant pénétra dans le restaurant et se dirigea tout droit vers leur table.

— Beth St. Regis ? Je vous aurais reconnue n'importe où.

Duke se leva et tira une chaise pour l'arrivante, tandis que Beth faisait les présentations.

— Ravie de vous rencontrer, Rebecca. Voici l'agent spécial Duke Harper.

Elle lui serra la main avant de s'asseoir.

— Quel gentleman vous faites ! Les malotrus qui vivent ici auraient une chose ou deux à apprendre de vous.

Les voyant assis, Chloe se précipita à leur table.

— Jason m'a dit qu'on avait posé des pièges à ours autour de la maison de Scarlett et que vous aviez marché sur l'un d'eux ?

— Oui, c'est ce qui s'est passé, répondit Beth en exhibant son pied bandé.

— C'est dingue. Il faut que Scarlett arrête d'embêter ces chasseurs.

— Elle est déjà partie pour Seattle ?

Chloe hocha la tête.

— Ils sont en route. Jason m'a envoyé un texto il y a une heure. Vous voulez boire quelque chose ?

Rebecca et Duke prirent un verre de merlot, tandis que Beth commandait un thé.

— Je viens juste d'avaler des antalgiques. Si je mélange avec l'alcool, je vais m'endormir sur la table.

Quand Chloe fut repartie, Rebecca posa les coudes sur la table et se tourna vers Beth.

— Alors, dites-moi tout. Qu'avez-vous découvert dans notre petite ville ?

— Malheureusement, les secrets s'accumulent et je n'en sais toujours pas plus.

— J'ai entendu parler de ce qui s'était produit entre Bill Raney et vous, l'autre soir.

— On ne cesse de me parler de lui, mais depuis qu'il a proféré ses menaces, je ne l'ai pas revu, déclara Beth en jetant un coup d'œil en direction du bar. D'ailleurs, je pense qu'il n'est pas le seul à ne pas avoir envie que je fourre mon nez partout.

— Croyez-moi, ma chère, dit Rebecca en agitant ses doigts

manucurés, l'affaire du trio est le dernier de ces soucis. C'est moi, son plus gros problème, acheva-t-elle avec un clin d'œil.

Duke mit son téléphone en mode vibreur et le rangea dans la poche de sa chemise.

— Vous lui prenez ses clients ?

— Il n'y a rien à lui prendre. Moi, je fais des ventes et lui non. S'il ne buvait pas autant…

— Dorothy Unger m'a dit que vous étiez la meilleure, c'est pour cela que je vous ai contactée.

Chloe revint avec leurs boissons et ils en profitèrent pour commander leurs plats.

— J'ai aidé Dot à vendre sa vieille maison quand son mari est décédé, et je lui ai trouvé une villa plus petite et plus récente.

Elle croisa les bras.

— Alors, dites-moi comment je peux vous aider.

— Dorothy m'a dit qu'il y a des années, la mode était aux portes rouges pour les bungalows. Sauriez-vous lesquels en avaient ?

Rebecca fit papillonner ses faux cils.

— Des portes rouges… Il n'y en a plus beaucoup.

— Mais il y en a encore ? insista Beth en se penchant en avant.

— Il y en a quelques-unes, mais je ne sais pas si elles étaient rouges à l'origine, ou si on les a repeintes. Je vais me renseigner. J'ai beaucoup de photos d'archives. Je suis certaine de pouvoir les retrouver.

— Ce serait formidable, Rebecca. Si vous m'indiquez la marche à suivre, je pourrai vous aider dans vos recherches.

Le téléphone de Duke se mit à vibrer. Il le prit et y jeta discrètement un coup d'œil. Quand il vit qu'il s'agissait de Mick, un muscle tressauta sur sa joue.

— C'est le boulot ?

— Oui. Je sors une seconde, si vous voulez bien m'excuser, mesdames.

Rebecca tapota le bras de Beth.

— C'est un vrai gentleman, celui-là.

Duke recula sa chaise et s'efforça de ne pas courir vers la sortie. Arrivé sur le trottoir, il s'aperçut qu'il haletait comme s'il avait couru un marathon.

Il déverrouilla son téléphone et balaya l'écran du doigt. Le sang lui monta à la tête quand il lut le texto de Mick, et il s'appuya d'une main à la façade pour ne pas chanceler. Se reprenant, il appela son chef et lui demanda :

— Tu en es sûr ?

— L'ADN ne ment pas, mon vieux, même quand on fait un test éclair. Ça va t'aider à résoudre l'affaire ?

— Je crois.

— Il faut que je te laisse. Il est tard à Chicago et j'aide mon fils à faire ses devoirs de maths.

— Je voulais juste m'en assurer. Merci en tout cas.

Duke rentra lentement dans le restaurant, sans savoir comment il allait pouvoir garder le silence jusqu'à la fin du repas.

Quand il arriva à leur table, Rebecca racontait ses projets de mariage à Beth.

— Bien sûr, tout est encore là-dedans, dit-elle en se tapant le front, parce que nous n'avons pas encore fixé de date.

— Il n'y a rien de mal à faire durer les fiançailles, ça permet de se connaître mieux.

— Et vous deux ? dit Rebecca en les désignant du doigt. Des projets de mariage ?

La tasse de Beth s'abattit avec fracas dans sa soucoupe.

— Oh ! nous ne sommes pas… Nous ne sommes pas ensemble.

— Oups, dit Rebecca en mettant la main sur sa bouche. Normalement, je ne me trompe jamais.

— Nous étions ensemble… autrefois, expliqua Duke en prenant la main de Beth.

— Vous voyez ? Je le savais.

Beth pencha la tête, un demi-sourire aux lèvres.

Ne venait-il pas de lui faire comprendre qu'il aimerait reprendre les choses là où ils les avaient laissées ? songea Duke. C'était elle qui l'avait repoussé. Elle méprisait probablement ce qui lui était offert trop facilement. Après tout, elle aimait la lutte, car elle ne connaissait que ça.

Leurs plats arrivèrent, et Rebecca prit sur elle d'entretenir la conversation, avec le légendaire bagout des agents immobiliers.

Alors qu'ils finissaient leur repas, Bill Raney entra avec quelques amis, dont Jordan Young, et se mit à lancer des blagues au bar. Rebecca le considéra en plissant les yeux.

— Honnêtement, Bill n'aurait pas le cran d'aller poser des pièges en douce dans la forêt, dit-elle à Beth. À votre place, je n'aurais pas peur de lui.

— J'ai cru comprendre qu'il ne vous aimait pas beaucoup. Il vous a déjà ennuyée ? questionna Duke.

— À vrai dire, quelqu'un a saboté mes visites, le mois dernier, dit lentement Rebecca en joignant les mains.

— Encore un coup de Bill le farceur ? lança Beth en tournant la tête vers le bar.

Jordan Young la salua de la main. Elle lui sourit et montra son pied bandé.

— Au moins, Jordan ne me croit pas assez lâche pour éviter Raney.

Young quitta le bar et s'approcha de leur table.

— Vous permettez ? dit-il en tirant une chaise.

Rebecca lui agita un doigt sous le nez.

— À condition que tu penses à moi pour tes prochaines ventes, Jordan !

— Je suis loyal envers mes amis, Rebecca, mais je préfère admirer ton succès de loin. Que vous est-il arrivé, Beth ? questionna-t-il en changeant de sujet.

— Je suis surprise que vous n'en ayez pas entendu parler.

— J'étais à la pêche la plus grande partie de la journée. J'ai manqué quelque chose ?

— Quelqu'un a posé des pièges à ours autour de la maison de Scarlett Easton, et j'ai marché sur l'un d'eux.

— Bon sang ! Vous vous êtes cassé le pied ?

— Juste des contusions.

— Et Scarlett ?

— Elle va bien. Elle est partie pour quelques semaines.

Jordan claqua de la langue.

— Ces chasseurs ont des méthodes inacceptables. Je vais en parler au maire.

— Je suis sûre que Scarlett vous en sera reconnaissante, dit Beth.

— Et quel est ton rôle là-dedans, Rebecca ? reprit Jordan.

— Motus et bouche cousue. Il se peut ou non que Beth veuille m'acheter une maison, après avoir pu apprécier la beauté et le calme de la région.

Duke retint un rire. Le moins qu'on puisse dire, c'est que Timberline n'avait rien de calme pour Beth.

— Eh bien, elle s'est adressée à la bonne personne, dit Jordan. Profitez bien de la soirée. Et je serai disponible dans les prochains jours, si vous l'êtes aussi, Beth.

— Bien sûr. Je vous appellerai au bureau pour fixer un rendez-vous.

Il prit une carte dans son portefeuille et appela Chloe.

— Tu aurais un stylo, chérie ?

La jeune femme plaqua un crayon sur la table et tourna les talons. Young gribouilla quelque chose sur la carte.

— Voici ma ligne directe, Beth. Appelez-moi dès que vous serez prête.

— Merci, Jordan.

D'un pas nonchalant, il retourna s'asseoir près de Raney, qui lui lança un regard dur.

— Peut-être n'est-il pas l'alcoolique malheureux pour lequel tout le monde le prend, après tout, fit remarquer Beth.

À cet instant, Chloe s'approcha de leur table avec l'addition.

— Désolée pour le retard. Je ne voulais pas revenir tant

que M. Young était là. Il a les mains un peu trop baladeuses, si vous voyez ce que je veux dire.

— Ma chère, à mon âge, les mains baladeuses ne sont pas toujours une mauvaise chose, lâcha Rebecca en riant.

Elle tenta de prendre l'addition, mais Beth fut plus rapide qu'elle.

— Je vais le mettre sur ma note de frais. Vous allez m'aider à trouver ces portes rouges, n'est-ce pas ?

— Je ferai tout mon possible, soyez-en sûre. Et maintenant, si vous voulez bien m'excuser, je dois encore régler quelques détails au bureau.

Quand elle eut quitté le restaurant, après avoir salué des mains à plusieurs tables, Duke fit mine de s'essuyer le front du dos de la main.

— Wow, c'est une vraie pile électrique, cette femme !

— Et efficace avec ça. Je lui fais totalement confiance.

Duke caressa le bras de Beth.

— Laisse-moi te raccompagner à l'hôtel et te mettre au lit. Tu vas prendre un antalgique et passer une bonne nuit.

— J'espère que tu n'as pas d'autre idée en tête, dit Beth en souriant.

— Je veux seulement m'occuper de toi, dit-il en entremêlant ses doigts aux siens. Tu me crois ?

— Oui. Et toi, tu me crois quand je te dis que je ne veux que la vérité ?

— Je t'aiderai aussi à la découvrir, Beth. Allons-y, conclut-il en la tirant par la main.

Beth se leva et s'appuya sur lui le temps de trouver son équilibre sur ses béquilles puis, avec un signe de tête à Jordan, elle se fraya un passage entre les tables.

Quand ils arrivèrent à l'hôtel, Duke la suivit jusqu'à sa chambre.

— Je ne plaisantais pas en parlant de te mettre au lit. Tu veux que je te fasse couler un bain ?

— Je risquerais de m'endormir et de me noyer. Mais si

tu veux bien patienter pendant que je me prépare, ce serait formidable. Tu pourras me repêcher si je tombe à la renverse dans la baignoire.

— Tu peux compter sur moi pour te repêcher, dit-il en s'allongeant sur le lit, la télécommande à la main.

Beth rassembla quelques objets et se retira dans la salle de bains. Tandis qu'elle faisait sa toilette, il fit mentalement le point. Le moment était sans doute venu de mettre un terme à toute cette histoire.

Vêtue de son pyjama de flanelle, elle ressortit en sautillant et Duke bondit du lit pour l'aider.

— Ne pose pas le pied par terre.

Beth laissa tomber ses vêtements sur sa valise.

— Ça va, ne t'inquiète pas.

Il tira les draps et l'aida à se mettre au lit. Il aurait bien voulu la rejoindre, mais brusquer les choses n'aurait servi à rien.

Beth fit gonfler ses oreillers d'un coup de poing et s'y adossa.

— Aaaah, que c'est bon !

— Tu as besoin d'un autre médicament ?

— Pas avant minuit. Si la douleur me réveille, j'en prendrai un.

Il lui remplit un verre d'eau au robinet et posa le flacon de pilules sur la table de chevet.

— Pour tout à l'heure.

— Merci, Duke. Tu m'as été d'un grand secours.

— Et je vais t'aider encore plus, Beth. J'ai quelque chose d'important à te dire.

Elle le regarda, impassible.

— De quoi s'agit-il ?

S'asseyant près d'elle, il lui prit les mains.

— Tu n'es pas Heather Brice.

13

Beth se rejeta en arrière et se cogna à la tête de lit. Le contact des mains de Duke était pesant, oppressant, et elle retira les siennes.

— Pourquoi dis-tu ça ? Pourquoi essaies-tu de me décourager ?

— Ce n'est pas de ça qu'il s'agit, Beth.

Il voulut lui reprendre les mains, mais elle croisa les bras.

— J'en ai la preuve.

Elle s'humecta les lèvres, la bouche soudain sèche.

— Comment peux-tu en avoir la preuve ? Qu'est-ce que tu as fait ?

— J'ai demandé aux Brice un échantillon de leur ADN, que nous avons analysé au laboratoire du FBI.

Beth plaqua ses mains sur ses oreilles, comme si cela pouvait lui épargner la vérité. Se pliant en deux, elle posa le front sur ses genoux. L'avenir qu'elle s'était si soigneusement imaginé s'effondrait d'un coup : la réunion heureuse, la famille aimante, sa place dans le monde.

La main de Duke pesait lourd sur dos, mais elle n'avait pas l'énergie de l'écarter. Elle se sentait comme aspirée par un trou noir, privée de la notion du temps et de l'espace.

— Je suis navré, Beth. Je ne pouvais plus supporter de te voir de t'agiter dans tous les sens, de t'exposer inutilement au danger.

Il repoussa ses cheveux qui lui cachaient la figure.

— J'ai pris soin de ne pas perturber les Brice. Je ne leur ai pas parlé de tes soupçons. Je leur dis que le FBI travaillait sur l'affaire et que nous avions besoin d'un échantillon d'ADN. Je l'ai fait comparer au tien, grâce à quelques-uns de tes cheveux et… Ils ne correspondaient pas.

Une larme roula sur la joue de Beth.

— Pourquoi as-tu fait ça ? réussit-elle à articuler d'une voix rauque. Pourquoi ne m'as-tu rien dit ?

— La vraie question, Beth, c'est pourquoi ne m'as-tu pas demandé toi-même de le faire ? Tu disais que tu voulais épargner leurs sentiments, au cas où ton hypothèse se révélerait fausse, mais tu te doutais bien que le FBI pouvait leur demander un échantillon sans éveiller leurs soupçons. C'était facile, puisque nous venions de rouvrir le dossier.

Beth leva la tête et une autre larme coula sur son visage.

— Tu sais pourquoi…

— Parce que tu avais peur de la réponse. Tu avais peur de la vérité.

Duke cueillit une nouvelle larme du pouce.

— Je comprends. C'est pour cette raison que je ne t'ai pas dit que j'avais demandé leur ADN.

— Je sais.

Elle se frotta le nez sur le drap qui couvrait ses genoux.

— J'ai vu le texto de Mickey, l'autre soir. Je savais que tu préparais quelque chose. Mais je n'arrivais pas à comprendre pourquoi tu ne voulais pas m'en parler.

— C'était donc ça, dit Duke en laissant courir une main le long de la jambe et du pied bandé de Beth. J'aurais peut-être dû te le dire, mais tu aurais été sur des charbons ardents. Et si le résultat avait été différent…

— Tu es ravi qu'il ne soit pas différent. Tu es soulagé que je ne sois pas Heather Brice, dit-elle en se rejetant contre ses oreillers.

— Je veux ton bonheur, Beth, insista Duke en se passant la main dans les cheveux. Je sais que tu te représentais les

Brice comme la famille idéale, une famille dans laquelle tu aurais enfin ta place. Bon sang, moi aussi je veux ça pour toi, Beth, mais tu peux l'avoir avec moi. On peut l'avoir ensemble. Moi aussi, je cherche la famille parfaite.

Beth se couvrit le visage de ses mains, secouée par un sanglot.

— Tu ne peux pas avoir ça avec moi. Je ne peux pas t'aider à construire la famille parfaite parce que je suis cabossée, amochée.

Le matelas se creusa quand Duke monta sur le lit près d'elle. Il passa un bras autour de sa taille et la serra contre lui.

— Ne dis pas ça. Tu es la femme la plus parfaite que je connaisse, la fille de mes rêves devenue réalité.

Avec un soupir entrecoupé de sanglot, Beth se dégagea.

— Tu n'en sais rien. J'ai déjà détruit notre couple une fois.

Duke appuya son front contre le sien.

— Je te l'ai dit, Beth, je comprends pourquoi tu m'as trahi, il y a deux ans.

— Tu ne me connais pas.

— Je ne te connaissais pas avant. Je ne voyais qu'une fille inaccessible, parfaite à tous points de vue. Mais maintenant, je vois la femme que tu es, avec tes défauts et tes peurs, et je t'aime toujours. Je t'aime même plus qu'avant.

Elle ferma les yeux et passa les doigts sur le menton de Duke. Elle avait attendu ces mots si longtemps… Et tout ce qu'elle pouvait faire, c'était les lui renvoyer à la figure.

— Je ne mérite pas que tu m'aimes. Je t'ai encore trompé. Je t'ai menti.

Elle s'écarta de lui pour le regarder au fond des yeux.

— J'ai fait une fausse couche, Duke. J'ai perdu notre bébé.

Les yeux de Duke s'agrandirent une fraction de seconde.

— Quand ça ?

— Je me suis aperçue que j'étais enceinte de trois semaines après être rentrée de Chicago.

— Que s'est-il passé ?

— C'est ça qui s'est passé ! cria-t-elle en tapant du poing sur son ventre. C'est moi. Je ne suis pas faite pour avoir une famille !

— Arrête, lui ordonna-t-il en la prenant par les épaules. Dis-moi ce qui est arrivé au bébé, Beth.

— Je ne sais pas. J'ai fait une fausse couche quelques semaines après. Tout s'est passé si vite, c'était comme dans un cauchemar.

Elle serra les dents, prête à essuyer la colère de Duke, ses accusations. Elle les désirait, elle les méritait.

Mais il la reprit dans ses bras, blottissant son visage au creux de son cou.

— Je suis désolé que tu aies été toute seule à ce moment-là. J'aurais dû être là, avec toi.

— Tu ne comprends pas ? dit-elle en reniflant. Je ne t'aurais sans doute jamais parlé du bébé.

— Je n'y crois pas une minute, dit-il en lui frottant le dos. Bien sûr que tu me l'aurais dit. Tu n'aurais pas laissé notre enfant grandir sans père. Quels qu'aient été tes sentiments envers moi, à l'époque, tu aurais compris qu'un enfant doit avoir un père.

— Mais c'est fini. J'ai perdu le bébé.

— Le médecin t'a-t-il dit que tu aurais des problèmes pour concevoir à l'avenir ? Quelle était la raison de cette fausse couche ?

Beth sentait battre le cœur de Duke. Elle lui caressa la poitrine.

— Non. Il m'a dit que ça arrivait quelquefois au cours des trois premiers mois.

— Alors, ce n'était pas ta faute, et tu peux tomber enceinte à nouveau, conclut-il en lui embrassant la tempe. Tu peux avoir la famille dont tu rêves, Beth. Tu n'as besoin ni des Brice ni des King. C'est de moi que tu as besoin. Et moi, j'ai besoin de toi, tu peux en être certaine.

Il lui releva le menton du pouce, sécha ses larmes du bout

des doigts et l'embrassa. Il sentit ses lèvres trembler sous la pression de sa bouche. Entre les baisers qu'il déposait sur son visage, il murmura :

— Je te veux plus que tout.

— Duke, est-ce que tu as pitié de moi ? questionna Beth en posant une main sur sa joue. Parce que ça va, maintenant. Je suis désolée d'avoir pleuré. En fait, je…

— Chut, dit-il en lui posant un doigt sur les lèvres. Ça ressemble à de la pitié, ça ? ajouta-t-il en guidant sa main entre ses jambes.

Beth caressa son érection à travers son jean avec l'impression d'avoir attendu trop longtemps ce moment.

Duke gronda et déboutonna son jean. Le grondement se mua en gémissement tandis que Beth taquinait son membre du bout des doigts. Tout en approfondissant ses baisers, Duke tira sur sa veste de pyjama et la fit passer par-dessus sa tête.

Quand elle fut torse nu, il prit un de ses seins dans sa main et passa le pouce sur son mamelon durci. Elle souffla contre ses lèvres et il alla embrasser le mamelon et le prendre dans sa bouche.

Beth arqua le dos pour se donner à lui, les hanches en avant, la main posée sur son membre.

Puis elle déboutonna sa chemise et releva son T-shirt, découvrant ses abdominaux bien dessinés. Elle passa la main sur son torse puis baissa la tête et déposa un baiser sur sa peau.

Tirant sur sa chemise, elle dit soudain :

— C'est le problème quand il fait froid, il y a trop de vêtements.

— Mais ça augmente le plaisir, tu ne trouves pas ? lui répondit-il en lui enlevant son bas de pyjama d'un geste rapide.

— Facile à dire quand on n'a qu'un pyjama à retirer…

Il parcourut Beth des yeux, faisant naître des picotements sur tout son corps.

— Rien d'autre qu'un bandage rose. Incroyablement sexy…

Elle agita les orteils et roula sur le côté.

— Tu peux te déshabiller, maintenant.

Duke se débarrassa du reste de ses vêtements en un tournemain et s'allongea près d'elle. Il se pressa contre son corps et elle absorba sa chaleur, laissant s'évanouir les soucis et les déceptions. Elle avait enfin son homme à ses côtés et il n'y avait plus de secrets entre eux.

Duke suivit sa colonne vertébrale d'un doigt, puis lui caressa les fesses et la pressa contre lui, coinçant son membre entre ses cuisses.

D'une main, il suivit les courbes de son corps, comme pour la redessiner. Pouvait-il la recréer ? Lui redonner son intégrité ?

Ses caresses lui donnaient la chair de poule, la sensation que tout était possible. Il l'embrassa, puis la plaqua de nouveau sur les oreillers.

— Je vais te faire plus de bien que tout le corps médical réuni, annonça-t-il en riant.

S'agenouillant entre ses cuisses, il en lissa l'intérieur du plat de la main.

— Le médecin t'a dit de garder la jambe en hauteur, n'est-ce pas ?

— Eh bien, c'est une manière de le faire…

Quand ses lèvres effleurèrent sa chair, elle ferma les yeux en fourrant les doigts dans ses cheveux.

Beth laissa échapper un long soupir quand il plongea sa langue au cœur de son intimité, mais la tension ne tarda pas à s'accumuler au fond de son ventre. Elle planta les ongles dans le crâne de Duke tandis qu'il faisait monter son plaisir.

Un orgasme la secoua, lui donnant l'impression d'éclater en mille morceaux. Toute l'anxiété et la peur qu'elle éprouvait depuis le début de sa quête disparurent. Elle ne les laisserait plus jamais s'emparer d'elle.

Duke lui souleva une jambe et la posa sur son épaule.

— Ça va comme ça ?

— Mmm… Mieux que ça. Je suis vraiment prête, cette fois, Duke. Plus de tours et de détours.

Il se releva et, posant les coudes de chaque côté de sa tête, la pénétra. Un spasme de plaisir parcourut son visage tandis qu'il commençait à se mouvoir de plus en plus vite. Beth agrippa les muscles durs de ses fesses et enroula une jambe autour de sa taille, lui permettant ainsi d'entrer plus profondément en elle.

Elle lui toucha le visage et leurs regards se croisèrent. Il frémit et ralentit le rythme, poussant profondément et ressortant juste assez pour augmenter ses sensations.

Quand ses coups de reins se firent plus audacieux et plus rapides, elle pressa les lèvres sur son épaule et la mordilla.

Il poussa un gémissement de plaisir et, dans une ultime poussée, il explosa et s'abattit sur elle, prenant possession de sa bouche. Les mouvements de sa langue imitèrent les vagues de son orgasme et il ne cessa pas de l'embrasser jusqu'à ce qu'il s'apaise enfin.

— Comment va ton pied ? demanda-t-il soudain en se redressant sur ses avant-bras.

— Mon pied n'a rien fait du tout, sourit-elle. Il s'est senti un peu mis à l'écart.

Glissant au pied du lit, Duke embrassa chacun de ses orteils.

— Tu es devenu fétichiste du pied depuis la dernière fois ?

— Toutes les parties de ton corps me rendent fétichiste. Tu ne le savais pas ? Je m'estimerais heureux de rendre un culte à un de tes coudes.

— Moi, je dois avouer que j'ai un faible pour une certaine partie de ton corps.

— Mon cerveau, c'est ça ?

Il s'allongea à côté d'elle et l'étreignit en lui caressant les bras.

— C'est ça, dit-elle en l'embrassant sur le menton. Et je n'ai pas du tout eu l'impression que tu me faisais l'amour par pitié.

— En tant qu'homme, c'est le meilleur réconfort que je connaisse. Mais de la pitié ? Je n'ai pas pitié de toi. Tu n'es pas Heather Brice, tu n'as pas de famille qui t'attend sous l'arc-en-ciel, et alors ? Je connais ma famille, je sais d'où je viens et c'est loin d'être parfait. Les Brice ne sont peut-être pas parfaits, eux non plus. Tu survivras.

— Tu as raison. Cette nouvelle n'est qu'un contretemps.

— J'étais sérieux, tu sais, Beth, dit-il en lui massant la nuque. Puisque je dois m'occuper des affaires non résolues, je peux te fournir un autre sujet.

— Ce serait formidable, quand j'en aurai fini ici.

— Ce n'est pas que j'ai envie que tu partes, mais je peux te conduire à Seattle à temps pour le prochain vol pour Los Angeles. Moi, il faudra que je reste ici, bien sûr, mais je suis certain que Mick ne m'en voudra pas de passer quelques week-ends à L.A.

— Je ne vais pas partir tout de suite, Duke.

— Tu n'as pas besoin de sauver les apparences. Je veillerai à ce qu'on sache en ville que ton producteur a décidé de changer de sujet, ou que tu as estimé que tu n'avais pas assez de matériel pour faire un bon épisode de *Cold Cases Chronicles.*

— Ce que je veux dire, reprit Beth en tirant le drap sous son menton, c'est que je ne renonce pas.

Le massage s'arrêta.

— Comment ça ? marmonna Duke, tu n'as aucune piste sur le trio Timberline. Tu es au point mort.

Beth s'assit en rajustant l'oreiller derrière elle.

— Je me fiche de l'affaire du trio, surtout maintenant que je n'ai plus rien à voir avec elle sur le plan personnel.

— Je ne comprends pas, lança Duke, les sourcils froncés. Qu'est-ce que tu veux faire à Timberline, alors ?

— Ce que je suis venue faire depuis le début : découvrir ma véritable identité. Je ne suis peut-être pas Heather Brice, mais le secret de mon origine est ici. Et je resterai jusqu'à ce que je l'aie découvert.

14

Duke sentit un frisson courir sur sa peau. Se tournant, il s'assit et posa les pieds sur le tapis.

— Tu n'es pas sérieuse ?

— Non, c'est toi qui n'es pas sérieux si tu penses que je vais renoncer, alors que je suis si près du but.

— De quel but ? Pour une raison inconnue, un ou plusieurs habitants de Timberline ne veulent pas que tu mettes ton nez dans leurs affaires, et tant que tu continues à le faire, ta vie est en danger.

— Je me fiche de ce que veulent les gens de Timberline. Je sais que mon passé est ici, et je vais résoudre le mystère de mon identité même si c'est la dernière chose que je fais sur cette terre.

— Ça pourrait bien être le cas, en effet.

— Allons, Duke, dit-elle en agitant les doigts, on m'a mise en garde, mais ma vie n'est pas menacée.

— On t'a tiré dessus, insista-t-il en se tapant le front.

— On m'a ratée. Tu crois vraiment qu'un chasseur expérimenté aurait raté sa proie ?

— Nous ne savons pas si celui qui t'a visée est un chasseur ou non, et je suis certain que même les chasseurs ratent leur coup de temps en temps.

Il se recoucha en travers du lit, la tête sur le ventre de Beth.

— Beth, ça ne vaut pas le coup. Tu ignores ce que tu cherches.

— Je cherche un bungalow avec une porte rouge et deux oiseaux. Si je peux retrouver le titre de propriété de ce bungalow, je saurai qui le possédait il y a vingt-cinq ans, et je découvrirai ce qui s'est passé.

— Je suis sidéré par ton…

— Intelligence ? le taquina-t-elle en peignant ses cheveux avec ses doigts.

— Ton entêtement, précisa-t-il en lui attrapant la main. Que va-t-il se passer si tu découvres ta véritable famille ? Ils ne seront peut-être pas aussi bien que les Brice. Eux, au moins, on leur a volé un enfant. Tes vrais parents t'ont abandonnée. Il est hors de question que je reste les bras croisés en attendant que tu t'effondres.

— Je ne vais pas m'effondrer. Les choses sont comme elles sont. Je veux seulement savoir. Tu ne voudrais pas savoir, à ma place ?

— Si.

Il déposa un baiser dans la paume de sa main.

— Mais je ne veux pas que tu souffres, que ce soit sur le plan physique ou émotionnel. Maintenant que tu es de nouveau dans ma vie, je ne veux pas te perdre, Beth.

— Alors, reste avec moi, soutiens-moi. C'est ce qu'on est censé faire dans un couple.

Elle se pencha pour l'embrasser sur le front.

— Je suis lasse de tous ces secrets, Duke. Je veux tout recommencer de zéro.

— Si tu restes à Timberline, je t'accompagnerai partout. Pas question que je t'abandonne.

— J'espérais que tu dirais ça, parce que je ne crois pas que je puisse faire face toute seule. Je suis mieux avec toi, Duke.

— J'espère seulement que tu ne seras pas blessée.

— Si c'est le cas, tu seras là pour me protéger.

— Tu peux compter là-dessus.

Il se glissa hors du lit et prit sa clé sur la table de chevet.

— Je vais me laver les dents et je reviens.

— Je t'attendrai, dit Beth en se blottissant contre son oreiller.

Arrivé dans sa chambre, Duke jura tout haut. La nouvelle que les Brice n'étaient pas les parents de Beth ne lui avait pas fait plaisir, mais il en avait été soulagé. Il s'était dit que Beth déclarerait forfait et retournerait à Los Angeles. Malheureusement, elle pensait toujours avoir un lien avec cet endroit, et il n'avait pas d'autre choix que de faire confiance à son instinct.

Il se brossa les dents et s'aspergea d'eau au lavabo. Puis il enfila un short et retourna dans la chambre de Beth.

La lumière de la télévision vacillait dans l'obscurité. Il s'approcha du lit. Beth s'était endormie sur le dos, un pied passé au-dessus des couvertures.

Duke retira son short et se glissa entre les draps. Beth n'avait pas remis son pyjama, et il roula sur le flanc pour se presser contre son corps nu.

Elle murmura quelque chose entre ses lèvres entrouvertes, et il embrassa le coin de sa bouche. Elle refusait de laisser tomber sa quête et, quoi qu'il se passe, il serait là pour l'aider à en assumer les conséquences.

Le matin suivant, après le petit déjeuner, Beth et Duke retrouvèrent Rebecca à son bureau. Elle les conduisit dans la salle de réunion et ouvrit son ordinateur. Puis elle lança un regard interrogateur à Duke.

— Ceci ne fait pas partie de l'enquête du FBI, n'est-ce pas ?

Il leva les mains.

— Je suis en congé, aujourd'hui. De toute façon, quelle différence ça fait ?

— Je n'ai pas envie d'être citée à comparaître ni de devoir ouvrir nos archives.

— C'est seulement pour l'émission. Vous n'avez même pas besoin d'apparaître à l'écran, si vous ne le voulez pas, expliqua Beth.

— Eh bien, ça ne me dérangerait pas, du moment que vous montrez aussi mon enseigne, dit-elle en allumant l'ordinateur. À moins que cette histoire ne finisse par impacter les ventes à Timberline.

— L'affaire date d'il y a vingt-cinq ans, lui rappela Beth en se débarrassant de sa doudoune. Je ne vois pas comment elle pourrait affecter la réputation de Timberline. De toute façon, Wyatt Carson s'en est chargé depuis longtemps.

Rebecca feignit de frissonner en se mettant à taper.

— J'en ai encore la chair de poule, même si j'ai réussi à tirer un bon prix de la maison de Kendall Rush.

— Que recherchez-vous ? demanda Duke après s'être éclairci la gorge.

— Ce sont les archives des anciennes locations et ventes. Avec un peu de chance, je vais pouvoir identifier les maisons avec des portes rouges.

— Allons-y alors, l'encouragea Beth en approchant sa chaise.

— Voyons voir, dit Rebecca en faisant voler ses doigts sur le clavier. Vingt, vingt-cinq ans… Il n'y avait pas beaucoup de constructions à l'époque. Trente, trente-cinq ans, voilà qui devrait nous renseigner.

Beth se pencha en avant et désigna l'écran.

— Ce sont les bâtiments construits à cette période ?

— Oui. Je peux vous montrer les photos de cette série.

Un bungalow apparut à l'écran, mais il n'avait pas de porte rouge.

Beth se tassa sur sa chaise.

— Ce n'est pas celui-là.

— Laissez-moi les faire défiler.

Chaque fois qu'elle cliquait sur sa souris, un autre bungalow apparaissait. Mais aucun n'avait de porte rouge.

— Il y a une autre série. Je vais fermer celle-ci.

Elle lança un nouveau diaporama et Beth reprit son souffle en voyant apparaître la première photo.

— Les voilà, dit-elle en gigotant sur sa chaise.

Rebecca fit défiler les clichés un par un, et Beth et Duke purent constater que tous les bungalows possédaient une porte rouge. Duke les compta à voix haute.

— Il y en a huit. Vous les reconnaissez, Rebecca ?

— Quelques-uns, oui.

Elle réduisit la fenêtre et ouvrit un traitement de texte.

— Je vais copier les adresses pour les situer et voir s'ils existent toujours.

Au bout d'une demi-heure, elle imprima les adresses de cinq bungalows. Les trois autres avaient été démolis.

— Vous êtes la meilleure, lança Beth en cueillant la page à sa sortie de l'imprimante. Si je rencontre quelqu'un qui veut s'installer dans la région, je vous l'enverrai.

— Faites-moi juste de la pub dans votre émission, répondit Rebecca en louchant sur son écran. Il faut que je me prépare pour une visite. Amusez-vous bien et, si quelqu'un vous voit fureter, ne lui dites pas que c'est moi qui vous ai tuyautés.

Ils remontèrent dans le 4x4 de Duke, et Beth lissa la feuille de papier sur ses genoux.

— On se sert du GPS ?

— Rentre toutes les adresses, on essaiera de les trouver une par une.

Beth saisit les adresses et ils mirent au point un trajet pour ne pas faire trop d'allées et venues.

En mettant le contact, Duke lui lança un regard.

— Alors, quel est ton plan ? Tu vas t'inviter chez ces gens, te planter au milieu de la pièce et leur dire que tu attends une révélation ?

— Je ne sais pas encore. On verra quand on y sera.

— D'accord, c'est toi le chef. Moi, je ne suis que l'assistant technique… et le garde du corps.

— Ça me plaît comme ça, dit-elle en lui pressant le bras.

Ils roulèrent jusqu'aux deux premiers bungalows, situés dans la même rue. Dans ce quartier excentré, le gain de la civilisation sur la nature se réduisait à une route s'enfonçant dans la forêt et à de petits jardins bien entretenus à l'orée des bois.

Duke s'arrêta devant le premier bungalow et regarda Beth.

— Et maintenant ?

— Je vais aller jeter un coup d'œil. Peut-être frapper à la porte et faire semblant de chercher quelqu'un.

— Bien sûr. Parce qu'on ne te connaît pas du tout en ville...

— Justement, je peux tourner ça à mon avantage.

Elle défit sa ceinture de sécurité et tendit le bras vers la banquette arrière.

— Je vais prendre la caméra. J'ai filmé certains quartiers déjà.

— D'accord.

Duke fit le tour de la voiture pour lui ouvrir la portière.

— On pourrait même filmer tout de suite, dit Beth, c'est un bon moyen de se souvenir de chaque bungalow.

Il l'aida à descendre de voiture.

— Et tu vas pouvoir tenir la caméra en plus de tes béquilles ?

— Je ne crois pas. Tu pourrais faire le cameraman pour moi ?

— D'accord, mais ne le dis pas à Adam, dit-il en prenant l'appareil. Où est ton équipe, à propos ? Ils ne brûlent pas d'impatience de venir ici ?

— Ils travaillent sur autre chose, en ce moment. J'ai averti Scott que je n'étais pas sûre d'avoir de quoi faire une émission, et il les a mis en attente.

— Parfait.

Duke leva la caméra et cadra le bungalow dans le viseur.

— Numéro 1 de la série : « la folie des bungalows aux portes rouges ».

Beth lui donna un petit coup de béquille et apparut dans le cadre.

— Je vais taper à la porte.

Il la suivit jusqu'à la véranda. À cet instant, la porte s'ouvrit en grand et un petit garçon la franchit comme un boulet de canon. Il s'arrêta net en les voyant.

— Bonjour, dit Beth, tu habites ici ?

— Maman !

— Tanner, ferme la porte !

Une petite femme apparut sur le seuil.

— Oh ! vous m'avez fait peur ! s'exclama-t-elle en plaquant une main sur sa poitrine.

— Désolée, lui lança Beth avec un grand sourire. Je fais quelques repérages dans le quartier. Ça ne vous dérange pas ?

— Oh ! je sais qui vous êtes.

— Maman, je peux aller chez Joe ?

— Vas-y.

Croisant les bras, la femme s'adossa au chambranle de la porte.

— Ce quartier n'a pas grand-chose à voir avec le trio Timberline, et je ne vivais même pas ici à l'époque.

— Je sais, mais quelques-uns de ces bungalows existaient il y a vingt-cinq ans. J'essaie juste de me faire une idée du quartier à ce moment-là.

— Vous pouvez filmer autour de la maison, si vous voulez, mais je n'ai pas le temps de vous parler, et si le chien commence à aboyer, il faudra que vous partiez.

— Je comprends. Merci.

Mais la femme avait déjà claqué la porte.

Duke écarta la caméra.

— Apparemment, ça ne l'intéresse pas de passer à la télé.

— Non mais, de toute façon, cette maison ne me dit rien, murmura Beth.

— Tu veux dire que tu ne la reconnais pas ?

— Je veux dire que je ne sens aucune vibration.

— Tu n'es pas Scarlett, dit-il en refermant le clapet du viseur. Tu as senti ces choses parce qu'elle t'a laissée entrer dans sa vision.

— Elle m'a dit que j'avais une sensibilité particulière.

C'est pour ça que le paysage de Timberline me parle. Il l'a toujours fait.

Duke n'avait pas envie d'argumenter pour la persuader du contraire. Son rôle pour la journée se limitait à apporter son soutien, et il avait l'intention de l'accomplir du mieux possible.

— Allons-y pour le bungalow numéro 2, alors.

Le numéro 2 était très semblable au numéro 1. C'était plutôt une maison qu'un bungalow, et les gens qui y habitaient n'avaient pas plus envie de parler à Beth. Duke en filma l'extérieur pour la forme.

Ils eurent plus de chance avec le bungalow numéro 3.

Beth se redressa sur son siège quand ils arrivèrent devant.

— Il fait peur celui-là, non ?

— Il a l'air abandonné.

— Il me donne la chair de poule, dit Beth en étendant les bras devant elle.

Duke coupa le moteur et passa la courroie de la caméra sur son épaule. Il filma la façade du bungalow, pendant que Beth boitillait vers la véranda sur ses béquilles.

— Il y a quelqu'un ?

Duke essaya de pousser la porte, mais le bois à moitié pourri tenait bon. Du doigt, il cueillit un bout de peinture.

— Je pense que c'est la peinture originale.

— Mais la porte est bien fermée.

Beth redescendit les marches de la véranda.

— Je vais regarder derrière.

— Attends, dit Duke en posant la caméra. Le jardin est plein de mauvaises herbes. Prends mon bras.

Elle s'appuya sur lui, et ils contournèrent la maison. À cet endroit, la forêt avait regagné du terrain et les broussailles avaient poussé jusque sous les fenêtres.

— Regarde, la vitre est cassée, dit Beth en tirant le bras de Duke.

Ils avancèrent avec difficulté jusqu'à la fenêtre brisée. Puis, sortant son téléphone et passant la tête à l'intérieur, Duke survola l'intérieur du regard.

— Tu vois quelque chose ?

— C'est un foutoir incroyable là-dedans. Apparemment, des animaux ou des gosses se sont introduits ici, à moins que ce ne soit les deux.

— Laisse-moi voir, demanda Beth en tirant sur sa chemise.

Il recula et lui tendit le téléphone.

— C'est trop haut pour que tu voies quelque chose. Et tu pourrais te couper avec le verre brisé. Attends.

Avisant une souche d'arbre, il la traîna sous la fenêtre et aida Beth à monter dessus en la tenant par la taille.

— Tu aperçois quelque chose qui te parle ?

— Non, mais c'est sinistre. J'aimerais en savoir plus sur cette maison.

— Je suis certain que Rebecca pourra t'aider.

Duke filma encore le bungalow avant de remonter en voiture.

— Et de trois ! Il en reste deux.

Beth vérifia son téléphone.

— Ils sont plus ou moins dans le même secteur, à l'écart des beaux quartiers.

— Allons-y, et tu pourras regarder mes vidéos très très professionnelles après.

Duke quitta la route principale et s'engagea sur une des nombreuses voies qui s'enfonçaient dans la forêt. Ils dépassèrent de petites maisons et d'autres bungalows.

— Je me demande combien de temps il faudra avant qu'on construise des logements pour les employés d'Evergreen par ici.

— Je crois que le plan d'occupation des sols ne permet pas certains types de bâtiments.

— Tu veux parier que Jordan Young est déjà en train de réfléchir à une manière de le contourner ?

— Et il confiera probablement les travaux à son petit copain Bill.

Elle regarda son téléphone.

— Oh ! je crois qu'on a perdu le GPS.

— Nous n'avons pas beaucoup le choix de toute façon. À partir de là, c'est la forêt. Il y a un chemin, là-bas, dit-il en désignant du doigt un piquet au bord de la route.

Il tourna dans le chemin indiqué. Beth se mit à gigoter sur son siège.

— Ça me rappelle l'endroit où vit Scarlett.

— Sauvage et isolé. Il doit y avoir des cabanes de pêcheurs et de chasseurs par ici.

Le dos raide, Beth se pencha en avant.

— Ça va ? demanda Duke.

Elle entrouvrit les lèvres, respirant rapidement.

— Beth ? Qu'est-ce qui ne va pas ?

Elle inspira profondément.

— Je suis un peu anxieuse mais ça va aller.

Les arbres se firent plus nombreux et épais, bloquant la lumière déclinante de l'après-midi. Un pan de brume flotta devant le pare-brise et Duke mit les essuie-glaces en route.

— On peut s'arrêter et faire demi-tour, si tu veux.

Secouant la tête, Beth enroula ses bras autour de son torse.

— C'est juste cette sensation, Duke. J'ai l'impression que la forêt va m'étouffer.

— On s'en va !

— Non ! s'écria Beth en saisissant le volant. Je peux y arriver.

Ils croisèrent un chemin plus étroit.

— Je parie que le premier bungalow est par là, dit Duke.

— Allons jeter un coup d'œil.

Il se gara et l'aida à descendre de voiture.

— Et si tu ne prenais qu'une béquille ?

— Je vais essayer.

Elle en coinça une sous un bras et il lui prit l'autre bras. Le bungalow émergea soudain, situé dans une clairière. Une allée pavée menait à un petit jardin.

— Ça n'a pas l'air habité, dit Duke en lui pressant la main. Tu as toujours cette sensation ?

Soudain, la porte s'ouvrit et un homme sortit sur la véranda, une carabine à la main.

Beth vacilla et Duke s'empressa de la soutenir.

— Vous vous êtes perdus ? cria l'homme.

— Vous pourriez baisser cette carabine ? demanda Duke en passant un bras autour de Beth.

— Oh ça ? dit l'autre en abaissant son arme. J'allais la nettoyer, je ne savais pas qu'il y avait quelqu'un dehors. J'ai tué une dinde, ce matin.

— Le bungalow est à vous ? questionna Beth en retrouvant sa voix.

— Non, m'dame. Je m'appelle Doug Johnson, si vous voulez vérifier. Je loue le bungalow une fois par an pour chasser un peu — surtout la dinde sauvage. Ma femme aime bien que j'en rapporte une pour le dîner de Thanksgiving. Vous cherchez le propriétaire ? demanda-t-il en plissant les yeux.

— Qui est-ce ? interrogea Duke.

— Je passe par une agence immobilière : Raney Realty.

— Bill Raney ? dit Beth en pinçant le bras de Duke.

— P'têt' bien, mais j'ai affaire à une femme. Je crois que j'ai sa carte. Si vous voulez que j'aille la chercher…, dit-il en désignant du pouce l'intérieur de la maison.

Duke refusa d'un geste.

— Non, ce n'est pas la peine. Nous les chercherons en ville. Il y a un autre bungalow dans cette direction ?

— À environ un kilomètre et demi d'ici.

— Il est aussi à louer ?

— Je crois bien, mais il n'y a personne en ce moment. Il n'est pas aussi agréable que celui-ci.

— C'est Raney Realty qui s'en occupe, aussi ?

— Je pense. Moi, je loue toujours ici, alors je ne sais pas trop.

— Merci et désolé de vous avoir dérangé.

Beth planta sa béquille dans le sol.

— Et de quatre de faits, il n'en reste plus qu'un.

Quand ils furent dans la voiture, Duke lui toucha la joue.

— Tu es glacée. Tu es sûre que ça va ?

— Tu penses que c'est une coïncidence si le bungalow qui me fiche la trouille est géré par Bill Raney ?

— Oui.

Beth avait repris contenance, et il ne prit pas la peine de lui demander si elle voulait voir le dernier bungalow. À ce stade, elle ressemblait à un chien qui a trouvé un os.

Ils roulèrent sur environ un kilomètre avant d'apercevoir un autre chemin, précédé d'une boîte aux lettres.

Duke se gara et descendit de voiture pour ouvrir la portière à Beth. À la pâleur de son visage, il comprit qu'une autre crise de panique se profilait.

— On n'a pas besoin de faire ça tout de suite, dit-il d'un ton rassurant. Ou alors tu peux attendre dans la voiture pendant que je vais filmer.

— Ce que je ressens est incroyable, Duke. J'aimerais bien que Scarlett soit là.

— Moi, je suis là, dit-il en lui tendant sa béquille. On va affronter ça ensemble.

Il régla son pas sur le sien en regardant à droite et à gauche, légèrement tendu. En remarquant la boîte aux lettres, Beth poussa un cri et se laissa aller contre lui.

— Regarde, deux oiseaux ! Exactement comme l'a dit Scarlett ! C'est ici !

15

Beth chancela, soutenue par Duke. Son malaise s'était intensifié depuis qu'ils s'étaient engagés sur ce chemin. À présent, elle se sentait misérable.

Elle se dégagea, avança en vacillant vers la boîte aux lettres et s'y cramponna. Deux oiseaux avaient été gravés sur le couvercle et elle les suivit du doigt.

— C'est ce que Scarlett a vu.

Duke posa une main sur son dos.

— Tu es prête à aller jeter un coup d'œil ?

— Tu ne vas pas encore essayer de me convaincre de laisser tomber ?

— Maintenant qu'on y est, on ne peut plus faire demi-tour.

Inspirant à fond, Beth tendit sa béquille en avant.

— Allons-y.

Un sentier serpentait autour du bungalow, la réplique exacte de celui qu'ils venaient de voir. Le chasseur avait dit vrai. Sa location était en meilleur état, mais celui-ci n'était pas abandonné.

Ils s'approchèrent de la porte d'entrée, qui n'était plus rouge, et Duke escalada les deux marches d'une seule enjambée. Il frappa à la porte en bois.

— Hello ? Il y a quelqu'un ?

— Je ne crois pas qu'on va trouver une fenêtre cassée, ici, dit Beth en boitillant vers le côté de la maison.

On avait débroussaillé les abords de la maison, créant un

espace net. Beth suivit le mur extérieur, le cœur battant. Elle pressa le front sur une des fenêtres, mais les rideaux étaient tirés de l'autre côté.

Elle sursauta quand Duke lui posa une main sur l'épaule.

— On ne voit rien, dit-elle, mais c'est celui-là, j'en suis sûre. La porte était rouge autrefois et il y a deux oiseaux sur la boîte aux lettres, tout concorde avec la vision de Scarlett.

— Je doute que le propriétaire nous autorise à entrer et à jeter un coup d'œil à l'intérieur, surtout si la location est gérée par Bill Raney.

— Sans doute pas. Et si nous le louions ? suggéra Beth.

— Ça paraîtra bizarre, puisque tu loges à l'hôtel depuis ton arrivée. Et si Raney ne veut pas que tu fouines par ici, je suis certain qu'il trouvera un millier de bonnes raisons pour ne pas te le louer.

Beth fit courir son doigt sur la vitre.

— Je me demande à qui il est. J'aimerais vraiment entrer.

— Est-ce que tu as du réseau, ici ? Envoie un texto à Rebecca, et elle te fournira la réponse en quelques minutes.

Beth prit son téléphone dans sa poche et scruta l'écran.

— Aucune réception. Il va falloir attendre pour le savoir.

Ecartant ses cheveux, Duke embrassa sa nuque.

— Je reviens tout de suite, dit-il en tournant le coin de la maison.

Beth sentit monter une nouvelle vague de panique. Fermant les yeux, elle plaqua une main sur la paroi rugueuse du bungalow.

— Duke ?

— Je suis là.

Elle rouvrit les yeux et le vit à côté d'elle.

— Qu'as-tu trouvé ?

— Figure-toi que la porte de derrière était ouverte !

— Tu l'as fracturée, s'exclama Beth.

— Chut. On ne va rien voler. On ne fait que regarder pour voir si ça vaut le coup de louer.

— Tu vas finir par te faire virer avec cette histoire.

— Si je me fais virer du FBI, autant que ça serve à quelque chose, déclara-t-il en lui prenant la main.

La façade arrière de la maison était toute proche des arbres, mais il y avait tout de même une petite terrasse, avec une table, quelques chaises et un barbecue.

Prenant soin de recouvrir sa main de sa manche de veste, Duke poussa la porte. Beth ne vit pas de bris de verre ni d'éclats de bois, et elle en conclut qu'il avait forcé la serrure. Moins elle en savait, mieux c'était.

En franchissant la porte, elle se trouva dans une petite pièce attenante à la cuisine, contenant une petite machine à laver et un séchoir. Le souffle court, elle pénétra dans la cuisine tandis que Duke refermait la porte.

Elle hésita sur le seuil du salon, dans lequel une grande cheminée de pierre occupait la moitié d'un mur.

— Ça m'étonnerait qu'ils aient beaucoup de locataires, ici, commenta Duke derrière elle. Regarde, ce n'est même pas complètement meublé. Tu veux jeter un coup d'œil ?

Beth avala sa salive avec difficulté.

— J'ai… peur. Cet endroit… Il y a quelque chose de mauvais, ici. Tu ne le sens pas ?

Duke la contourna pour s'avancer dans la pièce obscure.

— Je trouve ça sinistre, mais c'est peut-être toi qui m'influences.

Beth fit un pas hésitant. Elle referma les doigts sur le médaillon à son cou et ferma les yeux. La tisane magique de Scarlett lui aurait été très utile à cet instant. Comme poussée par une force inconnue, elle avança.

— Beth ?

La voix de Duke lui parut venir de très loin. Elle avait l'impression d'être dans un tunnel, luttant contre la peur et le dégoût. Des images de la végétation luxuriante de la péninsule de Washington, qui l'avait toujours angoissée, lui traversèrent l'esprit en un éclair. La terreur sanglante qu'elle avait perçue dans la vision de Scarlett virevolta autour d'elle, mais elle resta concentrée. Il y avait autre chose, quelque chose de doux et de précieux, et il fallait qu'elle garde le cap pour le saisir.

— Beth ? Beth ?

Le plancher craqua sous ses pieds et elle tomba à genoux.

Je suis là. Je suis revenue. Je vais t'aider...

— Beth, bon sang !

Duke s'accroupit à côté d'elle et lui encercla la taille.

— Est-ce que ça va ? Qu'est-ce qui t'arrive ?

Tournant la tête vers lui, elle agrippa sa veste.

— C'est ici, Duke. Quelque chose m'a poussée jusqu'ici.

Il lui caressa les cheveux.

— Je sais, chérie, la vision t'a menée jusqu'ici, mais ça ne suffit pas. Même si nous découvrons à qui appartient ce bungalow, ça ne suffira pas.

Elle frappa le plancher, sur le tapis amérindien qui le recouvrait.

— Non, je veux dire que c'est à cet endroit précis. Il y a quelque chose ici.

Les sourcils froncés, Duke considéra le tapis et passa la main dessus. La croyait-il, soudain ?

— Je ne vois rien, Beth. Ce n'est qu'un tapis.

Il le retourna, découvrant un plancher tout éraflé. Puis il pressa la main sur les lattes, une par une, et sentit l'une d'elle basculer.

— Il y en a une qui bouge, dit-il en lançant un bref regard à Beth.

— Il y a quelque chose ici, Duke, souffla-t-elle. J'ai entendu le bois grincer sous mes pieds.

Il sortit un couteau de sa poche, l'ouvrit et introduisit la lame entre la latte qui bougeait et sa voisine. Elle se souleva d'un demi-centimètre.

— On dirait qu'il y a une cavité là-dessous.

Beth s'empara du couteau, mais Duke l'arrêta d'un geste.

— Du calme. Il ne faut pas qu'on sache que nous sommes venus ici.

Reprenant son outil improvisé, il se mit en devoir de travailler la latte jusqu'à ce qu'elle sorte du sol. Quand il put passer sa lame en dessous, il força un peu plus.

Enfin, il la dégagea et l'ôta du plancher.

— Donne-moi ton téléphone.

Beth comprit ce qu'il voulait et elle alluma la lumière avant de le lui passer. Il le dirigea vers l'espace situé sous le plancher.

— Il y a quelque chose dedans. On dirait une boîte de pêcheur. Mais elle est trop grande pour passer par l'ouverture. Je vais devoir enlever d'autres lattes.

Tandis que Beth tenait le téléphone, Duke ôta deux autres planches.

— À toi l'honneur, déclara-t-il quand l'ouverture fut assez grande.

En tremblant, Beth glissa une main dans la cavité et en tira une petite boîte en fer. Elle ignorait ce qu'elle allait y découvrir : son acte de naissance original ? Un certificat d'adoption ? Une lettre de ses parents biologiques ?

Mais après avoir soulevé le couvercle, elle s'assit sur ses talons, stupéfaite. Ce n'était pas du tout ce à quoi elle s'attendait.

Duke saisit le paquet de photos et le tint sous la lumière.

— Qu'est-ce que c'est ? Des femmes nues ?

Bouche bée, Beth contempla les images en éventail dans sa main.

Au moment où elle ouvrait la bouche pour faire un commentaire, une explosion ébranla le bungalow.

16

Le bruit de l'explosion avait déclenché un sifflement aigu dans ses oreilles. Duke toucha Beth, qui ne bougeait plus, visiblement sous le choc.

— Ça va ?

Elle réussit à hocher la tête. Il inspira, tous les sens en alerte. Une des fenêtres de la façade avait volé en éclats, mais le bungalow était intact. Une odeur de feu flottait dans l'air.

— Le bungalow n'a rien. Ça vient de dehors.

Il remit les photos dans la boîte et fourra l'ensemble dans l'étui de la caméra.

— Il faut filer d'ici.

Ensemble, ils remirent le plancher en état et Beth le recouvrit du tapis.

Passant la courroie de la caméra en bandoulière, Duke l'aida à se lever. La béquille coincée sous son aisselle, Beth se dirigea aussi vite que possible vers la cuisine.

À l'extérieur, Duke vit de la fumée noire monter de l'avant du bungalow. Il se retourna et referma la porte, tournant la serrure dans l'autre sens à l'aide de la pointe de son couteau.

— Retournons à la voiture. Il faut appeler le 911 dès que possible. On passait juste en voiture quand on a entendu l'explosion, d'accord ?

— J'ai compris, dit Beth en hochant la tête.

Ils contournèrent le bungalow et s'engagèrent sur le chemin menant à la route. Soudain, Beth s'écria :

— C'est un pneu !

Saisi d'un mauvais pressentiment, Duke poussa le portail donnant sur le chemin et faillit trébucher sur un morceau de métal tordu.

En apercevant la carrosserie noircie et déformée de son 4x4, il poussa un juron. Des flammes s'élevaient de l'épave.

Beth essaya de passer un appel.

— Toujours pas de réseau. Je suppose qu'il va falloir avouer qu'on est entrés dans la maison, à moins que tu n'aies une idée pour déplacer ta voiture.

— On a qu'à dire qu'on est allés examiner le bungalow pour faire des images, et qu'on a entendu l'explosion.

— On va avoir l'occasion de tester très vite cette histoire, dit-elle en levant un doigt en l'air. J'entends des sirènes.

— Doug a dû appeler les pompiers.

Beth attira son attention en glissant les doigts dans la poche arrière de son jean.

— Mis à part ce qu'on voit, que crois-tu qu'il soit arrivé à ta voiture ?

— Eh bien, placer de la dynamite dans une voiture de location me semble un peu gros, alors je pense qu'on a tiré une balle bien placée dans le réservoir.

— Le truc facile à justifier par un tir perdu ou une farce d'adolescent.

— À moins qu'il ne s'agisse d'un autre chasseur en colère, mais maintenant que Scarlett est partie, qui est la cible ?

— De toute évidence, quelqu'un savait que nous étions ici, murmura Beth.

Elle posa le front sur son dos.

— Quelqu'un qui ne voulait pas que nous trouvions ces photos.

— C'est aller un peu loin pour protéger des photos de nu, tu ne penses pas ? Autant que je sache, ce sont des femmes adultes.

— Ce n'est pas tout, j'en suis sûre.

Un camion de pompiers déboucha dans le chemin, suivi d'une voiture de patrouille et d'une ambulance.

— Tu me le diras plus tard, Beth. Il va falloir fournir des explications.

Deux heures plus tard, ils s'affalèrent dans la chambre de Beth, après avoir été déposés à l'hôtel par un auxiliaire du shérif.

Duke engloutit une demi-bouteille d'eau d'un trait.

— Ça s'est mieux passé que je ne pensais. On était les victimes, c'est pourquoi ils ne nous ont pas demandé ce que nous faisions au bungalow.

— Au moins, ils ont conclu que la menace était dirigée contre moi, cette fois, et pas seulement contre Scarlett.

— Oui, mais tout ce qu'ils ont trouvé à te dire, c'était de quitter la ville.

— Il n'y a pas si longtemps, tu disais la même chose.

Duke caressa le dos de Beth.

— Parce que je voulais te protéger, pas parce que je refusais d'enquêter. Ce qui n'est pas le cas du shérif Musgrove.

— L'explosion a eu ça de bon qu'elle l'a éloigné du parcours de golf.

— Tu te rends compte que tout Timberline sait déjà que nous étions au bungalow ?

— Et alors ? rétorqua Beth en tapotant l'étui de la caméra. On a trouvé les photos.

— Je ne sais pas quel bénéfice on peut en tirer, à moins de vouloir lancer un magazine érotique.

— C'est parce que tu ne les as pas bien regardées, dit-elle en ouvrant l'étui. Moi je l'ai fait.

Duke sentit son pouls s'emballer.

— Tu as trouvé quelque chose de louche ?

— Pas exactement, plutôt quelque chose d'intéressant.

Elle prit le paquet de photos et les disposa en éventail sur la commode.

— Regarde celle-là et dis-moi ce que tu en penses.

— C'est la première fois qu'une femme me demande de regarder des photos de ce genre.

Il prit la photo d'une femme dénudée — de manière assez anodine selon les critères d'aujourd'hui — et l'observa. Soudain, il la laissa tomber, comme si elle lui brûlait les doigts.

— On dirait que c'est toi.

— Exactement. Et je peux t'assurer que je n'ai jamais posé nue pour quiconque à Timberline.

Sans répondre, Duke reprit la photo en la tenant par un coin. Il scruta attentivement le visage de la femme.

— Beth ?

Occupée à examiner les autres clichés, elle leva les yeux.

— Hum ?

— Tu as vu ce qu'elle a autour du cou ?

— Non. De quoi parles-tu ?

Il agita la photo devant son visage.

— On dirait un collier. Je n'arrive pas à distinguer si c'est ton médaillon, mais j'aurais tendance à dire que oui.

Bouche bée, Beth lui prit le cliché des mains.

— Tu as raison. Elle porte un médaillon semblable au mien. Tu… Tu crois que ça pourrait être ma mère ? dit-elle d'une voix tremblante.

Duke lui reprit la photo et étudia le visage de la femme. Il n'arrivait pas à distinguer la couleur des yeux, mais la forme générale du visage ainsi que les pommettes étaient celles de Beth.

— Tu pourrais être de sa famille, pas de doute.

Mal à l'aise soudain, il retourna l'image.

— Qu'est-ce que ça veut dire ? On a pris des photos dénudées de ta mère et d'autres femmes, et on les a cachées sous le plancher ?

Beth s'empara de son téléphone.

— Il faut découvrir à qui appartient le bungalow. Tout ce que savait l'adjoint, c'est que Raney Realty gère une liste de locations.

Elle composa le numéro de Rebecca et laissa un message.

— Elle est sans doute occupée par une visite.

Duke se jeta en travers du lit et se frotta les yeux.

— Je suis épuisé.

Beth s'étendit à côté de lui.

— C'est vraiment bizarre ce qui m'est arrivé là-dedans. J'ai eu l'impression d'entrer en communication avec Scarlett. Peut-être qu'elle m'a transmis un peu de sa sensibilité.

Le téléphone de Duke vibra dans sa poche et il le sortit.

— C'est Mickey. Hé, Mick, c'est mon jour de congé !

— Comment s'est passée ta réunion avec l'agence antidrogue, l'autre jour ? Tu ne me l'as pas dit.

Duke tourna la tête et regarda Beth. Cette réunion avait-elle eu lieu avant qu'elle tombe sur le piège à ours ou après qu'on lui eut tiré dessus ?

— Ils me sortent tous les dossiers en lien avec le trafic de stupéfiants à l'époque du kidnapping. Pourquoi, quelqu'un t'a posé des questions à ce sujet ?

— Je vais te dire de qui il s'agit : Stanley Gerber en personne.

— Stan ? Le directeur du département ?

— On a eu un problème à propos d'un dossier qui doit rester top secret. C'est résolu, mais Gerber voulait savoir pourquoi tu n'étais pas là.

— Et tu lui as dit que j'avais été muté sur les affaires non résolues.

— Oui, mais il a voulu savoir qui en avait donné l'ordre.

— Je suppose que Vasquez, son bras droit, ne l'a pas tenu au courant.

— Et moi je suppose qu'il est en train de dire deux mots à Vasquez en ce moment même.

— Tu crois qu'il va me retirer l'enquête sur l'affaire du trio ?

Beth ouvrit les yeux et lui caressa la main.

— Peut-être, mais j'aimerais que tu suives jusqu'au bout la piste des stupéfiants, pour que nous ayons quelque chose à montrer.

— Je verrai ce que je peux faire dès que les dossiers arriveront.

Il se redressa et s'assit au bord du lit.

— Et sinon, les enfants n'ont pas de devoirs ce soir ?

— On est samedi. Je joue les entraîneurs de foot aujourd'hui.

— Mickey, le père de l'année.

— Ça me fait plaisir qu'il y en ait au moins un qui le reconnaisse. Tiens-moi au courant, et je ferai passer un petit mémo à Gerber en ta faveur.

Dès qu'il eut raccroché, Beth lui sauta dessus.

— On va te retirer l'affaire ?

— Peut-être, mais pas avant que j'aie réglé certaines choses.

— Moi, je suis une chose à régler, dit-elle en se tapant sur la poitrine. Il faut découvrir ce que signifient ces photos.

— Allons dîner en attendant que Rebecca rappelle.

— Je n'ai pas envie d'aller en ville, ce soir. Maintenant qu'ils ont entendu parler de l'explosion, ils vont me pourchasser avec des fourches.

— Il y a quelques restaurants dans le nouveau quartier d'Evergreen.

— Ça me va, mais d'abord j'ai besoin d'une bonne douche.

— Alors, je te retrouve dans une demi-heure.

— Ça marche.

Duke retourna dans sa chambre, l'esprit en ébullition. On avait dû les pister cet après-midi — à moins que Rebecca n'en ait parlé à quelqu'un.

Et il n'était plus possible de vérifier la présence d'un mouchard sur sa voiture, étant donné qu'elle était réduite en cendres. L'agence de location l'avait déjà fait remorquer à la casse.

Pourquoi ne voulait-on pas qu'ils trouvent ces vieilles photos ? À moins que le bungalow n'ait un lien avec l'affaire du trio, ces menaces n'avaient aucun sens.

La décision prise par Beth l'inquiétait parce que ceux qui la menaçaient en concluraient qu'elle s'intéressait toujours à l'affaire, mais ces agressions n'avaient peut-être rien à voir avec les kidnappings.

Peut-être était-ce sa quête personnelle qu'on voulait stopper. Mais pourquoi ? En quoi la volonté de retrouver ses origines pouvait-elle nuire à quelqu'un ?

Douché et changé, il alla frapper à la chambre de Beth.

Elle lui ouvrit la porte, le visage rouge d'excitation.

— Rebecca m'a rappelée. Elle va chercher les coordonnées du propriétaire dès qu'elle aura un moment. Elle dîne avec son fiancé, mais il retourne à New York un peu plus tard, et elle pourra aller au bureau.

— Alors, allons manger des gressins et une énorme salade.

Elle fit quelques pas devant lui.

— J'ai l'impression que je n'aurai bientôt plus besoin de mes béquilles.

Ils traversèrent la ville dans la voiture de Beth et s'arrêtèrent dans le nouveau quartier qui devait son existence à Evergreen Software. Quand ils pénétrèrent dans le restaurant, personne ne fit mine de les remarquer.

C'étaient les nouveaux résidents de Timberline et, en dehors du problème posé par Wyatt Carson, ils ne s'étaient jamais intéressés à la tragédie du trio.

Durant le dîner, Duke fit part de sa nouvelle théorie à Beth.

— J'ai réfléchi en prenant ma douche.

— C'est là que je réfléchis le mieux, moi aussi, dit-elle en grignotant un gressin.

Cet interlude dans le bungalow l'avait transformée. Duke s'était attendu à la voir épuisée par l'expérience, mais elle en était sortie revigorée, comme si sa quête trouvait enfin une justification.

— Beth, je me disais que les menaces contre toi n'ont peut-être rien à voir avec les enlèvements. Il se pourrait que quelqu'un, ici, ne veuille pas que tu découvres qui tu es.

Peut-être qu'il sait quel est ton véritable objectif et qu'il fait tout ce qu'il peut pour t'en détourner.

Beth piqua un morceau de tomate avec sa fourchette.

— J'y ai pensé, moi aussi. Et si mes parents biologiques ne voulaient pas de moi ?

Laissant tomber ses couverts, Duke mêla ses doigts aux siens.

— Tu te sens prête à affronter ça ?

— Je suis venue ici pour découvrir la vérité. Je peux la supporter.

— Beth…

Il lui pressa les doigts.

— Tu es venue ici parce que tu croyais être Heather et que tu t'attendais à retrouver une famille aimante. Mais ce n'est pas ce qui va se passer.

— Je sais, dit-elle avec un sourire hésitant. Mais le fait que tu sois resté, que tu m'aies aidée, que tu ne m'aies pas tourné le dos quand je t'ai parlé de ma fausse couche… Eh bien, pour moi, cela vaut plus que dix familles.

Il porta ses doigts à ses lèvres et les embrassa.

— J'irai jusqu'au bout de cette histoire avec toi.

Après leur salade, ils prirent un dessert pour deux, plus un café pour lui et un déca pour elle. Le restaurant était déjà en train de fermer.

Quand ils remontèrent en voiture, le téléphone de Beth sonna.

— Bonsoir, Rebecca. Je suis avec Duke. Je vous mets sur haut-parleur. Vous avez quelque chose pour moi ?

— Bien sûr. Vous connaissez Serena Hopewell, la barmaid de chez Sutter ?

— C'est Serena la propriétaire du bungalow ?

— Depuis plus de vingt ans.

— Elle y vit ?

— Non, apparemment pas. Elle l'a mis en location chez Raney Realty depuis pas mal de temps.

Duke se pencha vers le téléphone.

— Elle en a hérité ?

— Je ne pense pas.
— À qui l'a-t-elle acheté, alors ?
— À une société immobilière, LRS Corp. Jamais entendu parler. Hé !
— Que se passe-t-il ?
— Les lumières viennent de s'éteindre.
Duke s'empara du téléphone.
— Rebecca, vous êtes seule à l'agence ?
— Bien sûr que oui. Qui serait assez dingue pour travailler un samedi soir ?
Elle jura.
— Il fait noir comme dans un four. Il y a un orage ?
Duke et Beth échangèrent un regard.
— Vous avez verrouillé la porte ? questionna Beth.
— Bien sûr. Qu'est-ce que vous avez, tous les deux ?
— Rebecca, déclara calmement Duke, votre vie est en danger.
À peine avait-il prononcé ces mots que la ligne fut coupée.
— Rebecca ? Rebecca ?
Il lança son téléphone à Beth tout en essayant de rappeler la jeune femme.
— Appelle le 911.
La ligne de Rebecca sonna dans le vide, puis bascula sur la boîte vocale.
Beth leva la tête, en couvrant l'émetteur de la main.
— L'opérateur me demande quelle est la raison de mon appel. Qu'est-ce que je lui dis ?
Duke claqua des doigts et elle lui passa l'appareil.
— Une femme à qui je parlais au téléphone m'a dit qu'on venait de s'introduire dans son bureau, dit-il. Ensuite la ligne a été coupée, et je n'arrive plus à la joindre.
— Nom et adresse ? demanda l'opérateur.
— Rebecca Geist, de Peninsula Realty.
Il donna son nom et l'adresse du bureau de Rebecca, puis raccrocha.

— La police est en route, mais on va y aller, nous aussi.

Beth avait repris son téléphone et essayait de composer à nouveau le numéro de Rebecca.

— Tu y arrives ?

— Je tombe sur la boîte vocale.

Beth noua ses bras autour de son torse, les poings serrés.

— Je suis inquiète. On a dû apprendre qu'elle faisait ces recherches pour nous. Nous aurions dû lui dire de ne pas retourner toute seule à l'agence.

— Elle y allait pour travailler, pas seulement pour nous. Tous ceux qui la connaissent savent qu'elle y passe des nuits blanches.

— Y compris Bill Raney ?

Duke enfonça l'accélérateur tout en tambourinant sur le volant.

— Elle nous a dit que c'était une entreprise qui avait vendu la maison à Serena. Tu te souviens de son nom ?

— C'était un acronyme. Je crois que la première lettre était un L, mais je n'en suis pas sûre.

— Mais pourquoi s'en prendre à Rebecca pour une information pareille ? Elle n'est pas la seule à pouvoir accéder aux archives. Elles sont publiques.

— J'espère que tu ne fais que penser tout haut, parce que je n'en ai pas la moindre idée.

— À moins que ce ne soit pour te faire peur encore une fois, pour t'éloigner.

— Comme si ça allait marcher !

— Beth…, commença-t-il en posant la main sur son genou, on peut faire des recherches sur cette entreprise et Serena Hopewell de n'importe où. Tu devrais répandre le bruit que tu t'en vas, que l'histoire n'en vaut pas le coup et que tu es lasse de ce harcèlement.

— Et partir pour de bon ?

— Oui. On peut continuer à chercher l'identité de ces femmes, l'histoire du bungalow…

— Je vais y réfléchir. Regarde, s'exclama-t-elle en pointant le doigt, il y a une voiture de patrouille devant l'agence.

— Tant mieux.

Au moment où il s'arrêtait derrière la voiture de police, une ambulance déboucha dans la rue, sirène en marche.

— Duke ! dit Beth en lui prenant le bras.

Passant le point mort, il se rua dehors, à l'instant où un autre véhicule s'immobilisait dans un crissement de freins.

L'estomac noué, il se précipita vers l'entrée de l'immeuble. L'adjoint Stevens lui barra le passage.

— Oh ! c'est vous. C'est vous qui avez appelé, n'est-ce pas ?

— Que se passe-t-il ? Où est Rebecca Geist ?

Stevens lui fit signe d'entrer. Derrière lui, Beth fit mine de lui emboîter le pas, mais Stevens leva la main.

— Beth, il vaut mieux que vous n'entriez pas.

— Comptez là-dessus !

A l'intérieur de Peninsula Realty, les gyrophares éclairaient par intermittence une scène cauchemardesque. Au milieu des papiers jonchant le sol, des classeurs renversés et des ordinateurs en miettes, gisait le corps ensanglanté de Rebecca.

17

Beth s'approcha en titubant de Rebecca et s'agenouilla près d'elle.

— Elle respire encore, cria-t-elle. Elle est vivante !

— Nous le savons, Beth. Les secours sont là, laissez-les passer.

Duke lui toucha l'épaule.

— Laisse-les faire leur travail, Beth.

Elle se couvrit le visage d'un bras, tandis que Duke l'aidait à se relever.

— Mon Dieu, dans quel était elle est !

— Elle a été frappée brutalement, mais nous lui avons sans doute sauvé la vie. Nous ne pouvons rien faire de plus, pour l'instant.

Duke l'entraîna dehors, où ils expliquèrent aux policiers que Rebecca faisait des recherches pour eux, et qu'elle s'était plainte d'une coupure d'électricité pendant qu'ils étaient en communication.

— Elle a dit autre chose, après ça ? demanda Stevens.

— Non, la ligne a été coupée, et nous avons appelé le 911.

— C'est moi qui suis arrivé le premier sur les lieux. Je pense que j'ai dû effrayer le type.

— A-t-il laissé des traces de pas ? Une arme ? S'il l'a frappée à mains nues, il faut chercher quelqu'un qui a les jointures ensanglantées.

— Je crois qu'il s'est servi d'une perforatrice.

— Une perforatrice ?

— Oui, vous savez, un de ces gros appareils qui font des trous dans les feuilles. Il y en a une près du corps. Je veux dire près de Rebecca, pardon.

Stevens s'essuya le front sous sa casquette.

— Elle était encore consciente quand je suis arrivé, et son pouls était perceptible. Je pense qu'elle a de bonnes chances de s'en tirer.

— Il faut prévenir son fiancé, dit soudain Beth. Elle venait de dîner avec lui, et il devait repartir pour New York.

— Les collègues de Rebecca pourront nous dire comment le joindre. D'après ce que j'ai compris, il a les moyens d'avoir un avion privé.

Stevens fit signe à un de ses collègues, toujours à l'intérieur.

— Quel genre de recherches faisait-elle pour vous ? Était-ce pour l'émission ?

— Il n'y aura pas d'émission sur l'affaire du trio.

Duke passa un bras autour de la taille de Beth et la pinça discrètement.

— Rebecca n'a rien trouvé de nouveau, et Beth a décidé qu'il n'y avait pas assez d'éléments porteurs pour réaliser un épisode sur l'affaire.

— Je suis sûr qu'un bon nombre de gens seront soulagés d'apprendre ça. Quand c'est le FBI qui y travaille, c'est différent. Personne n'a envie de voir une émission de téléréalité éclabousser encore la ville.

— Je vais sans doute mettre aussi un terme à mon enquête.

— Eh bien, il est possible que ces gosses aient été enlevés par cette créature quileute, après tout, intervint le shérif, qui venait de les rejoindre.

— Même les Quileutes n'y croient pas, shérif, dit Beth, les lèvres pincées.

Ils lui dirent au revoir puis Duke attrapa le bras de Stevens.

— Tenez-nous au courant de l'état de Rebecca, d'accord ?

Stevens lança un regard à Musgrove, qui était en train de hurler des ordres, et hocha la tête.

— Je vous donnerai des nouvelles dès que j'en aurai.

Beth se laissa tomber dans la voiture.

— J'espère qu'elle va s'en sortir.

— Moi aussi, dit Duke. Elle avait des blessures à la tête, et elle saignait beaucoup. Mais c'est peut-être moins grave que ça n'en avait l'air.

Beth repoussa ses cheveux derrière ses oreilles et s'adossa à son siège.

— Avant de partir, Duke, je veux parler à Serena.

— Tu vas lui demander qui lui a vendu le bungalow ? Je n'arrive pas à me souvenir de ce que Rebecca nous a dit.

— C'est une des questions que je veux lui poser.

— Tu pourrais aussi lui demander comment elle a pu acheter une maison comme ça, avec un salaire de serveuse. Sois plus subtile, mais tu vois ce que je veux dire. Tu ne trouves pas ça bizarre ?

— Ça et le fait qu'elle n'y vive pas, alors que Doug nous a dit qu'il n'est pas souvent loué.

— Sois prudente, Beth. Fais courir le bruit que tu renonces et que tu quittes la ville.

— Je le ferai. Je ne veux impliquer personne d'autre. J'ai déjà mis Scarlett, puis Rebecca en danger…

— Et tu oublies Gary Binder.

— Tu penses qu'il savait quelque chose sur le bungalow ? Qu'il était venu à l'hôtel pour m'en parler ?

— Peut-être. Ou alors c'était en rapport avec le milieu de la drogue.

Il tapota son téléphone.

— Je viens d'avoir un mail automatique de l'agence anti-drogue qui m'indique que les dossiers sont prêts, alors je vais y travailler demain. Et toi, tu vas te trouver un vol de Seattle. Je t'y conduirai quand tu veux.

Cette nuit-là, ils firent de nouveau l'amour, et Beth s'accrocha à Duke comme si sa vie en dépendait. Si elle devait renoncer à sa quête à Timberline, il serait la seule famille qu'elle aurait jamais.

Le matin suivant, Duke, déjà en tenue pour aller courir, la réveilla d'un baiser.

— J'aimerais bien venir avec toi, lui dit-elle. Je t'accompagnerai dès que mon pied sera guéri.

— Tu veux prendre un brunch au River Café quand je reviendrai ?

— D'accord. Ensuite j'irai trouver Serena et j'en aurai fini ici.

— Ce qui veut dire que tu vas te mettre à l'ordinateur pour chercher un vol de Seattle à Los Angeles, et ensuite téléphoner à Scott pour lui dire que tu abandonnes.

— Oui, chef, lança-t-elle avec un salut. Scott va être ravi. Il était persuadé que c'était un mauvais sujet.

— Dans ce cas tu fais d'une pierre deux coups : tu te sauves la vie et tu donnes raison à Scott.

Deux heures plus tard, ayant fini leur brunch, ils se séparèrent. L'agence de location avait remplacé le 4x4 de Duke. Heureusement, ils ne s'étaient pas adressés à la même compagnie, car elle se serait demandé ce qui se passait à Timberline.

C'était exactement ce qu'elle-même voulait savoir, songea Beth.

Elle se rendit dans le centre-ville en se disant qu'elle n'aurait pas dû manger autant pendant le brunch. Quand elle s'assiérait au bar de chez Sutter, mieux vaudrait que Serena pense qu'elle était venue pour déjeuner.

Un appel à Chloe lui avait déjà confirmé que Serena travaillait ce jour-là. Mais quand ne travaillait-elle pas ? Peut-être était-ce ainsi qu'elle pouvait se permettre d'entretenir le bungalow.

Quand elle pénétra dans le restaurant, tous les regards se

braquèrent sur elle. N'importe lequel de ces gens pouvait être celui ou celle qui voulait la chasser de Timberline, songea-t-elle. Elle boitilla jusqu'au bar et se hissa sur un tabouret.

Serena plaça immédiatement une serviette en papier devant elle.

— Qu'est-ce que je vous sers ?

— Je vais manger un bout, si cela ne vous dérange pas.

— Bien entendu.

Serena laissa tomber un menu devant elle, puis alla servir une bière à un autre client.

Beth étudia le menu avec un intérêt feint, le referma et croisa les mains dessus. Serena revint vers elle.

— Je vais prendre une ginger ale et un bol de soupe de lentilles, s'il vous plaît.

Serena lui servit un verre d'eau.

— Vous n'êtes plus très populaire par ici, on dirait, est-ce que je me trompe ?

— Non, et comme je ne peux pas faire une émission quand les habitants sont contre moi, j'ai décidé de jeter l'éponge.

— Vous ne pouvez pas leur reprocher de se poser des questions. Il s'est passé un tas de trucs bizarres depuis votre arrivée.

— Oui. La balle qu'on a tirée dans le réservoir de la voiture de l'agent Harper, par exemple.

— Ça montre à quel point certains sont désespérés. Mieux vaut ne pas provoquer le FBI.

— Cette explosion s'est produite devant votre bungalow, ajouta Beth en jouant avec sa paille.

Serena plissa les yeux.

— Ce bungalow est bien à vous, n'est-ce pas ? demanda Beth.

— Oui, en effet. Excusez-moi.

Serena se rendit à l'autre bout du bar pour prendre une commande. Au bout d'un moment, elle revint et posa une assiette sur le bar.

— Et voilà, une soupe aux lentilles.

— Ce bungalow, insista Beth, vous en avez hérité ?

— Qui, moi ? Mes parents n'ont jamais eu d'argent. Ils n'étaient même pas de la région.

— Alors vous l'avez acheté ?

— Je l'ai acheté après les kidnappings. Les prix avaient beaucoup baissé et la scierie avait déjà fermé. Le vendeur était inquiet et il me l'a laissé à bon prix.

— Il a dû le regretter, après l'installation d'Evergreen Software en ville.

— En fait, ce n'était pas une personne, mais une grosse entreprise. J'ai eu de la chance.

— Et cette entreprise existe toujours ? Quel était son nom ?

— Pourquoi voulez-vous le savoir ?

Zut, j'ai trop insisté, se dit Beth. Prenant son téléphone, elle feignit de s'intéresser à ses messages.

— Peu importe. Pure curiosité.

— Je ne me souviens pas du nom de la société. Il faudrait que je regarde sur l'acte de vente, dit Serena d'un ton évasif.

Puis, comme pour mettre fin à la conversation, elle se retourna et s'exclama :

— Oh ! bonjour, Jordan ! Qu'est-ce que je te sers ?

Souriant à Beth, ce dernier désigna la soupe.

— Je prendrai la même chose avec un verre d'eau et un café.

— Je te sers ça tout de suite.

Jordan pivota sur son tabouret pour s'adresser à Beth.

— J'ai entendu dire que vous aviez renoncé à ce reportage.

— Les nouvelles vont vite, dit Beth en posant son téléphone sur le bar.

— C'est une petite ville. En tout cas, c'est dommage, dit-il en haussant une épaule.

— Pourquoi, vous faites partie du clan des fans ? J'aurais pensé que vous seriez contre, vu vos intérêts dans la région.

— Merci, ma chérie, dit Jordan à Serena, qui venait de lui servir son café.

Il versa un peu de crème dans sa tasse et reprit à l'intention de Beth :

— Je suis quelqu'un de résolument tourné vers l'avenir, et je pense que toute publicité est bonne à prendre. Tout ce cirque autour de Carson qui a enlevé les enfants pour jouer les héros n'a nui ni aux affaires ni à notre réputation. Les gens sont trop sensibles.

— Comme votre ami Bill Raney, par exemple.

— Bill a de quoi être sensible, il est sur le point de faire faillite. Tandis que les gens comme moi et cette petite bombe de Rebecca Geist, nous n'avons aucune raison de craindre l'avenir.

— Vous avez entendu parler de ce qui lui est arrivé, hier soir ?

— C'est une honte. Mais, bien sûr, on a tendance à s'attirer des inimitiés, quand on réussit. C'est pareil pour vous.

Il sirota son café et chercha le regard de Beth par-dessus sa tasse.

— Vous voulez vraiment renoncer ?

— Il ne s'agit pas de renoncer. Il n'y a tout simplement pas assez d'éléments intéressants pour bâtir une histoire.

— C'est parce que vous ne m'avez pas encore interviewé, dit-il avec un clin d'œil.

— Ce n'est pas faute d'avoir essayé, monsieur Young. Vous êtes très occupé.

— Appelez-moi Jordan. Et j'ai un peu de temps devant moi là tout de suite. Ce que j'ai à vous montrer vous fera peut-être changer d'avis.

Beth sentit son cœur battre plus vite. Jordan vivait depuis longtemps à Timberline. Il devait connaître les secrets de ses habitants mieux que quiconque, puisqu'il entretenait des liens étroits avec les personnages les plus influents de la ville.

— Ça dépend de ce que vous m'offrez.

— Vous savez, ce bungalow que vous vouliez voir, sur Raven Road ? Celui devant lequel la voiture de Harper a explosé ?

Il se pencha en avant et, mettant une main autour de sa bouche, il murmura :

— Je peux vous y faire entrer.

Beth lança un coup d'œil à Serena, qui comptait de la monnaie à la caisse.

— Il appartient à Serena.

— Oui et non. Disons que c'est un peu plus compliqué que ça.

— Comment pouvez-vous entrer ?

Si elle lui avouait qu'elle-même l'avait fait, Duke aurait des ennuis. Surtout s'il s'avérait que Jordan connaissait le véritable propriétaire.

— Disons que je suis très proche de la société de gestion, dit-il en rapprochant l'index et le majeur de sa main.

— Ils… Ils ne seront pas là, si ?

— Ils n'ont même pas besoin de le savoir. Ce sera notre petit secret, dit-il en mettant un doigt sur les lèvres et en lançant un coup d'œil à Serena.

— D'accord. À quelle heure ?

— Tout de suite ? Je n'ai pas de réunion avant la fin de l'après-midi.

Il se frotta les mains quand Serena posa une assiette de soupe devant lui.

— Merci.

Quand elle se fut éloignée, il posa sa cuillère.

— Je vais vous dire : vous séjournez dans un de mes hôtels, n'est-ce pas ?

— Oui, le Timberline, celui qui a besoin de caméras.

— J'ai une petite affaire à régler là-bas. Pourquoi ne retournez-vous pas l'hôtel et je vous y rejoindrai quand j'aurai fini ici. Nous pourrons aller ensemble aux Ravens.

— Les Ravens ?

— C'est ainsi qu'on appelle le bungalow. La plupart des propriétaires leur ont donné des noms, surtout à ceux qui sont en dehors de la ville.

— Je l'ignorais.

Le simple fait de penser aux Ravens lui donnait la chair de poule. Elle prit une serviette en papier et la serra dans sa main. S'apercevant qu'elle avait du mal à respirer, elle se laissa glisser de son tabouret.

— Vous m'excusez une minute ?

Elle fila vers les toilettes des dames et prit appui sur le lavabo, se forçant à respirer calmement. Comment allait-elle supporter une autre visite du bungalow si le fait d'en parler la faisait déjà paniquer ? Mais elle tenait là une chance inespérée d'examiner les lieux et elle ne pouvait pas refuser.

Elle s'aspergea le visage d'eau froide et se tança vertement face au miroir. Puis, plaquant un sourire sur ses lèvres, elle retourna au bar.

— Désolée. Donc ces bungalows sont surnommés les Ravens.

Jordan l'observa une seconde.

— C'est une appellation locale, qui n'est même pas sur les cartes. Les corbeaux tiennent une grande place dans les légendes quileutes, alors j'imagine que c'est de là que ça vient. Alors, c'est d'accord ? Attendez-moi sur le parking de l'hôtel, je n'en aurai pas pour longtemps. Ensuite, vous déciderez par vous-même si vous voulez laisser tomber.

— D'accord. J'adorerais voir l'intérieur du bungalow… Pour des raisons personnelles.

— Parfait.

Il prit une cuillerée de soupe.

— Autre chose ? demanda Serena en débarrassant l'assiette de Beth et en déposant l'addition.

— Non, merci.

Beth laissa quelques billets sur le comptoir, ramassa son téléphone et fit un signe de tête à Jordan.

Elle prit son temps pour retourner à l'hôtel, sachant que Jordan devait d'abord finir son déjeuner. S'arrêtant au supermarché, elle acheta de l'eau minérale et une bouteille de vin.

Ce serait sa dernière soirée à Timberline avec Duke, et elle avait envie de marquer le coup.

Pensant soudain à lui, elle sortit son téléphone pour lui envoyer un texto. Mais l'écran de l'appareil resta noir, malgré ses tapotements. Elle le brancha et fit une nouvelle tentative. La batterie devait être morte.

Jordan lui avait dit qu'il avait des réunions en fin d'après-midi, si bien qu'ils auraient terminé aux Ravens avant que Duke ne finisse d'étudier ses dossiers.

Elle s'arrêta sur le parking de l'hôtel au moment précis où Jordan sortait de la réception.

Prenant sa béquille, elle s'extirpa de la voiture.

— Vous avez fait vite.

— Ce n'était qu'une soupe. Qu'est-ce qui vous a pris si longtemps ?

— Je me suis arrêtée pour faire quelques courses, dit-elle en lui montrant son sac.

— Ce sont des aliments ?

— Non.

— Dans ce cas, pourquoi ne les laissez-vous pas dans votre voiture ?

Il regarda sa montre.

— Ma réunion commence plus tôt que prévu, je vais devoir faire vite.

— Oh ! d'accord.

Se penchant à l'intérieur de sa voiture, Beth posa son sac sur le siège passager. Puis elle sautilla à l'aide de sa béquille jusqu'à la berline noire de Jordan.

— Comment va votre pied, à propos ? demanda ce dernier.

— Ça va mieux. Dans quelques jours, je pense que je pourrai me passer de béquille.

Il l'aida à s'installer dans la voiture et claqua sa portière.

Sur le trajet, il l'interrogea sur son opinion à propos des kidnappings. Beth contempla le paysage qui défilait par la fenêtre avant de répondre. Elle n'avait pas beaucoup réfléchi à l'affaire du trio, et moins encore depuis qu'elle avait découvert qu'elle n'en faisait pas partie.

— Je ne sais pas. Peut-être ont-ils été enlevés pour qu'on les vende, aussi horrible que cela puisse paraître. Ou alors ils étaient seulement au mauvais endroit au mauvais moment.

— C'était une époque terrible, surtout pour ceux qui avaient des enfants.

— Vous-même n'en aviez pas ?

— Ma femme et moi n'avons jamais eu de chance de ce côté-là.

— Et ensuite vous avez perdu votre épouse… Désolée. Comme vous l'avez dit, les gens parlent dans une petite ville.

— Lorna s'est noyée.

— Je suis vraiment navrée.

Le simple fait de mentionner sa femme avait changé l'ambiance dans la voiture. Les yeux fixés sur la route, Jordan semblait pensif.

Il ne s'était jamais remarié, donc Lorna avait dû être son grand amour, songea Beth.

Quand il s'engagea dans Raven Road, Beth crispa les doigts de chaque côté de son siège, le cœur battant. Elle avait cru que la découverte de la photo de la femme au médaillon avait dissipé sa frayeur, pourtant elle continuait à se sentir anxieuse.

Jordan se frotta le visage.

— Vous avez appelé l'agent Harper ? Je sais qu'il s'intéressait aussi au bungalow.

— La batterie de mon téléphone est déchargée. De toute façon, il travaille.

— Un dimanche ?

— Il n'a pas vraiment d'horaires.

— Je dois admettre que je suis un peu soulagé de l'apprendre.

— Pourquoi ça ? interrogea Beth en penchant la tête.

— Eh bien, c'est un policier, et nous allons entrer dans cette maison à l'insu de sa propriétaire.

Beth grimaça en pensant à ce qu'ils avaient fait la veille.

— Je ne pense pas qu'il vous aurait dénoncé. Donc, vous pensez que les Ravens sont liés aux enlèvements du trio ?

— Ça se pourrait. À l'époque, le bungalow servait à des activités louches.

— Vraiment ? Comme de la prostitution ?

Elle sentit son estomac se retourner à l'idée que la jolie blonde ait été impliquée dans quelque chose de sordide.

— Je n'en sais rien, mais il avait mauvaise réputation. Je croyais que c'était pour ça que vous y étiez allée.

— Je pense que Duke, l'agent Harper, a entendu parler de quelque chose comme ça, mais nous n'avons même pas eu le temps d'y jeter un coup d'œil avant que la voiture n'explose.

— Ce qui pousse à se demander s'il n'y a pas encore des drôles de types dans le coin. C'est comme ce qui est arrivé à Binder. C'est une coïncidence bizarre qu'il ait été renversé juste après avoir parlé au FBI du trafic de stupéfiants.

Un frisson parcourut le corps de Beth et elle se tassa un peu sur elle-même. Puis elle prit son téléphone et essaya à nouveau d'appeler Duke.

— Ça ne marche toujours pas ?

— Non.

Elle le remit dans sa poche.

— Le réseau n'est pas bon dans cette zone, de toute façon.

Jordan contourna le ruban jaune délimitant l'endroit où avait brûlé la voiture de Duke et emprunta le chemin menant au bungalow.

— Ne bougez pas, Beth. Je vais vous aider à descendre, dit-il en s'arrêtant.

Il apparut du côté passager et fit tinter un trousseau de clés entre ses doigts.

— Pas question d'entrer par effraction, cette fois, dit-il en lui offrant son bras.

— Cette fois ?

— Eh bien, vous n'avez pas pu entrer hier, n'est-ce pas ?

— N… Non, en effet.

Une sourde inquiétude avait remplacé chez Beth la terreur ressentie la veille. Jordan la soutint jusqu'au perron de la maison, puis il déverrouilla les deux serrures et poussa la porte.

Celle-ci ouvrait directement sur le salon où Duke et elle avaient ôté les lattes du plancher et trouvé les photos.

— Après vous, dit Jordan.

Elle hésita et il posa une main au creux de ses reins.

— N'ayez crainte, personne ne nous verra.

Beth sentit ses mains devenir moites et sa bouche s'assécher dès qu'elle entra dans la pièce. Les murs parurent se rapprocher d'elle et elle se cramponna à sa béquille, prise de vertige.

— Vous le percevez, Beth, n'est-ce pas ? Vous sentez comme votre mère vous a conduite dans la maison où elle a été assassinée ?

18

Duke s'écarta de la table de réunion située dans les bureaux du shérif et s'étira. Si le FBI lui retirait l'affaire, il laisserait au moins un rapport convenable sur les principaux acteurs du trafic de stupéfiants à Timberline. C'était un gang de motards se faisant appeler les Seigneurs du Chaos qui contrôlait tout le trafic sur la péninsule. Leurs activités comprenaient la prostitution et le trafic d'armes. Une enquête minutieuse pourrait peut-être mettre au jour d'autres éléments sur les kidnappings.

Il vérifia ses messages. Aucun de Beth. Il lui adressa un texto et constata que celui-ci n'était pas distribué. Il tenta de l'appeler, mais tomba immédiatement sur sa messagerie.

Peut-être était-elle occupée avec Serena.

Unger frappa à la porte ouverte.

— J'ai une bonne nouvelle : Rebecca Geist est sortie de la salle d'opération. Elle va s'en sortir, mais ils la gardent en coma artificiel jusqu'à ce que son œdème cérébral se réduise.

— Dieu merci. Son fiancé est-il arrivé ?

— Il est en train de revenir. Il vous faut quelque chose ?

— Non, merci. J'ai sauté le déjeuner alors je vais aller manger un bout en vitesse.

— Je vous recommande le débit de sandwichs en face.

— Merci.

Quand Unger fut reparti, Duke se frotta les yeux et revint aux Seigneurs du Chaos et à leurs méfaits.

Un nom attira soudain son attention : LRS Corporation.

C'était le nom que leur avait donné Rebecca avant son agression. Il suivit le texte du doigt. Au fil des ans, les Seigneurs du Chaos avaient loué plusieurs propriétés à LRS et en avaient fait le repaire de leurs activités, notamment la production de méthamphétamine.

Revenant au moteur de recherche, il saisit les mots *LRS Corporation, Timberline, Washington*. En quelques secondes, il trouva ce qu'il cherchait.

LRS étaient les initiales de Lawrence Richard Strathmore, le P-DG de la société, mort vingt ans auparavant. Il était donc en vie au moment des enlèvements.

Duke cliqua sur sa biographie. L'homme avait acquis un grand nombre de biens immobiliers à Timberline, à travers sa société. Sa femme était morte avant lui, et ils avaient eu une fille.

Duke siffla entre ses dents.

La fille de Strathmore, Lorna, avait épousé Jordan Young.

Se levant d'un bond, il passa la tête dans le couloir.

— Unger ? appela-t-il.

— Oui ?

— Je voudrais vous poser une ou deux questions.

Unger apparut à l'angle du couloir, un sandwich à la main.

— Désolé, mon vieux. Si j'avais su que vous alliez rester terré ici pendant des heures, je vous aurais aussi pris quelque chose à manger.

— Pas de problème.

Duke lui fit signe de s'asseoir, tandis que lui-même se perchait au bord de la grande table.

— Jordan Young est veuf, n'est-ce pas ?

— Oui, sa femme est morte il y a dix ans environ. Elle s'est noyée.

— Elle s'appelait Lorna ? Lorna Strathmore ?

— J'ignore quel était son nom de jeune fille, mais oui, son prénom était Lorna.

— C'était une riche héritière, n'est-ce pas ?

— Je l'ai entendu dire. En tout cas, c'est comme ça que Young est devenu riche.

— Vous avez déjà entendu parler de LRS Corporation ?

— J'ai vu ce nom une ou deux fois, pourquoi ?

— C'était le nom de la société du beau-père de Young. Une société qui possédait un grand nombre de biens immobiliers à Timberline.

— Et maintenant Young possède beaucoup de biens immobiliers à son tour. Pourquoi me posez-vous la question ?

— Juste un lien curieux entre lui et quelque chose sur lequel Beth enquêtait.

Il se frotta le menton.

— Vous le connaissez bien, Young ?

— Entre vous et moi ?

Duke passa la tête dans le couloir et ferma la porte.

— Il aime un peu trop les femmes, une tendance qu'il partage avec le chef.

— Le shérif n'est pas marié. Et je ne vois pas où est le problème en ce qui concerne Young, puisqu'il est veuf.

— Je crois que je ne me suis pas bien fait comprendre. Ce que je veux dire, c'est que Young fréquente les prostituées, et je pense que le shérif aussi, ce qui est un problème, pour autant que je sache.

— Waouh, il faut que vous vous débarrassiez de ce type, avant qu'il ne nuise à la réputation du service.

— Ne m'en parlez pas, déclara Unger en rouvrant la porte. De toute façon, c'est tout ce que je sais sur Young et tout ce que j'ai envie de savoir sur lui.

— Merci, Unger.

Duke tambourina des pouces sur le bord du clavier. Jordan Young avait vendu ce bungalow à Serena Hopewell. Pourquoi ? Était-ce lui qui avait dissimulé les photos sous le plancher ? Ces femmes étaient-elles des prostituées ? Celle qui portait le médaillon de Beth était-elle une prostituée ?

Il fallait à tout prix qu'il la joigne pour lui en parler. Il tenta de l'appeler de nouveau et tomba de nouveau sur la messagerie. Cette fois, il laissa un message détaillé sur Jordan Young.

Avait-elle pu voir Serena ? se demanda-t-il. Peut-être celle-ci lui avait-elle donné les mêmes infos que celle qu'il venait de recueillir sur Young.

Il referma l'ordinateur, rangea ses dossiers et quitta la salle de réunion en refermant à clé derrière lui.

— Unger, je vais déjeuner chez Sutter.

— D'accord, mais les sandwichs sont tout aussi bons au café dont je parlais.

— Il y a autre chose que je veux faire, là-bas.

L'heure du déjeuner chez Evergreen devait être passée, car il pénétra dans un restaurant presque vide. Il remarqua tout de suite Serena derrière le bar, et se fraya un chemin vers elle, entre les tables.

— Vous venez de manquer votre petite amie, la journaliste télé, lança-t-elle.

— Elle vous a parlé du bungalow ? questionna Duke en se penchant au-dessus du comptoir.

Serena écarquilla les yeux.

— Qu'est-ce que vous avez tous avec mon bungalow ? Ce n'est qu'une bicoque comme les autres, et elle n'a rien à voir avec l'affaire du trio.

— À votre connaissance…

— Vous voulez boire quelque chose ou vous êtes juste venu me harceler ?

— Qui vous a vendu ce bungalow, Serena ?

— Oh pour l'amour du ciel ! Je ne m'en souviens pas, une société quelconque.

— Pourquoi mentez-vous ? C'est LRS Corporation qui vous l'a vendu, LRS comme dans Lawrence Richard Strathmore, autrement dit le beau-père de Jordan Young. Sauf que c'est Young qui dirigeait la société quand il vous l'a vendu. Pourquoi vous l'a-t-il vendu ? Pourquoi vous a-t-il proposé un si bon prix ?

Les bras croisés, Serena s'adossa à la caisse enregistreuse.

— Qu'est-ce que vous me voulez, à la fin ?

— Je veux que vous me disiez la vérité. Qu'est-ce que Young a fait dans ce bungalow et pourquoi voulait-il s'en débarrasser ?

Prenant son élan, il l'agrippa par le bras au-dessus du comptoir.

— Et qu'est-ce que c'est que ce tatouage sur votre poignet ? Avec un S et un C comme dans Seigneurs du Chaos ?

Elle se dégagea d'un geste brusque.

— Vous voulez des réponses ? Alors adressez-vous à Jordan Young !

— Il y a un problème ?

Un employé du restaurant s'approcha d'eux, son téléphone à la main.

— Dois-je appeler la police ?

Duke lâcha Serena et exhiba son insigne.

— Juste quelques questions à poser à Mlle Hopewell.

— Ça va, Randy, dit Serena en agitant la main.

Quand l'homme se fut éloigné, Duke reprit :

— Où puis-je trouver Young ?

— Je ne sais pas, dit Serena en frottant son poignet. Mais il était ici en même temps que votre amie, quand elle me posait des questions sur le bungalow. Il était assis juste à côté d'elle. Et il n'est pas impossible qu'il ait touché à son téléphone.

— Quoi ? s'écria Duke, sentant son sang se figer dans ses veines.

— Elle est allée aux toilettes en laissant son téléphone sur le comptoir, et j'ai eu l'impression que Jordan trafiquait quelque chose avec pendant qu'elle n'était pas là.

— Ils sont partis ensemble ? questionna Duke, le cœur battant.

— Non, mais…

— Mais quoi ? insista Duke en serrant les poings. Je suis certain que le FBI pourra trouver quelque chose sur vous, Serena, datant de l'époque où vous traîniez avec les Seigneurs du Chaos.

Serena serra les dents.

— Mais ils sont partis l'un derrière l'autre, après avoir chuchoté, comme s'il ne voulait pas que j'entende ce qu'ils disaient.

— Et vous avez entendu quoi ?

— J'ai entendu Jordan parler des Ravens.

— Les Ravens ? Qu'est-ce que c'est ?

— C'est le nom de mon bungalow, vous savez, celui où vous êtes entré par effraction avant qu'on ne fasse exploser votre voiture.

Beth se laissa tomber dans le fauteuil le plus proche, abandonnant sa béquille.

— Ma mère a été assassinée ? Ici ?

— J'en ai bien peur, Beth.

Jordan tira un revolver de sa poche et le braqua sur elle.

— La photo…

Beth porta une main à sa tempe, où elle sentait battre une veine.

— La femme aux cheveux blond vénitien… C'était elle ?

— Je savais que vous alliez trouver ces photos. Je savais que vous et l'agent Harper étiez entrés, et j'ai cru pouvoir vous stopper en tirant dans le réservoir, mais il était trop tard.

Il se pinça l'arête du nez.

— Je savais qu'elle vous conduirait jusqu'à ces photos. Comment auriez-vous pu les trouver, sinon ?

Beth croisa les bras. En fait, elle était étonnamment calme — peut-être parce qu'elle sentait que l'issue de sa quête était proche.

— Vous ne semblez pas surpris qu'une morte puisse guider quelqu'un vers un paquet de photos.

Young s'assit sur le bras du fauteuil qui lui faisait face.

— C'est parce que votre mère était quileute, comme vous l'êtes, vous aussi.

Il était donc logique que Scarlett l'ait entraînée dans sa vision, se dit Beth. Mais avec cette couleur de cheveux, sa mère n'était sans doute pas complètement quileute.

Elle joignit les mains entre ses genoux. Il était plus que probable que Jordan Young avait assassiné sa mère pour une raison inconnue d'elle, mais elle n'était pas encore prête à lui poser la question. Si elle s'en tenait là, peut-être la laisserait-il partir.

— Pourquoi m'avez-vous amenée ici ? demanda-t-elle. Pourquoi me racontez-vous tout cela ?

— Vous vouliez connaître votre identité, non ? dit-il en ouvrant les bras. C'est pour ça que vous avez inventé cette histoire d'émission sur l'affaire, même si vous pensiez au début que vous étiez Heather Brice. J'aurais préféré que vous gardiez ce cap. Pourquoi ne l'avez-vous pas fait ?

— Duke a demandé un échantillon d'ADN aux Brice et il l'a comparé au mien.

Elle prit son téléphone inutilisable dans sa poche.

— Je l'ai appelé, vous savez. Je lui ai dit que nous venions ici.

— Difficile à faire avec un téléphone sans batterie, dit-il d'un ton ironique en fourrant la main dans sa poche et en lui montrant l'objet qu'il tenait entre le pouce et l'index.

Beth sentit son estomac se nouer.

— Allez-vous me parler de ma mère ? Me dire son nom ? Me dire pourquoi elle a été assassinée ?

— Votre mère…, dit-il pensivement en se caressant le menton. Elle s'appelait Angie, elle était d'une beauté délicate, bien plus raffinée que Lorna, mais beaucoup moins riche.

— Votre femme est morte. Vous m'avez dit qu'elle s'était noyée.

Beth se mordit la lèvre inférieure pour l'empêcher de trembler. Avait-il aussi tué sa femme ?

— Ça, c'était plus tard.

Il fourragea dans ses cheveux poivre et sel.

— Quand Angie est tombée enceinte, j'ai compris que c'était à cause de Lorna que nous n'avions pas d'enfant.

Beth fut saisie d'une crampe à l'estomac qui lui coupa le souffle. Jordan Young était son père.

Ses yeux bleus, si semblables aux siens, brillèrent dans la pénombre.

— C'est exact, Beth. Je suis votre père.

Elle agrippa les bras du fauteuil et voulut se lever, mais ses jambes ne la portaient plus et elle retomba en arrière sur les coussins.

— Pourquoi ? Pourquoi l'avez-vous tuée ? Parce qu'elle portait votre enfant ?

Il fronça les sourcils.

— Si elle était partie sans faire de vagues, cela n'aurait pas posé de problème. Mais elle a décidé de revenir. J'étais marié à une femme très riche et mon beau-père me portait aux nues. Que croyez-vous qu'il aurait fait en découvrant que j'avais mis une Indienne enceinte ?

Beth tressaillit.

— Mais je devais avoir deux ans à l'époque. Elle a gardé le secret pendant longtemps.

— Vous n'aviez pas encore deux ans. Vos parents adoptifs ont changé votre date de naissance pour masquer votre identité. Vous étiez encore un bébé d'à peine un an. Angie était partie après votre naissance, mais elle est revenue. Elle n'aurait pas dû faire ça, Beth.

— Vous avez assassiné ma mère pour la faire taire ? Pour vous débarrasser d'un problème gênant ?

— C'était plutôt un accident, à dire vrai. Elle savait que je ne quitterais jamais Lorna et elle savait très bien qu'elle ne devait pas parler.

Il fit claquer sa langue.

— Elle n'était pas aussi innocente qu'elle en avait l'air.

Les photos sont là pour le prouver. Elle a essayé de me faire chanter.

— Elle voulait sans doute un dédommagement financier.

— Peu importe comment vous appelez ça. Elle a également trouvé les photos des autres femmes — quelle idiote d'avoir pensé qu'elle était la seule !

Beth sentit des larmes lui picoter les yeux. Comment pouvait-elle être la fille ce monstre ? Duke avait raison : il aurait mieux valu ne rien savoir.

— C'est vous qui m'avez tiré dessus ? Qui avez posé les pièges ? Qui avez frappé Rebecca ?

— Bill a été trop content de me donner un coup de main pour Rebecca. J'essayais seulement de vous effrayer, mais vous ne vouliez pas partir — tout comme votre mère. Dès que j'ai entendu dire que Beth St. Regis de *Cold Cases Chronicles* était en ville, j'ai su que j'allais avoir des problèmes.

— Vous… Vous saviez qui j'étais pendant tout ce temps ?

— Bien sûr. Quand je vous ai mise sur le marché de l'adoption, j'ai insisté pour avoir mon mot à dire sur l'endroit où vous iriez.

— Donc, c'est vous que je dois remercier pour ces parents froids et distants.

Il haussa les épaules.

— À quoi s'attendre de la part d'un couple qui achète un enfant au marché noir ? Mais j'étais votre père, Beth. J'ai suivi votre carrière avec beaucoup de fierté, jusqu'à ce que vous arriviez ici.

Soudain, elle saisit du coin de l'œil un mouvement derrière Jordan. Quelque chose était passé devant la porte de service.

— Qu'est-ce qui vous a conduite à Timberline ? demanda Jordan en jetant un coup d'œil à la cheminée. Elle vous a parlé depuis l'au-delà ? Je savais qu'elle avait un don, pas aussi puissant que celui de Scarlett Easton, mais je m'en suis toujours méfié.

Était-ce Duke, derrière la maison ? Beth toussa.

— Tout a commencé par la rainette du Pacifique. C'était un jouet que j'avais depuis toujours. Et en voyant l'histoire de Wyatt Carson à la télévision, j'ai compris d'où elle venait. Ensuite il y a eu des visions et des cauchemars. Je voyais toujours une forêt luxuriante, qui me terrifiait.

Un éclair de lumière attira son attention dans la buanderie. Beth retint son souffle, tandis que Jordan penchait la tête.

— Pourquoi avais-je tellement peur ? reprit-elle précipitamment. J'ai assisté à quelque chose de traumatisant dans ce bungalow ?

— Vous étiez là quand j'ai tué votre mère.

Beth se plia en deux, comme si elle avait reçu un uppercut dans l'estomac.

— Vous l'avez tuée devant moi ? hoqueta-t-elle.

— Ce n'était pas prévu. C'était un accident. Elle n'arrêtait pas de déblatérer sur ce que je lui devais et ce qu'elle allait me prendre.

Il agita le revolver devant Beth et, pour la première fois, elle songea qu'il allait la tuer pour de bon.

— Je ne suis pas comme ma mère. Je ne vous demande rien. J'allais quitter Timberline, de toute façon. Je ne reviendrai jamais ici.

— Vous me ressemblez, Beth, dit-il en pointant un doigt dans sa direction. Je l'ai compris en regardant votre émission. Vous foncez tête baissée, comme moi. C'est quelque chose que j'admire chez vous.

— Oui, c'est vrai, je suis comme vous. Je comprends pourquoi vous avez fait ça. Vous ne faisiez que protéger votre vie.

— J'ai aussi assassiné Lorna, vous savez.

Beth se couvrit les oreilles.

— Je ne veux pas savoir ce que vous avez fait. Je m'en fiche.

— Je vous ai sauvée, ce jour-là, Beth. J'ai poignardé votre mère. Elle était couverte de sang et je vous ai sauvée.

Beth s'étrangla et mit une main sur sa bouche.

— Mais je ne pense pas que je vais vous épargner une

seconde fois. Si vous aviez arrêté de fouiner partout, si vous n'étiez pas allée voir Scarlett, si vous n'aviez pas demandé à Rebecca de vous aider… Si vous n'étiez pas à moitié quileute et si vous n'étiez pas la fille de votre mère…

— Où est-elle ? Qu'avez-vous fait de son corps ?

Jordan se leva et posa une main sur le mur, au-dessus du manteau de la cheminée.

— Je l'ai laissée ici.

— Salaud ! cria Beth en se levant brusquement.

Elle se jeta sur Jordan au moment où il levait son arme vers elle. Mais elle fut plus rapide que lui et dévia son geste en saisissant son avant-bras.

— Lâchez votre arme, Young, lança alors Duke en faisant irruption dans le salon.

Son revolver braqué sur Jordan, il agrippa Beth par la taille et resserra sa prise.

Un coup de feu retentit soudain et Beth hurla de terreur, assourdie par le bruit.

Jordan s'effondra contre elle. Jaillissant de sa blessure à la poitrine, un flot de sang éclaboussa Beth.

Elle était revenue au début de sa vie.

Épilogue

Nichée au creux du bras de Duke, Beth regarda l'équipe de démolition entrer aux Ravens, suivie de spécialistes des matériaux dangereux et de l'adjoint Unger.

— Tu n'as pas besoin de rester, Beth, dit Duke doucement.

— Si. Ma mère m'a conduite ici et je lui dois d'assister à son excavation.

Il lui frotta le dos.

— Il n'a rien avoué sur Gary Binder, alors ?

— Non, mais lui et Bill Raney sont coupables de tout le reste.

— Les hommes du shérif ont déjà arrêté Raney pour agression et tentative de meurtre. Ils vont essayer de déterminer dans quelle mesure il connaissait les activités de Young.

— Et Serena ?

— Elle a quitté la ville, elle a sans doute préféré échapper aux questions sur les Seigneurs du Chaos.

— Rebecca va mieux. Je lui ai rendu visite ce matin. Son fiancé va l'emmener à Hawaï pour une semaine de convalescence.

— Tu as parlé à Scarlett ?

— Elle est toujours à San Francisco, et ensuite elle ira à New York.

Beth posa la tête sur l'épaule de Duke.

— Elle n'a pas eu l'air surprise quand je lui ai parlé de ma mère.

— Elle ne connaissait pas Angie ?

— Sa grand-mère et la mienne se connaissaient, mais Angie ne vivait pas dans la réserve, elle était trop indépendante. Quand elle est revenue il y a vingt-cinq ans, enceinte, elle a parlé d'un riche fiancé qui allait lui faire faire le tour du monde.

— Et elle n'a jamais quitté Timberline…

Duke secoua la tête.

— Jordan en a-t-il dit davantage à propos du marché noir sur lequel il t'a… placée ?

— Non. Tu penses que c'est lié à la disparition du trio Timberline ?

— Oui, et je pense aussi que c'est lié aux Seigneurs du Chaos. J'ai fait mon rapport au FBI sur les activités du gang dans la région.

— Et maintenant, où vas-tu aller ?

— Je vais où tu vas, répondit-il en lui embrassant le dessus de la tête.

— Je suis sûre que le FBI aura son mot à dire à ce sujet.

— Après t'avoir raccompagnée à Los Angeles, je pense que j'irai à Chicago, mais pas avant d'avoir fait de sérieux projets avec toi.

— Voilà quelque chose qui me plaît.

Elle écarta une mèche de cheveux sur le front de Duke.

— Tu vas faire une émission sur ce que tu as découvert concernant ta mère ? demanda-t-il. C'est bien une affaire non résolue, et je suis sûr que l'audience crèverait le plafond.

Beth resserra la main sur son bras quand la porte du bungalow s'ouvrit en grand.

— Je me fiche des scores d'audience, Duke. Certaines choses ne sont pas destinées au public.

Les spécialistes des matériaux dangereux descendirent les marches du perron, portant une civière recouverte d'un sac noir.

Beth retint son souffle et Duke l'aida à se lever.

Tandis que les hommes avançaient avec la civière, des gens

en tenue de cérémonie quileute affluèrent et se massèrent des deux côtés du chemin.

Un chant sourd s'éleva et des bouffées d'encens flottèrent dans l'air. L'une des anciennes s'approcha de Beth et inclina la tête.

— Tu as une famille maintenant, Beth St. Regis, toute une nation derrière toi.

Les larmes aux yeux, Beth hocha la tête et toucha les cheveux neigeux de la vieille femme.

Quand les véhicules de la police, l'ambulance et la procession des Quileutes eurent quitté la clairière, Duke la prit dans ses bras.

— Je suis désolé, Beth, pour tout.

— Je suis heureuse d'avoir découvert la vérité. Maintenant je sais qui est ma mère. Tous mes doutes et mes frayeurs se sont dissipés.

Il lui caressa les cheveux.

— Il est temps pour nous de réécrire le passé. Je veux fonder ce qui nous a manqué à tous les deux : une famille. Peu importe que nous ayons un enfant ou dix. Tu es prête pour ça, Beth ?

Elle lui passa les bras autour de la taille et pressa une joue contre son cœur.

— Je suis prête à tout, du moment que tu es avec moi. Je sais que je suis là où il le faut. Tu es l'homme de ma vie, Duke Harper.

Retrouvez prochainement, dans votre collection BLACK ROSE

Rejoints par le passé, de Lena Diaz - N°752

ENQUÊTES À PRESCOTT MOUNTAIN – 1/2

Attentive, l'inspectrice Willow McCray observe Grayson Prescott. Le visag fermé, le troublant milliardaire lit le dossier sur l'assassinat de sa femme, se ans plus tôt. Brusquement il tressaille, et Willow sent les battements de son cœ s'accélérer. A-t-il, comme elle, remarqué des similitudes entre son épouse et l victimes du violeur de Gatlinburg ? Se pourrait-il que ce dernier soit en fait *serial killer* ?

Des pas sur la neige, de Danica Winters

Assurer la sécurité de Lily Clark : c'était la mission d'Ella Spade et de Daisy, jeune chienne dressée pour les recherches délicates. *C'était...* Car Lily, adora fillette de trois ans, a été enlevée, et c'est la peur au ventre qu'Ella suit ses trac dans la forêt enneigée. Un homme l'accompagne : Grant Anders, policier au sexy qu'exaspérant qui, au grand dam d'Ella, semble bien décidé à jouer le r de chef d'équipe...

Tu n'es plus seule, d'Addison Fox - N°753

Il allait devenir père... À la fois heureux et effrayé, Ethan couve Lizzie du rega Lizzie. *Sa* Lizzie, qu'il a retrouvée six mois plus tôt, le temps d'une nuit de passion qui aujourd'hui lui annonce qu'elle porte son enfant. Mais pourquoi avoir attend longtemps ? Et quelle est cette crainte qui voile son regard ? Comme si une men pesait sur elle. Comme si elle espérait *in petto* qu'il la protège...

Sauvée des ténèbres, de Bonnie Vanak

« Je n'aime pas les médecins, je ne leur fais pas confiance... » Choquée, B affronte du regard l'agent Kyle Anderson qui vient de lui lancer cette pic Silencieuse, elle attend qu'il lui révèle la raison de sa venue dans le dispens où elle consulte et se pétrifie en entendant la suite : une fillette a disparu aprè visite dans son établissement, et le FBI soupçonne Belle d'être impliquée dan trafic d'enfants...

Retrouvez prochainement,
dans votre collection

BLACK ROSE

Une famille en péril, de Carla Cassidy - N°756

Melissa est sous le choc. Elle vient de croiser James, l'homme avec qui ell a passé une nuit de passion un an plus tôt… Et, si elle sent renaître en ell une folle attirance pour lui, le doute l'envahit. Car c'est un homme d'affaire menacé par de nombreux ennemis et elle se demande si elle peut lui révéle qu'il est le père de ses jumeaux sans les mettre en danger…

Le sceau du passé, de Lisa Childs

En quittant le speed dating auquel elle vient de participer, Claire a du mo à mettre de l'ordre dans ses idées. Car sous le regard du séduisant Ashto Stryker, l'homme qui prétendait n'être qu'un simple employé de bureau, el a eu l'impression d'être percée à jour. Comme si Stryker connaissait tout d son passé. Comme si ce rendez-vous n'était qu'un piège…